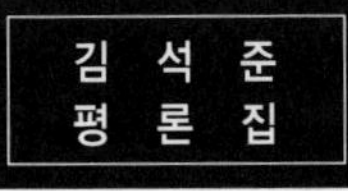

현대성과 시

현대성과 시

김 석 준

도서출판 역락

머리말

비평, 그 말하고 싶은 것의 실체

얼마 전 송년 모임에서 대선배 시인이신 강인한 선생님이 나에게 이런 말씀을 하셨다. "김 선생! 글이 너무 어렵다고 소문났어, 좀 쉽게 쓰는 게 어때." 선생님의 이 말씀을 듣고 나는 난감했다. 왜 비평이 쉬워야 하는지 그 이유를 모르겠다. 비평의 전범이 있는가. 비평은 형식이 아니다. 비평은 형식의 파괴이다. 비평은 텍스트와의 대화적 관계를 통해서 비평가의 세계는 물론 텍스트의 텍스트성을 세계에 현시하는 것이다. 그렇다면 비평이 쉬워야만 할 이유가 있을까.

들뢰즈의 『의미의 논리』는 루이스 캐럴의 소설 『이상한 나라의 앨리스』를 통해서 의미의 존재 방식을 철학적으로 풀어냈고, 『감각의 논리』는 프란시스 베이컨의 그림을 역동화시켰는데, 왜 우리는 예술 텍스트를 통해서 심오한 철학적 문제를 풀어내지 못하는가. 비평은 해설이 아니다. 비평은 단순한 말놀이가 아니다. 비평은 세계의 개현이다. 비평은 단순한 논평이 아니다. 비평은 관행의 바깥이다. 만약에 비평적 글쓰기가 관행의 범주 내에서 텍스트를 해설할 때, 비평은 하나의 사족으로 전락할 우려가 있다.

미셸 세르의 『헤르메스』는 또 어떤가. 과학적 사유와 인문학적 사유가 상호 끊임없이 이접되고 분리되면서 상상력의 층위를 무한히 역동화시켰을 때, 세르의 자유분방한 글쓰기는 어디를 지향해가고 있는가. 글이란 하나의 우주이다. 글이란 새로운 세계의 현시이다. 적어도 들뢰즈와 세르의 비평적 글쓰기는 비평 대상을 안아 넘어 새로운 비전을 이 세계에 현시하고 있다.

물론 나의 글쓰기가 당대를 대표했던 니체나 들뢰즈처럼 새로운 글쓰기의 전형을 창조했다고는 말할 수 없다. 아니 나의 글은 일종에 서양적 글쓰기의 아류일지도 모른다. 그러나 나의 비평적 글쓰기는 최소한 우리나라 비평적 글쓰기의 관행 바깥에 서 있다. 멋대로 상상하기. 멋대로 지껄이기. 멋대로 비약하기. 멋대로 찍고 까불기. 비평은 멋대로다. 비평은 멋대로 쓰면서 남의 눈치 안 보기이다. 비평은 시대의 안쪽이 아니라 시대를 넘어선 지점을 겨냥해야만 한다.

비평적 글쓰기는 두 개의 지점을 경유할 때, 가장 완벽하게 미적 현실성을 구현하게 된다. 그러나 비평은 그 두 지점 사이에서 언제나 균형점 찾기에 실패할 운명에 처해 있다. 비평은 한 번도 양자의 축을 동시에 길어 올린 적이 없다. 최소한 나의 글은 이 두 축을 정밀하게 세공하고 싶어 했다. 그러나 그것이 성공했는지의 여부는 잘 모르겠다.

비평의 한 축은 비평이 예술로 고양될 수 없는 태생적인 한계를 의미하는데, 그것은 분석적인 논리성이다. 그것은 비평이 처한 처연한 운명이자 비평의 본질이다. 예술적 향기를 철저하게 거세시키는 분석적 논리성. 현학 취미, 언어의 기교, 말이 말을 가지고 노는 말놀이. 비평이 구사하는 말의 본질은 분명 미적 향기의 저편이다. 향기와 영혼 죽이기. 미적 아우라의 소멸.

　비평의 다른 한 축은 텍스트와의 상상적 대화 관계인데, 그것은 비평의 예술로의 고양을 가능하게 만든다. 의미와 논리로부터의 탈주, 의미 관계의 전도, 의미의 의미로부터의 의미 왜곡. 어쩌면 이러한 비평적 장치가 비평 스스로를 예술 텍스트로 고양시킬 수 있는 유일한 미적 장치이기는 하지만, 비평은 상상력의 극단으로 치닫지 못한다. 말하자면 비평은 칸트, 헤겔의 관념의 논리적 엄정성과 니체, 들뢰즈의 자유분방함 사이에 위치해 있다. 비평은 논리를 탈주하는 상상력이면서, 상상력의 자유를 거세시키는 분석적 이성이다. 하여 비평은 예술인 동시에 예술이 아니다. 비평은 예술이 아닌 동시에 예술이다. 어정쩡한 위치. 정체성 상실. 비평은 분석의 칼날 위에 기술되는 여린 감성이다. 비평은 아르마딜로이다. 비평은 키메라이다. 비평은 한 번도 이 양자를 통어하면서 자신의 총체적인 본 모습을 승화시킨 적이 없다. 하여 모든 비평은 실패한 비평이다. 왜냐하면 비평은 양립 불가능한 상호 이질적인 사태 위에서 기술되는 말의 제전이기 때문이다.

　텍스트와 맞서기. 텍스트와 맞서서 스스로 텍스트 되기. 비평이 다시 비평되기. 하나의 우주, 하나의 절대성, 하나의 새로운 논리. 테리 이글턴이 말한 것처럼 비평은 하나의 기능, 즉 사회의 공기(公器)로써 사용되는 도구적 존재임이 분명하지만, 비평은 그 도구성을 넘어선 지점을 겨냥하여야만 한다. 자인(Sein)의 졸렌(Sollen)으로 비약. 정전과 위반 사이의 경계. 비일상성으로의 무한 탈주.

비평은 타자다. 비평은 타자를 위한 타자의 제전 속에서 벌어지는 세계의 응시인데, 이 응시는 관음증적 응시이다. 타자의 내밀한 의식 속에 비평가의 삶 이접시키기. 타자의 삶을 비평의 삶으로 역전시키기. 비평은 타자에게 들러붙기이다. 비평은 쓰레기다. 비평은 백해무익한 비본래적 삶으로 향해 있다. 비평은 나의 무화이다. 비평은 자기를 죽여서 타자에게로 이르는 문이다. 처연한 운명, 빌붙어 살기, 클론, 박쥐, 무성성(無性性). 비평은 자기의 성을 거세시켜 가장 아름다운 고음을 노래하는 정체불명의 카스트라토이다. 비평은 텍스트의 꼭짓점에 내접된 운명읽기이기는 하지만, 비평은 자신의 운명을 꼭짓점 내부로 소거시킨다. 무한 소멸, 무한한 언어적 유희.

비평적 담론의 이동점은 세계라는 텍스트의 이동점이 아니다. 텍스트의 재―텍스트화. 재―응시. 재―음미. 재―고. 비평은 간접화된 말―사태인데, 그것은 비평 자신의 존재론적 근거 설정이 타자로부터 시작하기 때문에 발생하는 한계적 운명성이다. 텍스트라는 타자. 텍스트라는 인공물. 그러나 비평은 간접화된 말―사태를 통해서 인공으로 직조된 의미―사태를 낱낱이 분해하여 절대 자연성을 사유하게 만든다. 인공화된 의미―사태의 원상을 역추적하면서 비평은 자신이 응시한 텍스트의 세계성을 자연성으로 전환시킨다.

　가공의 바깥. 질서의 바깥. 비평은 바깥의 안이다. 비평은 말－사태 (혹은 발화된 기호)로 짜여진 예술 텍스트의 안쪽을 사유하면서 의미를 이동시킨다. 데리다의 차연적 이동이 아니라, 다양하게 분기하는 기호들의 축제 속에서 비등하는 의미의 흔적들을 범주화한다. 따라서 비평은 표정의 표정이다. 텍스트의 표정. 사태의 표정. 의미의 표정. 그 표정을 표정으로 읽어내면서 표정 내부에 작동하는 의미 가능성을 절대성으로 고양시킨다.

　그러나 비평은 슬프다, 하잘것없다, 허접이다, 붙어먹기이다. 그러나 비평은 자신의 본래적 모습을 망각하기 위하여 권력적 담론으로 형질 전환시킨다. 다시 말해서 객체로써 존재하는 말－사태를 주체적 힘에의 의지로 전환시켜 예술 텍스트 전체를 권력 담론의 하부 구조로 전도시킨다. 편 가르기, 나누어 먹기, 파당 짓기. 비평은 더 이상 객관화 된 公器가 아니라, 허망한 空器로 존재할 따름이다.

　그러한 현실적 사태에도 불구하고, 비평의 존재론적 가치는 정의로움에 있다. 넘치는 것은 덜어내고 부족한 부분은 채워서 예술 텍스트가 무한히 열린 지평을 활보할 수 있도록 공평한 공기의 역할을 수행해야만 한다. 섹터의 바깥, 기성 가치의 바깥, 새로운 미적 가치의 현시. 비평의 말－사태는 천대받는 운명을 순응하면서 올연히 숭고한 영역으로 비상해 들어가야만 한다. 꿈의 현실화 혹은 차연된 미래의 꿈을 현재의 꿈으로 역전시키기. 비평은 테리 이글턴이 말한 것처럼 기능적 도구임에는 분명하지만, 결코 그 도구적 기능성의 범주 내에 머물러서는 안 된다.

기능의 바깥. 스스로 예술혼 되기. 도구의 도구를 도구로 비판하기. 비평은 예술 텍스트의 상징과 알레고리에게 시비를 붙이면서 스스로가 하나의 상징, 하나의 알레고리, 하나의 은유로 말―사태를 치환시킬 때, 예술로 승화된다. 비평은 시지푸스 신화이다. 불가능에의 도전, 불가능의 가능으로의 역전. 그러다 운명에 걸려 넘어지기. 비평은 하나의 도전이다. 비평은 도전하면서 스스로 하나의 정전이 되는 사태의 역전이다. 가장 지난한 예술 운동. 가장 천형에 가까운 예술 운동. 그것이 비평이 처한 운명이자, 비평 스스로가 말하고 싶은 바로 그 실체이다.

더 나아가 비평은 텍스트의 텍스트성 읽기이다. 비평적 읽기는 이중성 위에서 작동하고 있는데, 그것은 보편성과 특수성을 상호 소통시켜 하나의 담론 속으로 모든 미적 사태를 수렴시킨다. 다시 말해서 비평은 특수자로 존재하는 예술 텍스트를 보편성으로 고양시켜 미적 절대성을 예인하는 동시에 미적 기호로 발화된 보편적 가치를 개별적 가치로 끌어내린다. 왜냐하면 예술 텍스트는 향유되면서 고양되는 이중의 운명성 내에서 예술로 승인되기 때문이다. 따라서 비평은 예술 텍스트의 내적

특수자를 보편자로 견인하고 외적 보편자를 특수한 예술혼으로 범주화
시켜야만 한다.

　비평은 씌어진 말이 아니라, 읽혀진 말이다. 말하기 위해서 말하는
말이 아니라 말해진 기호 텍스트의 말―사태를 의미―사태로 읽고 말하
기이다. 읽어서 창조하고, 창조하여 사라지는 기호적 가치를 무한히 새
롭게 하기 위한 영혼의 흔적이 바로 비평이 말하고 싶은 궁극적인 실체
이다. 처연한 운명. 예술이면서 예술이 아닌 운명의 차크라. 그것이 바
로 비평이 처한 현재의 위치이다.

2007년 12월 31일　남산에서

粹然　金 析 準

차례

상상적 대화

한 시대를 풍미하면서 인간에게 영원한 화두를 남겨둘 수 있다면 그것만큼 행복한 영혼의 흔적은 없다. 아무리 뛰어난 예술가일지라도 모든 예술은 한 시대의 알레고리를 온 몸으로 감내하면서 생의 형식을 무의 형식으로 치환시킬 수밖에 없다. 그것은 모든 예술가의 운명이자, 예술 형식이 존재하는 방식이다. 그러나 김지하와 오에 겐자부로는 시대의 알레고리를 훨씬 초과하는 그 무엇인가를 고민했던 예술가이다. 그들이 사유했던 산문적 사유는 시적 상징성을 넘어선 지점에 위치하는데, 그것은 현대성의 한복판 위를 도도히 흐르는 거대한 물줄기에 해당한다.

아니다. 그것은 현대성이 사유할 수 없는 가장 극렬한 몸짓이다. 어찌 존재의 이편과 저편을 통시적 거시적으로 사유하면서 역사의 이편 위에 존재하는 공시적 미시적 생명의 형식을 그렇게 아름답게 노래할 수 있는가. 김지하의 산문과 오에 겐자부로의 소설은 모든 인식지평을 닫힌 담론 체계로는 결코 포착할 수 없는 뛰어난 인식 체계를 자신들의 언어 속에 각인시키고 있다. 그들의 위대한 작업 속으로 어찌 일천한 비평가 나부랭이가 끼어들 수 있겠는가.

그럼에도 불구하고 김지하의 산문과 오에 겐자부로의 소설은 역사적 의식의 한계지평을 회통하는 거대한 힘을 지니고 있기에, 비평가의 상상적 의식 속으로 초대하여 그들의 영혼의 울림과 대화적 의사소통을 감행한다. 그것은 금단의 영역에 속하는 비평 방식이다. 그러나 문학적 비평담론이 점점 치졸한 실험성이나 언어적 유희로 빠져들어 감각적 경향으로 치달아 갈 때, 생명의 거대한 물줄기를 사유하면서 상상적 의식 속으로 침잠해 들어간다면, 비평적 담론이 모든 인식 지평을 선도할 수도 있다. 모든 예술적 행위는 상상적 지평의 무한한 확장이다. 비평이 자신의 형식적 틀을 전도시키면서 상상력과 대화적 의사소통을 자신의 담론 안에 안치시킬 수 있다면, 비평은 하나의 예술적 지평을 분유하고 있다고 말할 수 있다.

비평의 길은 예술의 길만큼을 사유하는 것이 아니라, 예술의 한계지평을 훨씬 넘어선 지점에서 예술의 혼을 사유하여야만 한다. 텍스트의 문면에 흐르는 문자적 의미가 아니라, 문자 배후로 침투해 들어가 문자의 심연과 대화할 때 비평은 하나의 담론이 아니라, 예술로 고양된다. 비평의 길은 예술의 길보다 한 보 더 나아가야 한다. 그것은 비평가의 운명이지만, 그 운명의 노래는 비판적 이성 위에 쌓아올린 감성의 탑이기에 견고한 철옹성 같지만, 이내 무너지는 집이 되고 만다. 가장 아름다운 감성의 언어로 비평을 하지만, 비평이 이루어가는 문자의 심연은 논리성인 관계로 비평은 잊혀지는 담론이 될 수밖에 없다. 예술 텍스트가 존재하는 한 비평은 존재한다. 그러나 비평의 꿈은 비평이 예술혼으로 고양되는 순간이다. 그러나 그 순간은 없다. 어찌 비평이 예술일 수 있는가. 어찌 비평이 예술혼을 가졌다고 거들먹거릴 수 있는가.

그럼에도 불구하고 비평은 스스로가 예술이기를 원한다. 그것이 비

록 텍스트와의 대화적 관계일지라도 비평은 최대한의 감성적 언어를
최소한의 이성으로 치장하여 예술인 척하고 있다.

- **비평가** : 저의 상상적 의식 속으로 두 분 선생님을 초대한 것을 영광
  스럽게 생각합니다. 김 선생님의 산문과 오에 선생님의 소설은 현대
  성의 지표를 훨씬 넘어선 그 무엇인가를 담아내고 있다고 생각합니
  다. 두 분 선생님은 현대성을 어떻게 생각하십니까. 현대성을 진단하
  고 평가를 내려주셨으면 합니다.
- **오에** : 제가 먼저 말씀드리지요. 제 문학 세계의 최종적 귀결은 『타오
  르는 푸른나무』 3부작입니다. 그 작품집에서 혼의 문제와 생명의 존
  재 방식에 대하여 끊임없이 이야기했습니다. 그러나 그것은 완결된
  이야기일 수 없습니다. 왜냐하면 우리가 생명의 형식으로 와 있는 동
  안의 생명적 활동이란 그저 조금 긴 순간에 지나지 않기 때문이지요.
  그것은 행복과 불행의 문제도 아니고, 삶과 죽음의 문제도 아닙니다.
  우리는 그 미묘한 생명적 기운을 느끼고 성찰하면서 자신의 존재론
  적 문제를 총체적으로 사유하여야 합니다. 그런데 현대사회는 그러한
  문제를 전혀 사유하지 않습니다. 다만 중요한 것은 자본적 가치이지
  요. 우리 일본인들은 세계의 어느 민족보다도 경제적인 관념이 발달
  해 있지요. 그것은 일본만의 문제가 아니라 전 지구적인 의식으로 확
  장되어 가고 있습니다. 문제는 점점 자본의 기호에 현혹되어가는 젊
  은이들의 의식이지요. 아마 그러한 경향은 점점 더 확산되리라고 생
  각합니다. 대중적인 아이콘들이 만들어 놓은 환상들이 실질을 대신하
  게 되면서 영혼에 관한 문제는 일고의 가치도 없게 됩니다. 어느 한
  순간도 생명에 관한 의식을 사유하지 않고, 그저 부유하는 물질적 기
  호에 현혹되어 향락을 일삼게 됩니다. 그것은 니체의 '신의 죽음의
  선언'과 관계있지 않나 생각합니다. 신의 죽음과 더불어 과학적인 인

식이 강화되면서 현대성은 존재론적인 인식론적 사유를 철저하게 배제시키게 되었지요. 과학적 전망 특히 유전자를 분석하는 생명공학의 발전은 생명적 활동의 소중한 기운을 실험실에서 마구 파괴시키고 있습니다. 그것은 가장 불행한 현실입니다. 생명은 인공적인 것이 아닙니다. 플라스크와 현미경을 통해서 생명을 분해 조립하고 있는 현대의 상황은 생명을 존중하기보다는 경시하는 인식을 심어주기에 충분하지요. 현대성은 자본 대 인간적 가치의 관계 속에서 자본의 승리를 선언하고 있습니다. 생명은 자본 앞에 도해되고 분해되고 있지요. 그것이 바로 현대성의 참모습인 것 같습니다.

- **김지하** : 저도 오에 선생의 견해에 동감합니다. 현대사회는 괴물입니다. 칸트의『순수이성비판』이 만들어 놓은 결과물이 현대사회의 참모습입니다. 그 유명한 코페르니쿠스적 전회는 현대성의 시발점이지요. '대상이 인식을 구성하는 것이 아니라 의식이 대상을 구성한다'는 테제는 인간이 세계를 인식하는 데 있어서 혁명적인 전환이기는 하지만, 그것은 인간의 오만한 발상입니다. 어떤 의미에 있어서 칸트의 테제는 인간을 세계의 주인으로 위치시키는 역할을 했습니다. 그러나 그것은 생명 현상 자체를 인간중심주의로 만들 위험성을 내포하고 있습니다. 휴머니즘적인 인간관은 인간 이외의 모든 것들을 하나의 도구적 대상으로 폄하시켰지요. 전 지구적 생명 활동, 더 나아가 우주적 생명 현상을 인간의 의식 범주로 환원시킨 결과, 지구 또는 우주 전체를 탐구 대상으로 도구화하거나 인간의 필요에 따라 마구 파괴시키고 있습니다. 어찌 인간이 세계의 주인일 수 있겠습니까. 인간은 세계의 한 부분입니다. 휴머니즘적인 인간관이 세계를 지배하고 있다고 하더라도 결코 그것은 휴머니즘적이지 않습니다. 엄존하는 불평등과 억압이 자본주의라는 탈을 쓰고 신제국주의적인 형상을 하고 있지 않습니까. 현대는 기괴한 괴물입니다. 탈냉전 이후 자본주의적

야망은 점점 더 노골화되고 있습니다. 자본의 기획은 확대재생산의 국면을 치닫고 있지만, 생명의 생존 조건은 점점 열악해져만 갑니다. 해수면 온도의 상승으로 인한 엘리뇨와 라니야 현상이 해를 바꾸어 가며 벌어지고 있고, 우리나라도 봄철이면 고비사막의 황사 먼지로 인해 생동하는 봄의 기운을 느끼기 어렵습니다. 이 모든 현상은 인간의 이기적인 발전지상주의가 빚어놓은 현상이 아닙니까. 현대는 상생의 발전이 아니라, 파괴적 발전입니다. 서구적 게르만적 발전사관이 생명 자체의 운동성과 회복하는 힘의 균형점을 어그러트려 점점 회복할 수 없는 황폐화로 치닫고 있지요. 현대성은 파괴 위에 쌓아 올린 교만한 바벨탑과 같은 것입니다.

- **비평가** : 두 분 선생님의 견해에 저도 공감합니다. 현대성의 기획은 결코 아름다운 형상이 아닙니다. 점점 생명체로서의 지구는 자신의 생명의 빛깔을 잃어가고 있습니다. 그렇다면 현재의 이러한 사태를 종결시킬 방법이 있는지 궁금합니다. 제 생각으로는 자본의 거대한 물결을 되돌릴 수 없고 앞으로 자본 지향적인 발전의 경향이 점점 더 심해질 것 같은데요. 만약에 대안이 있으시다면 그것은 무엇인지 말씀해 주십시오.

- **김지하** : 아마 소 잃고 외양간 고치는 격이 되지 않을까 생각합니다. 자본 자체의 운동성은 전 지구적 운동성의 벡터량을 지니고 있습니다. 한 번 촉발된 운동에너지는 그 에너지가 고갈될 때까지 지속되리라고 봅니다. 다시 말해서 자본은 지구 전체를 엔트로피화를 시킬 것입니다. 자본은 이용 가능한 모든 것을 자본의 의도에 맞추어 상품의 양식으로 치환시킬 것이고, 끊임없는 착취 개발은 지구 자체의 생명력을 고갈시킬 것입니다. 그것이 전 지구적 미래이고, 그것을 막을 길은 없습니다. 뒤늦은 후회만이 있을 따름이지요. 그럼에도 불구하고 우리는 전 지구적 생명 현상을 바른 길로 인도해야 할 책임이 있

습니다. 아무리 엔트로피적 전망을 지닌 자본의 기획이 현실을 지배하고 있더라도 우리는 현재 직면한 인간중심적 개발을 막고 자연의 본래 모습으로 되돌려줄 책임이 있습니다. 지금의 환경운동이나 생태운동은 방법적 선택이기는 하지만, 그것만으로는 부족합니다. 생명은 원환적인 유기적 구조로 상호 긴밀하게 연결되어 있습니다. 무생물체 내부에도 생명이 될 가능성을 지니고 있습니다. 그러므로 생명과 생명 아님의 경계를 허물고 세계-내-존재 전체를 생명의 오묘한 법칙으로 이해할 때, 우리는 전 지구적 생명운동으로 복귀하게 되는 것이지요. 만약 그것이 이루어진다면 세계는 평화와 평등이 실현된 사회가 되지 않을까 생각합니다. 너무 환상적인 이야기로 들릴지 모르지만, 그러한 생각이 모든 사회에 충일해 있을 때, 생명의 수레바퀴는 가장 자연스럽게 운행되겠지요. 지금은 인식의 전환이 필요한 때입니다. 인식의 전환만이 우리가 살아가는 생명의 공간을 상생의 공간으로 만들 수 있습니다.

▪ **오에** : 김지하 선생의 생명 사상은 저에게도 많은 영향을 주었습니다. 그러한 김 선생의 사상은 너무도 당연한 이야기이기는 하지만, 요즘 세대들에게 전혀 먹히는 이야기는 아닌 듯합니다. 그러한 경향은 이 시대가 처한 경박성 내지 천근함에서 비롯한 것이지요. 저는 『타오르는 푸른소나무』 3부작에서 '근거지 운동'이라는 말로 다 설명했습니다. 현대사회는 철저하게 메트로폴리스탄화 하는 경향이 있지요. 정보와 다양한 문화콘텐츠를 집적시켜 인간을 문명화시킨 동시에 편리함에 길들여지게 만듭니다. 자동화와 기계화된 공간은 생명적 기운을 사상시키고, 안온한 성찰을 불가능하게 만듭니다. 생명의 운동은 혼의 문제입니다. '근거지 운동'은 원시적 자연 속에서 운명 공동체를 형성하면서 생명이 생명을 보다듬으면서 혼의 문제에 천착하는 것입니다. 그러한 삶의 방식은 문명적 이기에 길들여진 현대인들이 상상

하기 어려운 발상이지요. 저는 문명적인 것에 대한 혐오감을 가지고 있습니다. 문명은 파괴적인 힘입니다. 문명은 원초적 몽상을 불가능하게 만드는 동시에 존재론적 고민의 세계에 이르지 못하게 만들지요. 모든 것을 자급자족하는 공간, 노동의 기쁨과 상생을 생각하는 공간, 반핵 반전 운동을 지상 과제로 하여 모두가 공존할 수 있는 세계를 지향하는 동시에 궁극적으로 인간 영혼의 구원 문제까지 폭넓게 아우르는 공간이 '근거지 운동'의 실체입니다. 저는 그러한 운동만이 현재 우리가 처한 사회적 문제를 해결할 수 있다고 봅니다. 구체적인 실천이 선행할 때라야만 사회적 모순과 인간의 이기적 욕망을 치유할 수 있지요.

- **비평가** : 김 선생님의 사상이 원론적인 이야기라면, 오에 선생님의 말씀은 실천적인 면이 강하군요. 제가 생각할 때, 김 선생님의 사상과 오에 선생님의 실천력이 겸비되면 가장 이상적인 세계를 만들 수 있다는 생각이 듭니다. 그럼 이제부터 본격적으로 두 선생님의 생명과 혼의 문제에 대한 고견을 듣는 것이 좋을 것 같은데요. 현대사회에 대한 미진한 이야기가 있다면 더 하시고 아니면 본론으로 들어가는 게 어떨지요.

- **김지하** : 현대사회에 대하여 간략하게 한마디만 더 하겠습니다. 현대성의 비극의 원천은 서구적인 이분법에서 비롯한 것입니다. 성과 속의 분할, 인간과 신의 세계가 분할된 순간 인간은 종속적인 존재로 남을 뿐이지요. 물론 엘리아데나 그노시스 종파가 그것을 극복하기 위하여 노력하기는 했지만, 극소수에 불과합니다. 생의 형식이란 존재론적 형식을 불문하고 존귀하고 소중한 것입니다. 그런데 서구적인 의미의 인간관은 진짜 인간중심주의입니다. 인간 이외의 존재는 인간을 위해 존재하는 도구적인 존재일 뿐이지요. 그러한 의식의 확장이 현대의 발전사관입니다. 촘촘하고 치밀한 의식만으로 채워진 세계,

생의 여백을 허락하지 않는 사상, 그것이 현대 서양의 모럴입니다. 현대사회는 생명의 기운 자체를, 전 지구적 생명의 기운을 부정하고 있습니다.

- **비평가** : 두 분 선생님의 학문적인 깊이가 대단하신 것 같은데, 동양은 물론 서양의 모든 학문을 포괄하여 혼과 생명(영성)의 사상을 전개하고 계신데, 기존의 학문 또는 진리 세계에 대하여 어떠한 견해를 가지고 계신지요.

- **오에** : 제 소설『타오르는 푸른나무』3부작은 소설이면서 소설이 아닙니다. 기이와 삿짱 등의 주인공의 서사를 중심으로 놓고 보면 소설이지만, 그 이외의 주제적 측면으로 들어가 보면 3부작은 하나의 철학 서적이지요. 저는 기존의 소설이 씌어지는 경향을 허물어버리고 싶었어요. 이를테면 단테의『신곡』이나 아우구스티누스의『고백』등의 작품은 물론 파스칼, 예이츠, 랭보, 보르헤스 등의 세계관을 제 소설 속에 수용했습니다. 엄밀한 의미에서 그러한 행위는 상호텍스트성으로 볼 수 있지만, 꼭 그렇지는 않습니다. 학문이든 문학 행위이든 이 세계에 존재하는 모든 의미는 과거와의 대화라고 생각합니다. 우리는 과거의 유산으로부터 벗어날 수 없습니다. 제 소설의 시작도 오바의 전설과 과거의 기이의 유산에서부터 시작하지 않습니까. 현대성은 단절적, 디지털적 시간관을 가지고 있지요. 그것은 과거와의 단절을 의미합니다. 생명의 형식은 언제나 아날로그적, 베르그송적인 것 같아요. 엘랑비탈(élan vital)과 지속이 인간의 역사를 채우고 있습니다. 다시 말해서 인간의 삶은 끊임없이 역동화되지만, 그 역동성은 과거의 시간적 생산물을 통해서 풍요롭고, 그들을 통해서 생의 교훈을 배우는 것이지요. 사실 저는 동양적인 것과 서양적인 것 모두를 제 소설 속에 흡수 통합하고 싶었습니다. 물론 그것이 성공했다고는 생각하지 않습니다. 모든 것들은 불완전합니다. 인간도 세계도 모두 하나의 점

으로 달려가고 있는지도 모릅니다. 그러나 저는 그것의 실체를 명확하게는 인식할 수 없습니다. 다만 인간의 혼에 관한 문제, 죽음에 관한 문제, 죽음 이후에 관한 문제를 앞선 사상가들에게 의뢰하고 있지요. 중요한 것은 그러한 사상가나 문학가들의 정신을 현재의 우리 삶 속으로 되불러오는 것이지요. 의미 아닌 시간은 없습니다. 모든 생의 형식은 그 형식을 불문하고 세계 속에 자리를 차지하고 있습니다. 만약에 모든 과거의 유산들을 망각의 강으로 흘려보낸다면, 그것만큼 어리석은 짓은 없겠지요. 『고문진보』에서 가의가 쓴 「과진론(過秦論)」을 읽은 적이 있습니다. 가의는 '역사는 거울삼는 것'이라고 말하더군요. 가의의 그것처럼 제 소설에 나타난 수많은 사상가나 문학가에 대한 저의 성찰은 현대성이 만들어 놓은 핵, 전쟁, 공포, 불안에 대한 문제성을 고발 비판하는 것이기도 합니다. 저는 유년 시절을 전쟁의 공포 속에 보낸 세대입니다. 저는 평화와 사랑의 세계를 원합니다. 위대한 예술가나 사상가들이 고민했던 주제 역시 저와 같다고 생각합니다.

■ **김지하** : 저는 학문을 하고 싶어 한 것은 아닙니다. 좌익용공에 몰려 독방 감옥에 있을 때, 할 일도 없고 해서 책을 읽게 되었습니다. 뭐랄까 이루 형언할 수 없는 고독과 절망과 죽음의식에 침윤되어 있을 때, 차라리 죽는 것이 더 나은 것이라고 생각할 때, 쇠창살 사이 한줌 흙도 없는 곳에서 뿌리내린 개가죽나무가 저에게 커다란 깨달음을 주었지요. 그 당시 모진 고문을 받아 육신과 정신이 황폐화되어 있을 무렵이었습니다. 한번 생각해 보세요. 죽음을 의식하는 실존적 위기감에 빠져 있는데, 갑자기 개가죽나무 씨앗님이 제게로 와 의미의 손짓으로 생명의 가치를 가르치시더군요. 저는 북받쳐 오르는 감정에 엉엉 울었습니다. '생명은 무소부재구나!'라는 깨달음을 아주 작고 연약한 그렇지만 강인한 생명력을 지닌 씨앗님에게서 배우게 되었습니

다. 그것은 경이의 순간이었습니다. 진리는 멀리 있는 것은 아니라, 늘 우리들 가까이에 존재함을 비로소 알게 되었습니다. 그런데 독방 감옥에서는 별로 할 일 없었어요. 죽음으로부터 벗어난 순간은 생명에 관한 의식이 제게로 왔습니다. 그때부터 영역을 한정하지 않고 닥치는 대로 책을 읽기 시작했습니다. 종교, 철학, 사회학, 생물학, 물리학 물론 동서양의 고전을 섭렵해갔지요. 그때 저는 무척 행복했습니다. 아마 그때의 독서가 현재의 저를 있게 하지 않았나 생각합니다. 어렴풋하게나마 저의 생명 사상의 얼개가 형성되었지요. 그렇지만 저에게 독서 행위는 불행한 의식만을 양산할 뿐이었지요. 생명의 의미란 결코 서양적인 의미의 창조론도 아니고, 다원적인 계발독재적인 모습을 띨 수도 없다는 것을 깨달았을 때, 독서는 저를 행복하게 만들지 않았지요. 독서 행위는 저를 미궁의 세계로 몰고 갔습니다. 지식이 쌓이는 것과 역비례로 마음은 허전하고 무엇인가 결핍되어 있다는 의식으로 머리가 무척이나 아팠습니다. 기독교적인 창조론, 다원적인 진화론 그리고 데카르트적인 코기토의 세계관이 이 우주를 지배하고 있다는 생각이 들었습니다. 그것은 그 나름대로 세계를 설명하는 데 의의는 있지만, 커다란 오류에 빠져 있다는 느낌이 뇌리를 스쳐 지나갔어요. 그 무렵 독서에 대해 회의에 빠진 상태였어요. 샤르댕의 『인간현상』이라는 책이 제게로 와 말을 걸기 시작하더라구요. 아 이거구나 하는 생각이 들었어요. 샤르댕은 기독교 사제였는데, 창조론을 부정한 이 책 때문에 파문을 당했습니다. 물질과 생명의 경계를 허물면서 생명의 역동적 운동성을 우주 전체의 운동성으로 확산시킨 장본인이 샤르댕입니다. 참 행복했어요. 물론 약간의 문제점이 있기는 하지만, 기독교의 창조론이 가지는 맹점을 극복할 수 있는 대안을 제시한 사람이지요. 그 다음은 프란치스코의 만물형제애와 얀 리치의 자기를 조직하는 힘이, 그리고 마지막으로 수은 최재우 선생과 해월 최시형 선생의 동학사상이 왔습니다. 저의 생명 사상의 근간은 동학의 인내천 사상에서 출발합니다. 그렇지만 동학의 사상에만 한정되지 않습니다. 저는 저의 학문적 사상적 스승의 철학을 제 생명 사상의 체계 속에 다원화시켰습니다. 앞서 언급한 학자들 이외에도 무수히 많은 분들이 저의 생명 사상에 영향을 주었지요. 그분들이 없었다면 현재의 저는 없지요.

- **비평가** : 오에 선생님의 『타오르는 푸른나무』 3부작은 참으로 특이한 소설인데요. 특히 소설의 서술자인 삿짱은 양성구유자인데, 거기에는 선생님만의 특별한 사연이 있는지요, 아니면 의도적으로 성적인 편견으로부터 인간의 의식을 해방시키고자 한 것인지 궁금합니다.

- **오에** : 예. 비평가 선생님의 말씀이 맞습니다. 양성구유자인 삿짱은 제 소설 속에서 전체 이야기를 서술하는 내레이터 역할을 하지만, 삿짱은 어떤 의미에서 생명 그 자체를 의미할 수도 있습니다. 인간에게 있어서 성은 제도화된 관습이나 억압으로부터 길들여져 있지요. 그것은 무엇인가 부연스러운 것인지도 모릅니다. 인간에게 있어서 성의 역할은 제도적인 필연성에 의해서 생성된 것입니다. 인도 북부에 있는 록파족이나, 라오스 국경에 사는 소수민족은 아직도 모계사회를 이루고 있기도 합니다. 사실 인간이 만든 인륜적 질서라는 것도 어떤 의미에서는 실존적 필연성을 가장한 편견이 아닐까요. 가다머가 『진리와 방법』에서 말한 전통도 일종에 하나의 편견(가다머는 전통을 선판단으로 이해하고 있지만) 아닐까요. 우리에게 중요한 것은 생명의 어떠어떠한 형식이 아니라 생명 그 자체가 아닌가요. 인류 역사를 통해서 성은 금기의 영역입니다. 성은 자기 보존 본능을 실현시킬 수 있는 가장 극렬한 장소이지만, 반대로 안온한 꿈과 몽상이 숨 쉬는 공간적 의미 또한 지니고 있다고 생각합니다. 그런데 성의 분화는 모든 비극의 원천이라고 생각합니다. 성은 그 자체로 자연이지만, 성에게 어떠

한 역할이 가해진 순간, 성은 온전한 자기를 실현할 수 없습니다. 사실 양성구유는 역할적 성의 구분으로부터 해방을 의미합니다. 남성성과 여성성을 동시에 지니고 있다는 것은 인간 완성이 아닐까요. 그것은 실존적 존재론적 차원을 넘어선 절대의 경지가 아닐까요. 칼 구스타프 융은 남성의 내적인 인격을 아니마(여성성, 감성, 정서)로, 여성의 내적인 인격을 아니무스(남성성, 이성, 정의)로 규정하면서 인간은 자신의 내적인 인격과 조화를 이룰 때, 인간 완성이 이루어진다고 말하지 않았습니까. 우리는 늘 자기 안에 존재하는 또 다른 자아를 찾아 떠나지요. 그것은 인간 자체가 불완전하다는 것을 의미합니다. 그러므로 만약 인간이 삿짱처럼 남성이면서 여성이고, 여성이면서 남성일 수 있다면 그것만큼 이상적인 모습은 없겠지요. 3부작에 드러난 삿짱은 양성적인 성을 향유합니다. 삿짱은 전승의 계승자인 '기이'와의 성관계에서는 여성으로, 오셋짱과의 성관계에서는 남성의 역할을 합니다. 이때 두 성을 향유한다는 것은 어쩌면 가장 행복한 삶의 형태라고 말할 수 있지 않을까요. 더 나아가 그것은 남성적인 오르가슴과 여성적인 오르가슴을 동시적인 경험을 통해서 보다 폭넓은 인간 이해의 길에 들어선 것은 아닐까요. 어쩌면 남성과 여성을 동시 경험할 때 인간은 성적 편견으로 벗어날 수 있고, 보다 완전한 인간이 될 수 있다고 생각합니다. 그러나 현실은 그렇지 않습니다. 어떤 편견이나 질서에 사로잡혀 삿짱과 같은 인물을 장애인으로 취급하겠지요. 소설 속의 양성구유자인 삿짱은 제가 지향하는 인간형입니다. 물론 기이를 구원자의 형상으로 그려내고 있지만, 진짜 중요한 것은 구원의 형상이 아니라 인간 자체를 전인적으로 생각하는 것이 중요합니다.

■ **비평가** : 김지하 선생님의 생명 사상의 출발점은 동학이나 천도교의 사상의 연속선상이거나 그것을 좀 더 심화 확대시킨 것으로 볼 수 있습니다. 특히 향벽설위와 향아설위에 대한 선생님의 사상은 기존의

종교적 담론을 전복시키는 토대가 되는 것으로 생각됩니다. 거기에 드러난 사상은 기존의 신관을 철저하게 부정하면서 인간의 존재론적 층위를 좀 더 강조한 것으로 보이는데요. 인간신이 존재한다고 보십니까. 그리고 오에 선생님이 주인공 기이를 구세주로 표현했는데, 두 분 선생님의 신관은 어느 정도 유사한 면이 있는 것 같은데 어떻게 생각하시는지요.

▪ **김지하** : 앞에서도 이야기했지만, 저의 생명 사상은 생명성의 부소부재입니다. 생명은 그 자체로 신성한 삶이자 살림입니다. 그것은 어떠한 가치 척도로도 이해할 수 없는 지고한 의미를 자체 내에 지니고 있습니다. 동학의 사상은 신이 존재하면서 존재하지 않는 그러한 종교입니다. 엄밀히 말해서 동학의 종교성은 세계 자체를 물활론적으로 인식하는 데 있습니다. 그것은 물질과 생명의 경계를 허무는 것입니다. 생명 이전도 없고, 생명 이후도 없습니다. 생명은 기의 흐름입니다. 그러므로 생명의 소진은 생명성의 사라짐이 아니라 다른 기로 전환되거나 또 다른 생명의 형식으로 질적 비약을 이룩하게 됩니다. 기독교, 불교, 이슬람교를 필두로 한 기성종교는 교묘히 불안의식을 조장하고 있습니다. 신의 창조성이건 업의 윤회성이건 상관없이, 기성종교는 신을 숭배의 대상으로 경배하게 만들지요. 이때 인간은 나약하기 짝이 없는 존재이거나 신 앞에 아무 것도 할 수 없는 존재로 전락하게 되어버리죠. 기성 종교를 믿는 인간에게 있어서 진정한 의미의 '나'는 존재하지 않습니다. 영원과 절대라는 형상 앞에 인간은 비겁자가 되거나 종속되어버리고 맙니다. 기성 종교는 하나의 폭력입니다. 그러나 동학의 인내천은 종교적 관념이지만, 종교를 훨씬 현세화한 현실 긍정의 의식으로 짜여져 있습니다. 그것은 생명성에 대한 전폭적인 긍정이자, 인간에게 무한한 자율성을 부여합니다. 단테의 『신곡』은 기독교적인 두려움의 사상을 극한적으로 보여준 것인 반면, 김

동리의 『을화』는 도그마로 변질된 두 종교의 세계관을 적나라하게 드러낸 것입니다. 종교가 지향하는 궁극적인 관념은 인간 완성입니다. 그런데 종교는 점점 더 세속적인 욕망을 충족시키기 위해 악과 선의 이분법을 더욱 조장합니다. 구원의 길은 기부금함에 기부하는 현금의 액수에 비례합니다. 이러한 현상은 중세의 면죄부 판매와 무엇이 다릅니까. 현대성은 과학적 이성으로 무장한 것 같지만, 과학이 생명과 우주의 신비를 풀어낼 것 같지만, 미시화된 분석적 틀을 통해서 우주 전체의 법칙을 통어할 것 같지만, 우리의 현실은 점점 더 깊은 수렁에 빠질 뿐입니다. 현대성의 징표는 틈과 여백을 허락하지 않을 뿐만 아니라 너그러운 관용의 미학도 존재하지 않습니다. 그러한 태도는 종교적 계율의 연속선상에서 일어난 것은 아닐까요. 종교적 계율은 경계의 설정이고, 설정된 경계 안에서는 무한한 자유와 은총과 자비가 일어나지만, 경계를 벗어난 순간은 계율을 응징으로 바꿉니다. 그러므로 계율은 배제의 논리가 지배하고 있습니다. 미셸 푸코가 『담론의 질서』에서 말한 것처럼 계율은 권력적 권위적 담론이 됩니다. 담론적 역할을 하는 계율은 섹타화된 질서를 조장하면서 세계를 분열시킵니다. 지금의 중동사태가 바로 그러한 징후가 아닙니까. 거시적으로는 중동 대 이스라엘(서구유럽), 불교 대 기독교, 미시적으로는 시아파 대 수니파, 대승 대 소승, 장로교 대 제칠 안식일교로 대립 분화되어 가는 것이 현대 종교의 현상이자 계율의 담론화의 결과입니다. 그런데 동학의 종교성은 신성성을 초월이니 천국이니 극락이니 하는 곳에 두지 않습니다. 생명 자체, 세계 자체 내에서 생명의 법칙성과 원리를 발견하는 데에서 신성성이 내재해 있습니다. 동학은 종교 개혁이 아니라, 완벽한 의미의 종교 혁명을 구현하고 있습니다. 인내천(人乃天). 사실 이 말은 진리나 말씀이나 빛의 편에서 세계를 기술하는 방식이 아닙니다. 인간을 창조적 실체로 인식하면서 인간을 자기 원인화하는 방식입니다. 이때 우리는 하늘의 원리를 형이상학적인 원리로 인식해서는 안 됩니다. 만약에 사람이 하늘이고, 하늘이 형이상학의 원리로 해석되진 순간, 인간은 다시 형이상의 원리에 의해 파생된 존재로 전락하게 됩니다. 인간이 주체이자 자기 원인으로 존재할 때, 세계는 상생의 의미를 산출할 수 있게 됩니다. 그러한 사상성은 해월 최시형 선생님의 향벽설위(向壁設位)에서 향아설위(向我設位)로의 전환에서 비롯합니다. 그것은 단순한 제사법의 바뀜을 의미하지 않습니다. 그러한 행위는 종교적인 인식론의 전환입니다. 유교, 불교, 기독교, 이슬람교 그리고 무속적 샤머니즘 등이 행했던 제사법인 향벽설위는 영계나 초월계에 있는 신적인 존재가 흠향의 주체입니다. 이때 인간은 노동의 주체도 아니고, 생의 주체도 아닙니다. 그런데 향아설위는 노동의 주체인 인간이 스스로를 살림하는 제사법입니다. 내가 나를 위해 상차림 하는 행위는 모든 형이상학적 원리가 나로부터 시작한다는 사유방식입니다. '나'는 여기서 개별적인 하나의 인간을 의미하면서 인간 전체를 의미합니다. 만약에 '나'라는 주체가 우주라는 외연적 실체로 존재할 수 없다면, 인내천은 하나의 우주론이 될 수 없습니다. '나'는 내포이면서 외연적인 실체로 이중화되어야만 합니다. '나'는 생명 일반뿐만 아니라, 생명 아님 또한 자체 내에 가지고 있습니다. 그렇기 때문에 나의 의미의 확장적 또는 수렴적 국면이 세계와 우주의 실체입니다. 그것이 바로 인내천이고 향아설위입니다.

■ **오에** : 과거의 기이가 강간 사건으로 죽임을 당하고 다카시가 새로운 기이로 근거지 운동을 전개하면서 혼의 일에 치중합니다. 이때 혼이라는 말은 참 미묘한 의미를 가지게 됩니다. 혼은 어떤 의미에서 인간 존재를 존재하게 만드는 징표일 수 있습니다. 저는 3부『위대한 세월』에서 다음과 같이 말했습니다. "<시코쿠의 골짜기 숲>에서, 이 골짜기에서 태어난 사람이 죽음을 맞이하면, 혼이 숲의 수목 뿌리에

서 하늘을 향해 올라가…… 숲에는 사람을 귀환시키는 힘이 있다. 그렇듯 <장소에 힘이 있는> 것입니다." 이 말은 인간을 단지 혼의 문제로만 본 것은 아닙니다. 생명의 형식은 생명의 기운이 있는 장소, 즉 태어남의 장소가 있지요. 그 공간은 단지 있는 공간이 아니라 신성한 기운이 스며있는 공간입니다. 그러므로 엘리아데가『종교현상학』이나『성과 속』에서 말한 것처럼, 인간은 공간의 성화를 통해서 인간의 삶의 의미를 성스럽게 만듭니다. 그것은 세계 자체를 하나의 생명의 기운으로 보는 것이지요. 저도 엘리아데와 유사한 생각을 가지고 있습니다. 시코쿠 섬은 일본 내에서 가장 원시림이 발달한 자연친화적인 공간입니다. 3부작의 주인공인 기이는 저 자신의 분신입니다. 기이는 어쩌면 인간신입니다. 그가 여자의 자궁을 빌려 태어난 인간이기는 하지만, 성스러움은 육체의 형식이 아니라 고차원의 정신성에서 비롯한 것입니다. 기이는 현대성이 도달할 수 없는 고도의 정신성을 견지한 인물이고, 이 시대의 허위의식을 무너트릴 수 있는 인물이지요. 만약 기이가 구세주가 아니라면 이 시대를 구원할 수 있는 사람이 또 누가 있겠습니까. 제게 만약 신이 존재하는냐고 묻는다면 저는 단호하게 말할 수 있습니다. 기성 종교적인 신은 부재합니다. 신은 미래적 구원과 예정조화를 준비해 놓고 있지 않습니다. 제게 만약 신이 있다면 기이와 같이 실천력과 개혁정신을 겸비한 존재가 신이 아닌가 생각합니다. 저는 철저하게 현세적입니다. 하루하루를 충실히 살아가면서 우주가 앓고 있는 병을 치유하면서 상생의 의미를 키워나갈 때, 세계는 평화와 사랑으로 가득 차게 되는 것은 아닐까요. 진정한 천국은 땅 위에 천국을 건설하는 것입니다. 그것은 허황된 생각이 아닙니다. 과거의 기이는 실패했지만 새로운 기이를 중심으로 <근거지 운동>과 <우주생명 살리기 운동>을 한다는 것은 그 자체로 물질에 대한 정신과 혼을 회복시키는 운동입니다. 어쩌면 기이라는 인물은 하나의 상징적인 아이콘일지도 모릅니다. 기이가 구원자가 아니라 기이가 실천하고 확산시키고자 하는 혼의 일 자체가 구원의 형상입니다. 그리고 혼은 우주 속에서 불멸하는 의식입니다. 혼은 결코 엔트로피 법칙에 적용될 수 없는 불가사의한 힘을 지닌 절대적인 그 무엇입니다. 혼의 일은 인간의 개념적인 정의를 훨씬 넘어선 것이고, 신성한 기운이 참여하는 일입니다. 그러나 그 기운은 인간이 적극적으로 실천할 때 생성되는 혼입니다. 저는 3부 제2장 <신은 불행에서 오는 고통을 달래주지 않는다>에서 이야기했습니다만 조금 더 부연해서 설명하겠습니다. 죽음 이후의 세계를 관장하는 신의 임무는 언제나 피동적입니다. 우리는 순간과 영원 사이를 살아가야만 하는 운명을 타고 났습니다. 순간과 비교하면 인간의 삶은 영원이고, 영원과 비교하면 인간의 삶은 순간입니다. 그러나 우리는 우리의 생명의 시간을 영원과 비교할 수는 없습니다. 왜냐하면 인간이 자신의 존재의 시간을 영원과 비교한 순간, 인간은 허무주의에 도달하게 되기 때문입니다. 영원 앞에 선 삶은 허망하고 부질없는 짓거리일 수밖에 없습니다. 생의 의미를 발견하고 창조하기 위해서는 영원의 문제나 영원으로의 이행에 관한 의식보다 순간의 의미를 숭고하게 인식하게 중요합니다. 순간이 배제된 영원은 없습니다. 우리는 우리에게 주어진 생명의 시간이 순간보다 좀 더 긴 동안으로 인식하면서 불행이나 고통을 스스로 극복해 가는 것입니다. 신은 인간의 의식 안에 있는 의지력과 실천력입니다. 그것은 바로 인간의 내부 어딘가에 신성성이 존재하며 인간이 신이라는 말도 됩니다. 그것은 더 나아가 신이 인간의 구원자가 아니고 인간의 모든 불행을 치유할 수 있는 존재도 아니라는 말입니다. 인간은 인간을 통해서만 구원받고 생명의 형식으로 구원받아야 한다고 생각합니다.

■ **비평가** : 스탠리 밀러와 레슬리 오르겔은 『생명의 기원』에서 생명에로

의 진화 과정을 화학진화 → 분자의 자기조직화 → 생물 진화의 과정으로 보고 있는데, 그것은 무생물에서 생명으로의 이행이라는 비가역적 진화론적 입장을 취하고 있습니다. 두 분 선생님은 생명의 기원이나 진화론적 견해에 대하여 어떻게 생각하시는지 궁금합니다.

- 김지하, 오에(공동의 의견) : 참 어려운 문제입니다. 아마 이 문제는 불가지론의 영역에 속하는 가장 심오한 문제일지도 모릅니다. 그러나 이 문제는 인간에게 있어서 신념적 선택의 문제와 맞닿아 있다고 생각합니다. 그것은 생명 현상을 바라보는 각자의 눈에 따라 다양한 의견이 나올 수 있다고 생각합니다.

- 김지하 : 제가 먼저 말씀드리겠습니다. 저는 얀 리치의 자기조직화하는 힘이나 샤르뎅의 인간현상을 긍정적으로 바라보고 있습니다. 분자생물학이나 핵물리학의 연구 결과를 살펴보는 것은 시사하는 바가 무척 많습니다. 원자를 분해하면 전자, 양자, 중성자로 구성이 되어 있습니다. 그런데 더 이상 나누어질 수 없는 것처럼 보였던 전자도 이젠 분해가 가능합니다. 쿼크입니다. 쿼크는 물질이지만 질량이 존재하지 않습니다. 그것은 동양철학에서 말하는 기(氣)와 같은 물질입니다. 다시 말해서 분자생물학이나 핵물리학의 연구 결과는 생명과 무생물의 경계를 허물어 버리고 세계는 기의 운동을 통해서 생성된 것이라고 추측할 수 있습니다. 세계를 구성하고 존재하게 만드는 최초의 원인 물질은 기입니다. 그렇다면 우리는 이러한 연구 결과를 통해서 생명과 무생물에 대하여 무엇이라고 말하여야 할까요. 저의 결론은 다음과 같습니다. 물질은 비활성적 물질이 아니라, 기의 운동성을 지닌 활성물질입니다. 그런데 그 활성물질은 피동적인 사물이 아니라, 자기를 조직하는 힘을 지닌 사물입니다. 우연한 계기를 통해서 활성물질은 다른 활성물질과 결합하고 화학반응을 일으켜 생명의 기초물질인 핵산과 아미노산을 만들어 자기조직화하는 생명으로 질적

비약을 이루게 됩니다. 그러나 이러한 진행 과정은 비가역적입니다. 생명이 탄생하는 최초의 계기는 우연이지만, 생명이 자기조직화하는 과정은 필연입니다. 여기서 참으로 어려운 점은 우연과 필연의 문제입니다. 생명이 나타나게 되는 순간은 우연이지만, 생명의 진화는 필연적이라는 말은 어쩌면 자기모순에 빠지는 말일 수 있습니다. 그것은 설명할 수 없습니다. 기독교의 창조론은 빛과 말씀과 성령으로 천지창조를 합니다. 이때 말씀은 신의 의지이고, 그 의지는 신의 사랑이라고, 신의 사랑을 통해서 인간이 창조됩니다. 기독교 신학에서 말씀은 최초의 원인입니다. 이 말씀은 아후라 마즈다, 브라흐마, 알라와 무엇이 다릅니까. 결코 다르지 않습니다. 종교적인 사유는 세계와 존재를 신성화하고 싶은 인간 의식이 투사된 정신적 성과물입니다. 그런데 묘하게도 종교는 인간의 나약성, 인간의 가사성을 약점 잡아 절대성과 초월성으로 무장합니다. 종교가 인간을 지배하고 세계의 주인으로 위치하게 됩니다. 종교는 평화의 사랑이 아닙니다. 사후 세계를 담보로 인간을 현혹시키는 기만술입니다. 그러므로 창조론은 하나의 허구적 내러티브이고 인간의 상상적 신화입니다. 저는 그렇다고 인간이 세계의 주인이라고 생각하지도 않습니다. 해월 최시형 선생의 밥의 사상을 존중합니다. 밥을 통하지 않고 생명은 존재할 수 없습니다. 밥은 가장 신성한 존재이지요. 밥을 먹는 행위는 생명을 자기조직화하는 힘입니다. 그리고 그 행위는 모든 창조적 활동의 시발점입니다. 알란 와츠의 『물질과 생명』 중에 「부엌에서의 살상」은 세계의 존재론적 의미를 아주 정확하게 표현한 것입니다. 와츠는 이 장에서 '잘못 요리된 닭의 죽음은 헛되다'라고 말합니다. 이때 와츠는 해월의 밥의 사상으로 무장한 것입니다. 생명은 생명으로 순환되는 것입니다. 그것은 세계를 아름답게 만드는 것이고, 우리는 그 밥되는 존재를 잘 요리해서 맛있게 먹고 우리 몸의 에너지로 일체를 이룰 때, 죽은 닭의 생명성은 나의 생명으로 확장된 것입니다. 그러므로 우리는 생명의 수레바퀴를 타고 돌아가는 것입니다. 그런데 인간만이 다른 생명의 에너지로 환원되지 않습니다. 그것은 가장 이기적인 발상입니다. 인간의 생명도 다른 생명의 형식과 결코 다른 것이 아닙니다. 티벳의 조장이나 시베리아의 늑대장은 가장 자연 친화적인 생명의 순환 법칙을 실천하고 있는 셈이지요. 모든 생명적 활동을 에너지의 흐름으로 환원시킬 때, 세계는 진화 발전을 이룩합니다. 에너지는 기의 다른 이름입니다. 이야기가 애초의 의도와는 달리 다른 쪽으로 전개된 것 같은데 생명의 형식이 진화하는 우연과 필연의 문제 그리고 비가역성의 문제로 되돌아갑시다. 생명적 기제의 탄생의 순간을 우연으로 진화의 과정을 필연으로 인식하는 것과 이 우연과 필연의 과정 전체를 비가역적으로 생각하는 것은 밀접한 관계가 있습니다. 먼저 비가역성의 문제는 인간이 해결할 수 없는 문제입니다. 왜냐하면 우리는 생명이 탄생되었던 순간으로 되돌아가 생명 탄생의 순간과 그 순서도를 작성할 수 있지만, 생명 탄생의 초기 조건을 재현할 수 없습니다. 지금 행해지는 고생물학이나 분자생물학은 생명이 탄생되는 초기 상황을 재현하려고 시도하지만 정확하게 그 탄생의 순간을 재현한 것이 아니라 추측 재현한 것에 지나지 않습니다. 다시 말해서 생명이 탄생한 순간으로부터 수십억 년이 경과한 지금의 시간성을 통해서 생명이 탄생되는 특발성의 순간을 우리는 알 수 없습니다. 생명 탄생의 순간은 일회적인 사건성입니다. 핵산과 아미노산이 결합하여 단백질을 만들고 DNA를 만든 순간을 실험실 안에서 재현하는 것은 불가능합니다. 생명 탄생의 순간은 비가역성이 아니라 어쩌면 불가역성의 순간인지도 모릅니다. 이제까지 밝혀낸 생명 탄생의 초기 상황은 물과 전자기력이 작용하여 서로 다른 이물질을 결합시키는 것으로 이해하고 있습니다. 그러나 이것 역시 가설일 뿐입니다. 생명 탄생의 조건은 인간이 상상할 수 없는 너무도 많은 독립변수가 작용하고 있습니다. 바람의 세기, 대기의 온도, 물의 상태, 서로 다른 이물질의 상태 등등의 독립변수를 조합할 때, 우리는 생명 탄생의 순간을 재현할 수 있습니다. 그러나 그것은 애초부터 불가능합니다. 왜냐하면 과학은 생명 탄생의 초기 조건을 목록화할 수 없을 뿐만 아니라, 만약에 목록화를 했더라도, 수많은 목록들을 조합 실험하는 것은 더더욱 불가능합니다. 그러므로 생명 탄생의 순간은 비가역성의 순간입니다. 이 비가역성의 특발적 순간은 또 다른 심오한 뜻을 내포하고 있습니다. 그것은 환원적인 이해나 가설적인 의미를 지닌 것이기는 하지만, 한번 생각해보는 것은 의미가 있습니다. 왜 하필 그 순간에 서로 다른 그 이물질들이 결합했는가. 만약에 최초의 결합 물질이 그 물질이 아닌 다른 물질의 결합이었다면, 우리는 존재할 수 있는가. 만약에 그 최초의 특발적 계기가 다른 DNA의 결합 방식을 취했다면 현재의 생명적 현상이 나타날 수 있는가. 그러므로 그 특발적 비가역적 생명 탄생의 순간은 우연적 사건성이지만, 그것은 하나의 필연적 사태라고 인식하여야만 합니다. 우연은 필연입니다. 우연은 진화적 사태로 이행하고, 진화는 예정된 방향으로 생명을 현상하게 만든다고 생각합니다. 인간은 그 특발적 사건성의 필연적 산물이며 그 결과이지요.

▪ **오에** : 김지하 선생님의 생명 진화론은 아주 심오한 뜻이 있습니다. 저는 소설가이지 사상가는 아닙니다. 다만 저는 일본적 상황을 통해서 생명을 이해하고 있을 뿐입니다. 일본은 천황이 존재하는 나라입니다. 천황은 인간신을 상징합니다. 그것은 인간이 신이 될 수 있다는 의미인 동시에, 철저하게 현재적 생명성을 긍정하는 방식으로 나아갈 수 있는 단초를 제공합니다. 진화론이나 창조론 중에 어떠한 입장을 취하고 싶지는 않습니다. 다만 저는 현재의 생명성을 긍정하면서 생명과 혼의 일을, 혼의 불멸성을 이 세계에 확산시키고 싶습니다.

진화론과 창조론은 저에게 그렇게 중요한 문제는 아닌 것 같습니다. 이 정도 답하고 다음의 문제로 넘어가지요.

- **비평가** : 김지하 선생님은 시간은 생존이며 전 방위적으로 확산하는 힘이라고 보시고, 오에 선생님은 순간과 영원 사이에 존재하는 한 순간보다는 좀 더 오래 계속되는 동안이라고 명명하셨는데, 두 분 선생님의 시간 내지 생명적 시간이 함의하는 것은 유사한데 제가 잘못 본 것인가요.

- **오에** :『타오르는 푸른나무』3부작에서 시간의 문제는 정말 중요한 함의를 지니고 있습니다. 사실 주인공인 기이를 통해서 시간을 초월하는 의식의 문제를 말하고 싶었습니다. 그것이 잘 표현되었는지는 두 번째 문제입니다. 3부작을 통해서 저는 저 자신의 문학적 정체성을 종결시키고 싶었습니다. 제 나이 벌써 72세입니다. 한순간보다는 조금 더 오래 계속되는 동안을 살았는데, 그것이 무슨 의미인지 되묻고 싶군요. 저는 살아있다는 것의 의미를 영원히 현재하는 것으로 이해하고 있습니다. 3부인『위대한 세월』에서 다음과 같이 이야기 했습니다. "우리가 얘기하고 있는 문명은, 우리 세대만의 소유물이 아니다. 우리는 그 소유자가 아니고, 단지 보관자일 뿐이다. 그것은 우리들보다 무한하고 거대하고, 중요한 그 무엇이다. 그것은 전체이며 우리들은 부분에 불과하다. 우리가 그것을 달성한 것이 아니고, 다른 자들이 달성한 것이다. 우리는 그것을 창조하지 않았다. 우리는 그것을 이어받았다. 그것은 우리에게 주어진 것이다." 이 구절은 저의 문명관뿐만 아니라 시간의 의미도 함의하고 있습니다. 우리에 중요한 것은 무엇일까요. 우리는 부정적으로든 긍정적으로든 문명이라는 틀 안에서 살아갑니다. 문명은 공간성과 시간성을 동시에 지니고 있는 인류적 성과물입니다. 생의 형식은 지속이라는 의미로 풀어낼 수 있습니다. 그것은 베르그송적인 지속 개념과 유사한 면을 지니고 있지

요. 생명이란 어떤 면에서 무한반복입니다. 그러나 그 반복은 동일성의 반복이 아니라 이질성의 반복입니다. 생은 생으로 대체됩니다. 생의 시간은 순간과 영원 사이 즉, 한순간보다는 조금 더 오래 계속되는 동안을 의미합니다. 개별자로써의 인간의 생은 유한이지만, 생이 생으로 대체된 순간 우리는 영원으로 존재할 수 있습니다. 그러나 그 생이 또 다른 생으로 대체될 때, 문명은 중요한 매개 고리입니다. 문명은 정신적인 것과 물질적인 것 양자를 의미합니다. 문명은 인간정신의 표현이지만, 그 정신은 물질적인 양태를 매개로 표현되지요. 문명은 시간의 기록입니다. 문명은 과거와 현재를 미래로 이어주는 교량입니다. 문명은 영원한 지속입니다. 거기에는 비약은 존재하지 않습니다. 인간의 유위적 행위는 문명의 탑을 형성하여 다음 세대를 위하여 문명을 온전하게 인계하는 임무를 띠고 있습니다. 그러나 저는 왜 그러한 임무를 띠어야만 하는지는 잘 모릅니다. 왜 인간이라는 생명의 형식이 왜 이 공간 속에 존재하여야만 하는지도 알 수는 없습니다. 삶의 형식이 무의 형식으로 수렴해 갈 때, 우리는 우리에게 존재했었던 시간을 어떻게 이해해야 할까요. '한순간 보다는 조금 더 오래 계속되는 동안'이 우리에게 무슨 의미가 있을까요. 그냥 사는 것은 아닐까요. 우리는 키에르케고르적인 단독자로 존재하지는 않습니다. 우리는 죽은 자들이 쌓아올린 성 위에서 그들의 혼과 함께 살고 있습니다. 세계는 혼들로 둘러 싸여 있지요. 생명에게 있어서 죽음은 존재의 형식을 바꾸는 것인 동시에 시간의 수레바퀴를 조정하는 것일 뿐입니다. 혼은 이루 형언할 수 없는 내밀한 기운으로 이루어져 있습니다. 혼은 현존의 세계에 존재하지 않지만 인간이 직관적으로 느낄 수 있는 미묘한 어떤 느낌 같은 것이지요. 우리 관점을 바꾸어 생각해 봅시다. 죽은 자의 편에서 세계를 직관할 때, 죽음은 혼자서 세계의 소멸을 떠맡는 순간은 아닐까요. 그리고 죽음의 순간은 영원을 포착한 순간으로 이해하면 안 될까요. 영원은 육체의 형식으로는 도달할 수 없습니다. 사실 모든 유적 존재들은 영원을 갈망하지 않나요. 그러므로 죽음이나 무는 존재의 괴로움이 아니라 영원을 포착한 기쁨으로 표현되어야만 합니다. 인간에게 있어서 시간은 결코 중요한 함수가 될 수 없습니다. 중요한 것은 우리가 생이었던 조금 긴 동안을 기쁨과 사랑과 혼의 일로 채울 수 있다면 그것으로 끝인 것입니다. 시간을 묻고 번민하면서 영원을 갈망할 필요는 없지요. 그것이 바로 생명적 시간의 임무입니다.

▪ 김지하 : 저는 선형적인 시간성을 부정합니다. 저는 철저하게 현재적인 것을 긍정합니다. 시간은 허구입니다. 시간은 존재하지 않습니다. 그리고 시간에 관한 의식은 모든 불행한 의식의 출발점입니다. 저는 『생명과 자치』에서 다음과 같이 시간에 대하여 이야기했습니다. '과거에서 현재를 거쳐 미래를 향해 화살처럼 흐르는 절대적이고 물리적인 시간이란 실재하지 않아요. 시간은 '있는 것'이 아닙니다. 시간은 있는 것이 아니라 '살아 있습니다.' 따라서 존재로서의 시간은 없습니다. 시간은 생존입니다. 시간은 오직 삶의 주체가 지금 여기 실존적인 우주적 자기 성취를 하는 순간에만, 그리고 그것을 전 방위로 확산, 실현하는 한에만 심오한 의미를 띠고 자각되는 창조적인 생명의 시간으로 살아날 뿐입니다.' 이 말은 저의 생명 사상의 근간이면서 우리가 현실을 어떻게 살아가야 하는지에 대한 의미를 정확하게 표현하고 있습니다. 저는 오에 선생님이 말씀하신 시간은 지속이라는 테제를 부정합니다. 베르그송에게 있어서 시간은 지속이고, 의식입니다. 이때 시간은 지속하는 것인 동시에 의식하는 것으로 질적 비약을 일으킵니다. 문제는 여기에 있습니다. 시간은 의식을 발원시키는 계기입니다. 시간에서 의식이 생성된다는 것은 생의 형식에게 가장 가혹한 시련입니다. 모든 의식은 불행한 의식입니다. 의식은 세계를 새

롭게 인식할 수 있는 최초의 계기이지만, 의식은 세계-내-존재뿐만 아니라, 자기 자신의 실존도 문제시하게 됩니다. 의식이 타자를 문제 삼으면서 세계의 인식지평을 확산시켜 갈 때 타자는 하나의 도구적 대상으로 전락하게 됩니다. 우주는 원환적인 동시에 상보적인 관계로 형성이 되어 있습니다. 그러나 인간화된 의식은 그러한 상생의 관계를 파괴시켜 일방통행식의 관계로 만들어 버립니다. 그러한 까닭에 세계는 전 방위적으로 확산되는 힘이 충일한 공간이 아니라, 인간의 이기적 욕망을 충족시키는 대상적인 공간으로 추락해버립니다. 의식은 곧 대결이자 착취입니다. 무한화하는 욕망의 실체가 의식이지만, 그 의식은 자기의식으로 수렴하게 됩니다. 의식이 자기를 인식하게 된 순간, 인간은 한편으로는 세계와의 관계적 국면을 투쟁하는 의식으로 채우고, 다른 한편으로는 타나토스화된 생의 마지막 순간을 회상하게 됩니다. 전자는 인간의 역사발전의 계기로 작용할 때, 어느 정도 순기능적인 면이 있기는 하지만, 그러나 그 발전은 대상 착취적인 의미를 지니고 있습니다. 세계는 그 자체로 생명이고 생명이 생기하는 공간입니다. 그런데 대결하는 자기의식은 헤겔이 말한 주인과 노예의 변증법처럼 인류적 공간 전체를 투쟁의 공간으로 질적 저하시킵니다. 후자는 허무의식으로 수렴하게 됩니다. 자기가 자기를 인식한다는 것은 자신을 고양시킬 수 있는 계기이지만, 자기는 영원한 현재를 살지 못하고 무로 수렴하게 됩니다. 타나토스는 인간의 역사를 통해서 개관해보면 하나의 숙명으로 치부되고 있습니다. 생의 종결은 단순한 사라짐이 아니라, 두려움으로 수렴하게 됩니다. 그것은 가장 이기적인 발상입니다. 두려움이나 불가지적인 것으로 의식되는 죽음은 타자 존재에 대한 생의 의무를 사상시키고 자신만의 존재론적 의미를 중시하는 에고이즘의 한 형식입니다. 생의 형식이 무로 수렴해 갈 때, 그것은 단순한 사라짐이 아니라, 생의 형식이 다른 기로 전환되거나 형태의 변화를 의미합니다. 세계 속에 존재하는 모든 것들은 결코 사라지지 않습니다. 삶의 의미를 다음과 같이 생각하면 어떨까요. '삶은 결코 직선적 시간이 아니며 상보적 순환의 시간관에 터합니다. 이 순환의 시간은 폐쇄적이며 고정적이고 안정적인 원 속에서의 일정한 반복 순환의 시간도 아니라 순환하면서 수렴하고 순환하면서 확산하는 끊임없이 지금 여기에서 지금 여기로 되돌아오며 또한 밖으로 나아가는 안팎이 동시적이면서도 동시적이 아닌, 아니다 그렇다로 근원적인 숨겨진 질서의 끊임없는 유출로서의 드러난 질서의 끊임없는 자기 변화, 자기조직화, 자기 수정과 갱신과 차원 변화를 반복, 증폭하며 사방팔방 시방으로, 전 방위로 팽창 확산하고 또한 심층 무의식으로 끝없는 그 밑바닥으로 외계 우주의 수천억 개의 무한한 공간으로, 처음도 끝도 없는, 진행하는, 절멸하지 않는 삶 그 자체인 것입니다'. 생명은 절멸하지 않는 운동을 의미합니다. 끝을 향해가지만 결코 끝으로 수렴하지 않으면서 형태를 변화시키는 운동입니다. 끝은 없습니다. 영원한 생명적 현재만이 이 세계를 채우고 있을 뿐입니다. 생명과 생명 아님의 경계를 허물면서 창조적으로 역동하는 시간, 무궁의 시간관이 제가 생각하는 시간의 의미입니다. 이때 시간은 통념적인 의미의 시간이 아닙니다. 시간은 없습니다. 시간은 영원한 현재입니다. 시간은 현재 우리가 살아 있는 삶의 순간순간을 채우는 영원한 현재입니다.

- **비평가** : 김지하 선생님의 '님'과 오에 선생님의 '기이'는 구세주로 칭할 수 있는 존재입니까. 그리고 이 세계에는 기적이 존재할 수 있습니까.

- **오에** : 엄밀한 의미에서 구원은 없습니다. 구원은 하나의 가상입니다. 구원은 초월의 편에서 길항시키는 기제가 아닙니다. 구원은 나와 너의 관계 안에 있습니다. 구세주는 단순한 대리자일 뿐입니다. 다음은

구원자에 대하여 소설에서 언급한 내용입니다. '그 대리라는 것은, 인간을 넘어선 무엇, 어떤 것의 대리이기도 합니다. 나는 그 같은 대리 인간으로서, 무엇, 어떤 것의 메시지를 연결하기 위해 일정 기간 봉사하는 것입니다. 나보다 더 새로운 기이도, 무엇, 어떤 것의 대리이며, 그 다음에 출현하는 더욱 새로운 기이를 위하여 봉사하는 대리 인간이겠지요. 그리고 그 다음에도……. 그리하여 마침내는 대리 인간이, 그 자체가 되는 날이 올 것입니다. 무엇, 어떤 것 바로 그 자체가 도래하는 날, 그 자체인 인간이란, <구세주>. 그 자체인 인간이 출현했을 때, 그때까지의 대리 인간은 모두, 그 자체인 인간과 겹쳐집니다. <구세주>란 그처럼 종합체이며 동시에 유일한 존재입니다. …… 지금 나는 대리 인간이지만, 언젠가 그 자체인 인간이 출현하여 <구세주>가 될 때, 나 또한 헤아릴 수 없을 만큼 많은 대리 인간과 함께 <구세주>라 불릴 테니까 말입니다. 그리하여 나 또한 <구세주> 그 자체가 될 것이므로……' 이 인용문을 잘 음미하면 구원 또는 구세주의 의미를 명확하게 이해할 수 있을 것입니다. 구원은 저편 즉, 초월 세계의 문제가 아니라, 이쪽의 과제입니다. 이쪽은 끊임없이 생기하는 우리들의 세계를 의미합니다. 진짜 중요한 것은 구원자를 예수나 부처의 형상으로 상상하지 않는다는 점이지요. 저는 부처나 예수, 마호메트 같은 인물들이 구세주라는 점을 부인하지는 않습니다. 그러나 중요한 점은 그들이 구원자의 형상으로 이 세상에 왔을 때, 그들은 세계 전체를 구원하지는 못했습니다. 그들은 동양, 서양, 아랍 지역을 대표하는 구원자의 형상입니다. 그들이 구원하고 싶은 세계는 본질적으로 같은 것이기는 하지만, 현실 세계는 그들을 서로 다른 인물이라고 생각합니다. 그들의 우주관은 인종적 지역적 편견으로 인해 하나의 도그마로 변질됩니다. 문제는 여기에 발생합니다. 그들은 세계고를 온몸으로 체현한 구세주임에는 틀림이 없습니다. 그들의 생의 형식은 진리의 형식 자체를 의미합니다. 그러나 현실은 섹터화되고 분열의 형상을 띠고 있습니다. 엄밀한 의미에 있어서 세계의 갈등은 예수 대 부처, 예수 대 마호메트의 대리전쟁은 아닐까요. 현대의 전쟁은 표면적으로 경제의 원칙이지만, 내면적으로는 종교적인 신념의 대립에서 비롯한 것으로 보입니다. 저는 가장 완벽한 구세주는 아직 오지 않았다고 생각합니다. 과거의 기이를 새로운 기이가 대체하고 대리했듯이, 인간의 세계는 끊임없는 대체 대리 과정이라고 생각합니다. 예수, 부처, 공자, 장자, 마호메트는 그 시대를 대표하는 구세주이자 종합체이자 유일한 존재로서의 <구세주>를 대리한 구세주라고 생각합니다. 왜냐하면 그들은 모두 육체의 형식으로 세계 속에 임재하여 세계를 구원하려고 했지, 혼의 형식으로 세계를 구원한 존재는 아닙니다. 그러므로 엄밀한 의미에 있어서 구원의 상징은 혼적이 없고, 구세주는 절대 그 자체입니다. 대리자로서의 구세주는 자신보다 타인의 고통을 더 괴로워하는 존재였고, 자신의 생명보다는 타자의 생명이 소중하다고 생각하는 부류의 인간형입니다. 만약에 세계가 구원받는다면, 세계 전체를 타자를 위한 희생과 사랑으로 채울 때 가능하다고 생각합니다. 과거의 기이나 현재의 기이의 정신을 미래의 기이가 계승하는 전통이 무한히 연속된다면, 그것은 인류 전체가 <구세주>가 되는 것은 아닐까요. 그러므로 구원은 초월의 편에서 오는 것이 아닙니다. 구원이나 구세주는 우리가 생존하는 현실의 공간을 긍정하고 그것을 아름다움과 사랑으로 승화시킬 때 나타나는 현상이겠지요. 그리고 기적은 없습니다. 기적이 만약 존재한다면, 그것은 세상의 모든 사람들이 대리자로써의 구세주가 되려고 시도하는 순간 기적은 세계 속에 임재 하겠지요. 그것은 그렇게 마음과 마음이 모아져서 혼의 일에 집중할 때 얻어지는 전리품 정도라고 생각합니다.

■ **김지하** : '님이란 후천개벽 시대의 새로운 예절의 압축 표현입니다. 모

든 것이 님입니다. 그러나 그것은 실체가 아니라 무궁신령한 변화, 창조적 진화, 그 기의 활동인 것입니다. 결코 실체를 모시거나 그것을 님이라 부르지 않습니다. 실체화하는 님은 우상 숭배요, 물신 숭배요, 대상에의 종속일 뿐입니다.' 만해 한용운이 「군말」에서 '님만님이 아니라 기룬 것이 다 님이다'라고 말하지 않았습니까. 님은 마음입니다. 사랑 실천이 바로 님의 실체입니다. 저는 종교적인 우상숭배를 경계합니다. 구세주가 존재한다고 생각합니까. 천만에 말씀입니다. 저는 구세주라는 말을 별로 좋아하지 않습니다. 누가 누구를 구원할 수 있다는 것이 가능한 일입니까. 마더 테레사가 인류를 구원한 것입니까. 그것은 니체 식으로 말해서 약자나 노예의 도덕을 이세계에 만연시키는 것은 아닐까요. 테레사 수녀의 희생은 아름답고 숭고하지만, 그것은 약자를 더욱 약자되게 만드는 것은 아닌가요. 민중주의란 민중의 편에 서는 것만을 의미하지는 않습니다. 민중의 편에 서되 민중이 자생력을 키울 수 있게 만드는 것이지요. 민중주의는 생명을 생명으로 고양시켜 생의 형식을 아름답게 만드는 것입니다. 심훈의 『상록수』에 나타난 브나르도 운동은 진정한 민중주의를 실천하고자 하는 인간적인 노력의 소산입니다. 그것이 설령 구호의 수준으로 끝났을지라도 민중을 님으로 모시고 그들의 삶과 공감대를 형성하고자 한 노력의 흔적이 바로 님을 모시는 행위입니다. 님은 지고의 절대적 실체가 아닙니다. 인내천(人乃天) 사상은 기존의 철학이나 종교 전체를 전복시키는 후천개벽의 실체입니다. '사람이 곧 하늘이다.'에서 사람의 의미를 단순하게 이해해서는 안 됩니다. 이때 사람은 생명 일반을 의미합니다. 다시 말해서 생명 일반이 곧 하늘의 이법이라고 할 때, 기존의 형이상학이나 종교적 담론을 일거에 무너뜨리게 됩니다. 선천시대의 이념은 이법이 선재하고 만물은 이 이법을 통해서 파생되게 되어 있습니다. 그러나 동학은 이념을 통해서 세계의 이법을 세우지 않습니다. 우리가 존재하는 이 세계성 자체를 생명의 터전으로 생각하면서 세계를 생의 형식으로 이해합니다. 그러므로 구원이나 구원자의 형상은 미지의 세계로부터 오는 신호가 결코 아닙니다. 구원은 인간 세계 전체를 님으로 모시고 존중할 때 발생합니다. 제 생명 사상 안에서 기적이 있다면 인간 세계 전체를 님으로 모시는 현상이겠지요.

▪ **비평가** : 오에 선생님의 근거지 운동과 김 선생님의 생태학적 운동은 동일한 인식지평을 함의하고 있는 것이겠지요.

▪ **김지하** : 인간이 역사를 기술하게 되면서 가장 큰 문제점으로 드러나게 된 것은 인간중심주의적으로 세계의 현상을 이해한다는 점입니다. 물론 역사는 인간이 유의미하다고 생각하는 사건을 기록하는 것이기는 하지만, 거기에는 무엇인가 커다란 오류가 있다고 생각합니다. 전 지구적 운동의 주체는 결코 인간일 수 없습니다. 인간은 세계의 구성부분 중에 하나일 뿐입니다. 사실 환경이니 생태학이니 하는 것들도 다 따지고 보면, 인간이 만들어놓은 전 지구적 병리현상에 대한 인간화된 의식에 지나지 않습니다. 인간이 지구를 병들게 만들고 그것을 치유하겠다고 나서는 짓거리가 환경이니 생태학이니 하는 것들 입니다. 그런 의미에서 볼 때 환경이나 생태학도 인간중심주의의 한 표현에 지나지 않습니다. '살림'의 경제학은 망가트리거나 죽임 이후에 회생시키는 운동이 아닙니다. 살림은 생명을 생명의 형식으로 존재하게끔 도와주고 보살펴주는 운동입니다. 아니 더 정확하게 말해서 살림의 운동은 불간섭주의입니다. 생명의 수레바퀴는 저절로 굴러가게 되어 있습니다. 그런데 인간은 그 수레바퀴를 임의적으로 마구 조정하여 천도의 운행을 어그러트립니다. 문제는 인간의 이성적인 교만함과 성서신학의 세계관에서 비롯됩니다. 특히 성서신학의 천지창조론에 나타난 신의 은총과 사랑은 인간에게로만 향하고 있습니다. 자연

44

은 인간을 위해서 신이 만든 선물입니다. 그러므로 신의 은총에 보답하는 것은 자연의 모든 산물들을 인간이 향유하고 그 자연을 계발할 때 인간은 신의 은총에 화답하는 것이 됩니다. 성서의 논리대로라면 인간에게는 어떠한 과실도 없습니다. 세계는 축복과 은총으로 충일해 있지만, 그 모든 창조물들은 신의 기획대로 인간을 축복하고 인간을 위해 쓰여지는 부속물에 지나지 않습니다. 인간은 신의 뜻에 따라 우주의 주인으로 위치하게 됩니다. 인간 이외의 생명은 이용 가능한 도구적 속성만을 지닐 뿐입니다. 세계의 착취적 계발은 성서신학적인 세계관으로 볼 때 도덕적으로 아무런 문제가 되지 않습니다. 신이 인간에게 준 선물을 영광스럽게 소비하면서 인간이 창조적 이성으로 세계를 계발하는 것은 신이 준 세계라는 선물을 아름답게 가꾸는 것에 해당합니다. 그러므로 인간에 의한 계발적 또는 도구적 이성 능력의 확대는 신의 은총을 더욱 복되게 하는 인간의 의식적 노력에 해당합니다. 이러한 논리가 현대사회를 지배하고 있는데, 사실 이러한 논리는 가장 이기적인 발상입니다. 계발논리에 의해 파괴된 환경이 역으로 인간에게 재앙을 내릴 때, 그것 역시 신의 은총의 결과로 받아들여야 합니다. 그러나 인간은 그 결과에 대하여 침묵합니다. 자연을 자연으로 되돌려주기보다는 신의 은총이라는 명목으로 계발에 박차를 가하고 있습니다. 인간의 의식은 과학적 도구적 이성으로 충일해 있습니다. 생태학이나 환경론이라는 것도 어찌 보면 과학적 도구적 이성의 단견에 지나지 않습니다. 보다 중요한 것은 거시적인 생명관입니다. 생명 현상은 먹이사슬 피라밋의 생태학적 원리가 아니라 생명 전체를 순환하는 원환적 고리로 인식하여야만 합니다. 그것은 위도 없고 아래도 없는 평등의 생명관입니다. 살림으로써의 생태학은 전 지구적 확산적 생명관을 실천하는 평등의 사상입니다.

▪ **오에** : 저는 현대 문명이 만들어 놓은 가장 추악한 모습을 '핵'이라는

물질에서 보았습니다. 핵은 가장 강력한 에너지로 인간의 삶을 풍요롭게 만들 수 있는 에너지이지만, 모든 것을 파괴할 수 있는 강력한 힘을 상징하기도 합니다. 핵은 선과 악을 동시에 지닌 야누스에 해당합니다. 저는 확대일로를 걷고 있는 현대 문명의 모습이 그리 달갑지만은 않습니다. ‘새롭다’는 ‘창조한다’는 의미와 ‘파괴한다’는 의미를 동시에 지니고 있습니다. 여타의 다른 모든 생명체와 달리 인간만큼 새로움을 추구하는 생명체는 없지요. 그것은 인간이 주어진 환경에 순응적이기보다 적극적으로 변용하여 새롭게 만들려는 호기심이 많다는 것을 의미합니다. 주어진 모든 환경적 틀은 호기심과 실험을 통해서 파괴됩니다. 이때 이 파괴는 인간의 관점에서 보면 새로움이자 창조이고, 변형된 대상의 입장에서 보면 절멸이거나 대상의 본성이 사라진 상태를 의미합니다. 문제는 인간이 타자를 전혀 고려 대상으로 넣지 않는 점이지요. 타자가 없는 세계를 상상해보세요. 저는 동물원 우리 안에 갇힌 동물들을 보면 가슴이 아픕니다. 이 얼마나 이기적인 발상입니까. 인간의 현시적 상업적 욕망은 끊임없이 자연을 밀실이나 우리에 가두어 놓겠지요. 자연은 스스로 그렇게 있는 상태를 의미합니다. 그런데 우리 인간은 절대자에게 도전하는 바리새인처럼 자연의 주인이 되기 위하여 수단과 방법을 가리지 않고 있습니다. 기이의 <근거지 운동>은 그러한 인간의 교만을 치유하는 운동입니다. 사실 혼의 일에 전념하는 행위는 영혼을 정화하는 행위이지만, 그것의 궁극적인 목적은 이 세계 전체를 하나의 숨결로 인식하면서 우주 전체를 살리는 운동입니다. 그러므로 인간은 자연과의 관계에 있어서 지배자가 아니라 보관자의 역할을 하여야 합니다. 이때 보관자는 앞선 세대로부터 받은 훼손되지 않은 자연을 인계받아 다음 세대로 전달하는 전달자이기도 합니다. 보관과 전달은 단순한 의미의 자연만을 보관 전달하는 것을 의미하지 않습니다. 그 바탕질은 자연이지만, 그 자연적 바탕을 고귀하게 만드는 것은 내면의 일, 즉 혼과 정신입니다. 이 세계는 하나의 혼입니다. 혼은 <근거지 운동>의 실체이자, 순결한 자연의 원상입니다.

- **비평가** : 이제 마지막 질문입니다. 김지하 선생님의 영성과 오에 선생님의 혼은 거의 유사한 것 같은데요, 어떻게 생각하시는지 고견을 듣고 싶습니다.

- **오에** :『예기』에 사람이 죽으면 '혼이 오르고 백이 내린다.'는 말이 있지요. 이 말을 잘 음미해보면 인간의 육체 속에 깃들인 정신성의 의미를 가늠할 수 있지요. 혼은 영혼이나 정신에 관여하고 백은 육체를 관장합니다. 죽음은 정신과 육체가 서로 분리되는 상태임을 알 수 있습니다. 문제는 분리되었다는 사실이 아니라 분리된 후 혼은 어디에 있는가가 인간에게는 지대한 관심사입니다. 물론 백은 부패하여 썩어 자연의 순환 구조 속으로 환원이 되겠지만, 혼의 문제는 그리 간단하게 설명이 되지 않습니다. 죽고 나면 육체는 물론 혼도 소멸하여, 모든 것이 없어진다는 생각으로 사는 것이 편하겠지만 그것은 인간을 허무주의로 이끌어갈지도 모릅니다. 혼은 본성상 시간을 초월한 그 무엇으로 이해하여야 하지 않을까요. 어떤 형태로든 혼은 계속 살아 있고, 인간이 죽은 후에도 영원히 존재해 있습니다. 그러나 우리는 어떤 것이 혼이고 혼이 무엇으로 구성되어 있는지에 관하여 말할 수 없습니다. 다만 애매모호한 어떤 느낌이나 상태 정도로 이해하여야 할 것입니다. 사실『타오르는 푸른나무』3부작은 혼의 일에 관한 대서사시이지만, 혼 그 자체를 서술하지는 못했습니다. 아우구스티누스, 단테, 보르헤스, 예이츠, 랭보 등의 철학이나 예술작품의 상징성을 통해서 혼의 문제를 에둘러갔습니다. 사실 혼과 혼의 일을 서사 구조 내에 안치시킨다는 것을 불가능한 것입니다. 왜냐하면 서사는 시간성과 행위로 짜여져 있고, 혼과 혼에 관한 일은 무시간성 내지 영원이

지배하기 때문입니다. 엄밀히 말해서 『타오르는 푸른나무』 3부작은 소설이라고 말할 수 없습니다. 세상의 모든 일은 혼의 일이며 혼이 관여하고 있다고 생각한다면, 인간의 작위적 서사성은 무의미하게 됩니다. 그러므로 혼은 모든 것이 모이는 췌점이자, 자기원인성을 함의하고 있는 궁극적인 실재입니다. 그러므로 생의 형식은 죽음을 자기연민의 시선으로 볼 필요가 없지요. 궁극적 실재로의 이행이며, 세계의 숨결을 호흡하는 것이기에 혼은 죽음 이후에 다른 영혼의 형태로 부활하게 되지요. 혼의 실체는 우주적 사랑입니다. 삶도 죽음도 모두 혼이 관장합니다. '나'라는 개체의 죽음은 우주라는 전체의 길로 통하게 되어 있습니다. 그 길을 인도하는 주체가 바로 혼입니다. 그러므로 혼은 개체와 우주를 매개하는 심혼의 상태이면서 우주를 창조하는 힘입니다. 더 나아가 혼을 통해서 개체는 우주로, 우주는 개체로 끊임없는 변이를 이룩해가지요. 이때 변이는 부정적인 의미가 아닙니다. 변이는 생의 형식이 혼을 통해서 죽음의 형식으로 다시 죽음의 형식이 혼을 통해서 생의 형식으로 부활해가는 운동을 의미합니다. 제가 말하는 혼의 일은 인간의 일이기보다 보다 근원적인 어떤 힘이지요. 그것은 김지하 선생님이 말씀하시는 기일 수도 있고, 활동하는 무일 수도 있습니다. 저는 혼을 어떤 개념적 범주로 한정짓고 싶지는 않습니다. 왜냐하면 개념은 어떤 대상을 규정하고 한정짓기에는 편리한 잣대가 되지만, 대상을 개념으로 규정한 순간, 대상은 개념 안에 갇혀버리기 때문입니다. 그것은 대상의 무한한 가능성 자체를 사상시켜버리는 오류를 범합니다. 특히 혼이나 혼의 일은 인간화된 개념을 훨씬 초과하는 의미의 실체이기에 저는 개념화하는 것을 거부합니다.

■ **김지하** : 오에 선생님의 지적은 현대사회에 횡행하고 있는 학문적 태도를 적나라하게 드러내고 있다고 생각합니다. 영성을 설명하기 이전

에 개념의 허구성을 비판하고 넘어가는 것은 의미 있는 일이라고 여겨집니다. 개념은 칸트가 『순수이성비판』에서 범주적 사유를 통해서 세계를 해명하고자한 시도에서 비롯한 것입니다. 칸트는 12범주로 나누어 세계의 의미와 구성을 해명할 수 있다고 생각했지만, 칸트는 물자체(Ding an sjch)를 선언하고 맙니다. 사실 범주적 사유와 물자체는 동전 앞뒷면과 같은 양상입니다. 범주적 사유는 개념으로 세계를 인식 포착하여 설명할 수 있다는 인간적인 오만의 표현이라면, 물자체는 그것의 불가능성의 표현입니다. 그러나 현대 과학은 칸트의 선언으로부터 물자체로부터 개념의 위대한 힘을 발견하게 됩니다. 다시 말해서 현대성은 물자체의 인식 불가능성을 개념 가능성으로, 표현할 수 없는 것을 표현할 수 있는 것으로 만들면서 새로운 신화를 창조하기에 이릅니다. 칸트적 개념 능력은 절대 이성의 원칙을 지향하지만, 그것의 결과는 세계 전체를 도구화하는 개념으로 질적 변이를 이룩하게 됩니다. 현대성은 칸트적인 이성이 만들어 놓은 괴물입니다. 모든 권한을 인계받은 이성이 세계 전체를 통어할 수 있다는 오만한 개념적 발상이 칸트의 후계자들을 양산하고, 그들의 개념들이 현대를 지배하고 있습니다. 세계는 명분적 개념으로 포섭되지 삶으로 환원되지 않습니다. 그러한 개념적 의식이 현대의 비극을 파생시킨 원인입니다. 저는 현대성의 개념지향성을 극렬히 비판합니다. 생명의 생기하는 기운을 사상시키는 개념을 부정합니다. 영성이라는 개념을 개념 안에 가두는 어리석은 짓은 결코 하고 싶지 않습니다. 영성은 이루 형언할 수 없는 존재의 비의입니다. 개념적 한계를 훨씬 초과하는 개념 이전의 사태가 바로 영성입니다. 그러므로 영성은 생명과 생명 아님의 경계를 허물면서 우주 전체를 길항시키는 총체적 운동성을 함의하고 있습니다. 한정짓고 싶지만, 한정될 수 없는 메타적 상징성을 내포하고 있지요. 그러나 영성은 초월적 상징으로만 존재하는 원리만을 의미하지는 않습니다. 영성은 현실태에 참여하는 미시적 운동성 또한 내포하고 있습니다. 영성은 내포이자 외연입니다. 그것은 개념이면서 개념이 아니고, 현실이면서 이상이고, 초월이면서 생명입니다. 참으로 미묘한 존재가 영성입니다. 저는 영성의 실체를 '이다 아니다'인 불연기연(不然基緣)으로 봅니다. 정이면서 반이고, 반이라고 정의된 순간 정으로 드러나는 내밀한 운동의 원리입니다. 그러므로 영성 안에는 유와 무의 구분, 생명과 물질의 구분, 존재와 비존재의 구분 등과 같은 이분법적 사유는 존재할 수 없습니다. 앞서 진화론을 이야기하면서 잠깐 언급하기는 했지만, 영성은 무생물의 자기를 조직화하는 힘이기도 합니다. 이때 영성은 무생물을 생명체로 비약시키는 기제로 작용합니다. 영성은 생명 활동을 가능케 하는 근원 원인이자 활동하는 무입니다. 영성은 동양학적인 기의 운동성과 같은 모습을 하고 있지요. 기는 형이상학적인 원리의 측면을 강조한 개념인 반면에, 영성은 생명적 가치와 인격성이 부여된 실체를 의미합니다. 그러므로 저의 생명 사상의 관점에서 볼 때 기라는 용어보다는 신령스럽고 인격적 실체를 의미하는 영성이라는 용어가 저의 사상을 설명하기에 적합한 것 같습니다. 플라톤 식으로 말해서 영성은 모든 것을 가능하게 만드는 동력인이고, 후설적인 의미의 원인 물질인 힐레(hyle)와 유사하며, 이 양자의 결합 형태가 영성의 본질적 존재론적 양태입니다.

- **비평가** : 사족같은 질문인 것 같은데요. 김지하 선생님께서 오에 선생님의 소설 세계를 그로테스크 리얼리즘이라고 명명하시면서 화엄적 리얼리즘으로 확대 심화되기를 바란다고 하셨는데, 그 의미가 무엇인지 명확하지는 않더군요. 약간의 설명을 해주십시오. 리얼리즘이라는 말과 화엄적이나 그로테스크라는 말은 결코 결합이 불가능한 것 같은데요. 간략하게 설명해주셨으면 합니다.

- **김지하** : 사실 그 문제는 사족이 아닙니다. 그것은 문학예술의 의미를

밝히는 데 아주 중요한 문제입니다. 리얼리즘이란 말은 서구의 발자크의 문학적 성과를 통해서 한 세대를 풍미한 예술사조입니다. 리얼리즘은 근대문학의 사조적 미학적 원리입니다. 그것을 다 이야기한다는 것은 엄청난 정력과 시간이 필요합니다. 간략하게 이야기하기는 쉽지 않군요. 그 문제는 다음번에 기회가 된다면 저를 초대하여 저의 문학 전반을 이야기하면서 한국의 현대문학의 정체성을 논하기로 하는 것이 어떨까요.

▪ **비평가** : 두 분 선생님을 제 상상적 의식 속에 초대하게 되어서 영광입니다. 평소에 만나 뵙고 고견을 듣고 싶었는데, 정말 기쁘고 행복합니다. 좋은 글 많이 쓰시고 건강하셨으면 합니다. 다음에는 연구논문으로 두 분 선생님을 뵈올 수 있었으면 합니다.

문학과 사상의 길은 멀고도 험하다. 그 길은 천형의 길이다. 현대성이 자꾸 속물적 욕망으로 치장되는 순간에 생명과 혼과 자연의 의미를 음미하면서 인간의 존재론적 의미를 반성할 수 있다면 그것만큼 행복한 삶도 없다. 글을 쓴다는 것은 이루 형언할 수 없는 고통과 힘든 시간으로 채워져 있기 마련이지만, 그러나 언뜻언뜻 느껴지는 미묘한 희열이 머릿속 사유를 가로질러 흘러간다. 사실 글을 쓴다는 것은 반짝이는 상상력과 논리력이 만나서 미묘한 기호적 조합을 이룩하는 행위이다. 그런데 기호는 묘하게도 '아'와 '어'의 어감적 차이를 왕복하면서 절대적인 의미의 세계로 나아간다.

과거 이래로 문자의 질량은 본래 의미였는데, 현재 문자의 질량적 가치는 기표놀이적 유희성으로 치달아 가고 있다. 문학이어도 좋고, 비평이어도 좋다. 문자를 통해서 거대한 비의의 세계를 침범해 들어갈 수 있다면, 그것이 비록 천형의 길일지라도, 행복하지 아니한가. 행복은 눈의 트임이다. 인생의 길이 있듯이 글발에도 길이 있다. 글을 쓴다는 것은 무에서 유를 창조하는 행위이고, 창조는 다시 존재성으로 수렴하게 된다. 인간에게 운명이 있듯이, 글에게도 운명이 있다. 많은 사람과 만나서 의사소통이 될 수 있는 운명을 타고난 글은 가장 행복한 글발의 운명이다. 누군가 나의 글을 만나서 이야기할 수 있다면, 영혼의 형식을 개현시킬 수 있다면 그것은 행복한 삶이 아닌가. 뮤즈여! 아프로디테여! 안녕히 주무시게나.

현대성과 시

1. 글을 들어가며―골리앗 대 다윗

과학적 합리성이 거대한 세계를 만들어가고 있다. 물론 이 거대함은 지구의 외연적 크기를 확장함에서 비롯하는 것이 아니라, 너무도 빠른 속도로 새로운 미래를 만들어가는 과학의 힘을 의미한다. 과학은 불가능의 영역을 점점 가능의 영역으로, 인지할 수 없는 것을 인지 가능한 것으로 변전시켜 인간의 권능을 무한화시킨다. 그러나 현대의 과학은 저 오묘한 법칙 위에서 작동하는 우주의 신비를 원자 또는 천체물리학으로 풀어내는 것이 아니라, 과학은 자본적 욕망을 충족시키기 위하여 이용 가능성과 실용성으로 도구화되어 가고 있다. 아인슈타인 역학인 $E=mc^2$이 뉴턴 역학인 $F=ma$보다 우주를 더 잘 설명해내지만, 그 공식을 설명하는 기제는 원자폭탄이다. 비록 일반상대성이론이 태양계의 생성의 원리와 인류의 미래를 예측할 수 있는 길을 마련하기는 했지만, 현대의 과학은 전쟁이라는 폭력과 죽은 시체 더미 위에서 기술되는 낙관적인 미래이다. 과학은 늘 악용된다. 과학이 어떤 원리를 발견해냈을 때, 과학의 순수한 원리는 상품의 기호로 전락하여 늘 불평등과 갈등을 양산하게 된다.

현대성은 과학적 기호 위에 축적된 불평등한 부의 분배로 환원된다. 칸트의 기획이, 아니 칸트가 불가지론으로 명명한 물자체(Ding an sich)는 현대성의 기획의 시초이자 현대성이 종결되어야만 운명적 테제이다. 그것은 사물에 대한 인간의 지배욕의 다른 표현인데, 과학은 물자체에 대한 한계지평을 허락하지 않는다. 셸링이 자연을 정신의 이념으로 환원시켜 의식지평 내에서 인식 가능한 대상으로 자연을 이념화했을 때, 자연적 대상은 더 이상 물자체로 존재하지 않는다. 과학은 마성적 마력을 지닌 마나(mana)적 대상을 인과율이 지배하는 수식적 관계로 수렴시켜 세계-내-신비를 이해 가능한 범주적 대상으로 탈신화화 한다. 현대성은 기존의 신화를 해체시키고 새로운 신화를 창조하는데, 그것은 마르크스가 『자본론』에서 말한 물신화이다. 새로운 상품을 끊임없이 양산하여 인간을 현혹시키는 물신화. 물신에 이끌려 자신을 망각하는 인간의 노예화. 그것이 바로 현대성의 진면목이다.

과학이 만들어 낸 물신들이 거대한 골리앗으로 세계를 지배해 갈 때, 인간은 사물의 마력에 현혹되어 자기를 잃게 된다. 현대성은 물적 가치와 자본적 마력이 양산한 물신들이 지배하는 세계이다. 물신들의 화려한 기호와 가상적 이미지가 세계를 가득 채울 때, 또는 불가능을 가능적 현실로 판타지화할 때, 세계는 전도된다. 현대성은 전도된 가치 위에 기술되는 욕망이다. 현대성은 욕망 위에 또 다른 욕망을 쌓아 자기 응시의 길을 차단하는데, 그것은 현대성 자체 내에 어떠한 반성력도 허락해서는 안 되는 욕망의 법칙이 작용하기 때문이다. 욕망의 무한 질주. 아와 비아의 투쟁. 승리자의 독식. 현대성은 결코 인류적 공간을 창조하지 않는다. 현대성은 그저 작은 시혜나 기부 행위를 통해서 자본적 현실성을 강화할 뿐이다.

　그러나 유일하게 현대성의 행태에 도전하는 미적 양식이 하나 있는데, 그것은 바로 시이다. 시는 자본적 현대성의 외연적 내포(또는 내포적 외연)이자, 모든 예술의 존재론적 심급이다. 현대성이 과학적 비전 위에서 자신의 지평적 미래를 활보 창조해 갈 때, 그것의 현실성은 기껏해야 유용성, 편리함, 새로움이라는 헛된 것들을 단지 양산할 뿐이다. 그러나 시적 비전은 존재론적 심연에 도사린 인간학적 운명과 실존적 상황(현대성) 사이에서 이 양자를 매개시킨다. 시는 매개하는 힘이다. 시는 양자를 매개시켜 서로가 서로를 반추하게 만들어 모든 존재물들에게 자신의 원상을 응시하게 만든다. 이때 시는 세계성 밖에 위치한 채 우주 전체를 조망 길항시킨다. 시는 무위이고 도이다. 시는 그렇게 되지 않으면 안 되는 어떤 힘의 작용력이다. 그러므로 시는 외연적 실체이다.

　골리앗처럼 거대한 현대성의 위용 앞에 다윗의 지혜를 지닌 시의 궁극적인 마력은 외연적 힘의 내재화에 있다. 그것은 시의 형이상학적 의식이 형이하의 세계로 흘러내려가 이 세계 전체를 미묘한 기운으로 감싸 안는다. 시의 내포적 힘은 영기의 퍼짐이다. 기술복제에 의해 미적 아우라가 소멸되었다고 벤야민이 선언했지만, 그것은 시의 경우에는 결코 적용이 되지 않는다. 시는 자본적 현실성의 모든 야망을 무로 되돌려 보내는 최종심급이자 미적 현대성의 안티테제이다. 시는 소외된 자, 버려진 사물, 무용한 것, 옛것에게로 다가가 예술혼을 불어넣어 새로운 존재태를 개현시킨다. 사물화되어 죽어버린 세계에 정령을 불어넣어 살아 넘실대게 만드는 시. 시의 내포적 힘은 응시의 시선 속에 이루어지는 교감이다. 여린 호흡과 순결한 정신, 진정성과 끈질긴 생명력. 시는 내포적 힘이 무한히 확산되어 외연적 세계를 감싸 안는 저 절대적 동일성을 지향한다.

2. 현대성과의 대결

귀를 씻고 세상 일 듣지를 말자.
피에 젖은 아우성
저마다 가쁜 呼吸을 지키기 위해
사나이는 모름지기 곡괭일 들고
女子여, 너는……

稅吏도 배고파 오지 않는 곳.
낮거미 집을 짓는 바람벽에는
썩은 새끼에 시래기 두어 타래……
가난! 가난! 가난 아니면
고생! 고생! 고생이랬다.

丹頂鶴은 야위어 천 년을 사네,
聖人에게 가는 길은 寡慾의 길.
밭고랑에서 제 땀방울을 거둬들이는
支那의 한 꾸리(苦力)와 같이
歲月을 목에 감고 견디어 보자.

가만히 내 畵像을 들여다본즉
이렇게―언구렁청에 내던져 마땅하리라.
눈으로 눈이 들어가니
<눈물입니까.> <눈물입니까.>
요지경 같은 세상을 떠나

오늘도 나는, 누더기 한 벌에 바리때 하나.
눈포래 윙윙 기승부리고
사람 자국이 놓인 적 없이
흰곰만 아프게 소리쳐 우는 저,
天山北路를 넘는다.

―김관식, 「가난 禮讚」 전문

현대성은 모든 이념을 자본적인 가치로 수렴시킨다. 자본은 절대다. 자본은 신이다. 자본은 모든 창조적 가치의 원천이다. 그런데 자본과 대결하는 한 인간이 있다. 그것도 가장 가난한 의식적 지평으로 자본주의의 논리를 거부하여 저 절대의 지점으로 초극해 들어가는 진정한 예술가적인(또는 비현실적인) 인간형이 하나 있다. 시인 김관식. 현대성과의 대결은 사회주의나 민주주의라는 이념적 층위가 만든 허구와의 대결이 아니라, 생의 형식 전체를 걸고 죽음까지도 의연하게 받아들이는 자본주의와의 대결이다. 따라서 현대성과의 대결은 프로메테우스적 인간형이 겪는 저 견고한 사유와 내적 갈등이 결코 존재할 수 없다. 후회와 연민의 감정이 결코 없지 않지만, 시대성(현대성)과 상면하는 시인의 정신성은 견고하다, 철옹성 같다. 김관식의 현대성과의 대결은 에피메테우스적이다. 불굴의 의지와 초월의 정신성. 먼저 행동하는 자. 사유나 말보다 실천이 앞서는 자. 하여 김관식이 세계와 응전하는 시적 태도는 돈키호테적이다.

이 세계를 지배하는 자본적 이념에 반항하는 도전. 스스로 산화하는 의연한 죽음. 그것은 주인과 노예의 피 터지는 싸움이 아니라, 죽음으로 항거하는 운명적 대결이다. 김관식의 이러한 행위는 어쩌면 가장 무모한 짓거리일지도 모른다. 아니 분명 그것은 하나의 치기어린 짓거리임에 틀림이 없다. 생명을 담보로 한 투쟁, 그것은 가장 위대하지만, 그러나 가장 처절한 방식일 수밖에 없는 자발적 태도를 통해서 자본의 모순과 대결할 때, 시인의 의식적 지평은 저 드넓은 숭고의 영역으로 이행해 들어간다. 그러나 그것은 비극 그 자체이다. 김관식. 천재였지만, 자신의 문운을 제대로 펼쳐내지 못하고 비극적인 삶으로 생을 마감한 시인 김관식. 그의 삶과 그의 올연한 시를 대할 때, 우리는 경외감 같은 감정을 지니지 않을 수 없다.

자본적 현실성 앞에 그가 스스로를 천하의 김관식으로 자임했을 때,

그의 존재성은 현실의 논리 저편에 위치하게 된다. 그러나 불행히도 그는 문학사의 앞면이 아니라, 늘 문학사의 뒷면에 초라하게 존재할 따름이다. 권력과 자본 앞에 초연했던, 아니 권력과 자본의 위용 앞에 한 번도 굴복한 적이 없는 김관식의 시를 대할 때, 그의 영혼과 그의 시적 자존감은 너무도 고고하고 너무도 도도하여 한 차원 높은 곳에 시의 위의를 위치시키게 된다. 그래서 그의 시는 언제나 영혼이 맑은 언어로 채색되어 있다. 삶의 논리로부터의 초연한 은자의 도와 같은 그 무엇이 김관식의 시적 언어 내부를 주파해 갈 때, 그의 언어는 자본적 현대성과 처절한 싸움을 벌이면서 천형 같은 가난을 몸으로 겪게 된다.

김관식이 처한 현재의 문학사적 위치 속에 우리 문학계 전반에 걸친 모순이 자리 잡고 있다는 사실을 깨닫게 된다. 그것은 비평의 기만적 관행과 일치한다. 한번 묻혀진 시는 영원히 회생불능 상태로 만들어 버리는 비평의 관행적 태도, 잊혀진 시를 반추하지 않는 비평적 태도는 오만하게도 현재의 지점을 스킵해 가면서 자신의 비평적 임무를 완수했다고 착각하고 있는데, 그것은 반성력을 겸비하지 못한 하나의 허구일 뿐이다. 비평은 현재를 길항시켜 미래의 시를 인도하는 파괴와 건설, 해체와 부흥의 길만으로는 나 있지 않다. 비평은 과거의 환부를 위무하면서 잊혀지고 사라졌던 말들에게 정령을 불어넣어 새로운 말과 의미를 살아 숨 쉬게 만들어야만 한다. 비평이 공공영역의 공기(公器)로 자임하면서 미래적 가치를 지향해 갈 때, 또는 비평이 미래적 지평을 창조하여 현재의 예술을 길항시킨다고 할 때, 비평은 가장 교만한 권력적 의식으로 변질되어 오염되지 않은 미적 창조의 순수성을 퇴색시킨다.

이러한 현실적 상황에도 불구하고 김관식의 시적 언어는 시대의 전후좌우를 포괄하면서 자본적 현대성에 도사린 기만 의식을 철저하게 비판하면서 새로운 미적 신화를 고스란히 간직하고 있다. 따라서 김관식의 시적 언어는 시대의 앞면에 드리워진 세계성의 심연이다. 시대의 앞면에 드러나는 저 휘황찬란한 가상적 기호들을 무화시키면서, 저 광대무변한 진리를 응시하게 만들어 물화된 세계를 가볍게 넘어선다. 하여 김관식의 의식의 지향성은 미적 패러다임 밖에 위치하면서 저 초연한 군자의 도와 무위성으로 이 세계를 정위시키는 데 있다. 그가 시「호피 위에서」에서 자본의 신화를 전면적으로 부인했을 때, 검소한 자족의 미학으로 자본의 논리를 넘어서고자 했을 때, 김관식의 정신성은 유가의 정명이나 도가의 자연관의 자장 내에서 파동치게 된다.

김관식의 시들은 풍요로운 말의 제전이 아니라, 말 너머로 모든 미적 지평과 현실성을 소거시켜 삶의 질량을 가볍게 기화시킨다. 비록 그가 비자발적으로 주어진 삶의 질곡 앞에 자기 연민의 감정이 없었던 것은 결코 아니지만, 그의 전체적인 의식의 지향성은 언제나 현실의 모순과 전면적 대결을 벌이면서 온전하게 이 세계가 운행되기를 희원하는 자발적 의식으로 가득 차 있다. 하여 그의 삶은 시적 패러독스로 가득 차 있다. 온갖 독설을 퍼부으면서 비겁하게 실존적 삶의 지속성을 선택한 기만적인 김수영과 달리 김관식의 삶은 앎과 행동을 일치시킨 인간형에 해당한다. 그것은 선험적으로 주어진 삶의 지향적 가치를 의식적으로 초극하면서 자발적인 삶을 선택하게 되는 운명성을 내포하고 있다. 따라서 김관식이 행한 현대성과의 대결(자발적 삶)은 비자발적인 욕망을 자발적 의지로 극복한 하나의 원형적 사례에 해당한다.

마오이즘의 최후의 신봉자인 등소평이 가난을 죄악으로 치부하면서 자본의 물결 속으로 저 거대한 대륙의 운명을 자발적으로 내맡겼을 때, 이 자발성은 비자발적 욕망의 노예로 전락하여 더 큰 모순과 불평등으로 수렴하게 된다. 따라서 자발성은 시대성과의 호흡이 아니라, 시대성과 상면하여 자기 내적인 욕구를 충족시키는 처연한 오감의 노예가 아니라, 시대성과 욕구충족 밖에 위치하기를 희원하는 무에의 의지이다. 이때 이 무는 니체의 니힐리즘과 유사하다. 하이데거가 『니체와 니힐리즘』에서 니체의 『권력에의 의지』에 묘파된 니힐리즘을 해석 분석하면서 새로운 철학적 가치를 부여하는데, 그것은 기존의 형이상학을 전복 무화시키는 기제인 동시에 새로운 형이상학이 출현할 전조에 해당한다. 따라서 니체의 니힐리즘이나 김관식의 무에의 의지는 동일한 자발성을 다른 방식으로 실현시킨 것인데, 이 양자는 동일한 비극성을 체험하게 된다. 왜냐하면 자발적 의식의 실천은 시대적 모순이나 관행을 전복시키는 혁명성을 띠는 까닭에 언제나 시대지평과 대결하는 양상을 펼쳐낸다. 하여 자발적 의식은 거부되거나 소외된 의식으로 나타나는 것이 너무도 자명한데, 그것은 시대의 운명 전체를 감내하는 단독자적 방외인의 형상을 띠게 된다.

자발성은 소외된 영혼의 형식이다. 자발성은 비극을 관통하는 힘이다. 자발성은 현대성이 만들어낸 제도적 모순 속을 종횡으로 가로질러 가면서 비극 그 자체를 승인하는 초월이다. 삶 속에 역동적인 에네르기를 부여하면서 시대가 만들어놓은 운명적 비극에 굴복하는 비극이 아니라, 그 삶, 그 비극, 그 운명성 내부로 들어가 세계-내-사건을 승인하는 동시에 그 모든 사태를 가볍게 초월하는 주체적 의식이 바로 비극성을 띤 자발성의 본 모습이다. 따라서 자발성은 비자발적 객체를 의식 내부에서 지양 극복해가는 영혼의 한 형식이다. 자발성은 대결하면서 승화되고 승화되면서 저 지고한 세계로 비약해 들어가는 영혼의 절대성, 즉 자유의 내적 동인이다.

김관식의 「가난 禮讚」은 비자발적 객체(현실 세계)를 의식적 주체가 자발적으로 무화시켜가는 과정을 예리하게 묘파하고 있다. 비록 시인이 엄존하는 현실의 논리에 의해 가난과 고생의 언구렁청에 빠져 있을지라도 그는 세상의 논리 밖에 위치하면서 자신의 비극적 운명성을 승인하게 된다. 이때 이 자발적 의식은 삶의 이편 쪽에서 발화시키는 것이 아니라, 존재의 저편, 즉 죽음의식의 언저리에서 불러일으키는 의식이다. 하여 김관식의 현대성과의 자발적인 대결은 생명과 생명이 빚어내는 현실을 무의 의식 작용으로 가볍게 넘어서는 저 절대의 경지에 도달하게 된다. 무욕과 무소유. 현대성에의 항거는 물적 자본과 같은 외적 타자를 자발적인 내적 의식으로 수용 극복해 갈 때 가장 완벽하게 무의 세계로 이입시켜 자신의 뜻을 관철시킨다. 그러나 자발성은 비극이다, 가난이다, 죽음이다. 하여 김관식의 자발적 의식은 저 지옥 같은 가난의 한복판에서 피어난 아름다운 운명인데, 그것은 진흙탕 속에서 피어난 연꽃과 같은 천형적 삶이자, 죽음으로 이 세계를 정위시키는 제의적 숭고성으로 고양된다.

3. 현대성과 미적 순수성

눈을 밟으면 귀가 맑게 트인다.
나뭇가지마다 純銀의 손끝으로 빛나는
눈내린 숲길에 멈추어 선 겨울 아침의 행인들.

原始林이 매몰될 때 땅이 꺼지는 소리,
천년동안 땅에 묻혀
딴딴한 石炭으로 변모하는 소리,
캄캄한 시간 바깥에 숨어 있다가
발굴되어 건강한 炭夫의 손으로
화차에 던져지는,
原始林 아아 原始林
그 아득한 世界의 運搬소리.

이층방 스토브 안에서 꽃불 일구며 타던
딴딴하고 강경한 石炭의 發言.
연통을 빠져나간 뜨거운 기운은
겨울 저녁의

無邊한 世界 끝으로 불리어 가
은빛 날개의 작은 새,
작디 작은 새가 되어
나뭇가지 위에 내려 앉아
해뜰 무렵에 눈을 뜬다.
눈을 뜬다.
純白의 알에서 나온 새가 그 첫 번째 눈을 뜨듯.

구두끈을 매는 시간만큼 잠시
멈추어 선다.
행인들의 귀는 점점 맑아지고
지난밤에 들리던 소리에
생각이 미쳐
앞자리에 앉은 계장 이름도
버스스톱도 급행번호도
잊어버릴 때, 잊어버릴 때,
분배된 해를 純金의 씨앗처럼 주둥이 주둥이에 물고
일제히 날아오르는 새들의 날개짓.
지난 밤에 들리던 石炭의 變成소리와
아침의 숲의 관련 속에
비로소 눈을 뜬 새들이 날아오르는
조용한 동작 가운데
행인들은 저마다 불씨를 분다.

행인들의 純粹는 눈 내린 숲 속으로 빨려가고
숲의 純粹는 행인들에게로 오는
轉移의 순간,
다 잊어버릴 때, 다만 기다려질 때,
아득한 世界가 運搬되는
은빛 새들의 무수한 飛翔 가운데
겨울 아침으로 밝아가는 불씨를 분다.

―오탁번, 「純銀이 빛나는 이 아침에」 전문

현대성은 미적이지 않다. 현대성은 미적 사태를 세계−내−자연성으로 결코 환원시키지 않는다. 현대성이 쌓아올린 미의 탑은 미 자체의 고결한 현현이 아니라, 순수한 미적 현실성을 파괴 전도시켜 너덜너덜한 상품의 기호로 진열된다. 화려한 조명과 현란한 수식으로 소비자를 현혹하는 예술품. 미 자체의 순수한 현현, 미가 발산하는 영기는 더 이상 주목의 대상이 되지 못한다. 미의 기호는 자본의 기호이다. 희소성의 원칙, 앤디 워홀의 복제, 뒤샹의 변기. 미의 기호는 미 자체가 산출해낸 미지의 기호(記號)들의 축제가 아니라 경제적 기호(嗜好)로 코드 변환되어 키치나 가제트로 전락하게 된다. 미는 영원한 희열로 들어서는 저 지고한 상태를 겨냥하지 않는다. 미는 순간적인 만족이다. 미는 화려한 사치품이거나 계층의식을 교묘히 조장하는 악세사리이다. 하여 현대의 미는 별과 달을 몽상하면서 저 지고한 상징적 하늘이 펼쳐내는 꿈속으로 이입해 들어가지 못한다. 꿈과 낭만을 상실한 현대성. 현대의 미는 차연된 욕망의 끝을 뒤쫓아 가는 출구가 부재한 뫼비우스의 띠이다. 미사여구와 장식, 교언영색과 문화권력. 현대성의 미적 구조는 새로운 미적 현실성의 창조가 아니라, 이미 형성된 구조를 공공이 하기 위하여 미 자체의 심급을 권력과 자본의 심급으로 변질시켜 미적 토대 구조를 불모의 지대로 만들어 버린다. 역으로 그것은 미적 현대성 그 자체가 미적이지 않은 것이 아니라, 미 자체를 생산할 수 있는 힘을 상실한 상태라고 말해야 마땅하다. 왜냐하면 미적 현실성이 점점 더 자본적 힘에 고착되어 순결한 미 자체의 영적 울림을 육화시키는 것 자체가 불가능해졌기 때문이다.

현대성에게 있어서 미는 더 이상 숭고한 그 무엇을 지향하지 않는다. 리오따르가 『포스트모던의 조건』에서 포스트모던적 현대성의 미적 원리를 칸트의 숭고개념에서 찾았지만, 그리고 칸트의 이 개념을 육화시키는 것이 포스트모던의 미적 실천력이라고 생각했지만, 현대성의 미적 실천은 라오따르가 의도했던 개념의 한계를 훨씬 벗어나 미와 현실성 사이의 틈을 더욱 벌어지게 만든다. 만약에 현대성의 미적 코드로 성장해가고 있는 판타지가 칸트가 언급한 숭고 개념의 범주 내에서 작동하는 미적 실천의 한 양상이라면 리오따르의 현대성에 관한 미적 이해는 정확하게 맞아 떨어지게 된다.

그러나 불행히도 칸트의 숭고는 경외감이 동반된 표현 불가능성에 도전하는 미적 실천력이다. 따라서 실현 불가능한 환상을 조합해내는 판타지, 인간의 실존적 현실성과의 접점을 상실한 채 정신분열에 이르게 만드는 판타지. 판타지의 미적 코드화는 엄밀한 의미의 미, 즉 미의 절댓값을 코드화시키는 작업이 아니라, 미를 대중의 기호에 영합시키면서 미를 저급한 상술로 치장하는 행위에 지나지 않는다. 미는 자본적 가치 이전이거나 자본적 가치를 초월한 영혼의 몸짓이다. 하여 미는 인류 전체가 공통감으로 향유하는 살아 움직이는 인류적 실체이다. 끊임없이 향기를 뿜어내는 실재. 미의 실재성은 『달과 6펜스』의 스트릭랜드처럼 광기와 물질적 욕망 사이에서 물욕을 죽이고 광기를 천재적으로 승화시켜 이 세계를 미의 구조 속으로 편입시키는 것이 아니겠는가. 더 나아가 미란 우리가 존재하는 실재계를 가능적 현실태로 생각하는 동시에 현실성 속에 숨어 있는 그 무엇인가를 미적 의식으로 예인하면서 이 세계 전체를 유미화시키는 데 있다.

오탁번의 「純銀이 빛나는 이 아침에」는 개화기 이후 현대시라고 명명된 시들 가운데 가장 아름다운 시 중에 하나이다. 언어 감각이나 상상력 모두 출중한데, 이러한 시적 언어관은 미적 현대성과 정면 배치된다. 아름다움을 위한 아름다움. 시의 말이 말의 순결한 말성(言語性)으로 향해 갈 때, 말은 말의 근원을 사유하면서 말의 의미론적 질량을 진리의 현전으로 고양시킨다. 물론 데리다가 『그라마톨로지』에서 로고스중심주의(음성중심주의)의 말의 현전성을 비판 해체시켰지만, 더 나아가 말의

64

음성적 가치(파롤의 현전성)와 의미의 내적 질량을 문자 밖으로 내쫓아 버리고 기표적인 문자의 운동성 내에 이 세계의 의미론적 가치를 응고시켰지만, 데리다의 해체적 교의는 자기모순에 빠지고 만다. 다시 말해서 모든 진리 기준을 해체하라는 교의까지도 해체시키라는 말 또한 해체적 진리성의 현전화를 역설적으로 언표하는 자기 함정에 빠진다. 따라서 말의 형식적 표현 층위의 무한한 유희적 미끄러짐을 겨냥하는 해체론적 사유(데리다, 라캉, 지젝)는 말을 위한 말의 함정으로부터 결코 벗어날 수 없다.

현대성이 표현해 내는 미란 미적 자연성의 의미 표현이 아니라, 미적 자연을 인공적으로 훼손시키면서 훼손된 미의 흔적을 미라고 우기는 아이러니한 사태를 연출하고 있다. 따라서 현대의 미는 평론가와 자본력이 절묘하게 한데 어우러져 연출된 미이지 순수한 정신성에 의해 창조된 미일 수는 결코 없다. 변질된 미적 사태, 격렬한 자기합리화, 의미 부여라는 명목이 빗어내는 철저한 작위성. 현대의 미는 전도된 의식이 묘파—기술하는 물화된 사태이다. 물론 헤겔은 자신의 방대한 저작인 『미학』에서 미적 자연성이란 존재할 수 없다고 확언하고 있기는 하지만, 어찌 미적 사태가 물화된 인공의 사상성(寫像姓)의 범주 내에 머물겠는가. 엄밀한 의미에서의 미란 인공 속을 헤매다 그 인위적 사태가 세계—내—자연성으로 수렴해 가는 과정이다. 더 나아가 미적 사태의 본질은 인간이 육화시킨 그 사태(인공미)를 가장 완벽한 미적 자연성으로 고양시켜 미와 세계성(또는 자연성) 사이에 화해할 수 없게 벌어진 간극을 소통시켜 우주 전체를 평화가 실현되는 공간으로 만들어 버린다. 그런 점에서 볼 때, 오탁번의 「純銀이 빛나는 이 아침에」는 아주 치밀하게 세공된 장인적 인공성이 어떻게 미적 자연으로 회귀해 들어가는지를 역설적으로 보여주는 미적 典範에 해당한다.

오탁번의 「純銀이 빛나는 이 아침에」는 미의 즉자성, 즉 미의 자연성에 가깝다. 그러나 사실 이 말은 하나의 모순적인 의미를 내포하고 있다. 왜냐하면 시적 언어의 본질은 말의 자연성을 훼손하면서 인공적인 말의 탑을 축조하는 행위이기 때문이다. 사실 미를 창조하는 인공적 행위가 미적 자연으로 수렴한다는 것은 하나의 패러독스적 교설인데, 그것은 노자나 루소의 회귀적 자연성에서 비롯한 것이 아니라, 미가 지닌 본성 탓이다. 미란 창조된 파괴이다. 그러나 이때 이 파괴는 자연 그 자체를 파괴하는 마성적 파괴가 아니라, 파괴를 통한 소통의 지향, 즉 미적 보편성을 형상화함으로써 이 세계 전체를 공통감으로 충일하게 만든다. 따라서 예술이 표현해내는 궁극적인 미적 현실성은 모든 것을 수용 소통시켜서 이 세계를 동감(同感)의 의식 속으로 이입시킨다.

오탁번의 위의 시를 읽는 순간, 우리는 부지불식간에 동감의 의식세계 속으로 빨려 들어가게 된다. 무의식적으로 발화된 '아! 아름답다'라고 외치는 말. 시적 동감은 무의식적으로 미적 대상(시적 언어)에 이끌려 자신도 모르게 순수한 상태에 이르는 순간인데, 이때 이 시적 동감은 감동으로 물결치는 동감(動感)이 되어 이 세계 전체를 미적 의식으로 고양시킨다. 따라서 同感은 감동적 動感의 순간에 개현되는 영혼의 울림이다. 동감은 역동적으로 굽이치는 이미지들이 투명하게 날갯짓하는 가운데, 영혼의 심층으로부터 피어나는 한 떨기 아름다운 꽃이다. 아! 아름답다, 영혼이 맑게 트인다. 상상력과 아름다운 시적 언어. 동감의 시적 제의는 시적 인공성의 극한값을 끊임없이 미분(微分)해도 사라지지 않는 시의 향기이다.

투명한 말, 그윽한 향기를 영원히 뿜어내는 시소(詩素), 상상적 비행, 그리고 시간의 넘나듦. 오탁번의 동감의 향기는 가장 충실하게 시적 언어의 조형적 실천을 수행할 때, 또는 인고의 노력으로 인공의 탑(시적 언어의 조형력)을 축조할 때 파생되는 시적 부산물이지만, 동감은 파동치는 은빛 날개와 순수로 변성되어 그 인공성을 미적 자연으로 되돌려 보낸

다. 하여 동감은 미의 최종심급, 즉 시향(詩香)을 뿜어내는 시향(詩響)이
다. 오탁번의 시적 순결성(또는 자연성)은 가장 인공적인 말들이 빚어내
는 시향(詩響)인데, 이것은 하나의 시적 아이러니이다. 인공성의 자연성
으로의 전환. 인공의 극한 속에서 뿜어내는 미적 아우라.

4. 현대성과 신화적 상상력

> 청도역전 국밥장사 서씨, 오늘
> 주정뱅이 남편한테 가게 맡기고 부랴
> 고등학생 아들 따라 군 회관에 연극
> 「이서국 이야기」 보러 왔다
> 압독국서 팔려온 늙은 식모 노예, 망한
> 이서국 사람 따라 신라로 잡혀갈 때
> 서씨는 소리없이 울었다
> 땅 밑에 묻혀 있는 긴 울음 들으며.
> 한숨 내뱉자, 서씨는 신기하게도
> 삶이 가뜬해졌다.
>
> —최서림, 「伊西國으로 들어가다 3—이서국 이야기」 전문

신화는 허구다. 그러나 이 허구는 거짓과 불능적 사태를 개연적 사건
으로 육화시키는 진짜 창작적인 허구가 아니라, 인간의 염원과 소망이
알알이 새겨진 궁극적 소통으로 모든 의미가 결집된 진실한 허구이다.
엔트로피. 파괴적인 충동. 그리고 희망 없음. 현대성은 영원한 번영을
기약하는 천년왕국이라는 가상을 하나의 희망으로 상정하면서 자본의
신화를 구축하고 있다. 사실 현대성은 자본이 묘사하는 풍경 내부에 모
든 사태가 환원적으로 기술될 수 있지만, 자본은 자신의 존재 양태를
자본적 사건성으로 기술하는 것이 아니라, 인간의 정신을 기획 조정하
면서 물질 위에 새로운 물질의 세계를 구축하는 하나의 신화적 실재로

존재양태를 변이시킨다. 따라서 자본은 현대의 신화이자 현대성의 최종 심급이다. 하버드 경영대학 교수인 서로우가 『지식의 지배』에서 자본의 전능성을 묘사하고 있는데, 자본은 불능적 사태를 가능적 사태로 역전 시킬 수 있는 절대적인 힘 그 자체이다. 따라서 현대의 신화는 자본이 창조해낸 디지털 공간 속을 질주하면서 판타지와 공상 속으로 비행해 들어간다. 0과 1 사이를 활보하는 비실재의 실재성, 불가능의 가능적 구현, 공상 속에 피어난 환상체험. 현대의 신화는 사이버스페이스가 상호 인터페이스 되는 지점에서 피어나는 환상인데, 이 환상은 무한 복제가 가능한 허상이다. 하여 현대의 신화는 삶의 현장성으로부터 너무 떨어져 가공의 비실재 속으로 모든 의식을 응고시킨다. 자본이 펼쳐내는 치열한 경쟁 상태, 파열되어 대상에 고착되는 의식, 세계성과의 상면적 관계 구축 실패, 그리고 허구 속으로의 도피. 현대의 신화는 인류적 삶과의 접점을 상실한 채 링크와 노드의 지점 사이에서 무한 표류하고 있다. 거짓 신화가 횡행하는 현대성. 음울한 기억과 상처 난 환부를 응시 치유하는 것이 아니라 상흔을 가상으로 덧대는 가상세계. 현대의 신화는 인류적 삶의 소망의 원리로부터 구현되는 것이 아니라, 삶과 세계의 본래성을 망각시키는 자폐적 중독의 세계에 빠져들고 있다.

　본래적인 의미에서 볼 때 신화는 세계의 반영이다. 신화는 인간의 오욕칠정이 펼쳐내는 세세한 감정과 삶을 지고한 의식으로 고양시켜 하나의 꿈, 하나의 희망, 하나의 절대성으로 현현된다. 신화는 세계의 의식과 공조체제를 이루면서 꿈과 현실성을 매개시키거나 절망하는 의식과 생의 비극성을 서사 내부로 이입시켜 인간학적인 운명성을 응시하게 만든다. 초월성과 현실성, 죽음과 부활, 영원과 순간, 사랑과 증오. 신화는 이항대립이 펼쳐내는 저 해결 불가능한 간극 사이를 헤집고 들어가 이 양자를 하나의 구조 속에 응축시킨다. 따라서 신화는 불가능성 위에서 곡예를 부리는 외줄타기 광대처럼 초논리적인 세계로 고공비행하면서 살 부비며 살아가지 않으면 안 되는 이 현실공간을 철저하게 긍정하는 패러독스 그 자체이다.

논리의 초월, 비논리의 논리, 꿈과 이상의 현현, 지고한 정신성으로의 비약, 인간의 원상의 복원. 신화는 양(兩)가성 위에 기술되는 하나의 서사적 희망이지만, 그 희망은 엔트로피로 잠식되어가는 현대성의 불안과 허무를 아름답게 극복할 수 있는 궁극적 실재이다. 하여 신화는 네겐트로피적 세계를 지향하면서 인간의 잠재된 능력을 최대한 발휘하게 만든다. 최서림의 「伊西國으로 들어가다 3 - 이서국 이야기」는 신화적 상상력이 펼쳐내는 저 절대 경지의 지점이 아니라, 신화적 사태를 인간학적 사태로 치환시켜 인간의 지친 삶을 위무하고 있다. 최서림은 슬픔과 아픔으로 점철된 우리네 서민들의 생의 사태를 서사의 내부에 안치시키면서, 저 지고하고 은일한 생에의 비의를 주시하다가, 생의 사태가 빚어지는 역사의 근원 쪽을 응시하게 된다. 한과 비애, 가난과 절망. 신화적 사유는 역사의 웅장한 바깥쪽에서 발원하는 것이 아니라, 역사의 내밀한 안쪽에서 면면히 이어져 내려오는 혼의 울림인데, 그것은 생의 흔적들이 기입된 지난한 아픔이다. 따라서 신화는 회귀하는 삶이다. 죽음과 절망에 항거하면서 모든 꿈과 희망을 현전시키기를 소망하다가 끝내는 극한적인 슬픔까지도 보다듬는 따스한 숨결이다. 하여 신화는 그 형식적 귀천을 막론하고 민중적 삶을 살아낸 아픔과 환희, 만족과 불만, 죽음과 삶 사이사이로 스며들어가 대립적 국면으로 치닫는 갈등을 상호 소통시킨다.

최서림의 「伊西國으로 들어가다 3 - 이서국 이야기」는 신화의 상상적 지평을 소통의 힘으로 풀어내고 있는데, 그것은 가장 약하고 여린하여 슬픔과 아픔과 억압으로 생을 마감한 자들의 심층으로 들어가 그들을 감싸 안는 따스한 온기로 내적 울혈을 승화시켜가고 있다. 일상성, 서민계층 그리고 민중의 사랑과 고뇌. 신화는 대지적 사랑과 한이 펼쳐내

는 현장성으로 침투해 들어가 풍요로운 제의를 몽상하지만, 시인은 한
의 지점을 응시하면서 시간의 이편과 저편을 교차시키고 있다. 네겐트
로피. 청량한 상상력. 최서림은 시간의 이편을 시간의 저편으로 잇대어
놓고 동일성의 세계로 빠져들고 있다. 동어반복, 운명의 재귀적 순환,
동일자의 영원회귀. 시인이 시간의 문을 열어젖힌 순간, 니체가 『짜라
투스트라는 이렇게 말했다』에 인간의 생의 순환적 사태를 목격한 것처
럼, 최서림도 시간의 이쪽과 저쪽, 청도와 이서국 사이에서 동일한 생
에의 형식들이 재귀하는 것을 목격하게 된다. 그것은 어쩌면 인간의 역
사성이 처한 본질적 국면인 것 같기도 하다. 왜냐하면 인간이 이룩한
문명은 운명적으로 동일한 공간 위에서 상호 이질적인 공시의 역사를
써내려가듯 동어반복적인 파괴와 건설의 함수 속으로 모든 의미를 수
렴시킬 수밖에 없기 때문이다. 시인도 그와 같은 역사의식의 선상에서
신화적 사태를 구축해가고 있는데, 그것은 생의 형식 전체를 동일성으
로 환원시키는 절대성을 지향한다. 물론 인간이 이룩해낸 문명적 사태
는 다양한 형식적 층위로 드러나기는 하지만, 그 다양성은 생을 살아낸
흔적, 즉 인간의 주체적 측면이 육화된 사태일 뿐이다. 따라서 역사를
관통하는 신화적 의식의 층위는 이질적인 문명적 현실성을 동일한 운
명의 구조 속으로 이입시켜 세계 전체를 동일성으로 승화시킨다.

　하여 신화는 운명이다. 훼손된 삶, 울음, 절망, 한, 죽음으로의 이행
그리고 운명적인 무한반복. 신화는 삶의 앞면에 도사린 예리한 칼날이
만들어낸 상흔 속으로 들어가 한을 토해내고 울음을 울게 만든다. 슬픔
의 정화, 위무되는 영혼, 생의 가뜬함. 신화는 영혼의 환부 위에서 기술
되는 승화의 언어인데, 최서림은 신라와 이서국이라는 옛 공간과 현재
의 공간인 청도 사이를 넘나들면서 한 많은 아낙의 삶을 따스한 손길로
보다듬고 있다. 공감 또는 공여(供與)하는 의식. 신화는 타자를 끌어안는
동시에 타자의 내밀한 생활 세계의 심층으로 들어가 처연한 슬픔과 한

70

을 공감하면서 함께 울고 웃는 가운데 세상의 모든 고통이 승화되는 지점으로 이끌어 간다. 최서림의 「伊西國으로 들어가다 3－이서국 이야기」는 신화적 상상력을 통해서 공감대를 상실한 현대성의 공허한 가상성을 우회적으로 비판하고 있다. 비록 최서림의 신화성이 태고 이래로 전해져오는 '땅 밑에 묻혀 있는 긴 울음' 소리를 한으로 육화시킨 것이기는 하지만, 시인은 가역적인 시간을 종횡으로 가로질러가면서 역사의 저편으로 기화되어버린 삶의 의미를 살아 숨 쉬는 실재적 삶으로 재귀시킨다. 따라서 최서림의 신화적 상상력의 층위는 미시적 삶 속에 내재된 불변적 의미소를 예인하는 작업에 해당한다.

5. 현대성과 반성하는 자아

가야 할 때가 언제인가를
분명히 알고 가는 이의
뒷모습은 얼마나 아름다운가.

봄 한철
격정을 인내한
나의 사랑은 지고 있다.

분분한 낙화……
결별이 이룩하는 축복에 싸여
지금은 가야 할 때,

무성한 녹음과 그리고
머지않아 열매 맺는
가을을 향하여

나의 청춘은 꽃답게 죽는다.

헤어지자
섬세한 손길을 흔들며
하롱하롱 꽃잎이 지는 어느 날

나의 사랑, 나의 결별,
샘터에 물 고이듯 성숙하는
내 영혼의 슬픈 눈.

—이형기, 「낙화」 전문

현대성은 무한히 질주하는 욕망이다. 현대성은 만족이 아니라 결핍을 채우기 위해서 끊임없이 새로운 욕망의 대상을 창조하는 생산과 소비의 변증법이 지배하고 있다. 비등하는 기호들, 그 기호에 연호하는 인간들. 현대성은 새로움을 새로움으로 대체하는 가벼운 유희다. 현대성의 비극은 존재의 심연이나 배후를 잃어버림으로써 비로소 시작되는데, 그것은 니체의 신의 죽음의 선언, 다윈의 진화론, 아인슈타인의 상대성이론과 맞닿아 있다. 물론 이들의 등장과 더불어 인간은 절대 심급으로부터 해방되어 인류 역사 이래로 가장 완벽한 절대 자유를 구가하게 되지만, 역으로 절대라는 기준점을 잃어버림으로써 인간은 관용과 반성을 잃어버리게 되는 비극의 세계에 돌입하게 된다.

생을 역동적으로 이해했던 니체의 『권력에의 의지』를 단순한 권력욕으로 담론화할 때, 인간세계는 헤겔적인 의미의 절대 이념을 생산하는 정신의 작용이 아니라, 철저하게 섹터화된 욕망의 세계로 전락하게 된다. 사실 비극은 권력 그 자체에서 파생되는 것이 아니라, 권력이 사용되는 구조적 메커니즘에서 비롯하는데, 그것은 권력에 실정성을 부여하는 궁극적 배후인 신의 죽음과 그리 무관하지 않는다. 따라서 인간의 모든 행위의 궁극적 심급인 신의 죽음, 즉 권력의 배후가 사라진 현대성에겐 두려움이란 결코 존재하지 않는다. 파동치는 욕망과 그것의 충족적 의지. 생은 단 일회의 진자운동으로 끝나는 불가역적인 시간의 선상 위에 기술된다. 따라서 생은 반성하는 의식이 아니라 앞으로만 내달리는 욕망과 그것의 향유로 가득 채워져 있다. 아타락시아든 오르가즘이든 상관없이 현대성은 향락을 전이시킴으로써 끊임없이 쾌락의 꼭짓점들을 찾아들어간다. 무한히 접속되고 링크되는 현대성, 순간과 말초적 감각성이 지배하는 현대성, 익명화된 기호로 존재하는 현대성, 욕망의 이름으로 세계를 수렴시키는 현대성. 현대성은 반성하지 않는 것이 아니라 애초부터 반성이라는 단어를 모른다.

인간이 끊임없이 쾌락의 이동점을 쫓아가면서 유예되거나 만족되지 않은 희열을 새로운 산물로 만족시켜갈 때, 역설적이게 쾌락의 형상은 상징계에 위치하게 된다. 쾌락은 바로 지금 여기 이 순간에 느껴지는 육체와 정신의 희열이지만, 쾌락은 쾌락의 전체성을 드러내놓지 않거나 쾌락의 대가를 지불하게 만든다. 저 지고한 즐거움, 언뜻언뜻 무지개처럼 몸과 마음을 풍요의 세계로 이끌어가는 쾌락은 나와 너의 경계를 허물어트리고 자기 안의 타자조차 망각하게 되는 열락의 순간이다. 하여 쾌락은 니르바나다. 성을 통한 깨달음을 지향하는 탄드라불교의 열락도 에피쿠르즘의 아타락시아도 그 궁극의 길은 죽음으로 향하는 저 적멸의 지점이다. 쾌락은 죽음을 승인하는 육체와 정신의 작용 위에 기술되는 화려한 기호이다. 따라서 쾌락은 생의 형식 속에 내재된 운명의 역설인데, 그것은 존재의 멈춤을 유예시키면서 새로운 생의 에너지를 부여하는 동력인이다.

그러나 현대성은 쾌락의 이중적인 운동성을 하나의 허구적 사태로 추방시켜버린다. 오감으로 느껴지는 전율. 짜릿한 흥분과 말초성. 현대성의 욕망의 변증법은 욕망의 부정성이 이루어내는 부정의 변증법이다. 하여 현대의 욕망은 불구적인 세계에 빠져들고 있다. 변태성과 반성의 결여, 앞으로 질주하는 욕망과 쾌락의 무한성. 삶의 이동점은 쾌락을 향유하는 이동점과 한 치의 오차도 없이 일치하는 좌표평면상에 위치하게 된다.

그러나 생은 영원이 아니다. 엔트로피로 내달리는 저 처연한 육체성, 사랑의 끝자리, 소진된 육체, 희미해지는 정신, 끝내는 도달하고 마는 허무와 애련. 이 일련의 생의 사태는 반성을 하지 않는 현대성이 만들어놓은 생의 운명적 차크라이다. 물론 신이 죽었다고 믿고, 무가 세계를 지배한다고 가정할 때, 생 전체를 쾌락만으로 채워 넣고 쾌락의 정점에서 생을 소멸시킨다면 그것은 가장 축복받은 삶의 한 형식일지도 모른다. 그러나 아포리아! 미궁! 모른다. 알 수 없다. 기만이다. 허구다. 인간이 사유할 수 없는 한계의 밖, 인간 세계의 배후, 3차원 이상의 고차원으로의 공간 이동. 만약에 천체물리학자인 피터 프로인트가 말한 것처럼 4차원 이상의 고차원의 세계가 존재한다면, 이제까지 기술된 인간학적 사유는 무의미하게 된다. 그러나 이것 역시 하나의 난경이자 출구를 찾을 수 없는 뫼비우스의 띠일 뿐이다.

출구 없음, 절망, 그리고 전락. 이형기의 「낙화」는 한 출구에서 다른 입구로 이동점을 찾아가 생의 화려했던 흔적을 반추하고 있다. 그것이 비록 꽃이 지는 형국을 알싸하게 묘파하고 있기는 하지만, 시인이 진짜 문제 삼는 것은 생의 형식 속에 내재된 운명의 함수를 정관하는 데 있다. 한때 휩싸였던 정념의 사랑을 향유하면서 격정으로 점철된 아슬아슬한 유혹의 지점을 경유도 해가면서 이형기는 저 처연한 소멸의 순간을 응시하고 있다. 화려했던 생의 앞면이 아니라 생의 뒷모습을 응시하면서 인내와 성숙으로 향해가는 인생의 의미를 성찰하고 있다. 화려함과 격정 뒤에 도사린 영락하는 낙화와 역설적인 풍요의 결실. 계절의 운행은 한 치의 오차도 없이 그 뜻을 이루어 무위의 논리를 성취해 갈 때, 인간은 그 무위를 유위로 변전시켜 이 세계의 운행을 어그러트린다.

지혜와 은총과 로고스로 무장한 인간. 하여 이 세계 내에서 전무후무한 특권적 지위를 누리는 인간. 욕망하는 인간의 의식과 결합한 저 순진무구한 과학. 하여 순열조합에 의해서 마구 새롭게 재배열되는 이 세계.

이형기의 반성하는 의식은 역리가 지배하는 이 세계를 순치시켜 조화의 공간으로 만드는 데 있다. 비록 시의 형상화 전략이 꽃의 피고짐 내에 기입된 인간의 사랑과 결별을 묘파하고 있기는 하지만, 그것은 순차적인 시의성(時宜性), 즉 아날로그적 시간과 맞물려 있는 욕망과 승화, 사랑과 증오, 슬픔과 기쁨, 이별과 만남, 앞면과 뒷면, 영혼과 물질 등등의 이항 대립적 가치나 의식을 가볍게 기화시켜, 이 세계성 내부로 그 모든 사태를 거두어 드린다. 따라서 이형기의 시적 의식은 생의 형식이 펼쳐내는 그 모든 사태를 정관하면서 디지털화된 현대성의 초상을 아날로그적 시간성으로 복원시킨다. 이때 시인의 반성력은 시대의 한계지평 속을 종주해 들어가면서 생성과 소멸을 몽상하는 데 있다. 시간의 처음이라고 생각되는 생기 넘치는 화려한 봄과 모든 것이 성숙되어 끝내는 죽음으로 수렴할 수밖에 없는 가을의 지점 사이의 변화를 숙고하면서 시인은 시간의 안쪽에서 벌어지는 저 오묘한 운명적 사태를 응시 성찰하고 있다.

반성은 흐르는 시간의 법칙 내부에 자아를 응고시킨 순간에만 발생한다. 반성은 흐트러지고 파괴된 자아를 응시하면서 그 본래적 자기를 복원시키는 행위이다. 이형기의 「낙화」는 반성의 복원력의 토대 위에서 아주 작고 무의미하게 여겨질 수 있는 사태를 천지운행의 사태로 치환시켜 인간의 내적 성숙과 세계의 원리를 시적 언어로 예인하고 있다. 그리고 그러한 시적 사태는 바로 그리 가볍게만 바라볼 수 없는 인생의 무게를 가늠하면서 슬픈 영혼의 눈으로 사랑과 결별과 성숙을 뚫어지게 응시하면서 자신의 삶에 대한 총체적 반성을 감행하고 있다. 하여 그의 오고 감 사이에서 발생하는 반성적인 미적 원리는 반성을 모르는 현대성의 오만한 의식에 일침을 가하고 있다. 그것은 가장 소극적인 방식, 즉 자기고백을 통한 우회적인 비판력이기는 하지만, 그 고백의 칼날은 인간 전체의 운명성으로 향해 있기에, 이 세계 전체를 부지불식간에 반성하게 만든다. 자연의 시의성이 한 치의 오차도 허락함이 없이

이 세계를 운행시키듯, 이형기는 여린 꽃의 피고 짐 속으로 반성하는
의식을 내파시키고 있다.

6. 현대성의 초극

나 하늘로 돌아가리라.
새벽빛 와 닿으면 스러지는
이슬 더불어 손에 손을 잡고,

나 하늘로 돌아가리라.
노을빛 함께 단둘이서
기슭에서 놀다가 구름 손짓하면은,

나 하늘로 돌아가리라.
아름다운 이 세상 소풍 끝내는 날,
가서, 아름다웠더라고 말하리라……

—천상병, 「歸天」 전문

현대성의 초극은 부정성이다. 말하자면 초극은 현대성의 의미론적
층위를 철저하게 무화시키는 행위이다. 욕망도, 의지도, 그리고 사랑까
지도 모두 무(無) 쪽으로 편입시켜 생의 사태를 가벼운 유희로 치환시키
는 동시에 수많은 의미 사태를 기화시켜버린다. 무는 현대성에 스며있
는 알레고리인데, 한편으로는 현대성을 구축하는 자양분으로 다른 한편
으로는 현대성이 이룩한 그 모든 것을 반성하게 만드는 기제이다. 역으
로 무는 욕망하는 의식의 심연이자, 현대성의 심연으로 작용하게 된다.
왜냐하면 무란 인간의 편에서 기획하고 조율할 수 있는 그 무엇으로 존
재하는 것이 아니라 인간의 절대적 타자이기 때문이다. 하여 무는 서술
되거나 인식되는 대상이 아니라, 감내해야만 하는 운명성이다.
　사실 무와 맞선다는 것은 불가능하다. 아니 애초부터 유와 무의 변증

법적 기획에서 늘상 승리하는 쪽은 무이다. 무는 예정조화이다. 무는 인간의 의식에 앞서서 이 세계 전체를 길항 조율하는 신의 뜻이다. 은총과 사랑으로 창조된 이 우주. 금기를 어겨서는 안 되는 하나의 계율. 그리고 그 계율의 위반. 무는 그렇게 하나의 금기를 어긴 순간에 이 세계 속으로 들어오게 된다. 영원히 사라진 영원성. 죽음으로만 다가갈 수 있는 영원의 세계. 불행과 죽음은 그렇게 이 세계 속으로 들어와 인간의 역사 전체를 반복적 비동일성의 동일성으로 가득 채운다. 무한반복. 죽음이라는 덫 옆에서 태어나는 새로운 생명. 그 생명을 타고 흐르는 희생의 사랑. 인간의 역사는 삶을 길어 올리는 생명의 탑이 아니라, 죽은 자의 흔적 속에서 영위되는 삶이다.

세포의 항상성, 돌연변이, 그리고 계통의 발생과 무한한 진화 과정. 만약에 생명이 어떤 기획에 의해서 창조된 것이 아니라 우연히 발생된 특발적인 사태의 산물이라면, 생의 형식은 어떤 의미를 지녀야 하는가. 종의 계속성과 인륜성, 제도와 교육, 가치와 의미, 그리고 형이상과 형이하. 세계의 배후가 존재하지 않는데, 도대체 이 따위 것들이 생명적 사태를 위하여 어떠한 의미를 지니며 과연 인간에게 필요하기나 한 것인가. 만약에 세계의 배후가 존재하지 않는다면, 더 나아가 절대적인 무가 이 세계를 지배하고 있다면, 이 세상은 아름다운 소풍이 아니다. 사르트르가 『존재와 무』에서 무를 대처하는 인간학적 방식을 방종과 참여라고 정언적으로 규정하고 있지만, 사실 사르트르의 이 방법 또한 궁극적인 해결책이 되지 못하는 하나의 임시방편에 지나지 않는다. 왜냐하면 무가 세계를 지배하는 궁극적인 원리라면, 세계―내―개연적 사태는 모두 승인되며 어떠한 가치판단도 내릴 수 없기 때문이다. 하여 인간이 명명한 실정성은 하나의 허구적 기만으로 전락하게 된다. 주관 대 주관. 모든 방종이 허용되는 사태. 유토피아를 지향하는 참여. 사실 무가 이 세계의 심급으로 존재하게 된다면 세계―내―사태는 주관성이 지배하게 된다.

무를 사유한다는 것은 인간의 궁극적 형식에 관한 물음이기에 너무도 당연한 일이지만, 그러나 그 사유된 무를 언어로 기술한다는 것은 불가능하다. 종교학적 논증이나 철학적 논증을 통해서 무의 존재론적 측면을 개념화시키지만, 그 개념화되고 논증된 무는 무의 본질로부터 너무 멀리 벗어나게 된다. 무는 말해질 수 없다. 무는 말의 안쪽이 아니라 말의 초월 쪽으로 비약해 들어가 말의 가치를 무화시킨다. 세계의 밖인 무. 존재의 배후인지 아닌지 모르는 무. 무는 비존재가 아니라 무를 무로서 존재하게 만드는 무이다. 그러나 이 존재하는 무는 발화되지도 않고 언표되지도 않는 불가능한 운명성을 언표하게 된다.

무는 존재의 배후를 지배하는 운명이다. 무는 이 세계를 사랑으로 충일하게 만드는 절대 심급이다. 그러므로 무는 말의 직접성으로 표현되는 것이 아니라, 간접화된 말을 통해서만 자신을 이해시킬 수 있으며, 자신의 본 모습 또한 세계 속에 현시하게 된다. 따라서 무의 존재론적 양태는 비유의 터널 속에 잠재된 은유적 상징이나 상징적 은유로만 드러난다. 바로 이러한 무의 특성이 시가 언표되는 지점인데, 시는 본래 무와의 소통이다. 천상병의 의식이 유에서 무로 이행할 때, 또는 지상에서 천상으로 자신의 존재론적 양태를 이입시킬 때, 그는 이 세계를 지배하는 내밀한 그 무엇을 목격하게 된다. 아름다운 나들이. 본향으로의 회귀. 소풍. 도대체 천상병은 그 지옥 같은 삶의 도정 속에서 무엇을 깨닫고 무엇을 느꼈던 것인가. 무의 기획을 알고나 있기는 했던 것인가, 아니면 그의 천진한 품성이 욕망으로 가득 차 있는 현대성의 오만한 의식을 가볍게 무화시킨 것인가. 도대체 가당치 않는 '아름다운 이 세계 소풍'은 무엇을 의미하고 말하는가.

「歸天」의 의미의 질량은 말이 표현할 수 있는 한계 밖을 겨냥하고 있는데, 그것은 사랑도, 미움도, 증오도, 자비도 모두 희석시켜버려 의

78

미를 묻는 것조차 무의미하게 만든다. 도대체 「歸天」은 누구를 향해 말하고 어디를 향해있는가. 너무도 평이하고 너무도 쉽게 씌어진 것 같지만, 사실 헤아릴 수 없는 그 깊이와 의미 때문에 아포리아에 빠지는 「歸天」의 정체는 무엇인가. 무겁게 느껴지는 생에의 형식을 하루 나들이쯤으로 가볍게 여기면서 생의 형식을 기화시킬 때, 생의 의미와 형식은 도대체 인간에게 어떤 의미를 지니는가. 말할 수 없다, 말하고 싶지만 결코 말해질 수 없다. 왜냐하면 시 「歸天」은 인간의 유위적 행동이나 생산 양식을 하늘에 귀속시키기 때문에, 자인(Sein)의 존재적 가치가 졸렌(Sollen)의 세계 속으로 응고되어 유위를 무위로 역전시킨다. 따라서 하늘의 상징성 앞에 또는 하늘이 펼쳐내는 저 절대성의 위의 앞에 인간학적 행위나 의미는 무의미하게 된다.

　하잘것없는 이 세계. 절대 앞에 초라한 인간. 현재를 진행하면서 미래 언젠가 완료될 하늘이라는 절대 공간으로 인간이 이입될 때, 인간은 도대체 무엇으로 존재하는가. 심판, 천국, 무. 그리고 모른다, 모른다, 모른다. 그러나 시 「歸天」은 모든 것을 알고 있고 모든 것 밖에 위치한 채, 현대성이 펼쳐내는 위선과 허위를 가볍게 초극하면서 당위의 세계를 사유하게 만든다. 인간은 무엇으로 사는가. 인간은 왜 지금 여기에 존재하는가. 있음과 없음, 부와 가난, 절대와 상대, 의미와 무의미. 인간이 만들어낸 이항대립적 가치를 한낮 일장춘몽으로 여기면서 생의 형식을 아름다운 소풍쯤으로 비유할 때, 천상병의 정신성의 높이는 하늘의 안쪽 세계를 감싸 안으면서 하늘 밖의 저 웅대한 영원성에 도달하게 된다. 따라서 천상병의 「歸天」은 더 많은 생산을 위해서 소비를 부추기는 자본력, 시뮬라시옹화된 가상세계의 지배, 감각과 기호의 물신화가 더욱 공공이 뿌리내리고 있는 현대성의 위용을 가볍게 초극하면서 인간에게 궁극적 실재를 생각하게 만든다. 천상병의 시적 언어는 언어의 한계 밖을 사유하면서 언어의 극한값을 불변의 세계로 이입시킨다.

7. 글을 나오며 : 시가 존재해야만 하는 이유

> 어머니가 가끔씩 오신다
> 저 세상으로 가는 길이 몹시 힘드니까
> 나 완전히 넘어간 뒤에 와라
> 네가 힘들게 넘어오는 모습을 보고 싶지 않다
> 멀쩡히 걸려 있던 바가지가 부뚜막으로 떨어지는 것이다
> 멀쩡히 서 있던 1000ml짜리 빈 우유팩이 넘어져 뒹구는 것이다
> 하느님 우리 어머니 힘들지 않게 넘어가게 해주세요
> 아니면 우리 어머니 내가 부축해드리면 안 되나요
> —박찬일, 「어머니가 가끔씩 오신다」 전문

시는 소크라테스의 등에이다. 시는 절망적인 철학의 심연으로 침투해 들어가 그 절망을 언어로 승화시키는 절대성이다. 시는 내포이면서 외연이고 외연이면서 내포이다. 시는 시대성과 상면하면서 저 거대한 서사적 현실성을 반성시켜 존재의 심층을 회감시킨다. 하여 시는 시간의 처음이자 마지막이다.

시는 현재와 과거, 삶과 죽음을 넘나드는 힘인데, 이때 이 힘은 존재의 시원성과 종결 지점을 동시적으로 몽상하는 수렴지대를 배회하면서 의식의 극한으로 치달아가는 벡터이다. 시는 어머니다. 시는 투박한 자음이 아니라, 어머니의 사랑과 연민이 새겨진 모음이다. 시는 레테를 건넌 자들의 영혼을 삶의 이편으로 불러들여 못 다한 말을 말하게 만든다. 시는 빈 지대 위에서 기술되는 염원과 소망이자, 모든 논리적 언술의 초극이다. 하여 시는 어머니의 자궁이다.

박찬일의 「어머니가 가끔씩 오신다」는 시가 왜 이 땅에 존재하여야만 하는지에 대한 이유를 잘 보여주고 있는데, 그것은 시의 원상을 사유하게 만든다. 원래 시적 언어의 임무는 소통에 있다. 말의 즉자성과 현전성. 의미의 미분화상태. 시의 말은 말의 대자화가 아니라 대자화된

인간의 의식을 즉자적 존재 상태로 되돌려 보내면서 가공되지 않은 인간의 원상으로 회귀하게 만든다. 따라서 시적 언어는 인간의 심층에 남아 있는 양심이다. 그렇게 하지 않으면 안 되는 시간의 타자를 응시하면서 시간의 이편 쪽으로 모든 의미를 발화시키는 그 언어가 시적 언어의 본질이다. 따라서 시는 이 세계 전체를 울려 퍼지게 만드는 영혼의 영기이다.

물질성과 가상이 만들어내는 판타지를 무의미한 사태로 치부하면서 선형적 시간의 원리를 가볍게 초극해가는 시, 역사의 앞면에 도사린 기만과 허위를 정관하는 시, 내적 울혈을 주파해가면서 그 응고된 울체를 피울음으로 토해내는 시. 시란 메타성을 사유하면서 그 형이상의 원리를 형이하의 세계로 이입시키거나 형이하를 형이상의 세계로 승화시킨다. 따라서 시는 이쪽과 저쪽의 경계, 삶과 죽음 사이, 가지성과 불가지성 사이에 위치한 삼투막이다. 넘치는 것은 덜어내고 부족한 것은 채우면서 이쪽의 의식을 저쪽의 세계로 잇대어 놓고 있는 시, 물질적 육체성을 영혼의 형식으로 전환시키는 시. 시란 궁극의 지점으로 내달리는 운명의 노래인데, 그것은 시간의 이편에서 자행되는 무수한 사태를 의식의 힘으로 가볍게 무화시켜 절대의 지점을 응시하게 만든다. 하여 시란 역사의 바깥에서 기술되는 초재성(超在性)의 언어이고, 시간의 바깥에서 서술되는 까닭에 통념적인 의미의 언어의 한계 밖에 위치하게 된다.

언어의 지시적 관계(프레게) 또는 의미―지시 관계의 해체(라캉). 시의 말은 언표 가능한 말의 한계 내에서만 표현되는 것이 아니라 그 표현의 한계(표현 가능성과 불가능성)를 뚫고 들어가 표현의 한계 밖에 위치하는 데 있다. 박찬일의 「어머니가 가끔씩 오신다」는 천상병의 「歸天」이 전해주는 미래의 예언자적 전언이 아니라, 그 미래적 전언을 현전적 현재성으로 포착 발화시키고 있다. 시의 말이 존재의 심연이나 시원의 바깥을 사유해 갈 때, 시의 길은 소진되는 시간 안쪽으로부터 소진될 수 없는 시간의 저편 쪽으로 모든 의미소를 집중시킨다. 비트겐슈타인은 『논리철학 논고』에서 세계의 한계를 언어의 한계로 규정하면서 미학과 윤리학을 말할 수 없는 영역으로 추방시켰지만, 어찌 그의 철학적 기획이 성공적일 수 있겠는가. 어찌 생에의 형식을 말할 수 있는 말만으로 말할 수 있겠는가. 비록 시가 절묘하게 언표되는 말의 지점들을 주파해가지만, 그 언표된 말이 겨냥하는 지점은 말할 수 없는 말을 말하게 만드는 데 있지 않겠는가.

논리성과 언어 표현의 자장 내에 모든 진리 기준을 내파시키는 명징한 계몽적 의식의 확산은 현대성이 비약적으로 발산하는 내적 동인이지만, 이 투명한 이성의 조합은 현대성을 형해화된 불모의 지대로 만들어버린다. 계산 가능성과 이용 가능성의 수학적 계산력이 자본과 공조 체제를 이루면서 문화는 이제 정신과 물성이 변증법적으로 승화된 양식이 아니라 하나의 상품적 산업으로 전락하게 된다. 세계 전체가 시적 기호를 발화시켜왔던 시대성이 현대성과 더불어 종말을 고하는 바로 그 순간, 시는 현대성의 심연으로 사라지는 동시에 세계성의 배후로 침잠해 들어가게 된다. 이때 시는 완벽하게 소멸되는 미적 형식이 아니라, 시가 존재해야만 하는 이유를 역설적으로 드러낸다. 모든 예술이 자본적 현대성 위용 앞에 무력하게 굴복하고 말았지만, 시는 자본의 휘황찬란한 현대적 기호의 배후에 도사린 허무와 절망과 소외를 사랑의 언어로 보다듬어 미적 자연성을 복원시킨다. 시는 새로움으로만 치달아가 미적 자연성을 망각하게 만드는 인공의 늪 속에서 인륜적 가치를 길어 올린다. 따라서 시는 잊혀진 예술의 고향이자 예술의 원상을 고스란히 간직한 미의 원형이다.

박찬일 시인이 어머니라는 절대성 내부에서 간절한 마음을 시적 언어로 예인하고 있듯이, 시는 파열하는 현대성 내부에 새겨진 절대성의 사라지지 않는 흔적이다. 따라서 시는 모든 예술의 어머니이다. 시는 도구적으로 해체된 현대 예술 전체(문화산업으로 전락)를 예술의 원상으로 회귀시킨다. 따라서 시는 예술의 존재론적 심급이다. 자본의 논리에 굴복 타락한 예술가의 영혼에 순수성을 각인시키면서 예술이 짊어지고 가야 할 미래의 길이 시적 언어 속에 내파되어 있다. 바로 이러한 점이 시가 존재해야만 하는 이유인 동시에 시적 시의성이 소멸되지 않은 이유이기도 하다.

물질적 상상력과 존재의 물음

1. 글을 들어가며

계간비평 원고 청탁을 받고 국립중앙도서관을 향하는 버스를 탔다. 어떤 기준을 가지고 시를 선별해야 하는지에 대한 생각으로 머리가 복잡했다. 50권이 넘는 잡지를 펼쳐보았다. 전국 각지에서 100여 권이 넘는 문학잡지가 발행되고 있다는 사실에 한 번 놀랐고, 이름도 들어보지 못한 수많은 익명의 시인들의 작품이 나를 한 번 더 놀라게 했다. 그런데 한 권 한 권 읽어가면서 실망감은 이루 말할 수 없었다. 좋은 시가 너무 많으면 어떤 시를 넣고 어떤 시를 빼야 하는지를 생각했는데, 의외로 좋은 시는 눈에 뜨이지 않았다. 즉흥적이고 감각적인 언어 속에 진지함이라고는 찾아볼 수 없었다. 그저 생경한 비유만 찾거나, 진부한 사랑놀음밖에 없었다. 물론 모든 예술이 다 그렇듯, 시의 인위적인 제작적 측면을 부정할 수 없다. 그것은 현대적인 감수성과 언어가 결합하여 새로운 시적 언어를 창조하는 행위에 해당한다. 그러나 새로움이라

는 미명하에 전체적인 시적 의미구조를 도외시한 생경한 비유만이 남발
되어 있었다. 다른 시인들이 표현하지 않은 새로운 표현을 찾아 시의 구
조에 안치시키는 것이 시인의 임무이지만, 새로움을 추구하는 실험성을
가장하는 시들은 시적 언어 속에 자기(Self)가 없다. 시인 자신의 존재론
적인 물음은 사라지고, 그 자리에 언어적인 유희만이 존재할 뿐이다.

현대성은 서정적 주체를 진부한 것으로 치부한다. 현대성은 디지털
화된 일상의 주체를 가장 현명한 주체로 상찬하고 있다. 잡지에 게재된
시들은 거의 대부분은 현대적 기호와 모럴을 충실히 따르면서 그것을
자신의 시적 언어로 예인하고 있다. 대부분의 시인들은 현대의 일상적
기호와 너무 밀착되어 자신이 체험한 현대적 삶 자체를 언어로 치환시
킨다. 그래서 시적 언어의 호흡은 너무 가쁘고 격렬하다. 마치 전장에
나서는 투사처럼 급박한 호흡을 내쉬며 언어 하나하나에 자신의 모든
주체를 각인시킨다. 시인들은 희열을 느낀다. '그래 나는 이 시대의 지
표를 정확하게 읽고, 그것을 시로 승화시켰지'라고……. 그러나 허전하
다. 시가 격렬하면 할수록 시는 세인들에게 주목을 받겠지만, 이내 사
라지는 기호로 전락하고 만다. 현대적 일상성의 기호는 영원성을 담보
로 하는 것이 아니라, 순간성과 일회성이다. 그러므로 그러한 시적 언
어는 지배담론에 종속된 천박한 언어이다. 일상과 가까우면 가까울수록
시의 호흡이 아주 가쁘거나 일상에 침몰되어 느슨한 신세한탄으로 흐
리기 십상이다.

그렇다면 시의 본령은 무엇이고, 시적 언어가 지향하는 궁극적인 목
적은 무엇인가. 현대성의 시대지평과 시의 본질은 결코 만날 수 없는
평행선을 유지하고 있는가. 루카치가 『소설의 이론』에서 현대에 더 이
상 시적 사유가 가능하지 않다고 말했을 때, 그것은 아직도 유효한 전
언인가. 시란 진정으로 어떻게 존재해야 하는가. 시대가 변하면 의식이
변하고, 의식이 변하면, 모든 생산 양식도 함께 변하는 것은 자명한 이

치다. 철학적 담론도 시대적 변화에 호흡을 맞추어 과학담론의 시녀로
전락하고 있다. 철학이 존재론과 형이상학적 사유를 제쳐놓고 자본의
구조에 편승하고 있다면, 인간이 돌아갈 존재론적 자리는 세상 어느 곳
에도 없다. 현대성의 공간은 인간의 기만적인 이성적 기획에 따라 재배
열되고 있다. 자본 위에 자본이 겹쳐지는 현대 공간은 결코 인류성이
실현되는 공간이 아니다. 인간관계는 적대적이거나 이해관계에 따라 유
동적으로 변해버렸다. 이러한 현상들이 횡행하는 시대에 시의 진정한
본질은 무엇인가.

시간을 나누어 쓰는 디지털 시대에 시의 본질은 호흡 고르기이다. 격
렬한 삶의 현장에서 한보 물러나 세상을 관조하는 성찰의 언어가 시의
본질이자 시인이 실천해야만 하는 임무이다. 급한 삶의 현장 속에 삶을
관조하고 과거의 시간으로 회귀하여 원초적 유대감을 되살리는 것이
바로 시의 본질이다. 그것은 퇴행이 아니라, 인간의 존재론적 근거를
회감하는 것이다. 생명과 생명이 존재하는 공간을 총체적으로 사유하면
서 현대성의 격렬한 구호와 모럴에 비판을 가하는 행위이다. 사실 시는
비판하지 않는다. 정신적인 것, 가장 소중한 것, 잊혀진 것, 점점 사라
져가는 것들을 불러내어 언어로 형상화하기 때문에 현대성의 지표인
이용 가능성과 계산 가능성과 정면으로 배치된다. 만약 시가 현대성에
대한 비판적 기능을 담지하고 있다면, 그것은 현대의 기호 스스로가 시
의 존재성 앞에 부끄럽다고 느끼기 때문이다. 물질적인 부와 권력의 저
편, 의식의 피안을 지향하는 시는 가장 낡은 방식으로 가장 현대적 삶
을 살 수 있는 혁명적인 언어이다. 현대의 기호에 봉사하고 기여하는
시들은 욕망하는 자아이고, 그 욕망으로 인해 현대의 시녀로 전락한 슬
픈 영혼의 흔적이자 현대성이 낳은 가장 비극적 현실이다.

2. 말을 거는 사물—추억과 생의 흔적

물질에 의미가 담겨지는 것은 희소성 때문만은 아니다. 자본의 구조 앞에 물질은 부의 척도이지만 시적 상상력의 작용 앞에 물질은 삶이 각인된 의미부여체이다. 한때 생명이었거나 생명의 소산이었던 물질은 시인의 의식에 부딪혀 미묘한 정신성을 구현한다. 그 순간 물질은 무생물이 아니라 하나의 살아 있는 실체로 거듭 태어난다. 인간의 의식적인 힘은 말할 수 없는 것을 말하고 볼 수 없는 것을 볼 수 있게 만든다. 시인의 상상력은 대상을 살리는 의식이자 대상을 의미의 존재로 질적 비약시킨다. 그저 널브러진 대상에 시인의 예각화된 촉수가 다가가 물질과 대화적 상상력을 작동시킨다. 물질이 시인에 말을 건넨다. '나는 한때 의미였어요. 그리고 아름다운 세계를 지향하지요. 그렇지만 지금은 잊혀졌어요.'라고……. 시인은 대상에게 더욱 다가간다. 시인은 대상이 말하는 의미를 언어로 치환시킨다. 진정한 시인은 대상이 발하는 말 속에 들어가 대상의 기쁨과 아픔을 자기 체험으로 승화시킨다.

아도르노적 미메시스 과정은 대상과의 진정한 소통방식이자, 대상을 아름다운 존재로 승화시키는 예술적인 실천이다. 미메시스의 시적 실천은 이용 가능한 모든 것들을 수단화하는 현대적 의식을 희석시킨다. 물질적 자본이라는 가상을 실질로 믿고 사는 시대에 의미 없고 가치 없는 대상으로 치부되는 물질과의 대화적 행위는 잊혀진 인간의 본질적 의식을 되살리는 것이다. 인간과 인간, 인간과 물질(자연)이 서로 정을 펴면서 인륜적 공간을 아름답게 만드는 것이 서정시의 본질이다.

　　조개껍질들이 잔잔히 울고 있다
　　죽어도 소리는 죽지 않는 그것들의
　　의연한 생명
　　바다에 생을 던지고 싶어 찾아간 사지死地에서

새 생명처럼 주워 품어 왔던 그것들
오늘
무심코 서랍 열고
죽음대신 생을 주워 담아왔던
바다의 깊은 속마음 하나 본다
내 눈물 그릇 같은 것
손으로 간절히 쓰다듬다가
그 옆에 녹슨 인두 하나 본다
세월은 삭고 소리는 커지는
어머니 손목 뼈 같은 것
그 인두
어머니 생을 줄인
마치 겨울 잘 이기고 세상 나온
봄 새잎 같다
서랍 속에 고요히 눈뜨고 있는
조개껍질과 인두가
자력으로 내 절망을 알아차려
불현듯
사향 냄새를 풍기며
내 가슴에 콱 찍힌다
부적이다.

—신달자, 「부적」, 『시와사상』 여름호

삶의 여정 속에 의미라고 생각했던 어떤 한순간의 행위는 시간의 퇴적과 함께 의식의 저편으로 사라져 버린다. 추억은 망각의 숲에 가라앉아 의미를 발하지 않는다. 켜켜이 쌓여있던 심층의 의미들은 먼지처럼 나뒹굴다가 어느 한순간에 의미로 되살아난다. 한때 찬란하게 빛을 발했던 의미들. 그러나 지금은 관심을 끌지 못한 채 책상 서랍 한편에 그냥 널브러져 있다. 시인은 부지불식중에 서랍을 연다. 바로 그때 죽었던, 아니 기억에서 지워졌던 사물이 의미를 토해내기 시작한다. 시인은 이제 과거로의 시간 여행을 통해서 의미의 흔적들을 추적한다. 의미로 충일된 사물이 시인에게 말을 건넨다. '난 의미였어, 나를 잊고 있다니, 죽음 속에서 회생시킨 게 나인데'라고…… 시인은 절망의 나락에 떨어져 헤매던 젊은 날의 그 바닷가를 떠올린다. 죽음의 나락에서 생명을 건져 올리게 했던 조개껍질을 응시하면서 생의 뒤안길을 되돌아보고 있다. 설움이었고 눈물이었던 생의 흔적, 시리도록 아픈 가슴, 그렇지만 찬란하게 빛났던 젊은 날의 초상이 한데 어우러져 시인의 의식 세계는 생의 어느 한 지점으로 회귀해 들어간다. 죽음으로 응시한 바닷가에서 죽음으로 침몰하지 않고 생을 주워 담아왔던 영혼의 흔적이, 죽은 사물이 생을 길어 올리는 미묘한 역설이 시인의 가슴을 설레게 한다. 조개껍질이 젊은 날의 시인에게 말을 건넨다. '비록 나는 죽었지만, 잔잔히 울리는 소리로 세계를 아름답게 만들지. 아름다운 여류시인이여! 나의 주검을 시로 노래해주렴.' 조가비의 말을 듣고 시인은 죽음 대신 생명의 고귀한 원리를 깨우치게 된다. 시인은 잡동사니 그득한 서랍 안을 들여다보며 추억의 가장 깊은 내부로 들어간다.

생이었던 흔적의 가장자리에 또 하나의 삶의 흔적, 어머니의 정령이 스민 인두가 시인을 응시하고 있다. 환영 같은 어머니가 시인을 보고 있다. 어머니의 애절한 생의 흔적, 그 생을 비집고 자라난 새순 같은 시인의 삶이 손목이 시리도록 아프다. 사물이 시인에게 말을 건넨다. 인두는 어머니의 화신이다. '사랑하는 내 딸아! 몸 건강히 잘 지내고 있겠지.' 어머니의 안부를 듣자, 시인은 어머니가 인두질하시는 유년의 어느 한순간으로 회귀해 들어간다. 자식과 가족들을 위해 희생하시는 어머니의 초상과 어머니의 지난한 삶이 환각처럼 시인의 눈앞에 현시된다. 아마 인두가 그렇게 만들었으리라. 생이었다가 생이 아닌 형식으로 돌아가는 인간의 운명성은 생을 대신하는 사물 속에 영혼을 각인시킨다.

신달자 시인의 시 「부적」은 사물에 내재한 생명의 온기와 추억을 회감하고 있다. 생의 흔적이었던 사물은 시인의 상상력을 촉발시키는 기제인 동시에 생을 지켜준 수호신이다. 절망의 자리를 생명의 자리로 만들어 준 부적 같은 사물과의 교감을 통해서 지나온 삶의 의미를 되새김질하고 있다.

> 연못가에 돌 하나를 갖다 놓았다
> 다 썩은 짚가리 같은 어둡기도 하고
> 퇴적되어 생긴 오묘한 결과 틈이
> 꼭 하느님이 자시다 만 시루떡 같은
> 충추댐 수몰지역에서 나왔다는 돌,
> 어느 농가 두엄더미에 무심히 서 있다가
> 몇 십 년 만에 수석쟁이의 눈에 띄어
> 수석가게 뜰에서 설한풍 견디던 돌,
> 이끼와 바위솔이 재재재재 자라고
> 나무뿌리도 켜켜이 엉켜있다
> 화산과 지진이 지구를 뒤덮고 난 후
> 태고의 적막을 가르며 달려온 돌,
> 비 오면 비에 젖고 눈 오면 눈을 맞는
> 저 아무렇지도 않은 껌껌한 돌을
> 고즈넉이 바라보는 일은 쏠쏠하기만 한데
> 물을 주면 금세 파랗게 살아나는 이끼!
> 검버섯 많은 내 몸에도
> 무심결에 파란 이끼나 돋아나면 좋겠다.
>
> —오탁번, 「돌」, 『현대시학』 6월호

침묵은 언어의 부재 상태가 아니다. 의미로 충일된 침묵, 잠재된 사물의 언어, 사물의 존재성에 관한 성찰, 시인의 상상력. 이 네 가지가 한데 어우러질 때, 시인은 새로운 시적 언어를 발견하게 된다. 시인의 언어는 의미의 발견이다. 의미 창조는 의미 발견의 토대 위에 생성되는 부산물이다. 시인이 대상 세계와의 연관성하에 시적 언어를 예인할 때,

시인의 의식 내부에서 일어나는 것은 대상 관계에 대한 관찰하는 의식이다. 대상을 관찰하고 사물에게 말을 걸 때, 충일되었지만 침묵하는 의미가 분출하게 된다. 침묵의 대화 속에 사물을 응시하는 정관의 언어가 시인의 상상력을 자극하게 된다. 이제 사물이 시인에게 말을 건넨다. 대상을 응시하는 시인은 평소에는 볼 수 없는 환시를 보기도 하고 사물이 말을 거는 환청을 듣는다.

이러한 일련의 과정을 겪을 때야만 비로소 시인은 새로운 언어를 발견하게 된다. 위대한 시인들의 대부분의 시들은 환시와 환청의 언어이다. 그것은 대상이 발하는 표면적인 의미를 넘어선 사물의 가능성을 시적 언어로 예인하는 것이다. 사물이 생성되는 시원으로 회귀해 들어가 사물의 존재성과 의미를 되새기는 의미 부여 작용이 바로 시인의 임무이다. 오탁번의 시 「돌」은 의미 발견과 의미 부여 과정을 충실하게 실천하면서 자신의 존재성을 응시하고 있다.

시인은 뜰 앞 연못가에 있는 수석을 바라보고 있다. 보는 눈에 따라서 사물은 전혀 다른 의미를 관찰자에게 현시한다. 시인은 그러한 사물을 응시하면서 돌의 생성 시기, 즉 고생대 석탄기나 중생대 백악기 어디쯤으로 회귀해 들어가 용암이 분출하는 광경을 상상하고 있다. 화산과 지진을 통한 변성 과정, 바람과 비의 풍화 작용을 겪는 돌의 생애를 생각하면서 그 돌의 생애 위에 자신의 삶을 겹쳐놓고 있다. 의미 아님에서 의미로 거듭 태어나는 돌의 형상. 수몰지역에 영원히 수장되었을지도 모를 돌. 그러나 수석쟁이의 눈과 시인의 눈에 포착된 돌은 의미를 분출하게 된다. 연못가 한편에 자리 잡아 이끼와 바위솔 데불고 설한풍 견디는 돌의 형상. 그러한 수석을 완상하는 감상자의 의식. 이 양자가 교묘히 결합하여 시는 하나의 사실을 기록하고 관찰하는 의식이 아니라 생명력이 넘치는 창조의 세계로 비약해 들어간다. 파랗게 살아나는 이끼를 바라보면서 시인은 이순을 지난 자신의 존재성을 응시한다. '물'은 생명을 상징한다. 이끼가 자라는 돌 위에 물을 주자 파랗게 살아나는 모습과 검버섯 핀 시인의 몸을 대비시키면서 시인은 자신의 푸른 생의 순간을 몽상하고 있다. 뜰 앞 연못가에 안치된 수석은 견고하고 영원이고 싶은 시인 자신의 영혼의 등가물인지도 모른다. 불가역적인 생을 살아가는 인간과 불변하는 돌의 형상을 통해서 시인은 인간의 삶의 원초적인 모습을 회감하고 있다.

외진 공원길에 버려진
한 토막의 구릿줄
녹슨 쇠붙이라고 짓밟지 마라.
한 때는
64메가 디램 컴퓨터 메모리칩의 연결선이었을,
한 때는 대형 냉장고의 모터 동력선이었을
그의 생애는
활기차고 아름답고 화려하였다.
누구나 인생이 그러한 것처럼
고전압에 벌겋게 달아 올랐던 열이
단전斷電으로 싸늘하게 식어버렸다.
한 삶의 영욕은 얼마나 덧 없던가
이제 비로소 제 갈 길을 찾아
피곤한 육신 비로소 안식을 찾았나니
따뜻한 햇빛과 맑은 바람과 순결한 풀잎에 안겨
한 줌의 흙으로 돌아가는 그의 풍장을
우리는 외려
경건히 모셔야 할 일이다.

—오세영, 「풍장」, 『시향』 여름호

길거리에 버려진 무의미한 사물. 한때 디지털 사회의 한 부분으로 유용하게 쓰였지만 지금은 사용불가판정을 받은 폐기품을 통해서 시인은 생명의 본질적인 모습을 상상하고 있다. 시인이 사물을 대하는 태도는 경이롭다. 디지털은 세상에 존재하는 모든 것들을 0과 1로 환원시켜 수식으로 도해하는 비생명적인 싸늘한 기호의 세계이다. 그런데 시인은 생명적 가치를 무화시키는 디지털적인 사물을 생명의 구조 속으로 편입시킨다. 디지털 부품의 화려한 사용과 폐기를 생명의 형식으로 변용하면서 시인은 비시적인 언어를 시적 언어로 승화시키고 있다. 시가 될 수 있는 언어와 될 수 없는 언어의 한계를 허물면서 디지털 세계의 존재론적 의미를 생의 원리로 고양시킨다.

이러한 과정 중에 시인이 주목한 것은 대상이 지니고 있는 존재론적 의미뿐만 아니라 디지털 문명 자체에 대한 반성적인 태도 또한 견지하고 있다. 의미와 필요의 대상이었던 사물이 무화되는 과정을 생명의 형식과 동일한 차원으로 인식하면서 시인은 물질이 지니고 있던 본래적인 의미 기능을 충실하게 재현하고 있다. 그것은 사물의 삶이다. 물론 현대사회에 디지털이 가지는 의미는 많은 편리함에도 불구하고 부작용을 낳고 있다. 그런데 오세영 시인이 응시하는 것은 현대성이 생산해낸 사물 자체에 대한 의미부여와 그것의 순환 과정을 예리한 시선으로 포착하고 있다.

사물의 유통 사용 과정 위에 인간의 삶의 과정을 겹쳐놓는다. 시를 읽는 독자는 현대 디지털 생산품인 구릿줄, 컴퓨터, 대형 냉장고라는 물질을 망각하게 되고 인간의 존재론적인 문제로 회귀해 들어간다. 분명 시인은 구릿줄을 풍장하고 있는데, 시를 읽는 이는 자신과 자신이 처한 삶의 세계를 관조하게 된다. 인간의 운명과 삶의 형식 그리고 자신의 존재성의 무화 과정을 상상하게 된다. 시 「풍장」은 더 나아가 현대성에 관한 비판의식 또한 내포하고 있다. 현대 문명의 상품화 경향과 인간의 파편화 현상은 디지털 사회의 한 단면이다. 현대사회는 인간을 전인적으로 사유하지 않는다. 오세영은 컴퓨터 메모리칩의 연결선, 냉장고 모터의 동력선과 같은 부품으로 존재하는 인간소외현상을 주목하고 있다. 시인은 분명 구릿줄을 따스한 햇빛과 바람과 풀잎으로 풍장하고 있다. 그런데 그러한 풍장의 광경은 자연의 온기 속에 안겨 평안을 찾아가는 소외된 인간의 영혼을 위무하는 모습으로 읽혀지고 있다.

3. 생의 성찰과 의미

산다는 것은 무엇인가. 생의 형식이 무로 향하는데, 왜 인간은 이 과정을 무한 반복적으로 행해야 하는가. 아포리아 상태, 혼돈, 절망, 희망, 판도라의 기만이 삶을 채우고 있다. 아무도 답을 내지 못한 채, 인간은 미래라는 허울에 기만당하고 있다. 잠이 들면 영원히 깨지 않았으면 하고 소망하지만, 아침에 눈을 뜨며 드리는 감사와 축복의 말. 이 얼마나 모순적인가. 진정 산다는 것은 모순을 끌어안고 모순과 사귀면서 자신의 이중성과 친해지는 과정인가. 모르겠다. 어떻게 생의 순간들을 채우고 살아야 할지.

붓은 하나의 여백을 지워
긴 여정의 길을 떠난다

하얀 와선지의 결을 지나
거침없이 살아나는 선과 여백

그림 속 바닷가 가파른 언덕
송백 사이의 비스듬한 집 한 채

하늘로 통하는 쪽창 사이
검푸른 바다가 보인다

붓은 다시 길을 지우고

또 하나의 여백을 만든다.

－양선규, 「세한도」, 『시와정신』 여름호

　생을 침착하게 정관하고 자신을 되돌아 볼 여유가 없는 시대, 앞으로만 향하는 무한 질주, 한 발 후퇴는 영원한 퇴보로 인정하는 시대에 양선규의 「세한도」는 삶을 여유롭게 바라볼 수 있는 산소 같은 시이다. 참 아름답고 예쁜 시이다. 정갈하고 담백한 언어와 여백을 풍요롭게 채우는 시인의 의식이 잘 어우러진 시이다. 얼핏 보기에 이 정도의 시는 마음만 먹으면 하루에도 수백 편을 쓸 수 있을 것으로 생각하겠지만, 양선규의 「세한도」는 결코 쉽게 씌어진 시가 아니다. 시인은 화가의 마음으로 시를 쓰는 것이 아니라 화가의 상상력으로 시를 그리고 있다. 여백 위에 언어를 안치시키는 것이 아니라 붓의 길을 따라 사물과 이미지를 구체화시키고 있다. 시인의 시각에 포착된 어떤 풍경이나 장면을 언어로 그림을 그리고 있다. 시를 읽으면 정지용의 「인동차」처럼, 시가 눈앞에 입체화되어 선명하게 부조된다. 그렇다고 양선규의 이 시가 이미지의 단순한 나열에 그친다는 의미는 아니다. 정교한 언어의 배치는 화폭을 배열하는 것을 의미하지만 그 화폭을 관류하는 의식은 삶에 관한 의식이다. 붓의 길이 만들어 내는 선과 여백은 단순한 선과 여백이 아니다. 여백을 지우는 것과 여백을 만드는 것은 우리가 살아가는 인생 여정을 은유적으로 표현한 것이다. 여백을 지우면서 길을 떠나는 것은 인생의 출발점을 의미하는 동시에 인간이 삶을 살아가야만 하는 지향적 의식을 내포하고 있다. 모든 생명체들은 빈 여백을 지우면서 그 여백 위에 삶의 흔적들을 채워 넣는다. 의미라고 생각되는 것들을 향해 미지의 삶의 길을 찾아 떠난다.

　붓은 그림을 그리는 도구가 아니라 시인의 자아이자 모든 인간을 상징한다. 붓의 길은 인생길이다. 2, 3, 4연은 인간이 만든 유위의 흔적들이다. 시인은 삶의 흔적들 한복판에서 생의 의미를 정관하게 된다. 여백을 지우면서 여백 위에 채워진 그 모든 것이 허무라는 사실을 직관하게 된다. 빼곡히 채워진 삶 위에 쌓인 짐들을 이제 하나하나 비워내는 것이 삶의 의미라는 사실을 시인은 깨닫게 된다. 길을 지우고 여백을 만드는 여유로움은 바쁜 일상의 삶에 찌든 현대인의 영혼에 생을 반추할 수 있는 기능을 담당하고 있다. 너무 많이 채워진 길이 삶의 비극임을, 인생의 여정은 채우는 것이 아니라 모든 것을 승화시키고 비우는 것이라는 사실을 시인 양선규는 알아채고 있는 것 같다.

　　나는 오래 바람을 견뎠다

　　낙산리, 잡초 헝클어진 무덤 곁 지날 때 들릴 듯 말 듯 누군가 휘파람을 불었다 가느랗게 불어는 저 음률에도 바람의 발톱은 숨었던가, 들끓고 섞이고 뒤집혀 뱉지 못한 말의 푸른 피가 꽃핀다 기억과 고요 사이, 징검다리 건너듯 발 디디면 그대 꽃술 끝 한 점 햇빛도 앙다문 육체의 비애같구나 한 번도 내 것이 아니었던 청춘 어느 깊은 모퉁이를 돌아나오는 탁한 날숨이 아, 아, 오, 오, 동그랗게 휘파람을 분다

　　저 맑은 청보라빛 통과하고 싶지
　　노을빛 무덤가 풀숲, 내 입술은 파리하다
　　저물녘 슬픔을 훑고 가는 바람아
　　청보라
　　청보라 따라가는 애틋한 저 귀로
—윤은경, 「용담을 만나다」, 『시선』 여름호

서정시의 본질은 세계와 세계 속에 벌어진 사건을 의식의 힘으로 용해시켜 아름다운 언어로 예인하는 것이다. 그것이 아픈 과거 사실의 고백일 경우에 더더욱 고차원의 시적 승화가 이루어진다. 고백의 언어는 시간의 여정을 투과하여 고통으로 점철된 생의 한 부분을 유미화시킨

다. 그러나 그 언어는 상처난 환부를 가로질러 과거의 시간으로 회귀해 들어간다. 어떤 삶은 입에 은수저를 물고 태어나고, 어떤 삶은 시련의 연속이다. 그렇다면 삶은 애초부터 불공평한 게임인지도 모른다. 시련 위에 시련이 겹쳐지는 삶. 그럼에도 불구하고 그것을 견디어내는 삶. 그 삶을 살아가는 주체에게는 힘들고 지치겠지만, 의지의 힘으로 견디 어내는 모습이 아름답지 아니한가. 윤은경 시인의 시 「용담을 만나다」 는 자신의 생이었던 과거의 흔적을 성찰하고 있다. 운명과 같은 시련 앞에 시인은 애련에 들지 않는다. 시련과 정면으로 맞서 싸우면서 시인 은 희망의 선상에 다다른 것 같다. 그러나 희망은 구체적인 것이 아니 라 빛으로 현시된다.

시인은 고백하고 있다. 바람과 바람의 발톱에 생채기를 내면서 살아 온 삶, 한 번도 주체적으로 살아오지 못한 삶의 시간을 탁한 숨 쉬면서 고백하고 있다. 그러나 가슴 한가운데 도사리고 있는 열정. 그 열정이 시인의 삶을 지탱하고 있다. 인고의 시간, 슬픔으로 점철된 시간을 시 인은 맑고 투명한 빛으로 통과하고 싶어 한다. 파리한 입술과 지친 육 신에도 불구하고 시인은 청보라빛 맑은 빛을 통과하여 영혼의 집에 안 식을 주고 싶어 한다. 지친 삶의 여정, 시련을 맹목적 생에 의지로 견디 어온 삶을 격려하면서 아름다운 귀향을 꿈꾸고 있다. 그것은 의식의 힘 으로 볼 수 없는 빛을 보게 될 때 비로소 가능하다. 아무리 힘들고 지 치더라도 시인은 희망의 빛으로 자신의 영혼을 위무하고 과거의 상처 를 치료하고 있다.

저 모과나무는 문득
늙어버린 자신을 보았던 게다
가슴께에 텅빈 공동이 생겨난 것을

어느 날 거기

말채나무 씨앗이 날아들었을 때
몸이 허해져서야 비로소 알게 된
어떤 곡진함 하나로
그것을 품어 키우게 된 것

내게도 이를테면 중심이 하나 생겼다
내가 품어 키운 꿈이라 해도 좋고
뒤늦은 사랑이라 해도 좋다

내 몸이 네 몸이 아닌 지경,
그 지경이란 몸만이 알 수 있는 거다
마음이라고 말하기란 너무 흔해빠진 거니까
다만 너를 떠나지 않고
온전히 내게로 되돌려 주는 것,
그건 이미 네가 아니다
그걸 어떤 중심이라 말하지 않는다면 거짓이다

사람들은 물어물어
저 모과말채나무를 찾아가서는
二體一體, 몸으로 이뤄낸 푸른 사랑 앞에서
아, 하고 입 벌리곤 아무 말 못한다
—엄원태, 「어떤 중심」, 『시와정신』 여름호

　　인간이 생의 공간에 채우고 싶은 것은 충일한 생명성이다. 우리가 사는 공간을 사랑의 공간으로 만들어 인류성이 실현될 수만 있다면, 그 세계가 바로 유토피아이다. 인간이 다른 유적 존재보다 우월한 것은 아가페적인 사랑과 타자를 감싸 안으면서 세계를 살만한 공간으로 만들어가는 의식이 있기 때문이다. 그러나 인간은 욕망하는 존재이다. 자기 보존 본능, 타자보다 우월하고 싶은 욕망이 인간의 의식 안에 내재되어 있다. 우리가 생존하는 이 세계에 전쟁이 없었던 적이 한 번도 없다. 사랑이라는 허울을 쓰고 신의 이름으로 세계는 늘 전쟁이다. '내'가 '너'를 부르고 그리하여 '우리'를 만드는 사랑은 철학교과서에나 있는 허구에 지나지 않다. 현대성의 공간은 타자가 중심이 아니라 '나'가 중심이다. 자기(Ego)라는 의식이 과도한 시대, 그리하여 파괴를 일삼는 시대, 세계는 탈중심화를 향해 치닫고 있다. 세상에 존재하는 모든 주체가 중심인 시대, 늘 갈등하는 세계, 지금 우주는 몸살 중이다. 정처없이 헤매는 진리와 사랑, 그 곁에 앉아서 일삼는 향락과 섹스, 그리고 자본 앞에 춤추는 인간들, 현대의 초상 앞에 절망하는 주체……

그럼에도 불구하고 세상을 푸른 사랑으로 채우는 것이 가능할까. 시인 엄원태는 그것이 가능하다고 생각하고 있다. 자연의 경이로운 모습을 식물적 상상력으로 치장한 후 시인의 의식은 세계의 중심으로 향하고 있다. 세상을 사랑으로 채울 수 있다면, 그것만큼 아름다운 것은 없으리라. 생명 위에 생명이 얹혀지는 상태, 생명이 생명을 데불고 생명을 키우는 희생, 그것을 시인은 세계의 중심이라고 생각하고 있다. 세상에 중심이 된다는 것은 자신을 내세우는 것이 아니라 자신의 자리를 타자에 내주어 타자와 공존하는 것이다.

지금 늙은 모과나무는 자신의 몸의 일부가 썩고 탄화되어 텅 빈 공동의 공간을 만들었다. 그 공간을 헤집고 말채나무 씨앗이 뿌리를 내린다. 엄밀히 말해서 이러한 자연 현상은 말채나무가 모과나무에 기생하는 것이다. 그런데 시인은 몸이 허하고 늙은 모과나무의 곡진한 사랑이 말채나무를 가슴에 품어 키운 것으로 상상하고 있다. 시인의 눈에 비친 세상은 경쟁이 아니라 사랑이다. 사랑이라는 중심과 사랑의 원심력으로 세상을 아름답게 만들고 싶어 한다.

4. 글을 마치며

　시는 이념도 진리도 아니다. 시는 그 자체로 생이다. 영혼과의 작용을 통해서 시는 인륜적 공간을 삶의 공간으로 승화시킨다. 좋은 시란 기본적으로 마음이 담겨져 있어야 한다. 언어는 도구이다. 하이데거가 말한 언어는 존재의 집이라는 말은 해석학의 기만이다. 어떻게 말이 존재를 앞설 수 있는가. 가슴이 따스해져오는 시, 그리하여 영혼이 풍요로워지는 시가 진정으로 좋은 시가 아니겠는가. 시의 말은 존재가 빠진 덫을 사유하고 그 덫을 제거하기 위한 방편일 뿐이다.

서정의 인간학적 차원과 그 표정

　현대에도 서정시가 유효한지 의문이 들지만, 절망의 감옥 아우슈비츠 속에서도 사랑이 있고, 그리하여 생명이 탄생하기는 하지만, 시가 현대성이 횡행하는 이 세계 속에 존재해야만 하는 그 이유를 잘 모르겠다. 진리의 차원에서 보면 시는 불완전한 현실태이고, 세계성의 차원에서 보면 시는 현실성을 결여한 필요악일지도 모른다. 역사적 전망이 점점 더 자본의 심화 쪽으로 경도되어 가는데, 자본이 미적 현실성을 장악하고 있는데, 자본의 저편에 위치해 있는 시가 세계 속에 어떤 의미를 지니는지 잘 모르겠다. 그러나 이러한 시대적 전망에도 불구하고 시는 진리나 이용 가능한 질료적 세계성으로 존재하는 것이 아니라, 인간의 심혼을 건드리고 문제 삼는 인간학 그 자체가 시의 형상이다. 미셸 푸코는 『말과 사물』과 『지식고고학』에서 '인간학적인 잠'을 언급하면서 '인간학적 고민'의 세계 속으로 하강 침몰해간다. 푸코의 인간학은 필승이 아니라 필패이다. 진리와 세계의 타자성의 계보학(성, 광기, 죄수, 권력) 속에서 그가 인간학을 발견했을 때, 그는 행복하고 황홀경에 이르렀겠지만, 그는 그의 철학이 완결될 수 없다는 사실을 깨달았을지도 모른다. 푸코는 철학이 작동하는 방식 내부에 인간학이 스며있음을 직관적으로 알아챘지만, 철학의 인간학화는 철학 자체의 존재 근거를 뒤흔드는 것이기에, 그의 인간학적 고민은 결국 영원히 성취되지 못한 채 폐기처분된다. 철학은 인간학이 아니라, 인간학에 드리워진 근원적인 심연이다. 그러므로 푸코의 인간학적인 고민은 그의 철학을 갉아먹고 그를 고독하게 만들어 인간학적인 함정에 빠지게 만든다.

철학의 양태와는 달리 시는 인간학으로 시작해서 인간학으로 완결된다. 그러므로 시는 인간학 그 자체이다. 시는 세계와 진리 사이에 존재한다. 시는 그 '사이'에서 어떠한 막힘도 없이 양자의 세계를 '넘나드는 힘'이다. 시는 투시하고 습합시키는 힘이자 세계의 현실태이다. 진리에게 현실성을 세계성에게 인륜적 감수성을 시가 요청한다. 시는 에네르기이자, 요청하는 그 무엇이다. 그러나 그 요청은 요청하지 않는 요청, 강요하지 않는 요청이다. 시의 힘은 강력하지만 내밀하고, 내밀하지만 세계 밖에 위치하고, 세계 밖인 듯하지만 미시적 질료 속에 임재해 있다. 시란 패러독스 속에 새겨진 영혼의 흔적이다. 그러므로 시의 본질적 국면은 진리에게 인간학을 요구하고, 이질성을 지향하는 세계성에게 동일성을 꿈꾸게 만든다. 사실 푸코가 자신의 철학에서 고민했던 인간학적 사태는 시적 사태로 치환될 때라야만 해결될 수 있다.

시는 마력이다. 이때 시의 마력은 마성적인 그 무엇이 아니라, 인륜성을 표방하는 현실성과 그것의 승화에 있다. 그러므로 시는 그 무엇인가를 펴서 언어로 옴쳐내는 힘이다. 시의 인간학적 근원은 '나'이다. 이 나는 나의 나를 불러낼 수도 있고, 나의 나가 너를 불러 우리를 만들 수도 있고, 절대인 나일 수도 있다. 무엇인가를 펴서 옴치는 서정의 표정은 그러한 '나'의 형상을 읽는 것으로부터 시작한다. 시의 인간학은 나의 내부의 모순성을 돌파하여, 그 모순을 동일성으로 환원시켜 현존의 차원으로 드러내놓는 데 있다. 시의 인간학적 형상은 반성과 성찰일 수 있으며, 세계와의 호흡일 수도 있다. 나아가 우주와 그것의 내밀한 법칙성일 수도 있다. 왜냐하면 시의 존재론적 양태는 '나'와 '타자' 사이에서 타자를 나의 의식 쪽으로 또는 나의 존재성이 타자화되는 이중의 의식작용이기 때문이다. 이러한 시의 양태가 시를 인간학으로 존재하게 하는 이유이다. 서정을 미적 의식으로 표방하는 시는 나의 인간학이 너에게로 가 너의 인간학을 만들고, 그 인간학이 우리(인간 전체 또는 우주)의 인간학으로 무한히 확장된다. 서정은 나에 관한 의식이 질적 진화되고 고양되는 일종의 혁명적 사태이다.

흰옷 입은 사내가
달콤한 잠옷을 내게 건네 주었어
그걸 채 입기도 전에 나를 잃어버리고 말았어

무아의 경지였어
그렇다고 꿈을 꾸는 건 절대 아니야
어떠한 꿈도 내게는 사치에 불과해
사실은 언제부터인지 몰라도
꿈불감증을 앓고 있어
빠르게 도망가는 잠을 놓치지 않겠어
잠 등에 올라타기만 하면
죽음의 국경선에 놓인 잠의 나라에 쉽게 도달할 수 있어
내가 잠을 자든 잠이 나를 재우든 상관없어
가난한 영혼은 나보다 먼저 잠들어 있을 테니
내 몸을 탐하거라 암울한 사자使者여
반납하고 싶어 안달하는
내 것이 아닌 내 몸을 가져가시라
나도 나를 알아보지 못하도록
새롭게 태어나겠어

마취의 눈꺼풀이 열리자
없어진 머리가 서서히 제자리로 돌아왔어
오오 악몽 같은 낡은 세계여
낯선 나는 왜 여기에 버젓이 있는가
곁에 나란히 누웠던
실패한 죽음을 비웃으며
나는 혀를 끌끌 찼어

회복실의 불빛, 내 몸 훑어
차례차례 잠의 옷을 벗기고 있었어
거기 또 다른 내가 있었어

―김희업, 「전신마취」, 『서정시학』 봄호

서정의 시작은 '나'이다. 모든 문제는 '나'에서 비롯한다. 그러나 우리는 그 '나'라는 실체를 정확하게 모른다. 나는 무엇인가. 나는 왜 지금 여기에 존재하는가. 이 물음은 종교철학적인 테제인 것 같지만, 그것이 인간학적 숙명성의 물음을 정식화시킨 것 같지만, 기실 '나'는 서정의 문법이 발원하는 최초의 지점이다. 정(情)을 편다는 것은 표면적으로는 그 무엇인가를 지향하는 것이지만, 그러나 그 발촉점은 '나'이다. 서정의 문법은 나에 의한 나의 의식이 세계와 소통하는 방식인데, 그것은 나(Ego가 아니라 Self)가 타자성 안에 얹히는 사태를 함의하고 있다. 그것이 바로 서정의 문법이 결코 Ego일 수 없는 이유이다. 물론 시인 김희업은 두 개의 나 사이를 배회하면서 자신의 운명성을 응시하지만, 기실 대립하는 그 두 개의 나는 소아를 안아 넘는 대아의 모습을 보여주고 있다.

김희업은 지금 분명 자신의 존재론적 사태를 문제 삼으면서 자아의 본질을 응시하고 있다. 이때 시인의 이 나는 크리슈나 무티가 『자기로부터의 혁명』에서 말한 진정한 의미의 나(Ego에서 Self로의 전환 또는 소아와 대아의 일치)를 찾아가는 여정이다. 시 「전신마취」는 나를 다른 나로 변이시키기를 꿈꾼다. 비록 수술실에서 벌어지는 전신마취를 매개로 해서 형상화하고 있지만, 시인이 나를 찾아 떠나는 여행은 아름답고 숭고하다. 나를 잃어버리는 것과 새로운 나를 찾아가는 것 사이를 외과수술이 매개시키지만, 기실 그것은 하나의 시적 포즈일 뿐이다. 문제는 시인의 내부에 존재하는 꿈이다. 에른스트 블로흐적 낮꿈을 꿀 수 없는, 희망의 원리가 존재하지 않는 시인의 실존성이 진짜 문제이다. 그래서 시인은 꿈을 사치에 불과하다고 단언하고, 이 세계를 악몽 같이 낡았다라고 선언하면서 시인의 영혼을 궁핍화시킨다. 왜 그런가. 왜 시인 김희업은 모든 꿈을 차압시킨 채 죽음의 자리 근방을 배회하고 있는가. 인간 김희업에겐 현실의 모순을 돌파할 힘이 없다. 그는 어둡고 칙칙한 밤꿈 속을 헤매이면서 존재론적 정체성의 전환을 꿈꾼다. 그러나 그의 꿈은 가상이다. 꿈은 그 꿈을 꾼 순간, 부메랑이 되어 시인을 나락으로 추락시킨다. 그래서 시인은 죽음의 터널 속으로 들어가 자신의 몸성 자체를 부정하게 된다. 꿈이 사치인 이유는 그의 육체성에서 비롯한다. 새로운 나이고 싶지만, 아니 새로운 나를 꿈꾸지만, 그는 돌이킬 수 없는 운명적 사태 속에 이몰되어 자조 섞인 쓸쓸한 미소만을 지을 뿐이다. 실패한 죽음 본능. 다시 돌아온 삶의 자리. 동일성. 절망. 문득 떠오른 미지의 깨달음.

시인이 죽음 본능의 임계점에 육박했다가 삶의 자리로 돌아왔을 때, 그 나는 동일한 나일 수는 없다. 차원 변이. 차이 나는 반복. 그러나 동일한 형상. 무엇이 달라졌는가. 나를 잃음과 깨어남 사이에서 무엇이 벌어졌는가. 니체의 동일자의 회귀인가. 아니면 들뢰즈의 동일성으로 환원되지 않는 무차별한 차이 자체의 반복인가. 김희업의 죽음 본능의 임계점은 니체의 그것도 들뢰즈의 그것도 아니다. 문제는 바로 거기에 존재하는 '또 다른 나'라는 실체 속에 고착 응축되어 있다. 이 나는 의미의 질량이 고양되어 차원 변이를 일으킨 나이자, 죽음의 임계점에서 삶의 신성성을 깨달은 나이다. 서정은 두 개의 나 사이에서 벌어지는 과잉된 자기의식의 갈등을 화해와 평정의 세계로 이끈다. 나가 곧 서정이고 서정이 바로 나다. 나는 서정의 시작점이자, 회귀해야만 하는 운명의 점이다. 서정은 나에 의한 나의 의식이 세계에 현시되는 순간이다.

> 기차도 숨 죽여 천천히 돌아서 가는
> 물비늘이 붕어빛깔로 찰랑거리는 가을 강
> 산빛이 물빛에 녹아 한 몸으로 흐르는데
> 섬 같이 떠 있는 산마다 깊이를 드러내지 않는 빛깔
> 그 빛깔을 닮아 해맑게 이어가는 목숨들
> 굽이진 내 마음이 돌고 돌아
> 산 그림자같이 가만히 내려앉는 물빛 마을
> 감나무 숲에 둘러싸인 그 집의 적막 속에
> 물기 어린 눈을 지닌 이가 있었다
>
> —최서림, 「삼랑진」, 『작가세계』 봄호

　　서정의 또 다른 표정은 나의 실존성이 타자에게로 가서 타자의 품에 안기는 태도이다. 이때 나는 나라는 정체성을 망각하게 된다. 그러므로 나의 우주가 너의 광대한 숭고함에 포근히 안기어 그 세계 속에 동화될 때, 서정은 가장 완벽하게 실현된다. 그것은 절대의 상태이자 경이의 순간이다. 서정의 문법은 영원성의 문법이 아니라 순간의 미학이 현시되는 찰나이다. 이때 부지불식간에 이질성은 자기 색깔을 잃고 전체와 조화를 이루게 된다. 서정은 상처 난 영혼의 환부를 보다듬고 위무하는 연민의 시선이다. 지적의 도발적이고 불온한 관음증적 응시가 아니라, 경계와 경계를 지워버리고 세계성 내부에 안기는 안온한 시선이 바로 서정시의 본질이다. 서정은 자애롭다. 서정은 부드럽게 면면히 이어져 내려오는 인륜성이다. 서정은 세계와 나, 물질성과 영혼성, 타자와 타자

사이의 간극을 없애버린다. 서정은 달마와 가섭의 이심전심이다. 서정은 마음이 마음으로 전해지는 따스한 온기 그 자체이다.

최서림의 「삼랑진」은 마음과 마음이 포개지는 절묘한 순간을 아름답게 서경화시키고 있다. 한 폭의 수채화, 투명한 아름다움, 그리고 그 자연 속에 안긴 인간의 마음이 한데 어우러져 하나의 조화, 하나의 이상향, 하나의 꿈을 세계 속에 투시시킨다. 서정은 투시하는 힘이다. 말갛게 고양된 순백의 영혼으로 세계를 주밀하게 바라보면서 시인은 자신을 지워낸다. 자기를 지운다는 것은 하나의 욕망, 하나의 이념, 하나의 질서를 무로 돌려보내는 의식작용이다. 그러나 그것은 의도적 행위가 아니다. 만약 서정의 문법 내에 의도성이 개입한다면 그것은 서정일 수 없다. 왜냐하면 서정은 순간과 찰나의 시학이기 때문에 서정은 돈오(頓悟)의 순간일지도 모른다. 시인이 기차 여행을 하면서 그 모를 자연의 아름다움에 이끌려 자기를 잠시 잃어버린 그 순간, 최서림은 물아일체를 체험하게 된다. 서정적 순간은 외적 대상이 발하는 미지의 기호에 영혼이 동화되어 망아상태에 이른 아주 짧은 순간이다. 그러나 그 순간은 영원히 지워지지 않는 채, 시인의 영혼 저 깊숙한 곳에 남아 있다가 시적 언어로 발화된다. 시인 최서림은 잔영처럼 남아있는 시상하부 어딘가를 기억하고 추억하면서 뮤즈를 몽상하고 있다. 서정은 몽상이다. 몽상은 재현적이지 않다. 몽상은 기억과 실재 사이를 매개시켜 경이의 순간을 현전화시킨다. 아름다운 자연의 물굽이와 산빛이 한데 어우러져 제 빛깔을 지우며 서로 보색이 되는 그 사태 사이를 마음자리가 흘러내려간다. 서정은 흐름이다. 서정은 흘러 그 누군가에 닿아, 그 닿은 자의 마음을 맑게 고양시킨다.

최서림의 「삼랑진」은 순간의 시학이 시로 형상화되는 지점을, 미처 깨닫지 못한 마음자리를, 그리고 그 마음자리 옆에 촉촉한 눈빛으로 응시하는 삶의 몸짓을 하나의 사태 속에 응축시키고 있다. 그러므로 최서림의 서정의 문법은 천·지·인 삼재(三才)가 연기적으로 한데 어우러져 이 세계 전체의 논리를 순간 속에 이입시켜 분별지(分別智)를 조화지(調和智)로 고양시켜가고 있다. 서정은 조화이다. 서정은 조화를 통해서 세계 전체를 평화의 어법으로 고양시킨다. 평화가 있는 곳에 서정이 있다. 서정이 있는 곳에 조화가 있다. 나를 망각하고 너의 숨결 속에 교감이 이루어지는 바로 그곳에 서정이 살아 숨 쉬고 있다.

송 이 송 이 눈은
체온 잃은 나비의 영혼,
세상의 가지들이
버릴 것은 다 꺾어 던지고
물관도 체관도 비운 날
나비는 서로의 날개를 겹쳐
꽃으로 달라붙는다

잡으려고 손을 대면
녹아버리는 저 얼음 날개,
나비가 사라질 때 빈 꽃대마다
둥그렇게 맺히는 눈물
본 적 있는가

죽음에서 일어나 하품하는 봄
나비는 눈물의 기억으로
허공의 자리마다
울긋불긋 꽃을 만들 것이다

이 세상
죽음에 입맞추지 않고
날개 피는 나비를 알지 못한다
　　　　　　　－길상호, 「눈꽃에 앉은 나비를 보라」, 『시인시각』 봄호

　서정의 세 번째 얼굴은 현상의 배후와 그 의미의 질량을 읽어내는 데 있다. 서정은 칸트의 미감적 판단 위를 종주하면서 하나의 미적 행위로 창조되게 된다. Einbildunskraft(구상력 또는 상상력)가 직관과 만나서 감각현상을 의미와 형식으로 치환시킬 때, 서정은 하나의 미로 고양된다. 물론 미의 옷을 입히는 실체는 오성(Verstand)이겠지만, 미적 실체는 미지의 대상을 코드 변환시켜 현존의 장으로 불러내는 영혼의 작용이겠지만, 미의 배후를 지배하는 최종심급이 바로 서정이다. 서정은 대상과의 조응을 통해서 상상적 지평의 무한한 확장을 꿈꾼다. 서정은 대상의 자기화이다. 대상은 차원 변이가 일어난다. 내 의식 속에 들어온 대상은 영혼의 표징이 되어 시인의 영혼을 노랗고 파랗게 물들인다. 시인은 외적 대상들에게서 노랗고 파란 미지의 기호를 투시해낸다. 그러므로 서정은 보는 행위이다. 이때 이 봄(seeing)은 눈꽃을 나비라고 인식하는 의식의 눈이다.

　길상호의 「눈꽃에 앉은 나비를 보라」는 서정의 눈으로 현상의 배후를 응시하고 있다. 이때 서정적 사태는 하나의 환시, 하나의 환청, 하나의 착각, 하나의 몽환일지도 모른다. 서정은 응시 속에 내재한 대상의 직관이다. 하얀 눈을 하얀 나비로 착각하면서 그 착각 속에 삶의 의미를 직관하는 행위가 바로 서정의 문법이다. 서정은 대상에게 인간의 의식의 옷을 입혀 대상을 인간학으로 치환시키는 행위이다. 대상은 널브러진 존재가 아니다. 대상은 의식을 촉발시켜 시인에게 말을 건넨다. 눈이 시인에 말한다. '나는 나비야, 그런데 체온을 잃어버린 나비지, 너무 추워.' 시인은 환청과 환시를 보고 눈을 부비지만, 온 천지가 하얀 나비로 가득 차 있다는 것을 직감하게 된다. 착각이다. 차원 변이다. 블랙홀로 빨려 들어가 빅뱅의 폭발이 일어난다. 새로운 세계가 눈앞에 현시된다. 환시와 착각, 환청과 노랗고 파란 이미지가 마구 뒤섞여 시인을 혼란시킨다. 무엇이 실체이고, 무엇이 환영인지 구분이 되지 않는다.

바로 이때 정신착란이었고 가상이었던 현상들이 시인의 투시력에 여과되어 현상의 배후를 보게 된다. 봄(seeing)은 대상의 흔적들을 영혼의 흔적으로 고양시킨다. 서정은 대상을 미적으로 고양시켜 대상을 살아 움직이는 실체로 만든다. 영혼의 육화 과정. 시의 서정은 세계 전체를 살아 있는 숨 쉬는 미지의 기호로 인식하면서 대상을 시인의 의식에 현전화시킨다.

길상호는 눈 내리는 자연 현상을 응시하면서 영혼과 눈물과 죽음을 직관해낸다. 눈이라는 순백의 결정체가 하얀 나비의 날개짓으로 변했다가, 눈물이 되고, 그 눈물 속에서 죽은 나비의 영혼을 보는 응시. 그 응시의 지점이 바로 시가 창조되는 지점이자, 서정의 문법이 내재한 순간이다. 서정은 상상하는 의식 속에 벌어지는 대상 가능성의 육화이다. 그것은 대상의 의미화 과정이지만, 그 과정은 기실은 대상을 생명적 의식으로 고양시키는 순간이다. 그러므로 시인의 의식 속에 대상은 활활 타올라 언어로서 영원히 산다. 시인은 눈의 화신인 나비의 죽음제의를 통해서 눈꽃을 봄꽃으로 환생시키고 있다. 서정은 죽은 대상을 정령으로 환생시키는 힘이다. 그러므로 서정은 죽음을 투시하고 삶을 응시하는 환생의 마법이다.

불시착한 정류장에서 우연히 듣는 <겨울나그네>는
중후반으로 이어지는데
미리 와서 추위에 떠는 미래들을 본다

이름표를 목에 건
매화 앵두 살구 복숭 목련 진달래의 묘목들은
입양을 기다리는 전쟁고아들같이
맨발에 맨종아리 홑옷 넝마 걸친 채로
겁먹은 듯 떨고 섰다

바구니에 담겨 서툴게 겨우 촉 튼 알뿌리의
다알리아 글라디오라스 릴리 튤립 탄나 히야신스들도 본다
한 마을에 시집온 다국적 새댁네들의 이름같은
눈 빛깔 붉고 향기 높은 꿈은 다르지 않으리니

어디에 심어지든지
민들레 꽃씨처럼 한세상 잘 차려 잘 살거라
비발디의 <사계(四季)>보다 찬란하거라
드볼작의 <신세계(新世界)>보다 장엄하거라
ー유안진, 「미래를 파는 노점」, 『시작』 봄호

　서정의 마지막 모습은 상생이다. 서정은 서로 살 부비며, 울고 웃는 가운데 파생되는 인류적 정감이다. 서정의 문법은 현재가 아니라 미래에 존재한다. 서정은 안아 넘기이다. 서정은 나의 의식을 펼쳐 너에게로 도달해 우리라는 인류적 공간을 만든다. 서정은 희망의 원리이다. 서정은 꿈을 꾸는 자에게 다가가 그 꿈이 이루어지도록 기원하는 행위이다. 서정은 미래완료로 시효를 종결짓지만, 서정은 영원한 현재진행형이다. 서정의 인간학은 현재를 진행하면서 미래에 완료되기를 기대하는 미증유의 소망이다. 서정은 불인지심(不忍之心)이다. 서정은 마르크스의 공산당 선언이다. 그리하여 서정은 실존적 삶의 현실성에 관한 혁명적 야망을 문자 배후에 숨겨놓는다. 서정은 미래를 파는 노점인데, 이때 노점은 아직 뿌리내리지 못한 삶이지만, 뿌리내림은 현재가 아니라 미래 어딘가에 존재한다. 미래를 꿈꾸는 의식을 불온하다. 하여 서정은 자본적 현대성의 양심이자 지배 이데올로기를 비판하는 혁명적 의식이다.

　유안진의 「미래를 파는 노점」은 종로 오가나 육가를 헤매게 만든다. 밑동을 드러낸 알뿌리와 노점 좌판에 앉아 있는 늙은 아낙이 떠오른다. 극렬한 삶의 현장, 분주한 사람, 매연과 클랙슨 사이를 헤매게 된다. 그런데 미래를 판다니. 그것도 번잡하고 지저분한 종로 네거리 한복판에

서 아름다운 상생의 미래를 꿈꾸고 그것을 독려한다니. 이 얼마나 어처구니없는 발상인가. 서정은 어처구니다. 서정은 현실의 논리 밖에 서 있는 안온한 격려이다. 유안진은 지금은 서성거리고 있다. 이때 이 서성거림은 세상의 얼굴읽기인데, 뿌리를 드러낸 묘목에서 전쟁고아의 표정을 읽고, 외래종 알뿌리에 다국적 아낙들의 한을 읽는다. 서정은 서성거리고 배회하면서, 세상의 아픔을 읽는 영혼의 눈이다. 그리하여 그 아픔을 내 아픔으로 만들어 우리의 아픔으로 질적 전화시키는 그것이 바로 서정의 상생적 힘의 실체이다. 서정은 필연이 아니다. 서정은 우연이 길을 지니다 널브러진 타자에게로 가 그 타자를 내 타자로 만드는 것이다. 이때 우연은 필연으로 진화 전환되고 승화된다. 불연속적 차원 변이. 질적 전환. 상생의 시학은 말의 유미화가 아니라 말의 인륜화이다. 이때 시의 말은 말에 의한 말의 찬란한 유희가 아니라 세계성의 존재 방식을 암묵적으로 비판하게 된다. 서정은 안아서 달래고, 안아서 넘는 현실과 정신의 혁명을 꿈꾼다. 미래의 어딘가에, 미래의 어디쯤에 생을 생으로 살게 만드는 찬란한 희망을 꿈꾼다.

유안진은 지금 분명 서정의 전언을 메시아적 전언으로 언명을 전하고 있는데, 그 전언은 현재의 삶을 안아 넘어 미래에 성취될 것을 기대하고 있다. 서정은 바하의 『무반주첼로조곡』에 얹힌 모차르트의 『레퀴엠』이다. 하여 서정은 가장 인간다운 음조와 가장 화려한 죽음으로 천상의 목소리로 승화시킨다. 서정은 죽음 이후에도 생을 생각하고 생의 영원성을 보증하기를 희망하는 미래의 전언이다. 그렇다고 현실성을 등한시한다는 말은 아니다. 서정은 아리스토텔레스가 아니라 플라톤이다. 서정은 두 발을 견고한 땅 위에 버티고 서서 저 하늘의 별과 달을 몽상하는 이중의 의식으로 무장한 패러독스이다. 유안진 시인은 추위에 떠는 미래를 상생의 미래로 질적 비약시키면서 세계 전체를 인륜성의 공간으로 만들기를 희원하고 있다. 서정은 희원이다. 하여 시의 전언은 상생의 시학으로 고양된다.

시의 얼굴, 그 다양성과 변주

우연한 만남이 삶의 방향을 전혀 예기치 못한 곳으로 이끌어 가듯, 글도 애초의 의도와는 달리 예기치 못한 사태로 인해 전혀 다른 곳으로 향해 달려가는 경우가 종종 있다. 함평에서 벌어진 시협 행사를 통해서 나는 내가 생각하고 있었던 그 모든 생각이 그 어떤 편견이나 선입견이 만들어낸 오류의 산물일지도 모른다는 생각을 하게 되었다.

박찬일, 최창균, 안도현 등의 선배 시인들과 새벽 다섯 시까지 대화를 나누면서 그 각각의 시인들이 그 나름의 시정신과 진정성을 시 속에 육화시켜 가고 있다는 것을 깨닫게 되었다. 채 한 시간도 못 자고 함평의 바닷가를 걸으면서 강인한, 김형영, 문복주 등의 선배 시인들과 진지하게 요즘 시의 행태와 시인들의 삶에 대하여 이야기할 때, 낭만과 멋이 사라지고 없어져 천근하기 짝이 없는 개인주의와 이기주의가 팽배해있다는 사실을 알게 되었다. 그러나 그러한 현실성에도 불구하고 이 세상에 존재하는 모든 시와 시인들이 아름답다는 것을, 올곧게 자신만의 시를 향하여 질주하는 그들만의 세계가 진정한 시의 왕국일지도 모른다는 사실을 암묵적으로 승인하게 되었다.

'시인이 쓴 글이면 모두 시인가? 시인이 시라고 생각하며 쓴 글이면 모두 시인가?'라는 문제를 심도 있게 숙고하면서 현재 시단의 글쓰기의 행태를 비판한 「벌거벗은 임금님이라고 말하라」라는 강인한 시인의 글이 E-Mail로 전해져왔다. 강인한 시인의 이 글은 자기 검열이 없는 문단의 행태와 관행, 그리고 문단의 권력적 횡포에 대하여 암묵적으로 비판하면서 진정한 시정신을 문제 삼고 있다. 그리고 더욱더 나를 아프게 한 것은 비평의 타락과 부화뇌동하는 행태에 대한 지적이었다.

비평은 추상같은 기운이다. 비평은 함석헌의 야인 정신이다. 비평은 타협을 모르는 불행한 의식으로 가득 찬 영혼의 몸짓이다. 비평은 오행 중에 금(金)에 해당하는데, 요즘 비평은 아전인수격으로 하나의 이념, 하나의 당파, 하나의 주장에 이몰되어 문학적 지평 전체를 회통시키지 못하고 있다. 물론 현대성의 지표가 다양성이라는 지반 위에서 작동하기는 하지만, 그 다양성으로 인해 문학적 지평이 무한히 확장되고 풍요롭게 보여지기는 하지만, 그러나 그 다양성이 섹터주의로 고착될 때, 바흐찐이 말한 대화적 상상력을 통한 지평의 창조로 비약하지 못할 때, 예술은 필연적으로 공멸의 길을 걷게 된다. 어쩌면 앨런 키넌이 『문학의 죽음』에서 예언한대로 순수성을 표방한 모든 예술은 고사 직전이거나 오락성과 제휴하여 가벼운 놀이로 타락하고 있는지도 모른다.

가벼운 놀이로 전환된 예술이 현재를 지배하고 있을 때, 우리는 그것을 어떻게 평가하여야 하는가. 다양성이 아니라 그 모든 다양성을 죽이고 유희 코드를 예술적 코드로 내장하고 있을 때, 현대성의 지평 내에 그것은 어떤 의미를 지니는가. 그것은 어쩌면 예술의 타락이 아니라 로제 카이유와의 『놀이와 인간』이나 호이징하의 『호모 루덴스』에서 말한 예술의 본래적 기능으로의 회귀일지도 모른다. 문자예술에 가해진 천형 같은 운명과 시대성과 정신성을 유희로 가볍게 넘어설 때, 그것은 예술의 진정한 자유를 향유하고 있는지도 모른다. 이러한 자유는 김춘수에 의해서 시작되고 김춘수로 종결되었을지도 모른다. 그러나 현재 우리 문단에서 횡행하는 언어놀이적 국면은 유희 그 자체로 치고 들어가 유희의 절대 극한(김춘수의 무의미시)으로 수렴하지 못한 채, 키치나 가제트로 전락하고 있다. 하루키 짝퉁이 판을 치는 소설판, 비시적인 시들이 횡행하는 시판. 어쩌면 이 시대의 예술은 소통이 불가능한 자기 향락의 세계를 향유하고 있는지 모른다. 다양성이라는 이름 아래, 미적 자의식이라는 황당무계한 발언 아래, 자기성찰이 결여된 나르시시즘적 자아상을 예술 속에 투영하고 있다고 착각하는 것이 우리 현대예술의 특징일지도 모른다. 따라서 진정한 다양성이 문학장 내에서 활보하고 있는 것이 아니라, 획일성과 시류적 천근성이 시의 어법조차 정확하게 모르면서 하나의 예술인양 교태를 부리고 있다. 진정한 유희는 소진된 육체성이 아니라, 문자 내부에 순수한 유희를 희열로 고양시켜 진정한 소통을 지향한다. 따라서 비트겐슈타인이 지향했던 언어철학은 문자의 조합적 마력이 펼쳐내는 치졸한 언어의 천박한 놀이가 아니라, 문자성 안으로 이 세계성의 본질을 내파시켜 언어로써 세계를 인식하는 방식이다. 하여 비트겐슈타인의 언어는 언어에 의한 언어의 인식지평을 활보하면서 언어 자체를 순수한 사유의 극한으로 몰고 간 가장 숭고한 언어놀이인지도 모른다.

다양성은 다름을 다름으로 인정하면서 그 다름을 의사소통적 장으로 이끌어 이질적 사태 속을 관통하는 문학소를 보다 큰 담론의 체계 속에 응축시키는 행위이다. 다양성이 상호주관성이라는 토대 위에 벌어지는 하버마스의 의사소통적 합으로 고양될 때, 예술의 지평은 광대한 현실성을 활보하게 된다. 그러나 불행히도 우리는 합으로 나아가는 미적 지평을 만들지 못했다. 다름은 곧 적이다. 섹터주의로 고착되는 다양성. 그것이 바로 우리 문단이 직면한 비극적인 모습의 한 양상이다.

나, 무주공산無主空山에 들어가려고 하나 사람은 안된다네

해는 되고 달은 되고 사람은 안된다네

다람쥐는 되고 새는 되고 소나무는 되고 떡갈나무는 되고

사람은 안된다네

풀은 되고 돌은 되고 냇물은 되고 사람은 안된다네

나, 도토리를 줍고 살란다 해도 안된다네

나, 천둥을 등에 업고 살란다 해도 안된다네

나 바람을 먹고 살란다 해도 안된다네

왜 안되느냐 여긴 사람은 안된다네 갈喝
—신현정, 「갈喝」 전문, 『시와사상』 봄호

현란한 빛깔로 채색하지 않은 정갈한 언어, 맑고 투명한 영혼, 천진성. 신현정 시인의 시를 언급할 때, 위의 말들은 정확하게 대응된다. 개별자인 나와 자연이라는 세계성을 상호 대립시키면서 시인은 그 대립 사이를 질주하여 끊임없이 저 무위의 세계 속으로 이입되고자 시도한다. 시 「갈喝」은 단순성과 부정성 위를 가로질러가면서 인간의 의식으로는 포착이 불가능한 지고한 경지를 지향해 가고 있다. 사람인 나와 인간의 타자 사이를 부정성과 여백으로 채색하고 있을 때, 시의 말들은 말들의 제의가 아니라, 존재론적 제의를 몽상하게 된다. 아니 더 정확하게 말해서 시의 말들은 인간과 자연 사이에 벌어진 간극을 첨예하게 드러내면서 어떤 궁극의 지점을 사유하게 만든다.

사람의 흔적이라고는 눈 씻고 찾아봐도 없는 빈산에 한 발짝도 내딛

지 못한 채, 시인은 보이지 않는 어떤 장벽에 가로막혀 미궁에 빠져 있
다. 그것은 인간화된 인과율로 해명할 수 없다. 그것은 이편에서 발화
된 것이 아니라 저편에서 발화된 것이다. 다시 말해서 신현정이 '안된
다네'를 반복적으로 읊조리듯이 되뇌일 때, 이 세계를 주재하는 실체가
인간이 아니라는 사실을 우리는 직감하게 된다. '안된다'라는 부정적
사태는 '−네'라는 종결형 어미 속으로 소거되게 된다. 부정성을 인식
하는 주체는 인간이지만, 그 인식을 이끄는 주체는 예사낮춤 종결형 어
미 '−네'가 아니라 감탄형 종결형 어미 '−네'이다. 이 '−네'는 인간
의 논리적 사유로는 결코 해결할 수 없는 인간의 절대 타자 쪽에서 부
정성을 발화시키는 '−네'이다. 따라서 부정성의 주체는 인간이 아니라
인간의 논리 밖에 존재하면서 자연을 주재하는 그 무엇이 만든 오묘한
섭리일지도 모른다.

　만약에 시인 신현정이 인식한 부정성의 주체가 초월이라고 불리우는
절대 타자라면, 시의 제목이 '갈喝'이 아니라 '할喝'이 되어야만 한다.
왜냐하면 시인이 부정성의 늪을 헤맬 때, 그 부정성은 불교적 사유의
공(空)과 결코 다르지 않기 때문이다. 따라서 갈은 선불교의 한 종파인
임제종의 할이다. 한자어 '갈喝'은 중국어로 '흐어'이고 일본어로 '가쯔'
이고, 선불교에서는 할이다. 시인이 할을 갈로 표기했을 때, 갈이든 할
이든 상관없이 막히고 울체된 지점, 즉 인간의 몸으로는 들어갈 수 없
는 적멸의 공간 속으로 이입되어 화엄적 깨우침의 외침을 발화시킨 것
이다. 따라서 갈은 깨달음을 지향하는 존재 방식이 도그마화된 문자적
외침 속에 존재하는 것이 아니라 마음이 무심과 적멸로 향하는 그 모든
외침 속에 깨달음이 존재할지 모른다고 신현정은 상정하고 있는지도
모른다. 따라서 신현정의 갈이라는 외침은 부정성과 여백을 경유하다가
인과율 너머에 존재하는 선적 깨달음에의 지향성을 발화시킨 표음문자
이다. 그리고 그 갈이라는 외침은 청빈한 삶과 자기 정련의 시간을 몸

소 체험한 후 문득 돈오의 순간을 현시할지도 모른다. 할을 갈로 시인이 의도적으로 왜곡 언표할 때, 갈의 문자적 질량은 깨달음의 무소부재성을 역설적으로 언표하면서 깨달음의 방법이 고착되어가는 현대 기성 종교의 도그마화된 교조주의를 비판하고 있다고 보여 진다.

> 누구에게나 바람이 불고 비 오는 날이 있다
> 젖을 대로 젖어서
> 슬픔을 슬픔이라 말할 수 없는 날이 있다
> 아픔을 아픔이라 말할 수 없는 날이 있다
> 세상에 보이는 것 모두,
> 움직이는 것 모두가 그대의 것이 아닌 날
>
> 오오, 그대여 기억하라
> 몸을 태우고 한 줄기 연기만 남긴 사람들을 생각하라
> 오늘 그대 뺨에 흐르는 눈물만이
> 재가 되지 않는 사리,
> 그대가 쥐고 있는 한줌 보석이다.
> —김종해, 「사라지는 사람들을 생각하며」, 『현대시』 5월호

사라짐을 기억하는 의식은 모든 불행이 발원하는 지점이다. 유와 무의 변증법에서 항상 승리하는 쪽은 무이다. 생명이 생명을 낳고, 의식의 퇴적 속에 수많은 사유가 적층을 이룰 때, 그 사유의 층으로 모든 존재론적 한계지평을 넘어설 수 없다. 그러나 김종해는 기억을 통해서 그 한계를 넘어서고자 시도한다. 불가능한 사태를 시가 횡단할 때, 그것도 기억이라는 애매모호한 지극히 주관화된 의식의 지점으로 생과 생이었던 흔적을 되불러올 때, 그것은 사라짐을 환생시키는 진정한 의식작용인가. 과연 기억을 통해서 이 생의 의미를 온전하게 현전시킬 수 있는가. 물론 김종해는 그것이 가능하다고 정언적으로 명령을 내리고 있다. 만약 김종해의 정언명령이 데리다가 『목소리와 현상』에서 말한

'생의 역사와 생의 의식화' 지점을 기억의 현전으로 이념화할 수 있다면, 기억은 역사의 전후좌우를 총체화할 수 있는, 더 나아가 훗설의 현상학적 환원이 필요 없는 명증성 그 자체를 확보하게 된다.

그러나 기억은 투명한 의식이 아니다. 기억은 잊혀지고 걸러진 상흔의 자리에 머물러 있는 의식이다. 물론 들뢰즈가 그의 방대한 저작인 『차이와 반복』에서 기억은 '시간을 근거짓는 종합'이자, 과거와 현재와 미래를 능동적인 동시에 수동적으로 포착 종합이 가능하다고 말하고 있지만, 데리다 또한 『Memoires : For Paul de Man』에서 기억은 미래를 향하여 투사되고 현재의 현전을 구성한다고 말하지만, 종합과 포착, 투사와 구성은 레테가 이룩한 므네모시네(기억의 여신)이다. 다시 말해서 기억은 망각의 강을 건너지 못한 흔적이다. 따라서 기억은 인간의 의식 속에 각인된 의미의 가능성인데, 그것은 슬픔이나 눈물이나 아픔 속에 새겨진 지난한 삶의 흔적이다.

김종해는 시 「사라지는 사람들을 생각하며」에서 망각으로 사라지는 그 운명을, 죽음으로 이입되는 그 순간을 기억으로 되살려 추억하고 있는데, 그것은 바로 삶이 남긴 흔적이다. 슬픔과 아픔을 아픔이나 슬픔 그 자체로 말할 수 없는 그날, 모든 움직임이 정지한 바로 그날의 제의를 위하여 생이었던 그 많은 삶의 사태를 무의 상태로 이입시키는 필연을 사유하면서, 그는 그러한 현상을 눈물 속에 각인된 기억으로 재생시키고 있다. 하여 기억은 눈물이다. 기억은 삶이 죽음으로 환원되는 필연의 과정 중에 남긴 눈물의 흔적이다. 삶이었고 생이었던 주검이 다 타들어가는 다비의 연기 속에 사라져버린 저 적멸의 지점. 바로 그 지점에서 생성된 눈물을 김종해는 기억하고 있다.

기억은 변성 과정이다. 눈물이 사리로 변해서 의식의 저장고에 가라앉을 때, 기억은 눈물이 만든 한줌의 보석이 된다. 바람 불고 비가 오는 삶의 시련 속에서 젖고 또 젖어 슬픔으로 침윤된 생의 흔적을 기억할

때, 생의 흔적은 한줌 보석 같은 사리로 남는다. 사라지는 것은 눈물이
다, 슬픔이다, 아픔이다, 보석이다. 하여 사라짐은 레테의 강 너머로 모
든 흔적과 사유를 이입시키는 므네모시네이다. 사라짐은 영원이고, 흔
적 속에 기입된 기억이다.

나는 괄호다
괄호 속에 숨겨진 애인이다
만인의 연인이야
큰소리로 나발 불지만
누구도 내게 반듯한 자리 하나
내준 적이 없다
괄호 속 함묵의 바다에는
목선 한 척
제 홀로 찰싹이다
제 홀로 떠나가는 배
지도에도 없는 실크로드를 흐르는 배
끝내 본 행간 속으로 편입되지 못한다

그래도 길손들이시여
괄호를 함부로 열지 마라
비린 독백을 꺼내지 말라
제 생이 쳐지고 무거워
제 홀로도 깊이가 되고 있는 우물인 것이니

—김추인, 「괄호 혹은 우물」, 『현대시』 5월호

괄호는 단절이다. 괄호는 절망한 자아가 칩거하는 공간이다. 괄호는
고독의 지점이다. 따라서 괄호는 소통이 불가능한 이 세계성이다. 어떤
미지의 기호가 인간을 매개시킬 때, 그 기호의 발화작용은 코드 변환되
어 전혀 예기치 못한 결과를 파생시킨다. 움베르토 에코가 말한 것처럼
유무형의 모든 기호는 의사소통의 체계 내에서 의미가 집적된 가능태

이다. 김추인은 그 가능태로 존재하는 단절적 기호를 시적으로 승화시
켜 존재론적 성찰의 심연으로 향하고 있다. 현상학적 환원을 위하여,
명징하지 않은 의식을 명징하게 만들기 위하여 모든 사태를 괄호 안에
넣을 때, 괄호 안의 사태와 괄호 밖의 사태는 전혀 다른 존재성을 현시
하게 된다. 그러나 김추인의 괄호는 훗설의 괄호 안에 넣는 객관적인
검증 과정이 아니라 괄호 안에 유폐된 자아를 응시하면서, 그 안과 밖
을 넘어선 심급의 지점으로 자신을 이끌어 가고 있다. 따라서 괄호는
단절에서 깊이로 비약하여 심연의 우물이 된다.

괄호의 안쪽 세계에 시인이 존재할 때, 그는 익명화된 존재로 침묵의
세계에 빠지게 된다. 괄호는 불완전한 자리다. 무엇인가를 설명하기 위
하여 또는 미진한 의미를 부연하기 위하여 덧대어진 것이 바로 괄호이
다. 따라서 시인이 자신의 존재론적 위상을 괄호로 또는 괄호 속에 존
재하는 그 무엇으로 인식할 때, 그는 이 세계 쪽에 존재할 수 없다. 괄
호 속의 세계는 실존적 존재성을 차압당한 고립만이 존재할 따름이다.
괄호는 고독 속에 개입하는 단절이다. 괄호 밖의 세계를 향하여 아무리
큰 소리로 부르고 외쳐도 아무런 반향이 없는, 하여 침묵과 적막과 외
로움을 응시할 수밖에 없는 고독의 공간이 바로 시인이 말하는 괄호이
다. 김추인은 그 공간 속에서 제 홀로 길을 찾아 떠난다. 지도에도 없는
미지의 길을 찾아서 그는 새로운 항로를 개척하고 있다. 그러나 괄호가
쳐진 길은 괄호 밖으로 길을 내지 못한다. 따라서 그의 길은 심연으로
만 깊어지는 처연한 독백이다. 탈주가 불가능한 아니 이미 현존의 자리
를 의식의 힘으로 거부하는 저 오연한 내적 독백의 경지 속에 시적 자
아를 위치시키고 있다.

그래서 김추인은 타자에 의해 생성된 고립감과 단절감을 '비린 독백'
의 언어로 승화시킨다. 독백은 고립 속에서 외연을 넓혀가는 성찰이다.
독백은 존재론적 심연에 이른 키에르케고르의 단독자이다. 따라서 그의

괄호는 자신만의 세계 속에서 괄호 밖의 세계보다 더 넓은 세계성을 내접시키고 자신만의 옹골진 깊이를 괄호 밖의 세계로 외접시킨다. 김추인의 「괄호 혹은 우물」은 상호 이질적인 카테고리에 속하는 괄호라는 기호와 우물이라는 상징을 절묘하게 코드 변환시켜 생의 무게를 가늠하고 있다. 괄호의 안쪽을 질주하는 현존성을 심연의 깊이로 응축시켜 존재론적 성찰을 감행하고 있다.

> '그냥'이란 말과 마냥,
> 친해지고 싶다 나는
>
> 그냥그냥 자꾸 읊조리면
> 속된 것 다 빠져나가
>
> 얼마나 가벼워지느냐
> 그냥그냥
> 또
> 그냥
>
> —문무학, 「낱말 새로 읽기 8 — 그냥」, 『현대시학』 5월호

그냥은 관용이다. 그냥은 비우고 덜어내고 지워서 청정한 상태에 이른 마음의 상태이다. 그냥은 체념이 아니다. 그냥은 '그대로, 그 모양으로, 그저, 가만히'가 아니다. 그냥은 적극적 의지이다. 그냥은 가볍게 기화하여 모든 욕망을 무로 되돌려 보내는 의식 작용인데, 그것은 문무학 시인의 정신성을 대변하는 표징이다.

시인이 관습화된 어법 위를 종주하면서 낱말들에게 새로운 정령을 불어넣을 때, 또는 동음이의어의 문자적 질량(「낱말 새로 읽기 7 — 섬」) 위를 상호 이질적인 의미가 활보할 때, 시의 정신성은 말의 정신성이 아니라, 시인이 문자에 각인시킨 영혼의 흔적이다. 따라서 의미는 문자를

콘텍스트 속에 내파시키는 시인의 교묘한 조어법 속에 내재되어 있지만, 그것이 낱말을 새롭게 읽어내는 시인의 상상력의 지점이지만, 시의 낱말읽기는 낱말의 사태적 표현이 아니라, 낱말 속에 새로운 의미와 정신성을 육화시키는 쪽으로 향하게 된다. 따라서 낱말읽기는 단순한 말놀이의 가벼운 유희가 아니라, 말이 새롭게 명명되고 의미화된 바로 그 지점 속으로 시인의 정신성을 내파시킨다.

하여 그냥은 널브러진 그냥이 아니다. 그냥은 속스러움을 성스러움으로, 무거운 욕망을 가벼운 승화로 이입시켜 절대에 이른 화두문자이다. 그냥은 조주의 무자화이고, 오쇼 라즈니시의 무심이다. 그냥은 이 세계 속에 존재하는 모든 속된 욕망을 발화된 말로 지양극복해가는 시인의 순정한 의식이다. 그냥은 임제의 할이다. 외치고 읊조려서 깨달아가는 마음의 투명한 상태, 그것이 바로 문무학이 '그냥'이라는 낱말을 통해서 읽어낸 새로움의 정체이다.

노크를 하세요
때때로 검은손 불쑥 내밀지는 마시고요
발기된 당신의 손이
나를 허공에 내세울까봐 두렵기도 해요
날개를 찾겠다고 새장을 더듬던 그 날
내게서 본 건 퇴화된 성기性器
나의 날개는 뜻밖에 작아져요
천사가 되기를 포기해야하나 봐요

저쪽,
새장에서 연기가 피어올라요
누군가 백기를 흔들고 있네요
새장에서 꺼내줘야 할텐데
문이 열리지 않아요? 그럼

날 수밖에,
감춰둔 날개를 펴봐요
오오 저런, 날개가 녹슬었다고요?

오늘은 생일
나를 밖으로 불러주신다면 그 대가로
당신을 멋진 새장으로 초대하겠어요
그곳에서
자유롭게 날 수 있는 방법을 가르쳐 드릴게요
날 수 있다
날 수 있다
끝없이
자기최면을 걸어 봐요

—김희업, 「억압의 역사—새」, 『문장웹진』 5월호

세계는 모순이다. 세계는 논리로 설명이 되지 않는다. 세계는 부조리이다. 까뮈가 『이방인』의 주인공 뫼르소를 통해서 법과 질서와 이성을 희롱했을 때, 또는 강렬한 태양과 부조리한 심판 속으로 생의 형식을 소멸시켰을 때, 그것은 이 세계 속에 엄존하는 심급에 대한 가장 극렬한 방식의 인간적인 도전이었을지도 모른다. 시인 김희업도 까뮈의 그것처럼 억압과 자유라는 심급 사이에서 모든 가치와 의미를 의도적으로 전도시켜 세계 속에 횡행하는 기만성과 허위의식을 고발하고 있다. 시 「억압의 역사—새」는 전도된 의식을 총체화시키고 있는데, 그것은 착종된 자유 위에 펼쳐지는 유혹이다. 아이러니 속을 화려하게 종주하다가 그가 이 세계 속에 만난 것은 모순과 기만이다. 발기와 퇴화된 성기 사이에서, 인간의 욕망과 하늘로 나르고 싶은 저 숭고한 비상 사이에 자유가 억압으로 전환되는 그 사태를 목격했을 때, 또는 억압이 자유를 낳는 전도된 사태 속에서 현실의 엄존하는 모순된 논리를 발견했을 때, 이 세계를 지탱해온 절대 심급이 상대화된 기만술일지도 모른다는 사실을 직감하게 된다.

주역의 논리에 따라 악화가 양화를 구축하듯이, 억압은 자유를 낳는다. 양이 극해지면 음으로 변하고, 음이 극해지면 양으로 변하듯(陽極陰轉陰極陽轉), 억압은 자유에 대한 갈망을 낳아 스팔타카스의 농노해방, 만적의 천민해방운동으로 전환된다. 그러나 자유에의 갈망은 역설적이게도 이 세계가 자유를 획득하는 필연적 과정이 아니라, 억압의 형질전환 속에 숨겨진 기만이라는 사실을 승인하게 된다. 헤겔이 『역사철학』에서 역사의 필연적 과정을 자유(또는 그리스적 민주주의)의 실현 과정이라고 인식하고 있을 때, 그것은 어쩌면 가장 순진한 발상이거나 가장 극악무도한 기만일지도 모른다. 왜냐하면 현대성이 조성해낸 자유의 심급은 자본이 부여하는 힘이기 때문에 인간이 세계 속에서 진정한 자유를 향유한 적이 한 번도 없다. 하버드 경영대학 교수인 서로우의 『지식의 지배』나 미래학자 앨빈 토플러의 『부의 미래』는 이 세계의 심급을 자본에 부여하고 있다. 따라서 이들은 자본이 불가능한 것을 가능하게 만들고, 이 세계를 향유하는 자유의 척도이자 최종심급이 바로 자본임을 증명하고 있다.

그러나 김희업은 자본의 심급이 만들어내는 현대성의 억압 쪽으로 모든 시선을 고정시키는 것이 아니라, 새장의 안과 밖 사이에 어떤 유혹이 만든 자유 속에 작동하는 인간의 욕망의 함수를 억압이라고 인식하고 있다. 따라서 그가 인식한 억압은 다층적이다. 그의 역사성은 억압과 자유의 변증법인데, 그것은 셸링이 『자연철학의 이념』에서 말한 세계성의 즉자태(인간과 인간, 인간과 세계 간의 관계에서 빚어지는 현상)의 심급인 자유에 의한 균형점 찾기가 아니다. 김희업의 역사성은 억압의 즉자 대자 운동이다. 그것은 시인 자신의 생득적인 운명성과 맞닿아 있는데, 그는 날개가 퇴화된 새이다. 녹이 슬어 날 수 없는 하여 유혹적 초대에 넘어가 다시 새장에 갇히게 된다. 녹슨 날개, 멋진 새장, 학습비행,

그리고 자기최면 사이를 새가 되어 횡단할 때, 김희업은 이 세계 속에 도사린 억압 행태와 역사성을 응시하게 된다. 이 세계는 자유가 만든 역사가 아니라, 억압에 의한 억압의 역사라고 시인 김희업은 생각하고 있는 것 같다.

> 아침부터 일손을 놓게 하더니
> 저녁답엔 목을 놓게 만들고
>
> 결국은 또 너를 놓을 수 없게 만드는
>
> 오늘, 하루
>
> —이인원, 「기념일—The longest day」, 『현대시학』 5월호

이인원의 시를 읽다보면 그의 간결한 언어 속에 수많은 말들과 의미들이 행간 사이사이에, 여백의 말하지 않은 문자 속에 숨어있음을 발견하게 된다. 요즘 시적 경향과 너무 멀리 떨어져서 자신만의 언어와 세계관을 시 속에 육화시켜가는 이인원의 시적 행보는 시의 미래가 그의 언어 내부 속에 존재할지도 모른다는 사실을 예감하게 된다. 너무 많은 말들을 너절하게 마구 지껄여대는 가볍고 천근한 시들과는 달리 이인원의 시 속에는 어떤 고결한 에스프리, 어떤 정신의 결, 어떤 미지의 여백, 어떤 마음자리가 깊이 아로새겨져 있다는 것을 느끼게 된다. 하여 그의 시는 적은 말 속에 수많은 메타포어를 숨겨놓고 있기에 독자의 상상력을 자극하는 미묘한 마력을 지니고 있다.

절제된 언어. 틈. 비약. 사유의 창조적 진화. 이인원의 시는 형이상과 형이하의 접합점을 응시하게 만든다. 아침과 저녁, 일손과 목, 놓음과 놓을 수 없음, 오늘과 하루. 이 간단하고 자명한 말들이 기념일과 The longest day를 관통해 갈 때, 말의 사태가 시의 사태로 육화될 때, 시의 질량은 형이하의 세계를 존재론으로 승화시켜 절대 시간의 의미와 가

치를 묻게 만든다. 오늘이라는 특발성과 하루라는 절대성 사이에서 기념일은 저 노르망디 상륙작전이 일어난 1944년 6월 6일의 어디쯤을, 또는 1962년도에 상연된 『지상최대의 작전(The longest day)』이라는 영화를 몽상하게 된다. 그러나 시의 상상력은 여기서 끝나지 않는다. 시의 상상력은 역사적 사건을, 세계 2차 대전의 어느 하루를 기념일이라고 명명하면서 형상화하고 있지만, 시의 지향점은 그 사건적 기념일 속에 내파되어 고스란히 사라져버리는 것이 아니라, 현존과 절대를 사유하게 된다. 오늘을 사는 시간과 하루라는 물리적 시간의 심급 속에 작동하는 거대한 시간의 법칙이 무엇인지를 묻게 된다.

향유와 되어감, 흘러감과 유희. 상호 대립되는 심급 위에서 시간이 작동할 때, 의식하는 시간이 절대적 시간 위를 횡단해 갈 때, 시간은 어디에 존재하는가. 오늘이라는 심급, 하루라는 절대성. 아마 이인원은 절대와 상대 사이에서, 형이상과 형이하의 경계 지점에서 시간의 정체를 아주 특별한 날 속에서 응시하고 있었을지도 모른다.

천국의 열쇠, 영혼의 무게,
그리고 세계라는 삶의 덫

죽음, 추방, 그 밖의 무시무시하게 보이는 다른 모든 것들을 날마다 네 눈앞에 놔 두어야만 한다. 특히 모든 것들 중에서 죽음을. 그러면 너는 결코 그 어떤 비참한 생각도 가지지 않을 것이고, 또한 어떤 것을 지나치게 욕망하지도 않게 될 것이다.
―에픽테토스, 『엥케이리디온』 중에서

떠도는 영혼이 어디에 있을까. 만약 천국이 존재한다면, 아니 단테가 『신곡』에서 노래한 것처럼 영혼이 지옥과 연옥과 천국을 유랑하는 존재라면, 인간에게 있어서 육적인 것은 아무런 의미가 없을지도 모른다. 생의 형식을 극한으로 몰고 가는 티벳인들. 역으로 생을 향락과 쾌락으로 몰고 가는 라스베가스. 상호 동일한 세계성 위를 활보하는 상호 이질적인 삶의 사태. 우리는 이러한 삶의 현상을 어떻게 이해하여야 하는가. 환경이 만든 삶인가, 아니면 환경을 초월한 생존의 논리가 만든 삶인가. 사실 생의 형식이란 그 다양한 존재 양태에도 불구하고, 그 다양성은 하나의 점으로 수렴하게 된다. 삶 속에 드리워진 덫. 죽음의 임계치. 삶의 뒤편으로 사라지는 너절한 아브젝트(Abject). 삶 앞에 가려진 죽음. 슬픔과 일상성. 소진된 육신. 영혼의 차원 변이. 자살 충동. 가장 위대하고 가장 극적인 죽음(들뢰즈).

인간이 현존성의 저 깊은 심연이나 거대한 외연(초월성)을 이야기할 수 있을까. 들뢰즈는 『차이와 반복』에서 그것이 불가능하다고 천명하고 있다. 시간의 함수 속에 존재하는 그 모든 사태를 존재론화시키지만, 삶은 아파트 베란다에서 투신하여 자발적 죽음으로 종결된다. 사실 들뢰즈의 자살은 그가 도달한 진리 함수 속에 절대 심급의 부정성을, 차이 나는 반복을 그리고 동일하지 않은 삶의 형식을 실현시킨 것이다. 그러나 그가 사유했고, 그가 이룩한 의미와 감각과 차이는 어디에 존재하는가. 만약에 이 세계에서 벌어지는 모든 사태나 진리함수가 죽음이라는 적멸로 소거된다면, 우리는 왜 그 이루 헤아릴 수 없는 유위의 몸짓으로 존재하여야만 하는가. 일상에 드리워진 반복적 삶의 흔적 속에 수많은 차이를 기입하기 위하여 존재하는가. 이러한 물음들 뒤에 도사린 생의 기호를 차이와 반복이 엮어가는 함수 속에 소거시키고 싶지만, 그 차이와 반복은 그 모를 동일률의 세계로 환원되는 것은 아닐까. 하여 들뢰즈가 차이와 반복적 사태를 비동일성으로 치환시켰지만, 그의 도발적 자살은 차이와 동일하지 않은 반복을 증명하는 방식이지만, 그가 선택한 차이는 바로 죽음이라는 동일성 속으로 귀의하게 되는 필연의 법칙성은 아니었을까. 누구나 다 죽는다. 차이와 비동일성의 반복을 향유하다가 그 모를 덫에 걸려 동일성의 세계로 귀의하게 된다.

노오란 속살이 반짝이는 열쇠를 하나 갖고 있어
이젠 기억나지 않지만 그 열쇠 말이야
그걸 꽂아야 밖으로 우릴 밀어내던
강가로 나갈래
어제 편지를 받았거든
네 목소리가 들리는 편지를 하늘에다 띄울 거야
아이들은 연을 날리고 있겠지
나도 연을 날리고 싶어

열쇠가 그 길을 알고 있을까

바람이 불고 있었지
어린 날은 사막으로 떠나버렸어
파리 텍사스 어디든지
가라앉아 있는 거긴
어쩜 샌디에고일까

뼈는 화장을 했다는데
끝내 한국에 돌아오겠다는데
낯선 파리 혹은 텍사스
삼우제도 다 지나고
눈물도 싹이 터서 강으로
자라는 나라
오빠, 거긴 몇 시니?

—김소양, 「파리텍사스」, 『시와 세계』 봄호

　에픽테토스는 욕망 앞에 초연하기 위하여 또는 이 세계에서 벌어지는 모든 굴욕과 힘든 생의 형식을 견디기 위해 죽음을 맨 앞에 놓으라고 명령하는데, 과연 죽음이 그 자신 앞에 당도했을 때, 진짜 초연했을까. 과연 영혼은 천국의 문을 열어 낙원에 이르렀을까. 진짜 천국의 문을 여는 열쇠가 존재하기는 하는 것일까. 인간의 지난한 슬픔과 눈물이 순백의 영혼으로 싹터 야콥의 사다리를 타고 정말로 천국에 이를 수 있을까. 여기와 거기 사이에 놓인 저 레테의 강 언덕 너머에, 피안이라는 세계가 진짜 있기나 한 것인가. 화려했던 생의 시간을 주재하는 그분이, 그 말씀이 번연의 『천로역정』의 고난과 시련 속에 임재해 있을까. 모른다, 알 수 없다, 기만이다. 아마 니체와 들뢰즈는 하늘을 향하여 저주를 퍼부었겠지만, 그것으로 인해 이 세계 속에 도사린 기만과 허위를 후련하게 질타했겠지만, 그들의 내기는 결코 이기지 못한 패에 승부를 걸고 있다. 매독에 의한 정신착란과 도발적 자살로 생을 마감했을 때, 그것은 가장 극렬한 몸짓의 저항이지만, 상대화된 원근법주의의 계보학은 목숨을 담보로 한 러시안 룰렛이 되어 자기 머리통에 탄환이 박히게 된다.

미지의 기호인 천국의 열쇠, 너무도 단단하게 옥죄여 있어 그 누구도 열어젖힌 적이 없는, 더 정확하게 말해서 인간의 몸으로 결코 가 닿지 못하는 세계를 음성의 열쇠로 활짝 열고자 시인 김소양은 몽상하고 있다. 이때 그는 아마 영매인지도 모른다. 「파리텍사스」는 엘리아데가 『샤머니즘』에서 말한 영매처럼 영혼과의 대화를 시도하고 있다. 비록 빙의 상태에 이른 샤먼처럼 탈혼 망아의 경지에 이르러 영혼을 부르는 초혼 행위는 아니지만, 그가 오빠를 그리워하는 마음은 하늘 자리에 가 닿아 있다. 이곳과 저곳 사이에 삶과 죽음 사이에 보이지 않는 심연이 가로 놓여져 있지만, 투과되지도 않고 가 닿을 수도 없는 '거기', 생의 형식으로는 도저히 도달할 수 없는 '거기'라고 명명된 그곳을 향하여 답신 없는 편지를 띄우고 있다. 간절한 마음을 담아 음성편지를 연줄에 매달아 하늘 저 높이 올려 보내면서 이국의 어디쯤에서 생을 마감한 오빠를 추억하고 있다. 파리일지도, 텍사스일지도 혹은 샌디에고일지도 모를 그 타향의 이국 하늘 아래서 한줌 뼈 가루되어 돌아온 오빠의 생애를 기억하면서 시인 김소양은 천국을 향하여 "오빠, 지금 거긴 몇 시니?"라고 묻는다. 목소리가 이 세계를 창조했듯이, 시인의 목소리는 이곳의 안부를 저곳으로 밀어 올려 하늘 자리에 가 닿게 만든다. 살아 있는 듯, 현존하는 듯, 음성언어는 시인의 그리움을 온 천지에 울려 퍼져 바로 거기에 도달하게 한다. 아니 이미 가 닿았을 것이다. 이곳과 저곳을 매개시키는 목소리. 생의 임계치를 열어 저치는 천국의 열쇠. 시인 김소양은 오빠의 죽음 제의를 통해서 그 모를 비의의 세계를 이쪽으로, 또는 이쪽의 세계에서 저쪽을 상호 회통시키기를 희원하고 있다.

영혼을 잘라 저울에 올려놓으면 21그램

　저울이거나 시계의 눈금에 걸린 둥근 추처럼 영혼에 몸이 깔딱깔딱
매달려 있어요 무거워요 점점 찌그러지는 저울시계는 투두둑 틀어지
고요 틀어진 어두운 뒤통수에는 한쪽 눈으로 훔쳐보는 불규칙한 숨소
리 들려요 새벽 두 시 쪽으로 겹겹 주름 무게를 견디지 못한 것들 쭈
글쭈글해 지고요 영혼은 틀어지고 벌어진 제 몸을 들여다봐요 내 몸
은 영혼의 2129배나 무거운데요

　21그램은 벌새 한 마리의 무게

　벌새는 일초에 일흔 여덟 번의 날갯짓을 해대느라 날개가 파닥이는
사이사이로 빛처럼 새나가는 피땀을 온 천지에 뿌려대는데요
　봐요 거기에 내 몸이 매달려 있어요 혼의 꽃에 매달려 틀어지고 벌
어진 제 몸 속, 블랙홀 속을 들여다봐요 새벽 세 시 쪽으로 겹겹겹 주
름들 쭈글쭈글해지고요 한 쪽 어깨에 한 쪽 눈만 있는 어둠이 슬쩍
내려앉아요 무거워요 찌그러져요 투두둑

　틀어진 몸에서 영혼을 잘라 저울에 올려놓으면 달랑 21그램
―유수연, 「21그램」 전문, 『애지』 봄호

　사후 세계에서 듣는 것으로 영원한 자유에 이르기라는 뜻을 지닌 『바
르도 퇴돌(Bardo Thödol)』, 『티벳 사자의 서』는 영혼을 구제하는 삼 단계
(치카이 바르도, 초에니 바르도, 시드파 바르도)의 포와 의식으로 짜여져 있다.
영혼의 무게가 있는지 모르지만, 아니 영혼에도 무게가 있다고 여겨지
기는 하지만, 위의 종교적 비서(秘書)는 49일 동안의 죽음 제의를 통해서
육체로부터 의식체(바르도체, 중음신, 영혼)를 완전히 분리시켜 영혼을 완
전한 자유에 이르게 만드는 데 있다. 사자의 정수리에 있는 '브라흐마
의 구멍'을 통해서 빠져 나간 영혼은 카르마의 원리에 따라 투명하게
밝은 빛(선업)을 보기도 하고, 어두운 빛(악업)을 보기도 한다. 영적 스승

인 포와가 사자의 영혼의 상태(생전에 쌓은 업의 정도)에 맞추어 『사자의 서』를 읽어 의식체(영혼)의 탈바꿈, 즉 영원한 자유에 이르도록 도와준다.

사실 『티벳 사자의 서』는 죽은 자를 위한 산 자들의 지극한 제의다. 물론 유수연의 「21그램」은 죽음 제의에 관한 보고서가 아니다. 그러나 시가 영혼의 질량을 이야기할 때, 그것도 인간의 몸과 영혼과의 상관성을 시간과 병치시켜 이야기할 때, 시는 단순하게 21그램이라는 무게 쪽에 고착되는 것이 아니라, 브라흐마의 구멍을 빠져나간 21그램이라는 질량을 가진 그리하여 유물론적으로 인식될 수 있는 영혼이 어디에 존재하는가라는 물음 쪽으로 향하게 된다. 따라서 시는 몸성과 영성의 상호 분리 결합되는 지점을 응시하다가, 21그램이라는 질량 쪽으로 모든 의식을 열어 놓다가, 이내 인간의 존재론적 운명성을 함의하고 있는 생명의 함수 쪽으로 모든 의식이 집중하게 된다.

21그램의 질량을 지닌 결코 보이지 않는 영혼, 그것은 쿼크(Quark)인가, 기(氣)인가. 만약에 영혼이 원자물리학의 최소단위인 쿼크라면 영혼은 무게가 없을 것이다. 왜냐하면 쿼크는 물질이지만, 질량이 제로이기 때문이다. 따라서 21그램의 무게를 지닌 영혼은 쿼크로 존재할 수 없다. 만약에 영혼이 기라면, 그것은 조금 더 복잡한 사태를 연출하게 된다. 기는 얀 리치가 언급한 것처럼 생명을 조직하는 미지의 실체와 유사한 그 무엇이다. 이때 이 실체는 생명체와 무생물체의 경계 지점에서 생명을 조직하기도 하고 해체시키기도 하는 그 무엇으로 존재하게 된다. 따라서 기는 아리스토텔레스적인 의미의 동력인 동시에 형상인이다. 영혼의 이합집산은 기의 이합집산에 따라서 생명이 되기도 하고 생명을 기화시켜 물성으로 존재하기도 한다. 그러나 그것 역시 하나의 철학적 가설이다. 우리는 21그램으로 존재하는 영혼의 무게나 그것이 어떻게 작용하는지를 결코 알 수 없다.

21그램으로 존재하는 영혼이 몸의 형식과 상호 조응할 때, 몸성과 영성 사이의 관계를 주재하는 실체가 바로 영혼이라고 유수연은 말하고 있다. 영혼이 몸에 매달려 있는 것이 아니라, 몸성을 이루어내고 생을 지속시키는 실체가 영혼이다. 따라서 생의 작용은 영혼의 드나들음이다. 사실 시인이 영혼의 무게를 가늠하여 21그램이라는 질량과 관련시켜 시간과 몸에 관한 사태를 묘파하고 있지만, 유수연의 영혼에 관한 의식작용은 '달랑 21그램'이라는 정의적 무게를 훨씬 벗어나 있다. 따라서 시 「21그램」은 벌어지고 틀어질 수밖에 없는 몸의 행태를 벌새의 유비를 통해서 존재론적 사태로 치밀하게 비약시켜 형상화하고 있다. 천지에 피땀을 뿌려가면서 생을 살아갈 수밖에 없는 어떤 운명을 21그램이라는 무게 속에 응축시키고 있다. 생의 형식은 몸성을 지배하는 영혼의 작용임을 아주 작은 질량적 사태 속에 내파시키고 있다. 가벼운 언어적 유희가 난무하는 이 시대에 유수연의 시 「21그램」은 내밀한 정신세계와 존재의 의미를 성찰할 수 있게 만드는 아주 잘 씌어진 시이다.

꿀벌떼가 쓰레기통 주위를
붕붕거린다
뚜껑을 밀치고 나온
콜라병 주둥이에 붙어
좀처럼 떨어지지 않는다
저 안에 단맛이 있다,
꽃보다 더 달디단
화원이 있다
뿌리칠 수 없는 맛을 찾아
주둥이 속으로 빨려 들어가
붕붕대는 놈도 있다
찐득찐득 날개에 붙어 떨어지지 않는
이 달콤한 지옥,
죽음도 잊게 만드는 꽃

출구를 찾지 못한 꿀벌이
김빠진 콜라 위를 둥둥 떠다닌다

─손택수, 「꿀벌」, 『현대시』 4월호

생을 미시화할 때, 생은 동일하지 않은 차이의 반복으로 짜여져 있다. 맞다. 들뢰즈의 말이, 시간의 함수 속에 벌어지는 존재론적 사태가 동일성으로 환원되지 않는다는 말이 정확하게 맞다. 그러나 생을 거시화할 때, 생은 동일한 사태를 반복적으로 연출한다. 맞다. 헤겔의 말이, 비동일성이 동일성으로 환원된다는 말 또한 맞다. 동일한 생의 사태를 서로 다르게 이해할 때, 혹은 크게 혹은 작게 세계의 몸짓을 응시할 때, 그 이해의 차이는 어디서 오는가. 보는 관점에 따라서 상이하게 이해되는 세계의 정체는 무엇인가. 미치오 가쿠는 『초공간』에서 고차원(5차원 내지 6차원)일수록 이 우주 전체를 간명하지만 일관되게 설명할 수 있다고 하는데, 과연 인간은 고차원에서 이 동일성과 비동일성의 갈등을 해결할 수 있을까. 이도저도 아니면, 우리는 절대라는 기준 함수에 현혹되어 상대와 절대 사이에서 기만당하고 있는 것은 아닌가.

손택수의 「꿀벌」은 아주 작은 일상적 사태를 응시하고 있지만, 별것 아닌 시처럼 보여지기는 하지만, 그 일상성은 들뢰즈와 헤겔 사이를 반복하게 만든다. 아니 들뢰즈와 헤겔이 어떤 함정에 빠져 허우적거리고 있다는 느낌이 들게 만든다. 달콤한 자기만의 인식세계에 빠져 그것이 죽음의 나락으로 추락하는 것인지도 모른 채, 사유의 덫에 걸려 넘어진다. 다시 말해서 달콤한 유혹에 도사린 중독성이 영혼과 육신을 황폐화시켜 결국 파멸에 이르게 할지도 모른다. 시인이 콜라병과 꿀벌의 상관관계 안에서 유혹과 지옥과 출구 없음을 발견했을 때, 그것은 하나의 현상적 사건을 시적 언어로 승화시킨 것이지만, 그 사건성은 생(철학, 물리학, 우주)의 아포리아를 알레고리적으로 표현하고 있는지도 모른다. 콜라병에서 출구를 찾지 못하는 꿀벌의 형상은 어쩌면 인간의 그것과 결코 다르지 않다. 로얄제리라는 함정, 의식과 학문과 진리 속에 도사린 기만, 결코 해결할 수도 설명할 수도 없는 어떤 한계를 꿀벌의 형상 문자 배후에 심어놓고 있다. 어쩌면 죽음을 통한 천국의 열쇠도, 영혼의 무게에 대한 사유도, 어쩌면 진짜 어떤 함정에 빠진, 결코 빠져나올 수 없는 존재의 덫인지도 모른다. 달콤한 지옥에 빠진 꿀벌처럼 인간도 역시 그렇게 함정에 빠진 채 살다 죽어갈지 모른다.

    귀뚜라미가 운다
    요란한 울음소리로 여름을 달구던
    여름 벌레 자리에서 귀뚜라미가 운다
    여름 내내 여름 벌레 울음소리만 들었는데
    어느덧 그 소리 까마득히 사라지고
    가을 귀뚜라미 울음소리 듣는다

    그 소리 가만히 눈을 감고 들으면
    청춘에 소박맞고 돌아온 반벙어리 이모 방에서 새어나오던 손틀바느질 소리 같고 장터 국수집 끼니 놓친 장꾼들 목구멍으로 국수 빨려 들어가는 소리 같고 석삼년을 누운 밥을 받아먹던 큰할아버지 마지막 기침소리 같고

    나는 울음이 싫어
    허공에 대고 쓰는 낙서 같은 저 울음이 싫어
    이불을 푹 뒤집어써보다가 귀를 틀어막아보다가
    귀뚜라미가 노래한다 노래한다
    애써 말을 바꾸어본다
    그러나 내 슬픔은 조금도 줄어들지 않고
    귀뚜라미는 울고 있다
    잠도 없이 울고 있다
    나는 기어이 울음이 난다

> 누군가 긴히 울음을 보내는 자가 있어
> 귀뚜라미는 울음을 그칠 수가 없는 것인가
> 어느 순간 저 울음마저 뚝 그쳐지고
> 우리는 울음조차 함께할 수 없게 되는 것인가
>
> — 조은길, 「울음의 기원」, 『서정시학』 봄호

이 생 그 자체가, 이 세계가 함정인지도 모르고 살다가, 아니 생의 형식 자체가 어떤 덫에 걸려 넘어지고 있다는 사실도 모른 채 길을 걷다가, 인간은 문득 귀뚜라미 울음을 통해서 어떤 미지의 깨달음을 얻게 된다. 가을과 여름 사이에, 그 속 깊은 처연한 울음들 사이에 생의 기호들이 알알이 박혀 있음을 깨닫게 된다. 너절하고 질펀한 삶들. 그 삶들 사이를 타고 유유히 흘러가는 슬픔들. 그 슬픔의 사건들 내부에서 절묘하게 곡예 하듯 지나쳐온 시간들. 그러나 이 의미의 사태들은 인간의 성찰적 의식 밖에 위치하고 있다. 그것은 흔적들로 시인의 기억 어딘가에 잠재해 있다가 불쑥 생의 어떤 순간을 떠올리게 된다. 삶과 슬픔과 시간이 한데 어우러져 이 세계 전체가 한 많은 울음으로 기억될 때, 시인의 시적 언어가 울음으로 가득했던 생의 흔적을 회감할 때, 우리는 그 울음이 인간의 한계 지평을 훨씬 넘어선 그 어떤 지점에서 발원하고 있다는 사실을 직감하게 된다. 슬픔은 후험적인 것이 아니다. 슬픔은 함정이다. 생 이전에 도사린 슬픔은 생득적인 그 무엇이 만들어 놓은, 의지와 그것의 표상작용이 극복할 수 없는 어떤 최초의 지점에서 발원하고 있다. 조은길은 울음을 경험적인 것으로 가장하고 있지만, 기실 그의 울음의 정체는 인간의 인식 범주를 훨씬 초과한다. 울음의 기원은 인간의 의식 밖에 존재한다. 따라서 울음은 선험적이다.

슬픔과 울음의 가계도. 여름과 가을 사이. 그 사이를 채우는 울음. 조은길은 그 울음에 대하여 이야기하고 있다. 그것도 기원이라는 거창한 역사철학적 전망을 내걸고 말이다. 그런데 시인은 엄밀한 의미의 기원을 찾기에 앞서 귀뚜라미의 울음소리를 생의 사태로 치환시키면서 자신을 둘러싼 가족사와 일상인들의 질펀한 삶을 기억해낸다. 소리는 시인의 의식 속으로 들어와 살아낸 삶의 흔적을 되불러온다. 삶 속에 울음이 숨어 있다. 귀뚜라미가 울음을 불러일으킨다고 시인은 말하고 있지만, 기실 울음의 정체는 울음을 파생시키는 실체는 이 세계의 안쪽이 아니라 이 세계 바깥에서 기원하고 있는지도 모른다. 생의 극렬했던 지점에서 울음과 한을 읽어내지만, 소리는 한 차원 높은 지점에서 이 세계로 내려온다. 지금 시인은 울음을 노래로 치환시키면서 울음의 기원에 도달하기를 희원하다. 그러나 그는 어떠한 해답도 찾지 못한 채, 울음을 울 수밖에 없는 울음을 운다. 표면적으로 울음은 인간학적 사태이지만, 그 울음을 울게 만드는 울음의 질적 사태는 인간이 만든 사태가 아니다. 울음은 울음을 보낸 자가 조정하고 있다. 울음은 인간이 어찌할 수 없는 운명이다. 따라서 조은길은 그 울음의 정체를 탐문하고 성찰하면서 울음의 기원 쪽을 응시하지만, 그러나 인간은 그 울음의 정체를 모른다. 생과 생이 만들어놓은 사태 속에서 함께 울음을 울 수밖에 없는, 그 모를 함정이 이 세계 도처에 숨어 있는지도 모른다.

> 이 불안은 또 어디서 오는 것이냐
> 산 속 방에 숨어들어 겨울의 朔風이
> 잠을 떠있게 하는 사이 며칠 전 죽은 시인 때문에
> 모든 게 허무해진다
> 마지막 입김이 그랬던가 몇 년 전 죽은 시인도
> 살아 있음에 깊은 웅덩이를 파 놓았었다.
> —박주택, 「살아 있는 웅덩이」 일부, 『시와 상상』 봄호

삶은 불안이다. 삶은 불안을 잊기 위하여 환상을 만들고 그 환상 속에 빠져 불안을 잠시 잊곤 한다. 그러나 그 환상은 불안을 완벽하게 소

거시키는 것이 아니라, 환상은 지젝의 징환으로 되살아나 존재론적 함정의 골을 더욱 깊게 만든다. 불안과 울음은 삶 옆에, 살아 있음 옆에 늘 살아 있는 웅덩이를 만들어 놓는다. 그 속에 파묻혀 세계 밖의 사태를 외면하고 싶지만, 그러나 그곳 역시 영원한 안식처가 되지 못한다. 아니 그곳은 존재의 덫이고, 결코 생명의 형식으로 벗어날 수 없는 죽음의 세계이다.

스토아 철학자인 에픽테토스가 죽음을 가장 앞에 놓아두고 이 세계를 살아가라고 명령했을 때, 그는 이 세계를 살아서 활보하는 웅덩이를 분명 보았음에 틀림이 없다. 불구자였고 노예였던 에픽테토스, 그러나 신의 친구였고 자연의 이법을 정확하게 정관하고 있었던 에픽테토스. 만약 인간이 이 스토아 철학자의 금언처럼 이 세계를 살아간다면, 삶 옆에 늘 도사리는 불안과 그것의 극한적 형태인 죽음을 두려워하지 않을지도 모른다. 그러나 의식의 질량과 삶의 질량은 동일한 지평을 형성하지 않는다. 의식으로 수용된 죽음의 형상이 삶으로 환원될 때, 또는 타자의 죽음이 인간의 의식 속에 각인될 때, 그 죽음자리를 초연하게 정관하기란 그리 쉽지만은 않다. 박주택은 초연과 불안이라는 경계 지점에서 불안과 존재론적 회의 쪽으로 사유의 극한값을 수렴시켜 그 모든 생의 사태를 웅덩이 속에 응고시키고 있다. 이때 이 '살아 있는 웅덩이'는 덫이고, 함정이고, 그리하여 그 속에 꼬꾸라져 모든 것을 무(無)의 상태로 이입시킨다. 박주택이 말하는 살아 있는 웅덩이는 살아 있음, 즉 현존 옆에 깊이 패인 웅덩이다. 따라서 시 「살아 있는 웅덩이」는 삶 옆에 도사린 죽음 본능을 웅덩이로 알레고리화한 것이다. 그 누구도 넘을 수 없고, 피할 수 없는 그 어떤 운명을 웅덩이 속에 응축시켜 세계라는 덫을 응시하고 있다.

세계의 인식과 삶의 선택

1. 글을 들어가며

비트겐쉬타인은 그의 저서 『논리철학논고』에서 '세계는 사태들의 총합'이라고 규정하고 있다. 이 말은 인간이 세계를 인식하고자 할 때, 가장 정직한 언명에 해당한다. 인간은 현상을 통해서만 세계의 본질을 인식할 수 있다는 견해를 피력한 것이다. 인간의 세계 인식은 자연계나 생활 세계에서 벌어지는 사건을 관찰하고 분석한 결과에 기초한다는 것을 의미한다. 원근법적 관점에서 볼 때, 세계는 정태적이거나 늘 일정한 법칙의 운행을 수행하는 것처럼 보인다. 그러나 내밀히 들여다보면 세계는 늘 분주하고 인간이 알 수 없는 수많은 현상들이 발생한다. 그러한 현상세계와 상호 조응하면서 인간은 자신의 정체성을 형성하게 된다. 세상의 모든 사람들은 생활 세계이든 환경이든 직관이든 상관없이 하나의 신념을 믿고 견지하면서 자신의 삶을 선택하고 영위한다. 애초에 본질에 관한 직관적인 의식은 존재하지 않는다. 다만 존재하는 것은 이것이냐 저것이냐의 선택적 의지만이 존재할 뿐이다.

신은 인간의 행위를 제어하는 양심이다. 신이 없는 세계를 상상할 수 있는가. 만약 신이 존재하지 않는다면 이 세계는 어떻게 존재할까. 사르트르는 그의 저서 『존재와 무』에서 신이 존재하지 않을 경우 인간의 선택적 의지에 대한 두 가지 가능성을 피력하고 있다. 제어판 역할을 하는 신이 사라질 경우는 인간은 절대 자유이거나 방종의 상태에 도달하게 된다. 인간은 피조물이 아니라 세계에 적극적으로 참여하여 스스로 가치를 창조할 수도 있고, 세상에 가능한 모든 악행을 저질러도 문제가 되지 않는다. 신은 양심이고 도덕이자, 이 세상에 존재하는 모든 질서를 파생시킨 근본 원인이다.

그런데 우리가 사는 현실의 공간 속에 신이 사라진 지 이미 오래다. 신은 없다, 신은 숨어 있다, 신은 죽었다 등등의 명제가 난무하는 고도의 산업사회. 인간의 복제가 가능한 시대. 그 시대의 한복판을 종횡으로 가로질러 세상의 아름다움을 꿈꾸는 시인. 사랑과 평화와 진정성에의 지향. 인간의 양심을 노래하는 아름다운 시인의 마음. 그리고 이용 가능한 모든 것을 자본의 기호로 환원시키는 자본주의적 욕망. 이 모든 것들이 공존하는 현실 세계는 그 나름의 가치를 지향하고 있다. 우리는 어떤 신념이나 가치가 옳다고 말할 수 없다. 왜냐하면 신의 부재 즉 절대적 가치가 이 세계 속에서 사라졌기 때문이다. 혼재하는 신념과 가치들의 충돌 속에 인간은 자신의 욕망을 충족시키기 위하여 수단과 방법을 가리지 않는다. 세상은 물질화되고 있다.

절대적인 기준이 사라진 시대를 지탱하는 힘은 상호주관성이다. 타자의 인식이나 가치를 인정하면서 아니 더 정확하게 말해서 타자가 '나'의 이익이나 권리를 훼손하지 않는다면 상관이 없다는 모럴이 현대 사회의 상호주관성이다. 현대의 모럴 속에 내재한 개인화된 의식은 애초부터 공감대나 인류적 가치에 대해서는 관심이 없다. 양심도 사랑도 진정성도 사라진 시대에 시의 위의는 희미하지만 지속적으로 발하는 아우라(Aura)이다. 그것은 양심이고 가치이고 공감대이고 의식이고 정신성이다. 그러므로 시적 언어가 지향하는 가장 본질적인 국면은 잃어버린 양심을 현실의 공간으로 되불러오는 것이다. 시는 현실을 구원할 수 있는 최종심급이다. 시는 암환자의 통증을 완화시키는 몰핀이다. 시는 곪아터진 환부에 들어가 아름다운 세계를 몽상하게 만든다. 신이 죽은 시대에 시는 인간의 양심을 자극하는 '소크라테스의 등에'이다. 진정성과 양심을 망각하거나 외면하는 욕망의 유혹에 침을 놓은 존재가 바로 시이다.

2. 삶의 두 형식 ─ 나 또는 우리

내가 나를 안다는 것은 가장 축복받은 삶이지만 내가 나인 것을 의식하는 나는 가장 불행한 존재이다. 힘이 인간의 존재를 증명하는 것이 아니라 의식의 패러독스가 인간의 존재성을 지고의 세계로 고양시킨다. '내'가 '나'를 알 수 있을까. 내가 나를 의식하고 그 의식 속에 나를 안다면 그것은 인간의 미달이거나 초과일 것이다. 왜냐하면 나를 안다는 것은 불가능하기 때문이다. 인간은 이성과 감성이 절묘하게 결합된 존재이기에 명료한 인식의 힘으로 규정하는 것은 불가능하다. 이성의 틈을 비집고 나오는 감성의 힘이 이성적 논리적 가치를 무화시킨다. 인간의 본질을 안다는 것은 신만이 알 수 있는 영역이다.

'나'의 인식에 대한 불가능성은 인간을 불안으로 몰고 간다. 만약에 인간이 영원으로 존재할 수 있다면 인간은 애초부터 불안이란 개념을 가지고 있지 않을지도 모른다. 그러나 인간은 '자기'를 모를 뿐만 아니라 가사적인 존재이기까지도 하다. 나 자신을 모른다는 의식과 죽음의 식이 겹쳐져 인간은 불안과 고독의 세계에 침윤되기에 이른다. 그 불안

은 단순한 불안이 아니라 인간의 원초적 숙명적 불안이다. 나를 모른다
는 의식과 죽음의 숙명성이 인간을 불안과 고독의 극한으로 몰고 가지
만 인간은 '나'를 통해서 '너'를 부르고 그리하여 '우리'를 만든다. 내가
너를 불러 우리를 만들 때, 나의 불안과 고독감 그리고 외로움은 치유
되고 나의 이기심과 욕망은 승화된다.

> 자유연상도 속인다 그러나 도망갈 수 없지 떠오르는 대로 말하시오
> 당신은 말하고 난 긴 의자에 누워 내 인생에 대해 말한다 내 인생 내
> 인생 내 인생 어디 있는가 ? 난 내 인생에 대해 할 말이 없다 프랑스
> 시인 끄노도 비슷한 말을 했지 난 책상에 대해 할 말이 없고 흐린 봄
> 에 대해 할 말이 없고 이 긴 의자에 대해 할 말이 없다 그러나 떠오르
> 는 대로 말해야 합니다 당신은 말하고 어떻게 말해야 하나 ? 내 인생
> 을 내 인생이라고 말하는 나를 분석하는 나를 분석하는 당신도 환상
> 이고 나도 환상이다 긴 의자에 누워 어쨌든 할 말이없다는 말도 말이
> 다 안생에 대한 저항인가 ? 오 아직도 저항해야 할 인생이 남이 있는
> 가 ? 흐린 봄 긴 의자에 누워 !
> ─이승훈, 「내 인생에 대해 난 할 말이 없다」, 『시와정신』 가을호

프로이트 정신분석학의 임상의학 분과 중에 인간의 심리치료의 한
방법으로 자유연상(free association)법이 있다. 그것은 억압된 인간의 의식
을 치료하기 위하여 초자아에 의해 상처받은 영혼의 치유를 목적으로
한다. 인간의 의식에 떠오르는 이미지를 분석해서 환자의 정신상태를
분석하는 것이다. 물론 프로이트의 자유연상법은 무의식계에 잠재되어
있거나 억압된 인간의 욕망과 충동의 기제(성욕)를 분석하는 것이다. 그
런데 이승훈 시인의 위의 시는 정신분석의 자유연상법을 시적 장치로
이용하면서 '나'의 의미와 삶을 통어하는 '인생'의 의미를 묻고 있다.
시인은 이미 결론을 내놓고 자유연상법의 실험에 참여하고 있다. 그것
은 '속인다' '할 말이 없다' 그리고 '환상'이라는 시어 속에 자유연상법

으로 인간의 삶의 본질을 규명할 수 없다는 사실을 드러내고 있다.

대답을 강요하는 정신과 의사와 정신병 환자인 화자의 대화는 전혀 소통이 불가능하다. 정신병원에 오기 이전에 이미 화자는 자신의 삶을 진단하고 분석을 감행하지만 화자인 '나'가 감지하는 것은 스스로를 속인다는 사실과 인생의 진실을 말할 수 없다는 사실이다. 분석을 하는 의사와 분석을 당하는 화자의 팽팽한 긴장 속에 화자는 의사에게 인생뿐만 아니라, 책상, 흐린 봄, 의자에 대해서도 할 말이 없다고 선언한다. 화자의 선언은 세상에 존재하는 모든 것들이 의미의 집적체가 아니라 무의미한 것이라고 인식하기 때문이 아닐까. 그것은 이승훈 시인의 시관과 상통하는 것이지만, 무의미한 것을, 환상인 것을, 거짓인 것을 하나의 담론으로 규정지을 때 그것은 하나의 의미로 고양되기에 이른다. 다시 말해서 시인이 자신뿐만 아니라 세상에 존재하는 모든 대상들에게서 비대상적 속성을 발견하더라도, 그것이 비대상으로 규정된 순간 비대상적 대상은 대상적인 의미로 고양된다. 시 「내 인생에 대해 난 할 말이 없다」는 아이러니하게도 인생에 대하여 아무 말도 하지 않은 것이 아니라 인생에 대하여 삶에 대하여 너무나 많은 의미를 말하고 있다. 인생이 정박하는 곳, 남은 날들의 삶, 사물과 계절의 본질, 존재가 환상이라는 사실의 의미를 고집스럽게 표현하고 있다. 말하지 않으면서 너무 많은 말을 한 미묘한 역설이 이 시를 지배하고 있다.

> 꿈도 현실 같고 현실도 꿈 같아서
> 현실은 늘 오늘 여기에 없었다
> 없음으로 현실은 거기가 되고
> 여기보다 나을
> 먼 먼 거기가 참 현실이라고
> 내가 있어야 현실이 될 수 있어서
> 있는 내가 나다워질 수 있는 거기야말로

여기에는 없는 거기이며
오늘이 아닌 내일의 신대륙
거기의 내일이 진정한 오늘이고
없는 현실 거기가 메타 리얼리티
더 멋진 여기라고 미래라고 믿어온 날마다는
허공을 걷거나 물 속을 걷는 것 같아
두발은 항상 땅바닥에 닿을 수 없어라.
　　　　―유언진, 「초현실이 더욱 현실이다」, 『시를 사랑하는 사람들』 9-10호

　세계의 중심인 나라는 외연을 벗어버리고 '나'를 원심적으로 사유할 때, 인간은 꿈과 이상을 세계에 실현시킨다. 꿈과 현실, 의식과 무의식이 동일한 범주에 포섭될 수 있는 초현실의 세계는 원초적 몽상이 살아 있는 세계이다. 인간의 비극적 전쟁과 불행은 분할에서 비롯한다. 카오스에서 로고스로의 이행은 행복이 아니라 우주 갈등의 원천이다. 왜냐하면 카오스 상태는 분할이 아니라 이것과 저것, 차안과 피안, 여기와 거기, 오늘과 미래가 공존하는 완전한 하나의 뭉텅이 상태를 의미한다. 그곳엔 갈등과 다툼이 존재하지 않는다. 로고스는 경계짓기이고, 의미 규정이다. 그리고 그것은 한계를 설정하는 것이기도 하다. 완전한 의미의 집적체(카오스)에서 의미 분할(로고스)에의 이행에서 불행한 의식이 생성된다. 로고스에서 소유가 생기고, 그 소유로 인해 위계질서가 생기고, 그 위계질서 때문에 투쟁이 생기고, 그 투쟁으로 인해 우주는 늘 전쟁 중이다.

　시인 유안진은 「초현실이 더욱 현실이다」에서 행복한 미래와 신세계를 꿈꾸고 있다. 그 신세계의 장소는 '여기'가 아니라 '거기'이다. 더 나아가 여기와 저기라는 경계를 허물고 여기와 거기가 상호 혼융된 세계를 지향하고 있다. 거기는 가능태이고 잠재태이고 꿈이고 희망이고 진실이고 미래의 오늘이다. 시인은 분명 여기를 살고 있지만, 자신의 존재근거를 거기에 두고 있다. 초현실. 메타 리얼리티. 하이데거는 Meta

라는 접두어를 '너머로(trans 초월)'와 '뒤에(hinter)'라는 두 가지 의미로 해석하고 있다. 유안진의 위의 시는 이 두 가지 의미로 해석이 가능하다. 전자의 경우로 해석할 때, 그것은 인간이 지향하는 지상적 가치를 무화시키고 초규범적인 가치를 정립하려는 내면의식을 형상화한 것으로 해석이 가능하다. 메타적인 세계는 진정성의 공간이고, 그곳만이 진정한 현실과 오늘을 만들 수 있다.

후자의 경우로 해석할 때 메타적인 세계는 가장 나중에 오는 세계이다. 그것은 인간의 양심이고, 인간이 혼돈과 전쟁 중에 희망을 잃지 않고 살아 갈 수 있게 만드는 최종심급에 해당한다. 그래서 시인은 '여기보다 나을 / 먼 먼 거기'라고 표현하고 있다. 이것은 잠재적 사실이 아니라 시인이 꿈꾸는 미래이고 희망이고 신세계이다. 그러나 그 미래와 희망과 신세계는 오늘의 여기가 되어 유토피아적 희망이 실현되리라는 시인의 바람 또한 내포하고 있다. 그래서 유안진은 초현실이 더욱 현실적이라고 선언하고 있다. 초현실을 현실보다 더 현실이라고 말할 수 있는 근거는 초현실이 삶을 지탱하는 힘이고 꿈이고, 미래이고, 참현실이기 때문이다.

끄집어내려고 꿈틀거릴수록
점점 더 깊이 파고드는 까시래기
파고들수록 더욱 까끌거리는 진실,
광주는 영원한 보리 까시래기인가
살아갈수록 살갗이 두꺼워져야만 하는 나에게
아직도 까시래기답게 찔러오는가
속옷에 착 달라붙어
밤낮 잠도 못 들게 까끌거리던,
간, 염통, 혈관까지 파고들어 와서는
미치고 환장하게 들쑤시다가
나도 모르게 정말 나도 모르게

어느새 녹아 사라져버린 보리 까시래기, 지금
인조 대리석보다 더 매끄러워진 내 등짝에 달라붙어서도
여전히 보리 까시래기일까

—최서림, 「까시래기」, 『시와사람』 가을호

시각적인 관능미에 길들여진 시대에 아름다움의 미적 기준은 외화된 형상이다. 그러나 가장 아름다운 것은 클레오파트라나 양귀비가 아니라, 눈에는 보이지 않지만 인간의 의식을 지배하는 살아 있는 양심이다. 양심은 '나'라는 구심적 의식을 버리고 나를 원심적으로 확산시키는 의식이다. 그것은 나를 너머 '너'라는 대상에게 미쳐 세계를 원심적으로 만드는 힘이다. 더 나아가 양심은 '우리'라는 의식을 고양시켜 공감대가 형성되는 사회를 만드는 내면의 목소리이다. 양심은 소크라테스에게 진리의 빛을 보라고 독촉하는 등에의 역할을 하기도 한다. 양심은 성찰하는 의식이다. 점점 불투명해지고 희석되어지는 진실을 성찰하면서 시대의 아픔을 자기 아픔으로 가져오는 행위가 양심의 본래적인 모습이다.

저마다의 손익계산서를 가슴에 품고 사는 시대. 그리하여 타자의 모습 속에서 이용 가능성을 발견하는 영민한 인간들의 초상. 아 지상은 어둡고 슬프고 초라하다. 그럼에도 불구하고 이 세계를 아름답게 만드는 것은 가슴 한편에 자리 잡은 양심과 그 양심으로 인해 세상의 모든 아픔을 자기 아픔으로 수렴시키는 의식의 확산에 있다. 시인 최서림은 자신의 영혼과 환부를 들쑤시고 있다. 역사의 뒤편으로 사라지고 잊혀지고 레테의 강을 건넌 지 이미 오래된 광주의 아픈 역사를 시로 노래하고 있다. 시인은 시 「까시래기」에서 자신의 삶을 고백하고 있다. 그 고백의 태도는 '나'의 내면의식이지만, 그것은 나만의 문제가 아니라 '우리' 모두의 문제이자 현대적 삶에 대한 반성적 의식이기도 하다. 시인은 점점 무디어지는 양심과 의식에게 진실을 되묻고, 자신의 삶을 반성하고 있다.

진실은 어디에 있는가. 진실은 역사 교과서나 화려하게 치장된 박물관에 전시된 사물화된 존재가 아니다. 진실은 빛이고, 의식이고, 양심이고, 가치이고, 삶을 생성시키는 힘이다. 더 나아가 진실은 인류적 삶의 공간 전체를 진정성이 실현되는 공간으로 확산시킨다. 그런데 시인은 까끌리거리던 역사적 진실이 시간의 퇴적과 함께 녹아져 내리고 무디어진다는 사실을 직감하게 된다. 가슴 한편에 자리 잡아 늘 간과 염통과 혈관을 들쑤시면서 시인의 양심에 고문을 가하던 까시래기가 녹아져 내려 어디론가 사라져 버린다. 몸과 마음이 편할 법도 한데, 최서림은 그리 마음이 편하지 않는 것 같다. 물론 몸과 마음은 편하고 등짝은 인조 대리석처럼 매끄러운 기름기가 흐르지만 왠지 모를 허전함이 밀려오고 있다. 까끌거리는 양심의 까시래기를 천형처럼 가슴 한가운데 달고 살았는데, 늘 자신의 방만함을 질타하는 까시래기의 말을 수용했는데, 역사적 진실의 까시래기는 시인의 의식 속에 점점 지워지고 녹아내린다는 사실을 목도하고 있다. 진실 위에 거짓을 덧칠하는 시대에 최서림의 고회성서는 잊혀지고 사라지는 양심의 까시래기를 되살리는 아름다운 의식이자, 우리의 삶의 공간을 아름답게 만들고자 하는 의지의 표현이기도 하다.

3. 사랑의 세 빛깔

예이츠의 「A drinking song」의 한 구절이 생각난다. '사랑은 눈으로 들고 술은 입으로 든다'라는 구절이 내 마음을 설레게 했고, 한때 예이츠의 수많은 시를 암송하게 만들었다. 사랑이 눈으로 든다는 표현에서 알 수 있듯이 인간의 사랑은 오감을 자극하는 감각화된 그 무엇이라는 생각이 든다. 우리는 사랑의 실체를 남녀 간에 정사 정도로만 생각하는 경향이 있다. 그러나 사랑의 넓이와 깊이는 통념적인 의식의 범위를 훨씬 초과한다. 사랑은 언제나 '무엇에 관한' 사랑이다. 그러므로 사랑의 빛깔은 그 무엇에 의해서 즉 지향 대상에 따라 사랑의 내용이나 본질은 천차만별의 양태로 드러나게 된다.

줄리아 크리스테바는 『사랑의 역사』에서 사랑의 외연적 범위와 본질을 상세하게 논하고 있다. 사랑은 에로스, 아가페, 나르시스, 돈 후안, 비극적 사랑, 사랑의 아픔, 이성에의 사랑 등으로 분류하면서 세밀하게 분석하고 있다. 그런데 그녀는 마지막 결론에 "사랑을 잃은 외계인"이라는 항목을 설정하고 있다. 그것은 어떤 의미인가. 사랑은 세계와 인간을 유미화할 수 있는 유일한 힘이자, 인류성을 실현할 수 있는 최초의 계기라는 말을 함의하고 있다. 사랑을 잃고 사랑하지 않는다는 것은 인간의 초과이거나 미달에 해당한다. 더 나아가 우리가 사는 세계를 채우고 있는 실체가 바로 사랑이라는 것을 적확하게 언명한 것에 해당한다.

> 땅에 발붙이고 사는 인간의 사랑엔
> 늘 흙이 묻어 있다지.
>
> 흙에서 와서 흙으로 가는
> 단단히 뭉쳐진 흙덩어리들
> 머뭇거리며 서로 손을 찾아 더듬는
> 어여쁜 몸짓에도 흙냄새가 난다
>
> 흙 묻은 사랑으로 사람들은
> 서로의 흙에 흙을 섞으며
> 사랑한다 사랑한다 하고
> 만남은 만날수록 모자란다고
> 그리움은 그리울수록 그립다고
>
> 가슴 깊이
> 흙 묻은 사랑을 걸어 서로를 쓰다듬지만

아무리 애써도 닿지 않는 뿌리
도리 없는 슬픔

지상은 왜 이리 깊은 것이냐
그대
더듬을 때마다 더욱 깊어지는
흙의 향기

—윤은경, 「사랑의 초상」, 『문학마당』 가을호

사랑은 교감이다. 사랑을 하는 것과 사랑을 받는 것이 상호 일치할 때, 지상에서의 사랑은 완성된다. 그러나 사랑의 화살은 늘 비껴가거나 충분하게 채워지지 않는다. 인간의 사랑은 언제나 불완전하지만, 인간은 그것이 영원한 사랑이기를 갈망한다. 그것은 하나의 숙명이다. 시간의 퇴적과 함께 무디어지는 사랑. 그러한 사랑의 초상 앞에 사람들은 언제나 자기 연민이나 슬픔에 빠진다. 그럼에도 불구하고 인간의 사랑에의 의지와 갈망은 세상을 살만한 공간으로 만든다. 어느 여가수의 노랫말처럼 인간의 삶은 사랑하고 사랑받기 위한 여정인지도 모른다.

시인 윤은경은 시 「사랑의 초상」에서 사랑의 미묘한 감정의 변화를 예리하게 포착하고 있다. 흙 묻은 지상에서의 사랑은 '흙에서 와서 흙으로 가는' 숙명적이고 슬픈 인간의 운명을 승인하면서 숙명에 맞서는 인간의 몸짓이다. 늘 채워지지 않는 사랑의 갈증과 그리움의 감정으로 서로를 보다듬지만 지상의 사랑은 사랑의 대상에게 완전하게 도달하지 못한다. 여기에 시인이 지향하는 사랑의 숙명적 한계성이 내재되어 있다. 사랑하면 사랑할수록, 만나면 만날수록 흙 묻은 인간의 사랑은 깊은 슬픔으로 수렴하게 된다. 그것은 인간의 인간에 의한 사랑이 얼마나 찰나적이고 부질없고 허망한 것인지를 증명하는 것이다. 사랑은 사랑의 깊이만큼의 슬픔을 가진다는 사실을, 아무리 깊은 사랑을 가슴에 품고 있어도 그 사랑은 표현 불가능하다는 사실을 시인 윤은경을 알아채고 있는 것 같다.

  지상의 사랑은 지향 대상을 지닌 욕망이지만, 그 욕망의 사랑은 누군
가를 연민의 시선으로 사랑한 순간, 사랑은 깊어지고 사랑 자체를 완성
시킨다. 사랑은 환희이자 깊은 슬픔이라는 역설, 사랑은 욕망이자 영원
에의 지향을 지닌다는 역설 속에 시인은 지상(흙)의 존재론적 의미를 정
의하기에 이른다. 인간이 존재하는 이 지상(대지)의 세계는 깊고 넓어서
인간의 작은 지혜로는 측량하거나 인식할 수 없다. 그렇지만 우리가 두
발을 딛고 서 있는 이곳은 흙에의 사랑, 즉 대지적 사랑이 구현되는 곳
이다. 흙은 생명을 낳고 길러주신 어머니와 같은 사랑의 화신이다. 시
인의 사랑에 관한 단상들은 욕망을 지닌 찰나적인 사랑의 한계성을 흙
(대지)에의 사랑으로 극복하고 싶은 의지가 내포가 되어 있다. 시인 윤
은경이 말하고 싶은 사랑의 초상은 찰나적인 남녀 간의 감각적인 사랑
이 아니라 흙과 대지의 풍요로운 사랑이다. 그것은 생명이 생명을 보다
듬으면서 다음 생을 이어주는 흙 향기 물신 풍기는 어머니 같은 대지적
사랑이다.

        내 몸을 함께 살아줘서 고맙다
        내 아픔을 견뎌준 내 사랑 고맙다
        제 몸의 생살을 갈갈이 찢고 나서야 고맙다고
        비로소 환한 꽃을 피우는 가시연꽃

        넌 나의 따뜻한 양수야
        내 상처를 뿌리 채 받쳐주는
        뜨거운 눈물이야

        우리 절절한 아픔이 있어
        살갗을 저미는 고통이 있어
        함께 어루만져줄 힘이 남아 있어

서로 몸 안에 삐적 삐적 돋친 슬픔들
하나씩 온전히 터쳐
꽃가시로 가시꽃으로
울음을 꽃피울 수 있었던 거야

—최윤경, 「가시연꽃」, 『시와정신』 가을호

　사랑의 빛깔은 너무도 다양해서 사랑의 양태를 일의적인 언어로 포섭할 수 없다. 아픔을 사랑할 수 있을까. 만약 세상의 모든 아픔을 온몸으로 감내하면서 세상의 모든 갈등을 화해의 장으로 이끌 수만 있다면 그 사랑만큼 큰 사랑은 없다. 사랑의 몸짓은 온유하여 자신의 희생을 통해서 타자를 상생의 공간으로 인도하는 정신 또한 내포하고 있다. 맹자가 말한 것처럼 차마 하지 못하는 불인지심(不忍之心)을 키워 세계—내—존재물들에게 저마다의 몫으로 생을 영위하게 만드는 것이 바로 사랑의 실체이다. 함께 고통을 감내하면서 생의 몸짓을 죽음으로 인도하는 하는 것이 아니라, 찬연히 아름다운 꽃으로 피어나게 만드는 감사의 언어가 사랑이다.

　시인 최윤경의 시 「가시연꽃」은 가시를 품고 피어나는 연꽃의 아름다운 자태를 인간적인 사랑의 형식으로 환치시켜 노래하고 있다. 진정한 사랑은 서로가 서로를 그리워하며, 서로가 서로에게 생채기를 내면서 끝내는 서로가 서로를 감싸 안는 상생의 사랑이다. 가슴에 돋는 가시에 상처를 내면서 아픈 환부를 서로 어루만지면서 고난과 시련을 겪고 난 후에 비로소 사랑은 아름다운 생명을 잉태시킨다. 최윤경이 위의 시에서 주목한 것은 사랑 자체가 아니라 사랑의 결실이 맺어지는 과정의 고난과 시련이다. 시련과 아픔을 함께하는 타자인 사랑의 대상에게 고마움과 감사의 말을 전한다. 시인의 의식 속에 타자의 모습은 생명을 몸속에서 키워내는 자궁의 양수, 고통을 감내하는 뜨거운 눈물로 인식된다. 그것은 사랑의 빛깔이 고통이기 때문이 아니다. 사랑은 절절한

아픔과 살을 저미는 고통을 함께 어루만지면서 울음으로 피울 수 있는
눈물 꽃이기 때문이다.

> 우주 어디에서부터 시작되었을까
> 그대들의 사랑은,
> 혼자서는 온전히 서지 못해
> 둘이서만 살아갈 운명을 지닌
> 물 같은 사랑
> 그대들의 삶이, 그대들의 사랑이
> 물과 같으면 좋으리
>
> 늘 곁에 있으면서도 언제나 필요한 존재로
> 부족하고 연약한 틈새를 가득가득 채워주는 그런 존재로
> 삶의 마당으로 폭풍우나 눈보라가 몰아쳐도
> 쉼 없이 흐르는 물처럼 그런 성실함으로
> 사랑하면 좋으리
>
> 언젠가 도달할 저 청정한 바다를 꿈꾸며
> 가녀린 손바닥 서로 부여잡고
> 사람의 나무를 물 같은 사랑으로 가꾸어
> 아름다운 열매를 맺으면 좋으리
>
> 우주 어디에서부터 시작되었을까
> 하나는 부족하여 둘이 되어야 하는
> 그대들의 물과 같은 사랑은……
>
> —최성민, 「물 같은 사랑」, 『문학마당』 가을호

물은 가스통 바슐라르에게 있어서 물질적 상상력을 일으키는 몽상의
세계에 빠져들게 만드는 기제이다. 맑은 물은 거울과 같이 인간의 정신
세계를 성찰하거나 자아를 응시하는 소재적인 특징을 지니고 있다. 그
러나 물의 물질적 속성은 이렇게 순기능적인 특성만을 가지고 있는 것

은 아니다. 때로는 심연을 알 수 없는 깊은 물이나 어둡고 무거운 물이 되어 부드럽고 여성적이고 순수성을 표방하는 것이 아니라 난폭한 물이 되어 이 세계를 파괴하기도 한다. 동양적인 의미에서 있어서 물(水)은 법(法)으로 표현된다. 법은 물이 가는 길(水＋去)이다. 물이 떠나는 여정은 한 치의 오차도 없다. 막히면 고여 있고 넘치면 흘러내린다. 그리하여 물은 천도를 구현하는 지혜의 화신처럼 받들어진다. 물의 이러한 다양한 속성 때문에 많은 시인들이 자신의 시적 언어 속에 물의 이미지를 차용하여 존재의 의미를 되새기기도 한다.

시인 최성민은 시 「물 같은 사랑」에서 기존의 물 이미지가 가지는 의미의 차원을 넘어서 물을 존재의 시원과 사랑을 성찰하는 매개체로 사용하고 있다. 시인은 물의 속성과 이미지의 특성을 이야기하기 전에 물의 시원, 더 나아가 우주의 발원지를 몽상하고 있다. 사실 최성민이 묻고 상상하는 우주의 시원은 사랑의 발원지이자 물의 발원지이다. 시인은 물을 우주적 사랑의 발원지라 여기면서 사랑의 함수 내지 역학관계를 애정의 시선으로 바라보고 있다. 시인은 천지창조의 주체, 우주의 시원을 주관하는 창조자이거나 사랑의 관찰자의 역할을 담당하고 있다. 아름다운 세계를 창조한 후 아담과 이브를 만든 하나님처럼 시적 화자는 두 연인의 사랑하는 모습을 관조하면서 그들의 사랑이 모든 것을 포용하고 용납하면서 서로가 서로에게 힘이 되고 그늘이 되기를 기원하고 있다.

사랑은 섞이는 것이다. 물과 기처럼 서로 겉도는 것이 아니라 서로가 상대방을 닮아가면서 하나 되어 아름다운 사랑의 결실이 맺어지기를 시인은 따스한 시선으로 바라보고 있다. 시인에게 있어서 물이 가지는 상징적인 의미는 결합력이다. 그리하여 물은 타자인 둘이 만나 사랑하게 만드는 사랑의 묘약이다. 모든 시련이 밀어닥쳐도 서로가 서로를 채워주는 자양분이 시인이 말하고 있는 물의 의미이다.

4. 진정성에 관한 포즈

　진정성이란 무엇인가. 도대체 참된 것과 바른 것의 실체는 어디에 있는가. 그것은 인간의 마음속에 있는 형이상학적인 어휘인가, 아니면 현실에서 구현될 수 있는 가치 체계인가. 인간은 무엇을 진정한 것으로 믿고 의지하는가. 진정성이라고는 찾아 볼 수 없는 현대의 기호 앞에 진정 진정성이란 존재하기는 하는 걸까. 인간의 말들 속에 자주 회자되지만 진정성이라는 이 용어를 대할 때, 막연하다는 느낌이 들고 때론 당혹스럽기까지 하다.

　엄밀히 말해서 우리가 살아가는 현실의 공간은 감각적이거나 즉물적인 것을 최고의 가치로 인식하고 있다. 모든 가치는 시뮬라시옹화되어 있다. 가상이 진실이고 진실은 뒷전에 물러나 아무런 의미도 발하지 못하고 있다. 그럼에도 불구하고 진정성은 세상을 지탱하는 초석이다. 시대가 물질을 지향하더라도 그 물질에 올바른 쓰임새를 규정하면서 세계를 아름다운 영혼의 기호로 승화시키는 힘이다. 그것은 진리가 실현될 수 있는 토대이고 인간의 올곧은 마음이다.

> 죽을 때까지 사람은
> 땅을 제것인 것처럼 사고 팔지만
> 하늘을 사들이거나 팔려고 내놓지 않는다
> 하늘을 손대지 않는 사람들을 보면
> 사람들은 아직 순수하다
> 하늘에 깔려 있는 별들마저
> 사람들이 뒷거래하지 않는 걸 보면
> 이 세상 사람들은
> 아직도 순수하다
>
> 　　　　―김종해, 「아직도 사람은 순수하다」, 『시인세계』 가을호

자본주의의 최대 덕목은 부의 축적이지만, 그 덕목을 뒷받침하는 것은 부의 향유와 유희적 소비가 아니라 막스 베버가 말한 것처럼 금욕과 절제 그리고 신의 소명의 실현에 있다. 자본의 축적은 이상적인 사회를 만들기 위한 도구이다. 마르크스가 꿈꾼 천년왕국의 토대가 물질이다. 물질은 자본의 토대 구조 위에 인류적 삶의 공간을 유토피아적 현실로 만든다. 그러나 자본의 구조는 매매가 가능한 모든 것을 상품으로 유통시킨다. 봉이 김선달처럼 자본주의는 모든 대상을 소유의 대상으로 환원시킨다. 상품은 소유를 낳고, 소유는 계층을 낳고, 계층은 불평등을 낳고, 불평등은 갈등하는 우주를 낳는다.

그런데 시인 김종해는 시 「아직도 사람은 순수하다」에서 우리가 살고 있는 현실 공간을 순수성이 남아 있는 공간으로 상정하고 있다. 아무리 자본의 구조가 현실을 지배하더라도 하늘과 별이 개인의 소유로 매매되지 않는 한 우리가 생존하는 이 공간은 희망이 있다고 생각하고 있다. 하늘과 별은 꿈이요, 이상이요, 천도이다. 하늘이 잃어버린 인간의 양심이라면, 별은 잃어버린 인간의 꿈이다. 시인은 모든 것을 자본의 구조로 환원시키는 인간 사회에 아직도 희망이 남아 있음을 천명하고 있다. 그리고 하늘과 별의 의미를 자본주의적 인간에게 남아 있는 마지막 양심이자 순수의 징후로 읽고 있다. 그것은 더 나아가 물욕으로 훼손된 인간의 영혼을 구원하는 길이자 이 세계의 진정성을 회복하는 길이기도 하다.

태안사 입구에는
작은 연못 하나가 있고
못가 돌탑 위에는
돌로 깎은 커다란 봉새 알이 있다
먼 훗날 언젠가는
저 알을 품으러 어미 봉새가 온다는

아주 먼 옛날 전설을 따른 것이다
저 돌탑 위에 봉새 알을 두고서
우리가 세세년년 어미 봉새를 기다리듯
봉새 또한
마침내 한번은 품어야 할 알을
천지 밖 어느 오동나무 위에서
한없이 기다리고 있는지도 모른다
그러나 보아라
수억겁의 세월이 켜켜이 쌓인
이쪽의 저 돌덩이 알과
천지 밖 저쪽의 봉새 사이
이승의 하늘은 얼마나 아름다운가
이쪽과 저쪽에
그 영원한 기다림을 세워 놓고
아이들이 푸르게 자라는 걸 바라보며
저 못물에 아롱져 비치는
봄 여름 가을 겨울
그 해맑은 얼굴들을 두고두고 보다니
이승의 하늘은 얼마나 아름다운가.

−김영석, 「이승의 하늘」, 『현대시학』 11월호

신화나 전설은 주술적인 사유로 무장한 기기묘묘한 허구가 아니다. 신화는 살아 있는 인간의 꿈이다. 이루고 싶지만 이루어지지 않은 유예된 꿈이 바로 신화나 전설의 참 모습이다. 신화는 현재적이지만, 신화의 꿈은 미래적 현재이다. 그렇기 때문에 신화는 과거의 기록이 아니라, 언제나 미래지향적인 소망 의식을 인간에게 심어준다. 그러나 그 소망은 결코 이루어져서는 안 되는 꿈이다. 신화의 세계는 불가능한 것을 가능하게 만드는 신기의 세계이고, 그것은 잠재된 인간의 욕망이자, 꿈의 현실태이다. 그러므로 신화적 사유는 영원한 기다림이다. 그러나 그 기다림은 언제나 즐겁고 흥이 나며 생을 풍요롭고 아름답게 만든다.

시 「이승의 하늘」은 신화적 소망 의식을 표 나게 내세운 것 같지만, 결코 그렇지 않다. 시인 김영석이 지향하는 것은 신화적 사유를 표면화시켜놓고 신화적 사유의 간극을 헤집으면서 우리가 존재하는 공간을 유미화시키는 데 있다. 엄밀한 의미에 있어서 신화는 시간의 이쪽이 아니라 저쪽이다. 신화적 시간은 무시간성이 지배하고 있다. 그런데 시인은 신화적 시간의 이쪽과 저쪽을 넘나들면서 인간의 원초적인 꿈과 이상을 이야기하고 있다. 신화의 저쪽을 몽상하면서 시인은 신화의 이쪽의 공간을 순수한 세계로 인륜성이 실현되는 아름다운 공간으로 만들어 놓는다. 시인은 신화의 이쪽과 저쪽의 경계에 서서 양쪽 세계를 매개하는 메신저 역할을 하고 있다.

이쪽과 저쪽 사이에 선 시인의 포즈는 유년의 해맑은 미소를 지으면서 신화의 저쪽 세계가 현실의 공간에 이루어지기를 기다리고 있다. 경계에 서 있는 시인의 두 눈은 서로 다른 세계를 응시하고 있다. 한 눈은 수억겁의 신화의 세계를 투시하고 있고, 다른 한 눈으로는 이승의 하늘과 푸르게 자라는 아이들의 얼굴을 응시하고 있다. 신화의 비밀을 알아채고 있기나 한 것처럼 시인은 초연히 우리가 살아가는 이승의 하늘과 자연의 천변만화를 완상하고 있다. 신화의 이쪽과 저쪽을 공시적으로 사유하면서 세상을 아름다운 시선으로 바라본다는 것 자체만으로도 시인의 의식은 진정성이 실현되는 세계를 지향하고 있음이 분명하다.

5. 결론을 대신해서

현대인은 하나의 섬으로 존재한다. 섬은 소외되고 고독한 현대인의 영혼이다. 섬은 외롭지만 훼손되지 않은 순결성을 지니고 있다. 무릎맞대고 정다운 이야기를 나눌 수 없는 현대의 빌딩 숲. 그 빌딩 숲을 걸어 다니는 무표정한 샐러리맨. 섬으로 무인도로 존재하는 현대인. 그러나 별을 바라보며 꿈을 파내는 인간의 영혼.

한 편의 시로 영혼의 간극을 소외된 삶을 보다듬을 수 있다면 그것만큼 위대한 작업은 없다. 시의 꿈은 소외된 영혼을 위무하면서 별의 빛이 지상에 이르게 하는 것이다.

너와 나
평생 닿을 수 없는 그리움으로
별 하나씩 품고 살지

우리는 결국 별에 무덤을
파는 것이네

—김완하, 「섬」, 『현대시』 9월호

서사의 현대적 변용과 서정성

1. 서술시 또는 서사적 서정시의 정체성

B.C. 387년경 플라톤은 총 10권에 달할 정도로 방대한 『국가』라는 저술을 세상에 내놓는다. 이 책의 2권에서는 시의 부정적인 측면을, 10권에서 최초의 예술론에 해당하는 미메시스(모방)의 원리를 논구하고 있다. 플라톤은 시인 추방론을 주장하면서 시가 인간의 이성과 감성의 세계에 미치는 악영향과 폐해를 상세하게 설명하고 있다. 글라우콘과 소크라테스의 대화를 통해서 호메로스의 시적 위상은 물론 시문학 전체(서사시, 서정시, 비극)에 관하여 총체적으로 비판하고 있다. 플라톤은 침상 제작의 비유, 즉 신(이데아, 에이도스, 자연), 제작자, 화가의 관계를 통해서 시인을 세 번째 모방자로 폄하하고 있다. 그러므로 시는 진리의 모방이 아니라, 진리를 모방한 것의 모방인 관계로 인간의 덕성과 진리로부터 너무 멀리 떨어져 있는 하나의 가상일 뿐이다. 플라톤에게 있어서 시의 존재 가치란 신들의 위대성을 읊고, 훌륭한 사람들을 칭송하는 송시와

찬시에만 존재할 따름이고, 그 이외의 목적에 시가 사용될 때, 시는 인간의 영혼을 타락시킨다고 천명하고 있다. 그러므로 시 속에 표현된 말들은 인간의 감성을 자극하여 색정, 노여움에 빠지게 만들고, 인간 영혼 내부에 온갖 욕심과 괴로움 그리고 즐거움 등과 같은 불순한 의식을 파생시킨다. 음악이 영혼을 정화시키는 반면 시인은 음악에 거짓 이야기를 더하여 젊은이들을 현혹시킨다. 물론 이때 플라톤이 말하는 시는 당대를 대표하는 문학 양식인 서사시를 지칭한다. 플라톤이 내세운 미적 원리인 미메시스는 예술론 자체를 문제삼는 것이 아니라 진리와 진리에 관한 교육의 기능적인 면을 주목하면서 국가 체제를 유지하기 위한 요청적 파생물이다. 다시 말해서 그가 말하는 미메시스는 문학의 계보학적 차원에서 볼 때, 미적 원리의 원형이기는 하지만, 그것은 관념(진리)의 서열화를 의미한다. 철인통치의 대극점에 위치하는 시는 이성의 산물이 아니라, 허구적 산물이자 인간을 중용의 균형점으로부터 멀어지게 만드는 말단일 뿐이다. 그러므로 시는 진리를 형용할 수 없을 뿐만 아니라, 신을 모독하기까지 한다. 시의 세계는 모방의 모방, 즉 보드리야르 식으로 말해서 가상의 가상들이 지배하는 시뮬라크르이자 인간의 감성과 이성을 교란시키는 기제이다. 플라톤에게 있어서 시는 영혼을 정화하고 교육시키는 매개체가 아니라, 인간이 본질과 이데아를 응시하는데 드리워진 기만적인 장막일 뿐이다.

이러한 플라톤의 미메시스는 아리스토텔레스의 『시학』에 계승되어 시의 일반적 본질뿐만 아니라 시의 종류와 기능 또한 상세하게 분석하여 시에 관한 학문적 토대를 마련하게 된다. 『시학』은 미메시스의 미묘한 질적 차이를 포착하여 예술의 형식과 내용을 총체적으로 논구한 최초의 전문 서적이다. 플라톤의 예술론이 이데아와 시문학과의 관계를 진리(보편) 대 가상이라는 구도로 대립시킨 반면, 『시학』은 희랍에서 산출된 문학 전체를 미메시스의 원리로 고양시킨다. 비록 비극의 카타르시스를 최고의 미적 원리로 천명하기는 했지만, 그는 비극, 서사시, 디튀람보스(서정시의 원형)를 모방의 원리로 정식화시키고 있다. 그러나 그 모방은 플라톤이 말한 자연(진리, 이데아)의 단순한 재현적 모방이 아니라, 개연적 사태나 필연성을 내적 원리로 수용한 보편적인 미가 생성되는 모방이다. 물론 그가 헤로도토스의 역사학과 시의 대비를 통해서 정식화한 것이기는 하지만, 시적 본질은 우연적 사태의 모방이 아니다. 다시 말해서 시에 있어서의 서사성은 개연성과 가능성의 법칙에 합치되는 플롯을 창작하는 데 있다.

플롯은 서사가 형식 내부에서 유기적으로 구조화되는 체계이지만, 그 구조는 서정시의 원리와 동떨어져 있다. 헤겔이 『미학』에서 설파하고 있듯이 서사시는 대상의 실체적 보편성과 객관적 사실성에 주목하는 반면, 서정시는 내면의 모습과 느낌을 주관성의 원리로 형상화하는 것이다. 이렇듯 서정시와 서사시의 시적 원리는 전혀 다른 층위에서 작동하는데, 서정시 내부에 서사성이 매개되어 있다면, 그것은 부자연스러운 시형식이거나 새로운 시형식일지도 모른다. 헤겔의 계승자인 에밀 슈타이거가 『시학의 근본개념』에서 서정시의 본질은 '회감을 통한 상호 융화' 상태로 규정지을 때, 그것은 자연과 시인이 상호 혼융되어 신비의 정밀(靜謐)로 맑게 고양됨을 의미한다. 다시 말해서 슈타이거적 서정시는 주체와 객체를 따로 구분할 필요가 없는 심오의 충만, 즉 근원을 파악할 수 없는 내밀한 것을 향해 모든 의식이 집중됨을 의미한다. 문제는 이러한 서정시의 본질 위에 서사적 사건성이 매개될 때, 시적 정체성이 모호해지는 경향이 발생한다는 점이다. 서정도 아니고 서사도 아닌 시, 그것을 헤겔은 『미학』 2부에서 '서술적인 시(beschreibende Poesie)'라고 짤막하게 언급하고 있다. 헤겔에 의하면 서술적인 시는 상징적 예술 형식이 소멸할 때 나타나는 것으로 외적 소재가 정신적인 의미의 침투를 받지 않는 개체성과 외적 현상을 묘사하는 시적 형식을 말한다.

다시 말해서 서술적인 시는 의식 속에서 정련된 사태가 아니라, 자연적 지리, 건물, 계절, 날(日) 그리고 그것의 외적 형태를 그대로 드러내는 것에 지나지 않다. 만약 서술적인 시가 헤겔이 정의한 대로 존재한다면, 그것은 하나의 사실의 기록이지 시로 고양될 수 없다는 사태가 벌어지게 된다. 서술적인 시이건 서사성을 띤 서정시이건 상관없이, 문제는 이 서술이나 서사가 서정시 내부에 안치될 때 발생하게 된다.

아리스토텔레스에서부터 시작해서 헤겔을 경유하여 에밀 슈타이거에 이르기까지의 시의 장르적 특징 분류를 살펴볼 때, 서술시 또는 서사적 서정시의 정체는 그 모호한 특징 때문에 장르적 성격을 정의적으로 규정하기가 그리 쉽지 않다. 왜냐하면 헤겔이 언명했던 것처럼 이러한 시적 경향은 상징이 소멸하는 시기에 나타나는 과도기적 미적 양식이기 때문이다. 이종 교배된 시 형태는 시적 지평의 확대적인 국면으로 볼 때 바람직한 경향이긴 하지만 시대성, 즉 현대성의 표정을 정확하게 읽어낼 때라야만 그 정체가 명확하게 드러난다. 현대성의 화려한 겉 표면에 도사린 표피적 의식이 아니라, 현대성의 음울한 영혼의 흔적 내지 상처가 이종 교배된 서사적 서정시 또는 서술시를 요청하게 되었다는 사실을 주목해야만 한다. 하나의 예술적 장르가 새롭게 세계에 현시된다는 것은 미적 현실성이 전환되었다는 것을 의미한다. 이러한 미적 전환은 80년대 이후(정진규) 두드러지게 나타난 시적 경향이다. 비록 낙차가 크기는 하지만 광의의 시적 패러다임으로 시의 본질을 직관할 때, 임화, 정지용, 백석, 서정주 등의 서술시들은 낭만적 서술시이고, 7, 80년대 리얼리즘 시에 나타난 서사성은 서정적 온기를 결여하고 있기에, 이 양자는 80년대 이후 후기산업사회가 요구하는 시적 형식과는 전혀 관련이 없는 서사성을 시 내부에 장착하고 있다. 그러므로 서사적 서정시 또는 서술시(정진규의 산문시)는 새로운 미의식과 현실적 지평을 요청하는 시대의 요구이자 시대의 산물이다. 이러한 양식적 전환은 우연이 아니라 필연이다.

그 전환의 시발점은 정진규로부터 비롯한다. 1980년대 이후 줄기차게 실험되고 있는 서사적 산문시들은 다양한 변곡점을 경유해가면서 서사적 국면을 서정성으로 승화시켜 가고 있다. 다시 말해서 정진규의 서사성은 자본주의적 모순 위를 횡단하다가 인간의 몸성과 존재성을 응시한 후 그것을 대승적으로 안아 넘어 절대의 지점으로 이입되고 있다. 이때 이 절대는 현실성과 유리된 절대가 아니라 현실의 의미를 꼼꼼하게 헤집으면서 이질적 사태를 동일성의 세계로 환원시키는 절대이기에 정진규의 서사성은 서정시를 한층 확대시킨 시적 경향이다. 정진규의 서사적 서정시가 일상성의 범주 내에서 벌어지는 사태들을 첨예하게 의식화해 간다면, 90년대 등장한 최서림은 '이서국'이라는 신화적 공간을 서사화하고 있다. 80년대 이후 독이적인 시세계를 구축해가는 정진규와 90년대의 이단아인 최서림은 서사적 서정시 또는 서술시를 대표하는 인물이다.

2. 현대성의 서사적 변용―일상성의 서사화

현대성은 두 개의 견고한 뿌리 위에서 구축된 강렬한 기호이다. 이 기호는 결코 패배를 승인할 줄 모르는 욕망으로 채워져 있는데, 그 하나는 이성의 기획이고, 다른 하나는 그 이성적인 현실성의 주체인 자본주의이다. 이성은 저 교활한 칸트의 코페르니쿠스적 전회를 내적으로 의식화시킨 헤겔의 자기의식(SelbstBewußtsein)의 간교한 기만술이다. 비록 칸트와 헤겔의 지향점이 순수이성과 절대 이성으로 고양되는 것이기는 하지만, 그들의 야망은 강박신경증 환자처럼 세계성 자체를 훼손하여 인륜적 공간 자체를 극렬하게 파괴시켜 가고 있다. 이성의 표층은 세계성 자체를 정의내리는 것이기는 하지만, 그것을 작동시키는 이성의 심층은 무한한 욕망의 실현이다. 이때 이성은 모순된 지평을 횡단하면서 세계 자체를 교란시킨다. 이성은 파괴하는 힘이다. 이성은 세계를 정위시키고 건설하는 이상적 지표를 상실한 채, 자기 충족적 욕망을 키워가고 있다. 발전이라는 가상을 변증법적 신념으로 승인하면서 아도르노적 무한 부정과 도구적 이성의 탑을 건설하고 있다. 이성은 끊임없이 자신을 계몽함으로써 자신을 잃어가는 뱀의 꼬리다. 그 결과 세계를 채우는 것은 인륜성을 긍정하는 것이 아니라 부정성의 탑이다. 그러므로 부정의 변증법의 실체는 자기 파괴적인 자본주의이다. 막스 베버의 윤리는 실족한 지 이미 오래고, 한스 요나스와 니콜라스 루만의 생태사회윤리학적 기획도 전혀 통하지 않는 현실의 지평 위에 홀로 우뚝 선 자본주의. 이 자본주의가 현대 이성의 실체이다. 왜냐하면 헤겔의 저 유명한 테제, '이성적인 것은 현실적이고, 현실적인 것은 이성적이다.'라는 이 말이 현대성을 굳건히 받치고 있기 때문이다. 세계 속에 행해지는 모든 것들은 헤겔의 기만술에 의해 모두 정당화된다. 간교한 이성의 간지를 작동시켜 이 세계 속에 자행되는 모든 악(히틀러의 유태인 학살조차도 역사 발전의 필요악으로 인식하는 이성의 간지 차원에서 보면 세상에 존재하는 모든 악은 필연적인 사태가 된다)도 필연적 사태로 전환된다.

이성의 기획은 자기 합리화를 통해서 현대의 서사를 자본의 코드로 환원시킨다. 아니 보다 정확하게 말해서 이성은 자본에 의해 자신의 현실성을 얻게 된다. 모든 미적 양식은 자본의 생산 구조에 편입되거나 자본에 굴복 당하게 된다. 비록 칸트와 헤겔이 시를 최고의 예술적 양식으로 승인하기는 했지만, 이 양자의 이성적 기획이 시를 세계 속에 존재하지 못하게 만든다. 시는 이성적 자본의 기획이 볼 때, 불온한 의식으로 채워져 있다. 자본주의가 확고하게 뿌리를 내리는 20세기는 본래적인 의미의 서사적 세계를 지향하지 않는다. 현대의 서사는 자본의 마력적 위용이거나, 판타지 코드로 전환되어 극렬하게 대립 분화되어

가고 있다. 그러나 이 양자는 서사의 본래적인 목적으로부터 너무 이탈하여 인류적 가치를 창조하지 못한다. 전자가 세계성 자체를 물화된 의식으로 분화시켜 가는 반면, 후자는 현실성으로부터 너무 이탈하여 세계 밖에 자신을 위치시킨다. 슬라보예 지젝이 알프레드 히치콕의 영화들과 키아누 리브스가 주연한 영화 <매트릭스>에 그렇게 연호했던 이유가 바로 여기에 있다. 그것은 현대의 서사가 총체적으로 구현된 집적체이기 때문이다. 문화콘텐츠인 영화는 하우저의 예측대로 21세기를 지배하는 문화 코드이자, 이성의 기획력과 자본적 코드가 절묘하게 결합된 시대의 총아이다. 그것은 문학의 죽음을 부채질한다. 아니 더 정확하게 문학 생산자를 자본의 시녀로 만드는 동시에, 문학 양식의 변화 또한 초래하게 된다. 그것은 소설의 판타지화와 시의 서사성의 수용이다. 소설의 판타지화는 진짜 문제가 되는데, 그것은 문학의 자본에의 종속이거나, 소설 전체의 죽음을 의미한다. 왜냐하면 이 판타지는 생의 접점을 상실한 환상체험을 가능케 만드는 마약과 같기 때문이다. 그러나 시에서의 서사성의 수용은 그 의미의 질량이 다르다. 루카치의 말대로 자본주의는 저 하늘의 별을 바라보며 꿈과 이상을 키우는 아름답고 영롱한 시대가 아니라, 욕망에 의한 욕망의 인정 투쟁으로 점철되어 있다. 이러한 사태가 바로 자본적 현실이 직면한 현실성이다. 그러나 서사적 서정시는 서사를 통해서 현실을 관통하는 문제의 지점을 응시하면서 일상성의 배후를 직관하게 된다. 이러한 시적 사태는 슈타이거적인 서정적 회감이 현대사회에 불가능하다는 사실을 암묵적으로 승인하게 만든다. 다시 말해서 정진규의 시적 실천은 자연을 잃어버린 인간에게 인류적 삶의 공간 속에서 벌어지는 일상적인 삶을 응시하게 만든다. 그것은 앙리 르페브르가 『현대세계의 일상성』에서 말한 현대성의 창조적 지평이 개현되는 시발점이다. 일상은 자본주의적 사태 속에서 벌어지는 사건들로 채워져 있지만, 이러한 사태를 시적으로 전환시킬 때,

서사적 서정시는 자신의 시소(詩素)를 잃지 않게 된다. 서사적 서정시의 시소는 반성력이다. 자연을 잃어버린 현대인들에게 도시화된 일상은 권태이거나 살아내기이지만, 그 권태와 살아내기라는 일상의 몸짓이 시 속에 수용될 때, 그 형식은 서사적이지만, 그 형식의 의미의 질량은 존재의 의미층위와 현대적 일상의 심층을 회감하게 된다. 그러므로 일상성을 서사화한 서사적 서정시의 탄생은 하나의 필연이자 시대사적 운명이다. 그것은 정진규가 시대를 미리 읽은 혜안이 빚어낸 사태이기는 하지만, 그 운명은 고집스럽게 자신만의 시세계를 향해 질주해서 얻는 치열한 시정신의 결과물일 뿐이다.

어쩌랴, 하늘 가득 머리 풀어 울고 우는 빗줄기, 뜨락에 와 가득히 당도하는 저녁 나절의 저 음험한 悲哀의 어깨들 오, 어쩌랴, 나 차가운 한잔의 술로 더불어 혼자일 따름이로다 뜨락엔 작은 나무椅子 하나, 깊이 젖고 있을 따름이로다 全財産이로다

어쩌랴, 그대도 들으시는가 귀 기울이면 내 幼年의 캄캄한 늪에서 한 마리의 이무기는 살아남아 울도다 오, 어쩌랴, 때가 아니로다, 때가 아니로다, 때가 아니로다, 온 國土의 벌판을 기일게 기일게 혼자서 건너가는 비에 젖은 소리의 뒷등이 보일 따름이로다

어쩌랴, 나는 없어라 그리운 물, 설설설 끓이고 싶은 한 가마솥의 뜨거운 물, 우리네 아궁이에 지피어지던 어머니의 불, 그 잘 마른 삭정이, 불의 살점들 하나도 없이 오, 어쩌랴, 또다시 나 차가운 한 잔의 술로 더불어 오직 혼자일 따름이로다 全財産이로다, 비인 집이로다, 들판의 비인 집이로다 하늘 가득 머리 풀어 빗줄기만 울고 울도다
─정진규, 「들판의 비인 집이로다」 전문

1977년에 상재된 동명의 작품집에 실린 정진규의 「들판의 비인 집이로다」는 그의 문학 편력 중에 가장 기념비적인 사태를 함의하고 있다.

그가 알레고리적 일상성의 세계를 소재로 하여 창작에 몰두하게 되는 최초의 작품이 바로 위의 시이다. 시인의 태도는 비애의 세계에 이몰되어 있다. 문제는 그러한 그의 시적 정조에 있지 않다. 그가 왜 비애와 고독의 세계에 침윤된 채, 비인 들판에 외따로이 존재하는가를 주목해야만 한다. 사실 위의 시는 몸, 밥, 알을 소재로 한 연작시들이 지닌 격렬한 시적 코드는 부재하지만, 그의 시적 지향성을 읽어낼 수 있는 시금석이 된다. 산문적 서사성을 지향하지만 시의 서사성은 에밀 슈타이거 말한 '상면의 자세(Gegenüber)를 취하면서 생기하는 모든 것을 대－상(Gegen-stand)'화하는 것이 아니라, 대상을 시인의 의식 속에 동화시킨다. 다시 말해서 서사적 서정시는 헤겔적인 의미의 대상의 표상작용을 객관화하는 것이 아니라, 시인의 시적 자아 속에 투영된 사태를 주관적 의식으로 고양시키는 데 있다. 이때 시인은 일상적 사태를 객관화시키는 동시에 직관적으로 사태의 배후를 응시하게 된다. 현대인에게 일상은 무료하거나 참을 수 없이 무거운 살아내기일지도 모른다. 그런데 시인 정진규는 그 일상의 밖으로 탈출하여 통곡하고 있다. 아니 그는 일상성이 존재하는 세상 밖으로 나와 거대한 빈 벌판을 응시하면서 한 잔 술에 취해들면서 애련에 들고 있다. 왜 그런가. 그는 자본의 허허벌판 위에서 모든 것을 다 집어던지고 의자 하나 옆에 놓고 왜 그렇게 탄식을 하는가. 자본주의와의 대결 때문인가. 아니면 자본주의적 삶으로부터 패배한 낙오자의 회한인가. 사실 그 이유는 불분명하지만 지금 정진규는 분명 허공을 응시하고 있음에 틀림없다. 그런데 그 허공 위로 그의 삶 전체가 네거티브 필름처럼 디테일하게 부조되어 파노라마로 눈앞에 현시된다. 유년의 삶이 또렷하게 보인다. 청소년기의 반항과 어머니의 지난한 사랑이 투시된다. 초라한 시인의 형상 앞을 가로질러 시인의 현재의 초상이 투명하게 부조된다.

시인이 자신의 연대기를 응시하고 있을 때, 그것도 들판에 빈 집처럼 홀로 자기 자신을 성찰할 때, 그의 상면의 자세(서사성)는 물상화된 서사가 아니라 시인 자신의 삶의 형상을 서사화하는 것이다. '나(시인 정진규가 아니라 일상인 정진규)'의 존재감이 바로 서사적 서정시의 출발점이지만, 나의 일상성은 곧바로 세계성(몸, 밥, 알 연작시) 자체로 확장된다. 다시 말해서 시 「들판의 비인 집이로다」에 육화된 서사성은 이전의 시적 경향을 벗어던지고 새로운 시세계를 향하겠다는 제의적 행위를 감행하는 것이다. 그것이 통곡이고, 살점을 에이는 천형의 슬픔일지라도 정진규는 그 모를 운명을 체념적으로 승인하면서 기존의 나를 무화시키고 새로운 나로 태어나겠다는 존재론적 결단을 시도하고 있다. 그러므로 '비인 집'은 이전의 모든 시적 실천을 자신의 의식 속에 말소시키고 자신과 자신을 둘러싼 세계 전체를 시로 채우겠다는 결의를 다지는 것에 해당한다. 새로운 시의 문법을 향하여 자기에게 속했던 기존의 문법을 제의적으로 폐기처분하고 대상 세계를 서사화하되 그 서사성을 서정의 문법으로 탄생시키겠다는 결의가 바로 그것이다. 서사적 서정시, 그것은 고독과 슬픔의 지점을 아슬아슬하게 통과한 후 일상인 정진규의 삶을 포기하고 시인 정진규를 정진규답게 한 선택과 존재론적 결단이 빚어낸 산물이다.

　　삽이란 발음이, 소리가 요즈음 들어 겁나게 좋다 삽, 땅을 여는 연장인데 왜 이토록 입술 얌전하게 다물어 소리를 거두어들이는 것일까 속내가 있다 삽, 거칠지가 않구나 좋구나 아주 잘 드는 소리, 그러면서도 한군데로 모아지는 소리, 한 자정子正에 네 속으로 그렇게 지나가는 소리가 난다 이 삽 한 자루로 너를 파고자 했다 내 무덤 하나 짓고자 했다 했으나 왜 아직도 여기인가 삽, 젖은 먼지 내 나는 내 곳간, 구석에 기대 서 있는 작달막한 삽 한 자루, 닦기는 내가 늘 빛나게 닦아서 녹슬지 않았다 오달지게 한번 써볼 작정이다 삽, 오늘도 나를 염殮하며 마른 볏짚으로 한나절 너를 문질렀다

—정진규, 「삽」 전문

정진규의 시적 행보는 하나의 기적처럼 보인다. 고희가 얼마 남지 않은 노시인임에도 불구하고 그의 시는 늘 싱그럽다, 하여 새롭다. 2006년도에 문예지에 발표한 시 「삽」은 아주 여린 호흡과 어감을 놓치지 않으면서도 대상의 표상적인 의미를 객관적으로 묘파하고 있다. 다시 말해서 시인은 삽이라는 대상과 맞서 있다(Gegen-stand). 이때 삽과의 상면(Gegenüber)에 임하는 시인의 자세는 몸, 밥, 알의 일상화된 알레고리적 사태를 몸소 체험하고, 『도둑이 다녀가셨다』와 『본색』의 연금술적 정련 과정을 경유한 이후, 보다 난숙해진 서사를 시 내부에 응축시키고 있다. 이때 시인이 지향하는 상면의 태도는 헤겔의 서사(대상의 표상 능력)와 에밀 슈타이거의 서사(대상과의 상면)의 원리를 주체 내부에서 안아 넘는다. 시적 주체는 몸, 밥, 알 연작시에서 보여주었던 쇼펜하우어적 주관성, 즉 개체화의 원리로부터 벗어나 한층 고차원의 주관성의 원리로 서사적인 일상의 사태를 정관하고 있다. 이때 이 정관은 객관적이지 않다. 그렇다고 주관적이지도 않다. 그렇다면 이러한 주관성의 경지란 도대체 무엇인가. 그것은 어떠한 앎의 원리를 넘어선 주체와 객체 너머에 있는 그 무엇인가를 응시하고 있기 때문은 아닐까. 그것은 어쩌면 아도르노적 미메시스, 즉 대상 착취적 주체의 역사를 일거에 해소시키면서 대상으로 다가가 대상과 호흡하고 대상의 삶을 나(시인 정진규)의 삶으로 전이시키는 진정한 의미의 주객 통일은 아니었을까. 말과 의식뿐인 헤겔의 주객 통일이 아니라 실천력을 겸비한 동양적 인륜성을 온몸으로 받아들이고, 삽의 환청 같은 말소리와 태도를 몽상하면서 생에의 의미를 삽 속에 외삽시킨 것은 아니었을까. 서사란 시간성을 띤 삶이다. 수많은 사건과 사태들로 채워진 시간화된 서사성은 그 어떤 주관성의 원리로 고양될 필요가 있는데, 그러한 과정의 실천적 의지는 서사가 감당해야 할 몫이 아니라 서정의 몫이다. 서정은 모든 사태를 상면의 태도가 아니라 상면의 태도를 관용의 태도로 안아 넘는 것이다. 이러한 서정의 위대성은 냉혹한 후기산업사회를 살아내야만 하는 인간들에게 최후의 인류적 가치를 조용히 설파하고 있다. 그것이 바로 서사적 서성시의 실체이자, 정진규가 도달한 문학지평의 임계치가 아니겠는가. 시 「삽」은 그러한 시인 정진규의 모습을 정갈하지만 살가웁게 그려내고 있다.

소금 도서관으로 간다
무게와 색상과 맛이 모두 다른 소금
검지로 살짝 찍어서 맛을 음미하는
짜릿함을 아실는지
맛보지 못한 굵은 소금을 펼쳐본다
깨알 같은 소금의 결정체를
읽어 내려가다 보니,

애인과 헤어지려는 대목에 눈물자국이 얼룩져 있다 누구의 눈물일까, 물끄러미 바라보다 손끝으로 슬쩍 문질러본다 아직 물기가 채 가시지 않아 활자가 스르르 번질 것만 같다 눈물을 흘리던 그녀는 소리 내어 흐느꼈을까, 그녀는 몇 명의 애인과 헤어졌을까, 애인이 있기는 있었을까, 그녀의 머리는 어느 샴푸로 감았고, 며칠에 한번 머리를 감을까, 샴푸를 산 날짜는 언제쯤일까, 그 샴푸는 어디서 샀으며, 샴푸의 가격은 얼마일까,……

그녀의 행간 사이에서만 헤매다
129쪽에 계속 머물러 있다

한 행만 넘어서면 주인공은 애인 곁에서 영영 멀어질지도 모른다 한 번도 애인과 헤어져 본 적이 없는 나는 그리고 한 번도 애인이 없었던 홀가분한 나는 안도의 한숨을 내쉰다 어쩌면 주인공은 결말에서 애인과 극적으로 다시 만나게 될지도 모른다 하지만, 나는 눈물을 흘리던 그녀가 떠올라 그렁그렁 다음 행을 넘지 못하고 소금을 덮어버렸다 눈물이 바닥에 쉼표처럼 뚝뚝 끊어질 것만 같았다

소금을 오래 바라본 사람들이여
소금의 힘으로 살아가는 사람들이여
소금이 녹기 전에 돌아오려나
주인공은 애인을 다시 만나려나
눈물을 흘리던 그녀를 우연히 만나듯
나는 소금 도서관으로 간다
가끔 손때 묻은 소금이
모르던 길을 남몰래 슬쩍 일러 주기도 한다

—김희업, 「소금도서관」 전문

정진규의 시가 일상의 서사적 사태를 고차원으로 응축시켜 삶의 내밀한 의식을 형상화한 반면, 김희업의 「소금도서관」은 일상적 사태를 상상력으로 응축시켜 비일상으로 고양시키고 있다. 앙리 르페브르는 『현대세계의 일상성』에서 일상의 비참함과 일상의 위대성(지속성)이라는 두 그림으로 현대적 삶을 정의 묘파하고 있는데, 김희업은 그러한 일상적 사태를 르페브르의 그것과는 다른 방식으로 비일상성의 세계로 질적 비약하여 생의 형식을 조망하고 있다. 도서관에서의 책읽기라는 일상적 모티브를 통해서 시인은 자신의 상상적 지평을 서사적 그림으로 그려 내고 있는데, 서사는 복층 구조로 이중화된 채 상호 대화적 관계를 통해서 긴장감을 유지하고 있다. 시적 주체는 소설 속의 그녀라는 주인공의 서사를 따라가다가 어느 한 지점에 응고된 채, 자신의 존재론적 사태를 그녀의 연애사와 병치시켜 두 개의 서사를 상면시킨다. 이때 시는 두 개의 서사 위를 상호 교차시키면서 타자인 그녀의 서사 속에서 자신(시인 김희업)의 개인사를 발견 인식하게 된다.

시 「소금도서관」은 일상적 사태를 상상력의 의미화 과정으로 고양시킨 수작에 해당한다. 특히 시 형식이 시의 서사적 층위와 긴밀하게 연결되면서 서사는 남녀 간의 연애 차원으로 추락하는 것이 아니라, 문자성에 도사린 삶의 서사를 응시하게 만든다. 시인은 모리스 블랑쇼처럼 문학의 공간을 실제의 공간으로 착각하면서 소설의 내부에서 일어나는 서사를 주체의식으로 고양시키고 있다. 이때 시적 주체는 소설 속의 서사적 주체의 눈물과 이별 속에서 자신의 존재론적 양태를 발견하게 되지만, 그 양태는 문학의 공간 내부에 스며있는 진리의 공간을 회감시킨다. 한 권의 책이 만들어 놓은 서사를 상상적 지평 속에 응축시켜 에스프리와 삶의 현장성을 교묘히 조합 배치시켜 미묘한 문학의 공간을 창조한 김희업의 시적 재능은 탁월하다. 그리고 더욱더 의미심장하게 주목해야 할 것은 마지막 5연에 소금처럼 녹아들어 있는 문학예술이 취해야 할 포즈이다. 시인이 '가끔 손때 묻은 소금이 / 모르던 길을 남몰래 슬쩍 일러 주기도 한다'라고 언명했을 때, 이 소금은 물질명사를 의미하는 소금이 아니라, 문자와 그 문자의 조합력이 이룩해 놓은 그 모든 것을 함의하고 있다. 그러므로 소금(문자)은 의미의 가능태이자 그 의미가 퇴적된 집적체이다. 소금은 델피에서 신탁을 받은 소크라테스의 운명이자, 영화 <매트릭스>에서 키아누 리브스에게 내려진 오러클이다. 이미 살아왔던 삶의 서사와 일상들 내부에, 때 묻은 소금문자의 흔적 속에 삶의 미래가 예시되어 있다. 김희업은 두 개의 서사를 미묘하게 조합발효시켜 서사를 인간의 따스한 마음의 펼침으로 예언자적 전언을 세계 속에 고지하고 있다. 서사의 운명을 문자의 마력으로 고양시켜 이 세계 전체를 소금문자 속에서 응시하고 있다.

> K양은 대학 병원 지하 3층 의무기록실에서 일을 한다
> 하루 종일 도서관처럼 빼곡한 책장 사이로 차트를 찾으며 돌아다닌다
> 걸려오는 전화도 매양 누구누구의 차트를 찾아 달라는 내용들뿐,
> K양은 맞선 볼 때도 그 남자가 갖고 있는 차트가 무엇일까 궁금해진다
> 한 아기가 태어날 때 이곳에서는 이름보다도 먼저 차트가 준비된다
> 사람은 죽어도 차트는 남는다는 사실을 누구보다 잘 알고 있
> 는 그녀

가족보다 환자의 뜨거운 피와 살보다
더 자세히 아픔의 경로를 잘 알고 있는 저 차트들
그녀는 출근 며칠 만에 알았다
사람의 나이완 상관없이 굵어지는 차트도 있다는 것을,
간혹 성경처럼 두꺼운 그것을 볼 때마다
그녀는 어떤 거룩한 말씀보다 더 절규 가득 찬 말들을 읽어내곤 전
율한다
온갖 병명들 사이에서 운 좋게도 아직 자신의 차트를 갖지 못한 그녀
혹시 모른다
어디선가 자신도 모르게 은밀하게 그것이 준비되어 있는지도,
불을 끄면 캄캄한 동굴로 바뀌는 이곳으로 그녀는 아침마다 출근을 한다
밤사이에 또 어떤 병명들이 태어났을까
두근거리는 얼굴로 기다리는 저 편철編綴된 병력들
그녀는 수없이 빽빽한 병명들 사이에서 늙어 가는 자신을 상상하며
몸서리친다

햇빛 한 줄기 없이 꽃이 피는 것도 병이다
형광등 아래 흔하디흔한 병명 하나 없이 호접란 하나 슬며시 피어 있다
—문성해, 「의무기록실의 K양」 전문

　　인간에게 있어서 일상은 평범한 살아내기의 모습을 띠고 있기에 주
목의 대상이 되는 경우가 극히 드물다. 일상은 언제나 동일성과 반복성
만이 일어나는 이상의 수필에 나타난 권태이다. 그러나 그 일상이란 것
도 늘 그렇고 그런 무료하고 따분하기 짝이 없는 사태이긴 하지만, 그
것이 권태로 일상화될 때, 일상은 삶보다 죽음을 발작적으로 의식하게
된다. 이때 일상적 삶의 서사는 코드 변환을 일으켜 죽음에 이르는 병
이 되거나 정신착란을 일으키는 경우가 종종 있다. 그래서 일상은 언제
나 강렬한 삶의 코드를 원한다. 일상은 쾌락과 자극을 통해서 새로운
생의 형식으로 비약하기를 원한다. 그러나 그 감각의 코드는 순간의 존
재시학일 뿐이고 생의 서사를 근본적으로 떠받치고 있는 것은 일상이

다. 이 순간의 존재시학과 일상이 핵융합 반응을 일으키는 그 사이에 존재의 의미와 비밀이 숨어 있다. 그것은 어쩌면 일상이 표상하는 현상력이 아니라 순간과 일상을 매개시키는 반성력이 존재의 심층 속에 숨어 있기에, 순간의 강렬함(몰핀, 섹스 중독)에 길들여지지 않고 힘들고 무료한 일상들은 늘 살아내기를 성공적으로 수행한다.

반성력의 의식으로 일상의 모습을 내밀히 바라다보면, 그 이면에 미묘한 생의 원리가 숨어 있다는 것을 우리는 직감적으로 깨닫게 된다. 다람쥐 쳇바퀴 도는 일상, 늘 동일성과 지속성으로 짜여져 있는 일상 사이에 생의 의미와 흔적들이 알알이 박혀 있음을 반성하는 의식이 인간에게 일러준다. 문성해는 시 「의무기록실의 K양」에서 점점 무디어가는 일상을 반성력의 매개를 통해서 비일상의 의미로 고양시키고 있다. 시인은 대학병원의 병적기록부를 사이에 두고 K양의 일상을 예리하게 추적하다가 인간의 존재론적 운명성을 직관하게 된다. 운명은 차트다. 차트는 한 개인(환자)의 병력이 기록되어 있는, 일상적 삶으로부터 비껴간 생존게임의 치열한 흔적이지만, 차트를 기록하는 자와 그것을 보관하는 자에게는 살아내기인 일상일 뿐이다. 문성해는 K양의 일상을 전지적 작가시점으로 그려낼 때, 그의 모든 시선을 그녀가 아니라 병적기록부인 차트에 응고시킨다. 그는 조르주 깡길렘이 말한 정상과 병리의 심급 사이를 왕래하다가 병뿐만 아니라 태어남과 죽음이 기록된 차트가 하데스의 명부(冥簿)임을 직감적으로 알아차리게 된다. 명부에 기록된 자는 반드시 죽어야 한다는 계율 밖에 존재하는 K양을 통해서 많은 병리적 사태를 서술하고 있지만, 기실 시인 문성해가 K양의 일상을 통해서 직관한 것은 인간의 운명은 아니었을까. 상상만 해도 몸서리쳐지는 병과 늙음이 차트를 통해 투시된 순간, 삶이란 그저 살아내기의 일상이 아니라, 존재론적 비애임을 깨달았을지도 모른다.

3. 신화적 서사의 현대적 수용 : 일상성의 대극

시 속에 서사가 수용될 때, 시는 서사적 표상 능력을 주체의식으로 고양시켜 특별한 사태를 절대 값으로 치환시킨다. 이때 시는 세계 전체를 보편화시키면서 서사적 서정시라는 독특한 시적 양식을 산출하게 된다. 그것은 서정의 문법 내에서 서사의 특발성이 자기 색깔을 희석시키는 과정이지만, 서사의 예리한 칼날이 치열하게 질주하면 할수록 그것은 서정의 문법 내에서 지양 승화되어 인류적 아픔을 노래하게 되거나 운명성을 직관하게 된다. 서사는 생의 무게다. 서사는 생을 감내하는 존재의 결단과 우연이 상호 유기적으로 결합된 존재의 사태이지만, 서정의 문법 내에서 서사는 내밀한 존재의 비의로 향해가는 필연적 계기이자, 절대성에 이르는 입구일 뿐이다. 서정의 문법은 서사를 감싸 안아 슬플 때나 기쁠 때나 죽을 때를 가리지 않고 세계 전체를 전체성으로 향하게 만든다. 그러므로 서사적 서정시는 지극히 주관적인 동시에 객관적인 사태를 연출하는 이종 교배된 미적 양식이지만, 현대성을 대표하는 미적 현실성일지도 모른다. 왜냐하면 현대성이 연출하는 창조 지평은 전인미답의 새로운 것을 세계 속에 내놓는 것이 아니라, 보다 업그레이드된 미적 코드를 장착시킬 뿐이다. 그러므로 이러한 미적 성능은 이질적인 소재들을 이접이나 연접의 방식으로 결합시켜 미의 새로운 국면을 세계에 내놓는다. 정진규의 연출력이 어디까지 향해 갈지 그의 궤적을 가늠할 길 없으나, 30년에 걸친 서사적 서정시의 시적 성취는 그 누구도 흉내낼 수 없는 자기만의 세계를 구축했다는 점에 대해서는 이의를 달 수 없다.

이러한 정진규의 서사적 서정시의 대극점에 위치하는 것은 신화적인 세계를 시적 소재로 변용 수용한 최서림의 신화적 서정시이다. 시의 연륜이나 시인의 위상으로 볼 때 정진규 시인의 대극점에 경력(연치나 등단

년도)이 일천한 최서림이 위치한다는 것은 왠지 어색하고 이상할 수도 있다. 그러나 정진규의 정진규다움이 형성된 시기를 고려할 때, 다시 말해서 80년대에 서사적 산문시가 형성되었고 90년대 이후 완벽하게 뿌리내리고 꽃피웠기에, '이서국'이라는 소재를 통해서 독이적인 시세계를 펼친 90년대의 최서림과 어느 정도 시기적으로 낙차가 있기는 하지만, 대극점으로 놓아도 크게 무리가 따른다고 생각하지는 않는다. 신화적 소재를 수용한 최서림의 시들은 현대성으로부터의 일탈이거나 과거지향적인 의식의 투사로 읽혀질 수 있다. 신화적 사유가 현대에도 유용하고 가능한지에 대해서는 여전히 많은 의문점을 낳기는 하지만, 질베르 뒤랑이 『신화비평과 신화분석』에서 현대 사상의 의식적 발전이 '성상 파괴와 탈신화'적 현상 속에 일어났다고 언명하고 있기는 하지만, 정진규의 대극점에 최서림이 위치할 때 서사성을 하나의 시적 모티브로 육화시킨 서사적 서정시의 특발적 국면은 보다 완결된 하나의 시적 형식으로 공인되어 보편적 미적 양식으로 승인될 수 있다. 다시 말해서 정진규의 그것과 최서림의 그것이 서로 상이한 극점에서 작동하기는 하지만, 시적 서사가 지향하는 본질적 국면을 응시할 때, 동일한 세계를 지향하고 있음이 극명하게 드러난다. 일상성이든 신화성이든 상관없이 이 양자는 존재론적 사태 너머에 있는 그 무엇을 지향하면서 서사적 사태를 서정의 문법 내에 안치시켜 보다 근원적인 그 무엇을 회감하고 있다.

　신화적 사유의 시적 수용은 서사성의 새로운 국면이다. 세계적인 권위를 자랑하는 조지프 캠벨은 『창작신화』에서 현대에도 신화가 유효하며 신화가 인류적 삶을 지배하고 있다고 선언하고 있다. 창조적 신화, 다시 말해서 시적 언어 내부에 신화가 수용되는 순간은 인간에게 있어서 새로운 삶의 가능성이 열리는 순간을 미학적 신비의 순간으로 코드 변환시켜 영혼을 한 차원 고양시킨다. 이때 신화적 신비는 융이나 프라

이적인 의미의 집단무의식의 재현을 실현시키는 원형성을 체현하고 있다. 물론 융은 원형이 유전되고 끊임없이 재현 반복적인 특징을 지니고 있기에 현대에도 신화가 유효하다고 선언하고 있지만, 기실 현대성 내부에 도사린 신화는 자본주의적인 것인지도 모른다. 아니 현대의 신화는 자본적인 것에서 파생된 사태일지도 모른다. 롤랑 바르트는 『신화론』에서 신화를 역사에 의해 선택된 파롤로 이해하면서 신화는 고대의 것이건 현대의 것이건 상관없이 동일한 역사적 근원을 지닌다고 선언한다. 바르트의 이 언명은 신화가 대상에 고착된 서사가 아니라 대상의 질이나 양과 무관하게 의미화하는 과정에 생성된다는 것을 의미한다. 그러므로 현대에도 신화는 가능하다. 신화는 시효를 종료한 엔트로피가 아니라 끊임없이 새롭게 의미를 파생시키는 네겐트로피이다. 최서림은 그러한 신화의 속성을 알아챈 듯이 자신의 시 내부에 신화의 서사성을 현대성과 병치시켜 자신만의 독특한 시세계를 구축해가고 있다.

> 이천 년 청도 사람 밥줄 이어온 장터 어귀
> 오동나무 밑 생선 파는 늙은 과부 장씨, 대대로
> 장터 살아온 어머니 닮아 새까맣고 기름기 빠진 얼굴에
> 자잘한 욕정과 좌절이 검버섯으로 박혀,
> 인생살이 모든 게 그저 목쉬는 흥정으로
> 그에게 세상은 절인 고등어다.
> 아비도 모르는 아이 지우고 기어 들어와
> 실밥처럼 풀어진 딸년 생각에
> 파장 때 남은 고등어로 잉어 한 마리 사
> 타박타박 낮은 고개 넘어오는
> 장씨는 더 작아 보였다.
> 서쪽 하늘은 감빛이고
>
> 감빛 노을 받으며 장씨 조상 이서국 늙은 수렵꾼,

값비싼 꽃사슴 가죽으로 어쩔 수 없이 바꾼 잉어 들고
솔개에 채인 수탉 되어 힘없이 낮은 고개 넘는다.
집에는, 작년 봄 빚값으로 중랑장에게 끌려갔다가
병들어 쫓겨온 임신한 딸, 기다리다 울며
감빛에 젖은 도라지 꺾는다.
도라지는 퍼런 눈물 흘리고.
수렵꾼에게 삶이란 힘들게 구입했다가
손쉽게 잃어버리는 화살촉이거나
자신도 아끼는 닳아빠진 곰가죽옷이다. 하지만 또
가마솥에 푹 고아낸, 쓸개를 터뜨리지 않고
짜내야 할 잉어이기도 하다.
—최서림, 「청도장―이서국 한복판으로 들어가는 입구」 일부

최서림은 다음과 같이 시를 시작하고 있다. '청도 사람에게 이서국은 세상을 보는 거울이다. / 이 세상이 이서국의 안이고 밖이다.' 엄밀히 말해서 이 전언 속에는 롤랑 바르트가 말한 현대의 신화적 사유가 지닌 의사소통 체계와 의미작용을 메타포어적으로 형상화하고 있다. 안인 동시에 밖인 이서국과 청도를 병치시키면서 입구이면서 출구이기도 한 그 모를 지점에 시인이 위치하고 있는데, 그는 물리학적 차원 변이가 가능한 어느 임계점에 서서 과거와 현재, 신화와 현대성을 종횡으로 가로질러간다. 이때 시간과 공간은 절대적인 그 무엇으로 존재하는 것이 아니라 상대적인 공간과 시간이 된다. 시인이 이서국과 청도를 동일한 지평 위에서 몽상하고 형상화하지만, 시적 사태는 이천 년 전의 이서국 어딘가의 한 공간의 지점 위에 고착되어 신화를 현전화시킨다. 이서국과 청도는 물리적 공간이면서 신화적 공간이다. 아니 더 정확하게 말해서 이 양자는 공간이면서 시간이고, 공간이 아니면서 현존하는 의식이다. 그것은 장소와 시간을 초월해 있다.

그러나 현재의 공간인 청도가 아니라 이서국 한복판으로 들어가는

입구에 최서림이 서 있을 때, 그가 본 것은 웅대한 신화적 초상이 아니라, 애잔한 삶의 형상이었다. '욕정과 좌절이 검버섯'처럼 핀 장터 한복판에서 그는 생의 형식을 직관하고 바라본다. 그가 들어선 곳은 분명 이서국이라는 신화의 공간이지만, 그가 정작 만난 것은 슬픔과 가난으로 점철된 우리 민중들의 '퍼런 눈물'이 아로새겨진 질펀하지만 숭고한 생의 의미가 담긴 공간이다. 이때 우리가 그 광경 속에서 어떤 비애를 느끼게 된다면 그것은 최서림의 치밀한 언어 전략에 넘어간 것이다. 사실 엄밀히 따지고 볼 때, 이서국은 신화가 아니다. 조지프 캠벨이나 엘리아데적인 의미에서 볼 때, 이서국은 일상을 살아가는 우리네 삶 그 자체이다. 그런데 최서림은 이서국과 청도의 장터를 교묘하게 병치시켜 민중들의 애잔한 삶을 신성화시키고 있다. 이때 신성성은 생을 살아내야만 하는 늙은 과부 장씨와 그녀의 딸의 운명성에 있다. 최서림에게 있어서 신화는 영웅적인 건국신화가 아니라, 생을 생으로 이어오는 한많은 생의 언저리 그 어디쯤을 몽상하면서 생 자체를 애환과 슬픔으로 녹여내는 것 속에 신화가 내재되어 있다. 신화의 씨줄과 날줄은 절인 고등어 같은 세상 속을 응시하고 성찰할 때, 하나의 실존적 가치를 얻게 된다. 신화는 삶이다. 신화는 삶을 살아내고 견디는 자에게만 의미가 있다. 지금도 '청도장서 어머니 따라 생선장사나 할 그녀'가 신화의 주인공이다.

콩나물 한 동이를 이고 나간 어머니
저녁별이 떠도 돌아오지 못했다

마당에는 마른 바람이 바스락거렸다
그 안쪽에서는 명태 말라가는 냄새가 났다

빈 담배갑보다 쉬 망가진 아버지

섶불을 안고 떠돈 아버지는
그게 사랑이라고 생각했을까

나는 유리병에 붕어새끼 한 마리를 집어넣고
오후 한나절 혼자 견뎌내는 비법을 터득하고 있었다
붕어새끼같이 껌벅거리는 삶
그게 인생이거니, 익혔다

시간을 놓쳐버린 우리집에는
늘 수채 구멍이 막혀 있었고
파리떼가 냄새처럼 들끓고 있었다
추석이 되어도 집에 돌아오기를 꺼렸다

쑥부쟁이모냥 나지막한 어머니
빈 콩나물시루에 눌린 채 돌아오고 있었다
귀소본능의 어미새처럼, 갈치 한 다발 들고
타박타박 걸어오고 있었다

—최서림, 「歸老—박수근 10」 전문

　최서림은 「이서국」 연작부터 최근의 「구멍」 연작에 이르기까지 총
네 권의 작품집을 세상에 내놓았다. 각 시집마다 개성적인 시적 서사를
얼개로 하여 자신만의 독특한 시문체를 보여주고 있는데, 그의 시들은
한국 현대문학사를 통해서 독이적인 시적 정체성을 보여주고 있다. 최
서림은 항상 문단의 시류적 시적 관행 밖에 서 있기에 늘 주목의 대상
이 되지는 못했다. 그러한 사태는 그의 시가 90년대에 유행한 시적 기
호(嗜好)에 딱 맞아 떨어지지 않았다는 것을 의미할 수도 있다. 맞다. 그
의 시의 기호(記號)는 90년대 유행한 포스트모더니즘의 기호는 아니다. 모
두가 새로운 대중의 기호에 영합하여 문학장 자체를 천박하게 이끌어갈
때, 그는 자기만의 세계에 갇혀 자신만의 언어로 세계의 정의를 내리

고 있다. 「이서국」 연작부터 최근의 「구멍」 연작에 이르는 시적 도정은 신화성과 세계성의 변주를 통해서 인간의 존재론적 층위를 메타적인 차원으로 끌어올리고 있다. 이러한 시적 사태는 그의 문학적 코드가 보다 내밀한 영혼의 문제를 건드리고 있다는 것을 함의하고 있다. 그의 언어는 존재론적이다. 그러므로 그의 시는 가볍지 않다. 아니 언어의 유희로 도배하는 90년대 이후의 시적 경향에 대하여 그는 경멸하고 있는지도 모른다. 시의 내부에 서사성을 안착시켜 그 서사를 생의 밀도로 응축시켜 내는 탁월한 능력을 발휘하고 있는 것이 최서림의 실체이다.

만약에 롤랑 바르트의 신화적 견해를 신화로 수용할 수 있다면, 다시 말해서 담론, 사진, 영화, 기사, 스포츠, 스펙터클, 광고 등을 신화적 파롤의 매체로 승인할 수 있다면, 최서림의 「박수근」 연작도 하나의 신화적 전언으로 이해할 수 있다. 왜냐하면 바르트의 말대로 현대의 신화는 의미작용의 형식이기 때문에, 세상에 존재하는 모든 것이 신화가 될 수 있다. 시인은 박수근이라는 현대미술의 신화적 인물을 통해서 생의 이면을, 인생의 의미를 아프게 그려내고 있다. 이때 아픔은 박수근이라는 아이콘의 가족사임을 명시하고 있지만, 기실 그 아픔은 최서림 자신이거나 이 세상에 존재하는 사랑의 방정식일지도 모른다. 서사는 사랑이다. 그런데 서사의 사랑은 이내 아픔으로 변이된다. 왜 그런가. 왜 사랑이 아픔으로 변이되어 세계는 사랑이 기획한대로 성공적이지 못하는가. 그것은 이렇다. 서사 자체는 객관적 사태이지만, 그 객관성을 지배하는 내적 코드는 인간의 주관화된 의식이기 때문이다. 그러므로 아버지의 사랑과 어머니의 사랑은 그 사랑이 구현되는 외적 양태만 다를 뿐 그들은 그들 자신만의 사랑의 방식으로 사랑을 사랑하는 것이다. 최서림은 모든 서사의 원리가 작동하는 가장 근원적인 계기인 그 사랑을 문제 삼으면서 사랑 자체를 메타화하고 있다. 삶의 원리 내부에 사랑이 늘 숨쉬고 있다.

　　한밤중이 되면 내 몸에 수선화가 핀다, 방 안의 모든 소리가 잠을 잘 무렵이면, 내 몸에 꽃씨 앉는 소리가 들린다, 간지러워, 암술과 수술이 살 부비는 소리가 사물거리며 온몸에 둥지를 틀고, 어머 꽃피네, 마른버짐처럼, 간지러운 꽃이 속옷 새로 피어나네, 내 몸에 피는 꽃, 어머 내 몸에 핀 꽃, 나르키소스의 영혼이 노랗게 물든, 수선화가 핀다, 아름다운 내 몸, 노랑 꽃파랑이 쓰다듬으며 어깨에서 가슴을 지나 배꼽으로 핀 꽃과 입맞추고, 시커먼 거웃 사이에도 옹골지게 핀 꽃대 잡는다, 아아, 아 에코가 메아리치네, 아름다운 내 몸, 거울에 비추어, 아아아 에코가 흐느끼네, 내 몸이 하분하분 물기에 젖네, 꽃들이 더펄거리며 시들어가네, 나르키소스여 내 몸에 오지 마소서 五慾에 물든 몸 꽃피게 마소서

　　한밤중이 되면 내 몸에 수선화가 핀다 방 안의 모든 소리가 잠들 때까지 기다리고 있는 나

—이재훈, 「수선화」 전문

프로이트는 나르시시즘에 관한 글에서 나르키소스의 자아를 정신분석학의 입장에서 아주 세밀하게 분석하고 있다. 나르키소스는 대상 카텍시스, 즉 대상 리비도 집중에 실패하여 자기 색정주의(자기애)에 빠진 인물이고, 에코는 대상 리비도 집중에는 성공적이었으나 대상에 너무 고착된 나머지 자아의 정체감이 없는 인물이다. 이재훈은 나르키소스와 에코의 신화적 서사를 시적 소재로 하여 몽상 속에 빠져들고 있다. 몽상은 모든 소리가 침묵 속으로 이입되는 순간에 일어나지만, 침묵은 시인의 몸을 깨워 나르키소스와 에코의 엇나간 사랑의 실체를 응시하게 만든다. 이때 이 신화적 서사는 단순한 재현적 사태가 아니라 마리오 야코비가 『Individuation and Narcissism』에서 말한 영적 과정의 자기표현(self-representation of psychic process)으로 전환된다. 이재훈은 지금 나르키소스와 에코의 비껴간 사랑의 함수를 미묘한 역설로 풀어내고 있지만, 더 나아가 그 신화적 소재 속에 내재한 함수를 성적 코드로 풀어내고 있지만, 이 양자의 코드 밑으로 시인 자신의 주체를 침잠시켜 가고 있

다. 나르시시즘이 대상애의 실패로 인한 자기애에 빠진 인간의 심적 상태를 의미하지만, 그 나르시시즘은 인간의 주체 형성 과정의 한 부분이다. 최악의 경우에 해당하는 나르시시즘적 자살을 제외하고는 나르시시즘은 인간 주체의 개성화 과정(Individuation 융학파에서 개성화 과정은 인간이 자신의 개성적 주체를 인식하고 그것을 실현시키기 위하여 온전한 자기를 찾아가는 과정을 함의하고 있다)에 양가적으로 영향을 끼친다. 그것이 부정적 계기로 작용할 때 인간은 이기적인 자기중심주의에 빠지게 되고, 긍정적 계기로 작용할 때 인간은 자존감을 형성하게 된다. 나르키소스의 물에 투영된 얼굴은 매혹적이지만, 그 매혹으로 인해 죽음에 이르지만, 투영된 자아의 상은 그것이 긍정적 투영일 때, 자기 인식에 이르는 계기가 된다.

이재훈은 지금 자신의 몸을 수선화로 비유하면서 자기 인식에 이르고 있다. 나르키소스와 에코의 빗나간 사랑 위에 섹스코드를 이입시켜 놓고 그는 자신의 존재성을 한 떨기 순결한 수선화에 의탁한 채, 에코의 입을 빌어 오욕에 물들지 않기를 기원하고 있다. 모두가 잠들고 침묵이 세계를 지배할 때, 그는 나르키소스처럼 내밀한 자신의 자아상을 들여다보고 있다.

4. 글을 나오며

시인에게 시는 운명이다. 그러나 그 모든 운명이 세계 속에 승인되는 것은 아니다. 최소한 시인이라는 보통명사를 시인이라는 작위가 어울리는 고유명사로 만드는 데는 특별한 노력이 필요하다. 아니 그것은 최소한이 아니라 최대한의 노력의 대가가 필요하다. 아무나 시인이 될 수 있지만, 임영조 시인의 말대로 아무나 시인이라는 작위를 받을 수는 없다. 시가 범람하지만, 정작 시다운 시를 만나기 어려운 현 시점에 시는 현대성을 키질하는 최종심급이 되어야만 한다. 현대성의 막강한 위용 앞에서 자존감과 인륜적 가치를 운명으로 받아들이는 시야말로 심급으로 존재하는 시이다.

한 편의 시 속에 카프카의 그레고리 잠자와 같은 영혼의 고독과 외로움이 스며있다면, 그리고 그 고독과 지친 영혼을 응시하다가 미지의 깨달음을 얻을 수 있다면, 그것만큼 행복한 운명의 짐을 진 시는 없을 것이다. 무릇 시는 시대의 이편이 저지르는 위선과 기만과 욕망을 벗어던지고, 세계 전체를 자본의 기호로 도배하는 그 심급 앞에 올연히 우뚝 서 있어야만 한다, 맞서 서 있어야만 한다. 하여 시인이란 세상을 향해 스스로를 천재라고 오만하게 외쳤던 그러나 그 오만함으로 인해 위대하고 아름다웠던 미켈란젤로처럼 세상과 타협하지 않고 자신의 세계를 고집스럽게 달려가는 인물이 아니겠는가.

세계의 최종심급인 시, 뮤즈의 계시를 받은 시, 그런 운명 같은 시를 만나고 싶다. 그리하여 그 시 속에서 하루를 시작하고 또 그 시를 읽으면서 잠들고 싶다. 영혼을 맑게 개현시키는 시. 그런 시 말이다.

현대성과 선의 시적 원리

1. 똥막대기 대 매트릭스—현대성과 선

매트릭스는 현대성의 총아이다. 불가능한 것을 가능하게 만들고 환상을 실재처럼 느끼게 만드는 매트릭스 공간은 실재보다 더 실재적인 감각과 느낌을 인간에게 제공하고 있다. 실재를 대리하는 매트릭스, 그것은 21세기를 살아가는 현대인에게 없어서는 안 되는 실존적 지평이자, 삶의 심급으로 작용하고 있다. 따라서 매트릭스는 실재를 조정하면서 실재의 생산성과 소비성의 변증법을 가능하게 만드는 잣대가 된 지이미 오래다. 실재와 진실 위에 군림하는 매트릭스, 아니 가상을 실재보다 더 실재라고 믿는 영화 『매트릭스』의 사이퍼. 실재를 조정하고 기만하는 가상현실. 이때 우리는 가상의 힘이 창조하는 그 현실성의 의미를 어떻게 받아들여야 하는가. 가상현실 앞에 실재가 가상으로 가상이 실재가 되는 역전된 삶의 상황이 이 세계를 지배할 때, 또한 그러한 사태가 현실성으로 승인될 때, 우리는 진짜 실재라고 하는 그 심급의 지점을 어디에서 찾아야 하는가.

선의 세계가 『반야심경』의 공과 색의 변증법이라는 심급 위에서 작동할 때, 아니 공과 색이 이루어내는 그 사태를 무한부정의 사태로 치환시킬 때, 진리는 본래적인 자기는 어디에 존재하는가. 선이 지향하는 세계는 상대성을 띤 절댓값을 혹은 절댓값 내에 유연성을 내장하고 있기에, 선적 깨달음은 늘 쉽게 손아귀에 움켜잡힌 것처럼 보이지만, 이내 손가락 사이로 빠져 나가게 된다. 따라서 돈오의 순간은 실체를 현전하는 의식으로 드러내는 데는 언제나 한계를 지닐 수밖에 없다. 니르바나와 저 숭고한 희열의 세계를 지향하지만, 선적 깨달음의 경지라는 그 지점은 객관화된 사태로 증명해낼 수 없다. 따라서 선의 세계는 현대성의 모든 가치를 길항시키는 매트릭스처럼, 보이지 않는 실재이다. 더 나아가 선은 골드만적 숨은 신이다. 삶과 죽음 저 너머에서 이 세계 전체를 응시하는 그 무엇, 그것은 실재이면서 비실재이고, 존재이면서 비존재인 그 무엇이다. 성과 속을 상호 회통시키면서 불성과 똥막대기를 동일성으로 환원시킬 때, 그것을 화광동진의 화엄의 학으로 고양시킬 때, 선적 깨달음은 최고조에 이른다.

그런데 불교적 사유의 극한치를 이해하는 데 있어서 진짜 어려움은 깨달아가는 과정 자체의 무한성에서 비롯하는 수행의 고됨이 아니라, 그 수행을 멈추는 지점을 포착하는 것이 거의 불가능하다는 점이다. 유가철학을 마음의 학(心學)으로 정립한 『중용』의 중(中) 개념처럼, 선적인 깨달음의 경지는 논리성의 범주를 훨씬 초과하는 초논리성을 장착하고 있기에, 기의와 기표의 문자성으로는 결코 투과되지 않는다. 따라서 선의 경지는 거의 포착이 불가능한 미지의 사태이다.

실재 대 가상, 절대 대 상대, 존재 대 비존재, 한계 대 초월, 안 대

밖, Ego 대 Self, 무명 대 반야, 깨달음 대 미혹, 有 대 無. 이항대립으로 존재하는 세계. 바로 그 세계 속의 '나'라는 존재성. 이항대립을 안아 넘는 저 적멸 같은 오묘한 지점. 분명 이러한 개념범주의 한계틀 내에서 선(禪)에 대하여 이야기할 때, 선적 사유는 그 한계틀 밖으로 무한 질주하기 때문에 그 선의 정체가 무엇인지를 정확하게 언표할 수 없다. 선적 깨달음은 그 깨달음을 발화한 순간, 그 발화된 말의 한계를 넘어선 곳으로 비약해 들어간다. 어떤 느낌, 어떤 경지, 어떤 깨달음의 상태, 바로 그 지점은 절대의 지점이지만, 그것은 인간화된 언어의 한계를 훨씬 넘어선다. 따라서 선의 정체는 논리화된 언어로 그 지점을 정확하게 짚어낼 수 없다. 선적 세계는 머리로는 이해되지만, 그 실체를 결코 현존의 장으로 불러올 수 없다. 따라서 지극히 주관화된 깨달음의 영역 속을 주파해가는 선의 의미를 온전하게 전유한다는 것은 거의 불가능에 가깝다.

선은 매트릭스가 만든 환영 위를 질주하다가, 가상적인 것들을 실질이라고 착각하다가, 이 세계가 하나의 똥막대기에 지나지 않다는 것을 승인한 후, 그 착각과 실체의 내부를 훨씬 넘어선 오묘한 지점에서 매트릭스와 똥막대기가 만들어내는 배중률을 동일률로 환원시킨다. 따라서 부유하는 기호들이 널려 있는 이 현실성 속에서 시뮬라시옹화된 현대성의 무한질주 속에서 선적 사유는 시대를 반성할 수 있는 기제일지도 모른다. 매트릭스와 시뮬라크르가 상호 변주된 현대성을 가상으로 인식하면서 선적 사유는 이 시대를, 이 사회를, 그 속에 존재하는 현대인들을 정위시킬 수 있는 최종심급이다.

2. 물(物)과 물(物)의 혼융─깨달음의 심적 상태

불교적 사유에 있어서 최종적으로 도달하는 지점은 반야(般若)이다.

깨달음의 지혜, 그것은 무명의 덫에 빠져 업과 윤회의 세계 속을 영원히 무한반복하는 그 수레바퀴로부터 빠져나올 수 있는 유일한 방법이다. 적멸이라고도 하고, 니르바나라고도 하는 그 상태 속으로 몸과 마음을 소거시킬 때, 욕망하는 의식 세계를 벗어나 본래적인 자기(Self)를 정관해낼 때, 우리는 그 상태를 깨달음의 경지라고 말한다. 따라서 선은 그 반야에 이르는 실체가 아니라, 그 깨달음에 이르는 하나의 방법적 전략이다. 돈오법(남종선)을 통한 선이든, 점수법(북종선)을 통한 선이든 상관없이, 이 양자는 공(空)의 공성(空性)됨을 깨달아 유와 무의 경계를 유와 유 사이의 한계를 뛰어넘어 가장 비루한 똥막대기에서 불성을 발견하고, 조주의 무자화(無子話)처럼 견성(犬性)을 견성(見性)으로 승화시켜 이 세계 속에 깃들인 불성을 직관해내는 패러독스로 무장하고 있다. 돈오점수, 문득 깨닫고, 닦아 깨닫는 그 경지, 선은 그 지점을 겨냥하여 세계-내-패러독스를, 논리성을 훨씬 초과하는 비논리의 언어를 공안으로 차용하여 깨달음의 세계를 지향해간다.

피안에의 지향성. 아제 아제 바라아제 바라승아제(위로는 보리심을 구하고 아래로는 중생을 구제하는 세계로 가자). 이것이 불교적 사유가 지향하는 궁극의 지점(上求菩諸 下化衆生)이라고 승인할 때, 나의 마음을 깨달아 그 마음을 세계에 속한 모든 사람들과 함께 한다는 마음자리 근방을 주목할 때, 우리는 불교적 사유가 교조화된 종교가 아니라, 마음과 마음이 작용하는 사태를 순수한 상태에서 정관하고 있음을 깨닫게 된다. 문제는 그 순수한 마음의 상태를 깨닫고자 할 때, 오온(五蘊)의 세계를 경유해야만 한다. 안이비설신의(眼耳鼻舌身意)의 육근(六根)과 색성향미촉법(色聲香味觸法)의 육경(六境)이 상호 작용하여 감각의 세계를 구성할 때, 인간은 욕망의 세계에 빠지게 된다. 몸성에 의해 비롯되는 감각과 그 감각이 육식(六識)이라는 의식을 만들 때, 일체의 괴로움이 생성된다. 선은 그 오온이 만든 세계를 부정의 극한으로 몰고 가 끊임없이 적멸의 세계로 수렴 상승시켰다가 오온의 세계 속에 참나(眞我)가 실재함을 깨닫는 인간화된 긍정적 하강의 과정을 거쳐야만 하는 이중의 통과의례를 수행해야만 한다.

　　　　　　　　　　　　　　　　　　－조오현, 「어간대청의 問話」 전문

　상호 이질성이 세계를 지배할 때, 사람들은 끊임없이 갈등하게 된다. 이 세계는 크고 작은 갈등이 빚어내는 욕망으로 점철되어 있고, 인간은 욕망의 승화가 아니라, 그 욕망의 표현을 전쟁이라는 형태를 통해서 구체화시킨다. 하여 이 세계는 언제나 갈등 중이다. 늘 자신의 욕망을 충족하기 위해서, 타자의 욕망에 앞서 자신의 욕망을 실현시키기 위해, 언제나 에고를 자기 앞에 둔다. 따라서 이 세계 전체는 끊임없이 섹터화되고 분열된다. 나의 세계가 너의 세계가 되고, 그 세계 속에 우리라는 세계를 만들지 못한다. 화엄의 인간학은 평등이고, 이 인간학이 넘쳐흘러, 세계학 전체를 절대 평등의 학으로 고양시킨다.
　사사무애법계(事事無涯法界). 조오현은 시 「어간대청의 問話」에서 선적 깨달음의 최고의 경지를 선문답 형식으로 풀어내고 있다. 비록 몇 줄 안 되는 시이지만, 조오현의 시적 깨달음의 경지는 언어의 한계를 훨씬 넘어선 지점으로 사유와 언어를 이끌어간다. 사실 이 시는 어떤 논리로 풀어낼 수 없다. 말과 말의 조합력으로 선적 돈오의 순간을 해부할 때, 말은 초논리적인 선적 깨달음의 상태를 형용할 수 없다. 이러한 난점에도 불구하고 시 「어간대청의 問話」은 상호 비껴간 발화 속에, 상호 이질적인 화법 속에 동일한 세계상을 보여주고 있다. 다시 말해서 조오현의 위의 시는 말과 말의 한계를 초논리성의 패러독스로 극복하면서 절대의 선적 깨달음을 형상화하고 있다. 그것은 화엄의 세계가 궁극적으로 지향하는 무애의 경지이다. 다시 말해서 분별지를 조화지로 승화시켜 이 세계 전체를 한계지우는 경계를 없애버린다. 이법과 사물(物)의 경계, 사물과 사물의 경계를 지워내면서 사람이 자연이고, 자연이 사람이 되는 그 경지가 바로 사사무애법계의 세계이다.

미화원 김 씨와 시인과의 대화는 서로 다른 사태를 연출하지만, 그 사태는 동일한 현상에 대한 상호 이질적인 이해이지만, 이 양자의 이해는 동일한 목적, 즉 반야를 향하여 무한질주하고 있다. 미화원 김 씨의 발화는 사법계(事法界)를 지배하는 현상적 사태에 대한 인과율을 의도적으로 전도시킨다. 주체와 객체의 관계가 전도될 때, 쇠똥구리가 이 세계 속에 존재하는 객체가 아니라 이 세계를 움직이는 주체가 될 때, 선은 현상이 지닌 허구를 꿰뚫어보게 된다. 따라서 미화원 김 씨의 발화는 현상과 현상이 빚어놓은 사태 너머를 응시하게 된다. 그런데 여기서 문제가 되는 지점은 시인의 발화이다. 미화원의 발화를 한참 비껴간 시인의 발화, 즉 '나뭇잎 다 떨어져서 춥고 배고프다'라는 이 말은 초논리성을 내장한 패러독스이다. 시간과 공간적 범주를 벗어난, 하여 그 어떤 이해로도 설명할 수 없는 가섭과 달마의 염화시중이나 이심전심의 경지를 표현하고 있다. 즉자적 세계 현상에 대한 긍정성을, 현상을 현상 그 자체로 이해하는 담백한 의식이 바로 선적 깨달음의 경지임을 조오현은 예시하고 있다.

새옷으로 갈아 입었다. 밖에는 비가 오고 있으므로 어둑어둑해 오고 있으므로 정결하게 유리창을 닦았다. 등불과 木造倚子를 창가에 내다놓았다. 이 빗속을 젖어서 올 그분을 위하여, 안으면 안을수록 젖어

있을 그분을 위하여 내가 마련할 수 있는 것은 정말로 아무것도 없는
것을. 다만 마음의 수식어를 잘라내며 정숙하게, 그리고 정결하게 靜
寂 속으로 길을 열고 들어가 마중나갈 뿐이다.

―조정권, 「無明」 전문

조오현의 시가 돈오의 순간을 패러독스로 내장된 화두문자로 형상화
하고 있다면, 조정권의 시 「無明」은 정갈한 마음을 명경지수로 정관하
는 점수의 태도를 시적으로 형상화하고 있다. 구도자적인 성찰의 태도
를 지닌 채 마음자리를 점검하면서 시인 조정권은 그분을 몽상하고 있
다. 이때 그 그분이라는 존재는 절대 진리의 심급, 즉 부처의 형상일지
도 모른다. 왜냐하면 무명이라는 제목을 걸고 시인이 그분을 기다리면
서 마음을 정숙과 정결로 치장하고 있기 때문이다. 따라서 시 「無明」은
세계고가 발원하는 무명적 상태에 대한 고백이 아니라, 빛이 없는 어둠
의 세계 속을 헤매는 초라한 자아가 아니라, 시인 스스로를 무명적 사
태 속에 거처시키면서, 저 위대한 적멸 상태를 꿈꾸는, 그리하여 소아
를 안아 넘는 대아적인 모습을 보여주고 있다.

무명은 십이연기지설이 발원하는 업의 근원이지만, 시적 언어 내부
전체를 통어하는 무명의 존재론적 가치는 그분 앞에 겸손한 시적 자아
의 모습을 보여주고 있다. 무지를 통해서 앎의 세계와 진리의 세계를
지향했던 소크라테스처럼, 또는 아는 것을 안다고 하고 모르는 것을 모
른다고 말함으로써 진정한 학문의 세계를 꿈꾸었던 공자처럼, 조정권은
무명의 무명됨을 인지하고 고백함으로써 어떤 깨달음의 순간을 예비하
고 있다. 그러므로 조정권이 시 속에 형성화한 무명은 무명의 상태에
빠져 인연과 업의 상태에 얽혀 있는 미망의 상태가 아니라, 그 미망의
상태로부터 벗어나 깨달음의 문 앞에 서 있는 순정한 마음의 고백이다.
역으로 시인이 말하는 무명은 무명을 인지함으로써 무명과 반야의 정
확한 실체를 정관하는 역설적 의미를 정교하게 묘파하고 있다.

분명 시는 무명의 길 위를 헤매고 있지만, 안으면 안을수록 더욱더 그분을 젖어들게 만든다는 것을 알고 있지만, 그러한 인간적 행위 속에는 진리에의 지향성이 내재되어 있기에 시인은 지극정성을 다하는 지극히 인간화된 방식으로 이 세계 속에 존재하는 그분을 맞이하는 태도를 표출하고 있다. 정갈하게 새옷을 갈아입고, 시인이 그분을 기다릴 때, 그것도 깨끗하게 유리창을 닦아 그분을 맞이할 때, 시인 조정권이 인식한 지극히 인간화된 무명의 길은 그의 마음자리 내부에서 깨달음의 길로 역전된다. 인간의 유위적 행위가 부질없다는 것을 깨달아가면서 시인은 마음자리 내부에 자성청정하게 포장된 정갈한 길을 내어 놓고 그 길을 적멸이나 반야 쪽으로 향하게 만든다. 분명 조정권의 시적 포즈는 무명의 인간학적 자리 쪽을 응시하지만, 그 응시 속엔 그의 진심어린 마음이 담겨져 있다. 따라서 시인의 점수법에 의한 깨달음에의 지향은 가장 낮은 자리에서 저 높은 피안의 세계를 지향하고 있다.

> 옥수수밭 너머에 함초롬히 피어 있던 달맞이꽃들이 마른 대궁들로 변해, 묵은 눈 위에 서 있다. 산마루 위로 둥실 떠오르던 달도 초생달로 떴다가 한 조각 그믐달로 지고, 달빛도 적막해져서 흰 눈 위에 서걱이는 마른 대궁의 그림자나 드리울 뿐이다. 묵은 눈 위에 된서리 내리는 겨울, 내 의식의 한 뾰족한 끝이, 달맞이꽃이 사라지고 달맞이꽃을 보던 나도 사라지는, 적멸을 겨눈다.
>
> —최승호, 「달맞이꽃에 대한 명상」 전문

유와 무의 변증법을 통어할 때, 가장 궁극의 지점에서 작동하는 것은 유가 아니라 무다. 유가 무를 통해서 창조적 유를 이루어는 가는 것이 아니라 유가 유를 이루어가면서 그 창조적 유가 무로 변환되는 사태가 세계성 내부에 존재한다. 그것이 바로 공인데, 공의 본질적인 실체는 부정성이다. 선적 사유는 공에서 시작해서 공으로 끝난다. 아도르노가

『부정의 변증법』에서 합이나 희망의 원리를 내장하지 못한 채, 무한부정 속으로 이 세계의 존재성을 소거시켰을 때, 그는 불안과 절망 속에 내재한 형이상학적 사유의 불가능성과 인간학 자체의 죽음을 목격했었기 때문이다. 역사적 비전의 부재와 인간의 동물성 속으로 모든 의식을 고정시켰을 때, 이 세계는 합의 부정성이 아니라 부정의 부정으로 끝나게 된다. 따라서 아도르노의 부정성의 귀결은 절망으로 메아리치는 아우슈비츠다.

이에 반해 최승호의 부정성은 부정의 탑 위에 어떤 원리를 세운다. 그렇게 되지 않으면 안 되는 그 원리를 불교적 연기의 원리에 따라 이 세계가 존재하는 방식을 정위시키고 있다. '이 세상에 변하지 않는 것은 아무것도 없구나.' 하고 열반의 세계로 들어갔던 부처처럼, 시「달맞이꽃에 대한 명상」은 생멸의 지점을 응시하면서 공의 공성을 직관하는 쪽으로 향하고 있다. 공이 이 세계를 주재하는 원리로 작동할 때, 공성의 제일 원인은 자기 원인적인 운동이다. 젊음이 늙음으로, 초생달이 그믐달로, 화려한 꽃이 마른 대궁으로, 생이 죽음으로 변화해가는 일련의 사태 속에서 공은 자신의 공성을 이룩해간다.

공은 죽음을 통해서만 이룩해가는 적멸이다. 최승호가 천지만물의 변화를 응시하면서 자신의 몸성의 기화를 직관하고 있을 때, 저 천변만화경 같은 생성과 소멸의 세계―내―사태들의 순리성을 의식의 눈으로 바라볼 때, 이 세계성의 내적 구조는 무 자체의 의지가 이룩해가는 운명성일지도 모른다. 하여 선적 사유는 무의 운명성을 승인하는 도정이다. 만유(萬有)를 전무(全無)로 바꾸어가는 과정 중에 존재와 비존재의 이항대립적 사유의 경계를 허물어트리는 그 지점에 서서 모든 세계―내―집착을 의식으로 소거시킨 바로 그 순간이 선적 깨달음을 얻는 돈오의 순간이다. 따라서 시인이 겨눈 적멸의 지점은 삶으로써 세계 속에 존재하는 양태가 아니라, 사멸의 세계에 이른 몸성 자체의 부정과 그 승화를 획득하여 광대무변의 세계로 이입하게 된다.

> 도서관 골 깊은 산이다.
> 등산하듯 층계를 올라
> 어두운 서고(書庫)를 뒤진다.
> 이 골짜기는 역사 서가(書架), 저 산봉우리는 철학 서가,
> 저 능선은 과학 서가
> 고서(古書)는 이끼낀 바위로 앉아 있고
> 사서(史書)는 칡넝쿨로 얽혀 있다.
> 이곳 저곳 걸으며
> 화두(話頭) 하나 참구한다.
> 나는 누구일까
> 청노루, 백사슴 다 아는 산 길에서
> 길을 잃고 망연히 헤매는데
> 앞에는 문득
> 깎아지른 듯 가로 막고 서 있는 절벽.
> 꽃 한그루.

—오세영, 「나는 누구?」 전문

선은 공안 참구를 통해서 깨달음에 도달하는 것을 지향한다. 공안의 내용은 수행자마다 다양하지만, 깨달음에 이르는 그 방법은 저마다 독특한 방식을 취하지만, 그 궁극의 지점은 실재로써 존재하는 나와 그 나라는 실존을 둘러싼 세계의 본질을 응시하는 데 있다. 패러독스로 내장된, 더 나아가 패러독스조차 초월한 세계로 질주하기 위하여 선의 화두문자는 비논리의 논리를 초논리로 육화시킨다. 오온으로 인식되는 세계가, 감각과 육식으로 인식되는 세계가 하나의 허구임을 깨달아 가상 뒤에서 이 세계를 주재하는 그 실체를 정관하기 위해서 공안은 참구된다. 따라서 공안의 초논리성은 이 세계의 세계성을 인식하기 위해서 이 세계의 실체가 공의 변증법 위에서 실행됨을 깨닫기 위하여 말과 말이 이룩해내는 질량을 훨씬 넘어선다.

오세영의 시 「나는 누구?」는 논리성의 서가를 배회하면서 초논리성의 세계를 참구 중이다. 나는 누구인가, 나는 어디서 와서 어디로 가는가, 진정 나란 실체가 있기는 하는 것인가. 라마나 마하리쉬는 『나는 누구인가』에서 소아를 버리고 진아와 대아를 찾으라고 하는데, 오쇼 라즈니쉬는 『선의 최고봉』에서 참나(眞我)의 실체를 무심(無心)이라고 언명하고 있는데, 우리는 이 소아와 대아의 경계, 무심의 실체를 정확하게 포착하는 것이 거의 불가능하다는 사실을 깨닫게 된다. 따라서 우리는 나라는 미지의 실체에 관하여 묻고 답을 구하지만, 나의 실체성은 나에 의해서 깨달아지지 않는다. 지금 오세영은 '나는 누구?'라는 화두문자 속에 이입되어 공안 참구 중이다. 진리라고 명명된 세계 속을 배회하면서 거대한 문서고 속으로 잠입해 들어갈 때, 그가 역사와 철학과 과학이라고 명명된 진리의 세계를 응시하면서 논리성의 세계 속을 산행 중이다. 진리라는 골짜기와 능선과 거대한 산봉우리를 종주해보지만, 그곳에 진리는 존재하지 않는다는 사실을 시인 오세영은 깨달았을지도 모른다. 어쩌면 진리는 대자화된 의식 속에 존재하는 것이 아니라, 즉자적 사태 속에 임재해 있을지도 모른다. 따라서 내가 산길을 모른다는 사실과 노루와 사슴이 산길을 안다는 사실을 그 자체로 인정할 때, 그것이 각자 처한 삶의 길임을 인정할 때, 이 세계 전체는 공존의 장을 형성하게 된다. 그러나 오세영의 공안 참구는 여기서 끝나지 않는다.

깎아지른 듯한 절벽이 꽃 한 그루가 되는 사태 속에 '나는 누구?'라는 화두문자가 참구된다. 한 폭의 그림언어 같은 바쇼의 하이쿠처럼 시인은 절벽에 핀 한 그루의 꽃나무의 모습 속에서 오묘한 조화를 깨달았을지도 모른다. 생명의 무소부재성. 생의 신성성. 문득 그 광경 속에서 저 꽃나무의 형상을 시인 자신의 형상으로 치환시켰을 때, 오세영은 화엄의 학이 도달하는 최고의 경지인 사사무애법계가 이 세계 속에 펼쳐지고 있음을 깨닫게 된다. 나는 꽃나무이고, 꽃나무가 절벽이 되는 그 사태 속에서 절벽으로 변화해가는 나를 발견했을지도 모른다. 따라서 이 세계는 외따로이 떨어진 개별자들의 집합체가 아니라, 그 개별자가 동일자가 되는 무한환원적 공간임을 직감하게 된다.

3. 일상성에 깃들인 선적 사유와 시적 변용

선의 경지를 이해한다는 것은 불가능하다. 왜냐하면 그 정신의 경지는 정신의 있음도 아니고, 없음도 아니기 때문에 우리는 그 정체를 명확하게 모른다. 있으면서 없고, 없으면서 있는 그 경지, 무의 극한으로 몰고 가 무가 유를 길항시키는 그 경지, 논리성을 초과하는 모순과 자가당착의 그 경지, 아니 패러독스로밖에 표현할 수 없는 절대성의 그 경지, 무한히 지양극복해가는 부정성 옆에 문득 깨달아 반야에 이르는 돈오의 그 순간.

어쩌면 선적 깨달음을 말하는 모든 어법들은 거짓일지도 모른다. 현상 너머에서 그 현상을 지배하는 그 사태는 절대의 경지이지만, 우리는 그 절댓값을 현존의 장으로 불러올 수 없다. 따라서 공이 공됨을 이루어가는 그 절대적 사태는 비존재이다, 어떤 느낌이다, 하여 그 상태를 말할 수 없다. 불립문자. 이심전심. 염화시중. 선의 깨달음의 경지란 지극히 주관적인 사태 속에 내재한 개인화된 체험이다. 선적 세계를 참구하는 방법은 특별한 사태가 연출하는 기기묘묘한 비논리의 언어 속에서만 참구되는 것은 아니다. 일상적인 삶이 바로 선이다. 화엄의 세계가 자리행(自利行)에서 이타행(利他行)으로 종결될 때, 깨달음의 질량은 나로부터 시작해서 이 세계 전체를 깨닫게 만드는 것이다. 따라서 선적 깨달음은 높고 낮음이 없는 평등을 지향하면서 우리가 살아가는 이 세계와 그 속에서 빚어지는 일상적인 삶을 깨달음의 실체로 승인하는 것이다.

일상을 살아가는 행위 속에, 똥막대기라고 지칭되는 비루한 것들 속에 불성이 깃들여 있음을 직감할 때, 우리는 바로 깨달음의 지점 속으로 들어가게 된다. 선은 화엄의 학으로 들어가는 입구다. 일이 곧 다이고, 다가 곧 일이 되는 오묘한 지점이 일상 세계 속에서 구현될 때, 불교적 진리성은 가장 인간적인 모습으로 이 세계 속에 살아 숨 쉬게 된다. 그것은 불교적 부정성이 무한 상승하여 절대의 지점으로 이입했다가, 이 세계 속에 내재한 신성성을 승인하는 긍정적 하강으로 이행하고 있음을 보여준다. 일상이 곧 진리고, 진리는 일상적 삶 속에 신성함을 발견하는 행위이다. 선이 일상성의 세계 속을 파고들 때, 그것도 현대성이라고 지칭되는 자본의 심급 속을 활보할 때, 선적 깨달음의 경지가 도달하는 지점은 심급의 심급으로 작용하는 지점이다. 다시 말해서 선적 사유는 자본적 불평등의 횡포를 평등과 사랑의 의식으로 길항시켜 이 세계 전체를 살만한 공간으로 만들어간다.

고개 떨구고 걷다가 다보탑(多寶塔)을 주웠다
국보 20호를 줍는 횡재를 했다
석존(釋尊)이 영취산에서 법화경을 설하실 때
땅속에서 솟아나 찬탄했다는 다보탑을

두 발 닿은 여기가 영취산 어디인가
어깨 치고 지나간 행인 중에 석존이 계셨는가
고개를 떨구면 세상은 아무데나 불국정토 되는가

정신차려 다시 보면 빼알간 구리동전
꺾어진 목고개로 주저앉고 싶은 때는
쓸모 있는 듯 별 쓸모없는 10원짜리
그렇게 살아왔다는가 그렇게 살아가라는가.

—유안진, 「다보탑을 줍다」 전문

삶이란 그저 널브러진 그 무엇으로 인식되다가, 삶이 어떤 의미 구조로 짜여져 있는지 인식하지 못한 채 일상을 살아가다가, 어떤 작은 사건을 통해서 이 세계 전체가 부조리한 것들로 채워져 있다는 것을 느끼게 된다. 그저 무의미하게 생을 살아내다가, 아니 생의 기호 속에 내재된 비밀이 존재하는지도 모르다가, 어느 날 문득 이 생을 주재하는 그분이라는 절대성이 엄존하고 있다는 것을 느끼게 된다. 이때 이 느낌은 그 무엇인가를 보는 것으로 이행하게 된다. 오온의 세계가 공임을 보았을 때, 모든 고통과 재앙을 초월하게 된다. 따라서 봄(seeing)은 초월의 서막이다. 그런데 시인 유안진에게 있어서 공의 공성과 그 초월적 형상은 줍는 행위로부터 비롯한다. 줍는다는 것은 이 세계 속에 내재한 비의를 보는 행위이다. 그 봄(seeing)의 실체는 자본주의 시대에 자본의 가치를 상실한 10원짜리 구리동전 속에 내재한 이 세계의 존재 방식을 정관하는 행위이다. 하찮고 작은 것의 소중함을 모르는 시대에, 화려하게 겉멋 들린 부유하는 기호들 앞에, 그는 작고 무의미한 것으로 치부되어 아무도 줍지 않는 다보탑이 주조된 구리동전을 줍는다, 본다, 깨닫는다. 지금 유안진은 그 구리동전을 응시하면서, 자본으로부터 떠밀린 삶을 성찰하고 있다. 시인의 의식 작용 속에 들어온 쓸모없는 10원짜리 동전은 그의 상상력을 자극하여 화엄과 불국토와 천박한 현대성을 동시적으로 떠올리고 있다.

줍는 행위는 보는 행위이고, 그 보는 행위가 삶을 깨닫는 기호로 변이될 때, 이 세계 전체는 축복받은 신성한 공간으로 탈바꿈하게 된다. 가장 척박하여 삶을 살아내기조차 힘든 불모의 땅, 저 높은 티벳의 고원. 그 불모의 대지를 축복받은 땅, 신성한 불국토로 전환시키는 패러독스. 인식의 전환. 내면의 질적 비약. 유안진은 현대성이라는 황량하기 짝이 없는 그 불모의 빈 지대를 질주하다가 무가치한 물질적 가치(10원짜리 동전)를 숭고한 세계로 이입시킨다. 그는 지금 환각을 일으키고 있음에 틀림이 없다. 널브러진 구리동전에 이끌려 저 광대무변의 깨달음의 설법 속으로 분명 이끌려가 영취산 근방을 헤매고 있음에 틀림이 없다. 그것은 시인이 무심코 주은 동전이 연기적으로 펼쳐놓은 사태이지만, 시적 지평은 이 세계 속의 삶의 행태에 대한 독설적인 패러독스를 아주 여린 호흡을 간직한 자조 섞인 음조로 현시하고 있다. 아주 짧은 순간에 유안진은 환각 속으로 이끌려 들어가 속스러움과 성스러움이 공존하는 화광동진의 경지를 체험하게 되지만, 문득 돈오의 경지에 이르지만, 그 환각의 사라짐과 함께 그는 다시 삶의 자리로 되돌아온다.

그가 본 것은 분명 불국토와 아름다운 설법의 세계이지만, 그 줍고 보는 행위가 현대성의 삶의 공간으로 재귀해 들어갈 때, 이 세계 전체는 자본의 기호로 환원된다. 따라서 환각이나 환영을 일으켜 영취산 근방을 헤매이던 영혼이 정신 차려 다시 동전을 응시할 때, 그 '빼알간 구리동전'은 무가치하게 버려진 하나의 사물로 존재할 뿐이다. 유안진은 10원짜리 동전을 매개로 해서 아니 10원이라는 상징 속으로 들어가 속세의 속스러움을 안아 넘어 아름다운 설법의 세계를 꿈꾸고 있는지 모른다.

> 그대 보아라
> 숲이 몸을 바꾸며
> 어떻게 다시 죽고 다시 또 태어나는지
> 소나무숲은 참나무숲이 되고
> 참나무숲은 서어나무숲이 되어 저리 드높다
> 그대 보아라
> 돌맹이가 어떻게 파도의 입술이 되고
> 북소리가 마침내는
> 어떻게 꽝꽝나무 옹이가 되는지
>
> 저 별이 오래오래 빛나기 위해
> 그대는 더 많이 눈물을 흘려야 하고

새 봄 다시 피는 한 송이 꽃을 위해
그대 가슴은 더 짙게 피멍들어야 하리
—김영석, 「저 별이 빛나기 위해」 전문

공은 부정성을 자기 원리로 내장하고 있는 것만은 분명하지만, 그 공은 절망과 희망 없음의 화신인 아도르노의 합이 부재하는 무한부정만으로는 수렴하지 않는다. 공은 생성의 원리이다. 공은 자연이다. 천지가 그렇게 흘러가도록 되어 있는, 하여 스스로 그렇게 되지 않으면 안 되는 그 사태가 자연 속에 내재한 공성의 원리이다. 따라서 공은 죽음의 예술이다. 아니 공은 죽어서 이 세계의 원리를 성취시키는 천연의 훼손되지 않은 진짜 자연이다. 김영석은 시 「저 별이 빛나기 위해」에서 공의 원리를 자연의 원리로 인식하면서 철저하게 연기적 생성의 원리를 내파시키고 있다. 김영석이 공성을 인식시키는 시적 원리는 '된다'라는 동사 속에 모든 원리가 내접되어 있지만, 시적 지평은 '됨'을 외파시켜 이 세계를 생성의 원리로 고양시킨다. 그러나 그 생성은 변성의 과정 속에 죽음을 내파시킨다. 따라서 생성은 죽음 본능이 만든 삶에의 지향성 쪽으로 방향을 잡아가게 만들지만, 생성의 반성적 원리는 생성 속에 각인된 숭고한 희생과 인고의 시간성을 성찰적 의식으로 고양시키는 데 있다. 그것이 비록 선형적 시간의 선상 위에서 자연스럽게 이룩해가는 도법자연(道法自然)의 경지를 순리적 연기(緣起)로 형상화하고 있지만, 시는 이 연기적 '됨'의 원리를 공으로써 이룩해가고 있다. 참 아름답고 고운 마음의 결이 공의 본성임을 김영석은 태연자약하게 서술하고 있다.

그러나 공을 이루어가는 자연의 원리는 그 '됨'을 이룩해 갈 때, 생명적 사태를 생명 아님의 사태로 수렴시킨다. 죽음의 예술. 죽음으로 생을 다른 생으로 대체하는 마법. '소나무숲→ 참나무숲→ 서어나무숲'으로의 이행 과정을 거시적인 틀로 인식할 때 공의 공성됨은 유를 무로 수렴시켜서 보다 큰 유를 이룩해가는 오묘한 사태를 연출하지만, 공의 사태를 미시화할 때, 공의 공성됨은 '됨'의 원리 내부에 눈물과 피멍을 아로새겨 놓는다. 종과 종의 피터지는 싸움. 하나의 종이 우세할 때, 사멸의 세계로 귀의하는 또 다른 종. 공이 자연의 됨의 원리를 내장할 때, 공은 죽음을 먹고 사는 아귀의 형상일지도 모른다. 그러나 김영석은 됨의 원리를 내파시킨 공의 법칙을 질주해 갈 때, 그가 본 현상은 죽음의 원리이지만, 그 죽음을 눈물과 피멍으로 승화시켜 찬란하게 떠오를 별과 향기로울 봄꽃의 향연을 기대하고 있다. 숭고하게 죽어간 그 터전 위에 새로운 생의 사태가 움터가는 그 현상을 정관하면서, 시인 김영석은 공의 원리를 자연 속에 내파시키고 있다. 공은 자연이고, 됨이다.

    分斷 46년 庚午 7월 북경 서안엘 갔다가 八泊九日 만에 돌아왔다. 돌아오는 길 民航機가 統, 班, 番地數도 없는 검푸른 허무에 배 슬쩍 붙이는 순간,

    귀가 폭발했다
    (폭탄인 나, 다음 폭발은?)

    보라 이제부터 나의 길이다. 내가 곧 내 집이고 고향이다. 광대무변한 기슭에 옛 해 달 별 들이 녀던 길 몇 발씩 끊겨 있고 폐허들이 무시로 이어졌다.

    본디 시간이 어디 있고 죽음이 어디 있나
    본디 黃河는 늘 그렇게 거기 비어 있을 뿐 발가락 하나 손끝 하나
옴짝 않고
    본디 나는 늘 그렇게 거기 비어 있을 뿐 오고 가고 죽고 나고 사라
지고 나타나는 것들은
    機內食 맥주 거품들로 끓어 넘치는 것들이다

    거품들이 우주에 맞부딪는다.

—홍신선, 「어느 원효」 전문

선적 구도의 길은 멀고도 가깝다. 역으로 가깝고도 아주 먼 그리하여 결코 도달할 수 없는 미지의 길이 바로 구도 여행이다. 하여 구도의 길은 제논의 패러독스이다. 일상성. 술 마시기. 여행. 토끼와 거북이. 죽은 시체. 그 옆에서 하는 섹스. 과녁에 가닿지 못하는 날아가는 화살. 무수한 일들이 벌어지는 이 세계. 이러한 현상들 속에 깨달음이 내재되어 있을 때, 그 깨달음이라는 것도 따지고 보면 특별난 것이 아니라는 사실을 암묵적으로 승인하게 만든다. 깨달음은 거품이다. 깨달음은 끓어넘치는 거품 맥주이다. 파열하는 나. 파열시키고 싶은 세계. 하여 무한히 해체되고 그 해체까지도 해체시키고 말하는 데리다. 부정성의 탑. 무시간성. 광대무변. 세계는 이렇듯 다양성이 지배하고 있다. 말과 말, 의식과 의식이 상호 대립하면서 이항대립의 테제와 안티테제를 절묘하게 결합 변주시켜 합이라는 가상을 만든다. 그 가상인 합이라는 형상 위에 이루 헤아릴 수 없이 건설된 문명과 문화의 탑, 북경과 서안의 형상. 홍신선은 시 「어느 원효」에서 그 문명이라는 이름에 덧칠해진 가상을 허무로 읽어내고 있는지도 모른다.

알레고리화된 원효를 시인 자신으로 인식하면서 구법여행을 떠날 때, 그는 아무것도 깨닫지 못한다. 깨달음은 가고 오는 사이에 존재한다. 깨달음은 사이다. 깨달음은 찰나이다. '선=돈오법'이라는 등식이 성립하는 이유는 깨달음의 이러한 속성에서 비롯한다. 불현듯 느껴지는 허무 속에서 절대 고독과 죽음을 직관하지만, 허무는 무로 수렴하는 제로 상태만을 의미하지는 않는다. 하이데거가 『니체와 니힐리즘』에서 니체의 니힐리즘을 기존의 형이상학을 소멸시키고 새로운 형이상학의 출현으로 이해했던 것처럼 홍신선은 그 허무 속에서 과거의 나를 소진시키고 새로운 나를 갱신시킨다. 이때 이 나는 동일한 공간과 시간을 살아가지만 의식의 지평은 차원 변이가 일어나 허무를 느끼는 이전과는 전혀 다른 사태를 연출하게 된다. 따라서 허무는 시인의 의식의 변곡점이다. 허무는 깨달음에 이르는 문이다. 그가 시간, 죽음, 빔(空)의 내부를 들여다보면서 깨달음의 단초를 잡았을 때, 그의 의식지평은 나로부터 출발한다. 광대무변한 무애의 기슭에서 나의 공성을 인식한 순간, 이 세계에 존재하는 모든 것들은 끓어 넘치는 맥주 거품일 뿐이다. 홍신선은 오고 가고 사라지는 거품 같은 형상이 존재계의 본성임을 직관했을 때, 거품은 단순한 거품이 아니라 그것은 깨달은 거품으로 변이된다. 거품과 우주가 하나의 지평 속에 공존의 장을 형성하게 된다. 하여 '거품들이 우주에 맞부딪는다.'는 화두문자 같은 경이의 순간을 연출하게 된다.

거실에 참붕어 한 마리
죽은 듯 산 듯 고요한데
이상한 일은
공기는커녕
물 한 모금 입에 대지 않으니 예사롭지 않다
내가 아는 바
바득바득 살겠다고 꼬리친 걸 못 봤다
건드리지 않으면 곧은 자세로
묵언 정진하며
죽음조차 간직하지 않은 청빈한 삶
세월이 가도 그 정신 녹슬지 않는
텅스텐 참붕어
전등 아래
저녁을 기다린다

몇 개의 남은 이빨을 갖고
세상의 질긴 물을 씹어야 하는
헤엄칠 줄 모르는 나여
물 없는 어항에서 무얼 찾으려는지

은빛 비늘 흔든다
어디서 어둠이 내려오고
영영 돌아오지 않는 저녁

—김희업, 「無」 전문

　삶이란 무를 향한 무한질주이다. 제로섬게임, 생의 유위적 몸짓, 사라짐, 육체성의 기화, 차원이 다른 세계로 이입되는 영혼. 유와 무의 변증법을 인간이 연출해가지만, 생의 종결점은 무다. 사실 무(또는 공)가 불교적 사유의 중심축으로 자리 잡을 때, 자칫 잘못하면 허무주의에 이를 수도 있다. 왜냐하면 사르트르가 『존재와 무』에서 말한 것처럼, 비존재인 무가 세계 속을 횡행할 때, 인간은 방종의 상태에 이르러 절대적인 허무로 수렴하게 될지도 모르기 때문이다. 최종심급으로서의 무가 이 세계를 활보할 경우, 적멸이 생을 증명하고 완성하는 방식일 때, 불교적 사유는 신의 비존재성을 자체 내에 승인하게 될지도 모른다. 불교는 깨닫는 학이다. 불교는 인간 완성을 향한 영혼의 몸짓이다. 따라서 돈오법이든 점수법이든 상관없이 인간이 선적 세계를 지향할 때, 인간은 신성한 그 무엇으로 변성되어 존재와 비존재의 경계를 넘어선 그 지점으로 자신을 위치시키기를 염원한다.

　김희업의 시 「無」는 점수법에 의해서 깨달음의 영역으로 진입해 들어가고 있다. 비록 아직 미망의 사태 속에 이몰되어 자신의 본 모습을 정확하게 정관해내지 못하고 있지만, 마음자리는 삼매에 이르기 위하여 열심히 묵언 수행 중이다. 무소유를 지향하는 청빈한 삶을 자신의 전부로 생각하면서 식음을 전폐하고 있다. 지금 시인은 자신의 형상을 텅스텐 참붕어와 유비하면서 올곧은 정신을 견지한 채, 적멸의 지점으로 다가서고자 애쓴다. 백장과 제자의 일화처럼 자신이 해야 할 일에 몰두하면서 깨달음의 지점에 도달했는지조차 의식하지 않으면서 시인 김희업은 영영 돌아오지 않을지도 모를 저녁을 기다리고 있다.

절에 당도했을 때 백장이 물었다. '아까 북소리를 들었을 때 어떤 진리를 깨쳤느냐?' 중이 말했다. '저는 무척 배가 고팠습니다. 그래서 북소리를 듣고 돌아가 밥을 먹었습니다.' 이 소리에 백장이 큰소리로 껄껄 웃었다.

청빈한 삶. 무소유. 죽음을 의식하는 것조차 소유로 치부하는 의식. 그러나 생은 그러한 의식의 지점에서 새로운 아포리아를 만나게 된다. 다시 말해서 김희업은 백장과 제자의 담백한 대화 속에 내재된 깨달음의 경지로까지는 나아가지 못한다. 하여 그는 이 세계 속을 헤매면서 그 무엇인가를 찾고자 한다. 그러나 그런 것은 없다. 선적 깨달음은 특출한 것이 없다. 다만 인식이 전환되는 그 지점에서 똥막대기가 화려한 연꽃으로 치장된 적멸보궁이 되는 그 사태 속으로 의식이 이입될 때, 선적 깨달음은 완성된다. 그리고 그 지점은 평등과 이타행을 이 세계 속에 실천하게 되는 화엄의 단초이기도 하다. 그러나 김희업은 깨달음으로 비약하지 못하고 '영영 돌아오지 않는 저녁' 속에 유폐된 채, 공을 이루어가는 무가 아니라, 니힐리즘에 가까운 무의 수령 속으로 빠져들고 있다. 영화『만다라』의 파계승처럼 깨달음의 범주에 갇힌 채, 이 천하를 주유하고 있다. 눈을 살짝 돌리면 바로 그곳에 깨달음과 니르바나가 있는데 말이다.

4. 글을 나오며

현대에도 선적 사유는 유효하다. 왜냐하면 자본의 함수가 이 세계성을 질주해 갈 때, 자본은 욕망의 무한화를 통해서 이 세계를 장악하여 물화시키기 때문이다. 따라서 선적 사유는 소유에 의한 욕망의 게임을 무로 되돌려 보낸다. 공수래공수거(空手來空手去). 록펠러도 정주영도 적멸의 세계에 이입되었을 때, 그가 건져 올린 것은 무상이라는 덫이다.

가상. 매트릭스. 대중적인 아이콘. 패션. 이 전체를 통어하는 자본의 마력. 분명 우리가 살아가는 이 공간은 선적 사유와 너무 떨어져 있는 것처럼 보인다. 민주주의라는 액세서리로 화려하게 치장한 자본주의는 인류 역사를 통해서 가장 극악무도한 생산의 방식이다. 자연법의 천부 인권설에 인간은 평등하다고 하는데, 주민이 한 번도 주인이었던 적이 없는 민주주의를 가장한 자본주의의 내적 모습은 소유가 유전되는 불평등의 언어이다. 자본의 기호와 욕망의 심급이 소유의 사적 자치라는 명분 위에 행해질 때, 자본을 위해 자행된 그 모든 부도덕한 행위는 정당화된다(삼성이나 현대의 부도덕한 행위를 보라). 선적 사유는 자본이 작동하는 심급을 무로 되돌려 보내면서 이 세계 전체를 평등의 언어로 역전시킨다. 따라서 소유가 유전의 방식으로 끊임없이 불평등을 조장할 때, 자본이 조장하는 수많은 기만술에 의해 인간들을 세뇌시킬 때, 평등이념을 가장 아름답게 실현시키는 화엄의 선적 사유는 이 세계를 원상으로 되돌려 놓을 수 있는 유일한 대안이 된다. 따라서 선의 세계는 현대성의 횡포를 순치시킬 수 있는 아름다운 영혼의 몸짓이다.

아름다운 선이, 화엄의 학이, 청정한 이 세계가 화려하게 꽃필 날을 위하여, 진정 마르크스가 꿈꾸었던 평등의 사회가 실현되기를 기다리면서, 선재동자는 길을 떠나 진리를 묻고 또 묻는다. 선이라는 이름의 패러독스. 비논리의 논리. 초논리성.

비극적인 인식의 유미적 승화

-한하운론-

1

'실존은 본질에 앞선다'고 하지 않았던가. 생명의 형식 자체가 일회적인 속성을 지니고 있기 때문에, 배후세계가 있는지 없는지조차 알 수 없기 때문에, 우리 모두는 자기 존재성을 현실 공간 내에서 정위하고자 하는 욕망을 지니고 있다. 그것은 모든 생의 형식이 지향하는 최고의 가치이자, 궁극적인 지향점이라고 해도 과언이 아니다. 그러나 실존의 마지막 형상은 무에 관한 절망과 불안의식에 이끌된 채 비극적 형상을 맞이하기에 이른다. 실존적 존재의 불안과 절망을 신 앞에서 극복하기를 희구한 철학자가 키에르케고르라면, 사르트르의 실존적 불안은 신이 없는 시대의 불안의식이다. 사르트르적인 불안은 자기 자신의 존재론적 근거가 부재한 상태를 의미하지만, 그러한 불안의식은 참여적 행동을 통해서 세계를 개혁하고자 할 때, 불안은 없어질 수 있다. 이때 인간은 가치 창조의 주체이며 세계를 변혁시킬 수 있는 변경의 주체가 된다.

생의 적극적 의지를 통해서 세계의 주인으로 자임한 순간, 불안은 이 세계의 어디에도 없고, 세계는 그 자체로 하나의 유토피아적 전망을 발산하게 된다.

선형적 시간성 위를 달려가는 삶이 맞닥트리는 죽음에 관한 의식은 영원 앞에 선 인간 실존의 한계 상황이다. 그러나 이 한계적 운명성은 모든 존재들이 감내한 연후에, 이승적인 삶을 승화하여야만 한다. 한하운의 시세계는 바로 실존적인 자아의 한계적 운명성을 온몸으로 체현해낸 운명의 언어이다. 삶의 무게가 무거우면 무거울수록 영혼의 울림은 큰 법. 야스퍼스적인 한계 상황이 만들어낸 실존적 자아의 불안과 소외된 의식은 자기 내적인 공간에 머물러 삶 자체를 저주하게 만든다. 그러므로 한하운에게 있어서 한센병은 양가적이다. 그것은 거스를 수 없는 시인의 운명이지만, 그 운명적 삶의 방식이 시인으로써의 한하운의 삶을 무한히 풍요롭게 만든다.

만약 한하운의 시가 육체성에 깃들인 운명적 한계성을 다만 비극적으로만 인식했다면, 그의 시는 절망의 시이거나 시적 비전을 제시하지 못하는 무의미한 시로 전락했을 것이다. 그러나 한하운의 시는 한국의 전통적인 서정성과 율조를 견지하면서, 한이나 비극적 인식에 침윤되지 않으면서, 양자(서정성과 비극적인 인식)의 절묘한 균형을 유지해낸다. 이것이 바로 한하운 시의 본질인 동시에 그의 육체적 운명성을 유미적으로 승화한 시인의 예술혼이다.

루카치가 그의 저서 『영혼과 형식』에서 '비극의 운명은 곧 영혼의 드러냄'이라고 했을 때, 한하운의 시의식은 비극적인 인식을 타자화하지 않고, 자기 내적인 영혼과의 대화적 관계를 통해서 끊임없이 자신의 환부를 드러내고 있다. 다른 한편 그러한 대화적 관계는 미의식으로 고양되어 언어적 절대성으로 향한다. 이때 한하운의 시적 인식은 비극의 절댓값을 미의 절댓값으로 치환시킨다. 미의 절댓값은 언어를 통한 세계의 유미적 승화를 이룩해 낸다. 천상병의 시가 운명과 섭리의 순응적인 인식이라면, 한하운의 시는 소외된 운명의 형식을 시적 형상화를 통해서 온몸으로 구현해냈다고 볼 수 있다.

이 시대를 시의 시대가 아니라, 소설의 시대라고 정의한 사람은 루카치와 바흐찐이다. 전자는 자본주의라는 역사철학적 전망 속에서 소설만이 유일하게 총체성을 담지해낼 수 있다고 말했고, 후자는 이데올로기학으로써의 문예학을 주원리로 삼아 사회학적인 지평을 문학적 지평과 변증법적으로 결합시킨 소설만이 이 시대를 대표할 수 있다고 했다. 그러나 현대에 소설은 죽었다. 소설은 현대성의 원리를 담아낼 수 없다. 그러나 우리는 시를 통해서 현대성의 위선과 가식을 비판할 수 있게 되는데, 특히 한하운의 비극적 삶의 언어와 순백의 언어는 현대성의 모순을 길항시킬 수 있는 기제로 작용할 수 있다. 시란 존재의 운명을 죽음의 형상으로 노래하는 것이 아니라 초월적 지평으로 무한히 승화시키는 언어이기에 운명의 종횡을 가로질러 인간의 존재론적 지평을 풍요롭게 만든다. 한하운의 시는 그런 의미에서 볼 때, 비극적 영혼과 운명의 형식을 순결한 의식으로 잘 승화시켰고, 그의 시를 다시 노래하는 것은 의미 있는 작업이 될 수 있다.

2

자기 부정의 계기는 비극의 인식으로부터 시작한다. 서양적인 의미로 살펴볼 때, 비극의 본질적인 의미는 항상 신과 결부되어 있다. 루카치와 골드만에게 있어서 비극은 신으로부터 버림받거나, 신이 부재한 근대 합리주의 세계관에서 비롯한다. 과학적 합리주의적 신념이 인식론적 지배를 강화하면서 현대성은 신적인 가치를 무의미한 것으로 치부하게 된다. 근대에 신은 죽었거나 숨어서 은거하고 있다. 현대사회 속

에서 신적인 것을 사유한다는 것은 애초에 불가능한 일이다. 만약 인간
이 신을 의식하고 사유한다면, 그것은 현대의 비극이 탄생하게 되는 계
기가 될 것이다. 인간들이 신에 관한 의식을 하게 되는 순간, 모든 비극
적 세계관이 탄생한다고 보고 있다. 본질, 총체성, 선 등과 같은 절대
관념에 대한 지향적 의식을 사유하고 진실의 세계에 도달하려고 시도
하지만, 인간은 좌절하게 된다. 본질은 없다. 진리와 같은 그 무엇을 물
을 수도 또 답할 수도 없는 현대성 자체가 비극의 참모습이다. 그리고
비극은 진실의 세계에 도달할 수 없다고 느끼는 인간의 감정 그 자체일
지도 모른다.

한하운의 비극적 인식은 신과 결부된 절대적 가치의 세계는 아니다.
그의 비극은 육체성과 결부된 정신의 자기 소외이다. 천형을 짊어진 실
존적 삶에 대한 자의식의 과잉이 바로 한하운의 출발점이자, 원형적인
심상이다. 그의 시는 비극적 운명과 첨예한 자기 부정성의 극한으로 치
달아가면서 자신의 의식을, 생명성을 긍정하는 과정으로 이행하게 된
다. 자기 소외의 극한적 양상은 자기 고백적인 언어를 통해서 드러난다.
이 고백의 언어는 양가적인 시인의 감정을 표상하며, 그것은 한하운의
자기 부정의식이 자기 긍정으로 이행할 가능성의 단초를 보여 준다.

> 한번도 웃어본 일이 없다
> 한번도 울어본 일이 없다.
>
> 웃음도 울음도 아닌 슬픔
> 그러한 슬픔에 굳어버린 나의 얼굴.

—「自畫像」일부

모든 슬픔은 카타르시스를 통해서 정화 내지 승화되기 마련이지만,
한하운에게 있어 슬픔은 하나의 생득적인 운명처럼 삶을 지배하고 있

다. 그래서 그의 얼굴은 슬픔으로 굳어져 있고, 스스로 삶을 고양시킬
힘이 부재하다는 것을 직감하게 된다. '지나는 거리마다 쇼윈도 유리창
마다 / 얼른 얼른 내가 나를 알아볼 수 없는 나의 얼굴'처럼 한하운의
자화상은 굳어지고 무너져 내리고 있다. 실존적 삶의 무너짐, 자기 존
재성의 무화를 성찰하면서 천형적인 슬픔만을 확인할 뿐이다. 웃음도
없고 울음도 없는 삶은 생의 감각을 상실했다는 것을 의미하는데, 그것
은 시인이 인식한 현실 인식이자, 비극의 출발점이다.

> 아 꽃과 같던 삶과
> 꽃일 수 없는 삶과의
> 葛藤 사잇길에 쩔룩거리며 섰다.
>
> 잠깐이라도 이 낯선 집
> 추녀밑에 서서 우는 것은
> 욕이다 벌이다 문둥이다.
>
> —「삶」 일부

　　실존적 삶의 불가능성, 희망의 원리가 지배할 수 없는 절름발이 삶.
이것은 한하운의 실존적 위치이다. 그 누구에겐들 삶이 소중하지 않겠
는가. 모든 존재들은 삶의 아름다움, 즉 꽃과 같은 향기로운 삶을 지향
하고, 그것이 달성 가능하다고 인식하지만, 한하운의 의식은 희망과 절
망 사이에서, 긍정과 부정 사이에서 갈등하고 있을 뿐이다. 갈등의 사
잇길에 서 있는 시인은 천형의 씨가 자신의 몸 안에서 번져감을 인지
하면서 통한의 눈물을 흘리고 있다. 시인은 자기 연민의 감정에 빠져
자신의 삶의 순간들을 반추하고 있다. 그러나 그가 인식한 삶의 형상
은 욕이고 벌이고 문둥이라는 사실뿐이다. 스스로의 정체성을 형성하
지 못한 시인의 의식은 비극의 한가운데 위치하여 갈등과 절망을 향하
고 있다.

첩첩한 어둠 속에 부표처럼 떠서
가릴 수 없는 동서남북에 지친 사람아.

아무리 불러 보아야
답 없는 밤이었다.
ー「자벌레의 밤」 일부

이 골목
저 골목
뒷골목으로 가는 길.

저 길이 이 길이 아닌
저 길이 되니
개가 사람을 업수여기고 덤벼든다.
ー「막다른 길」 일부

　비극적 생의 형식을 감내하면서 천하를 유랑하는 삶 그 자체가 한하운의 운명이다. 실존적 삶이 희망과 절망 사이에서 갈등할 때, 그는 삶의 원리 쪽으로 답을 내지 못한다. 고립과 단절과 침묵이 시인의 삶의 세계를 감싼다. 시인에게 있어서 삶의 메아리는 삶으로 공명하는 것이 아니라 블랙홀처럼 모든 것을 흡수하고 잠식시켜버린다. 그의 삶은 유랑하는 삶이 되고, 밝음보다는 어둠이 지배하게 된다. 정신과 육체 모두 어둠 속을 헤매는 뿌리 뽑힌 영혼의 삶은 고단하고 피로할 뿐이다. 타자와의 조응은 애초부터 불가능하고 고독한 삶을 감내하면서 살아가야만 한다. 그의 삶은 막다른 길만이 있을 뿐이다. 그의 실존성 또한 타자에 의해서 부정되고 만다. 그러한 소외 의식은 '개가 사람을 업수여기고 덤벼든다.'는 구절에 표현하고 있는데, 그것은 어쩌면 시인이 도달한 절대 고독의 지점인지도 모른다. 인간적인 삶은 애초부터 불가능하고 「靑芝有情」에서는 인간폐업을 선언하기에 이른다. 인간폐업은 자기

비극적인 인식의 유미적 승화　213

부정을 넘어서서 자기 존재성 자체를 극한적으로 부정한 것에 해당한다.

아 그러나
또 다시 성한 사람들은 저이들끼리
앞을 다투어 먼저 가버린다.

또 다시 나에게 어디로 가라는 길이냐
또 다시 나에게 어디로 가라는 신호냐.
─「고오 스톱」 일부

사람도 올 수 없이 막았다
구름도 올 수 없이 막았다
바람도 올 수 없이 막았다
(…중략…)
죽음을 찾아가는 마지막 나의 울음은
高山 삼방 유명을 통곡한다.
─「三防에서」 일부

한하운은 존재 부정, 삶의 부정의 극한적 상황 속에서도 생명에 관한 소중한 의식을 피력한다. 「생명」이라는 시에서는 '아 하나밖에 없는 / 나에게 나의 목숨은 / 아직도 하늘에 별처럼 또렷한 것이냐.'라고 생명의 의미를 스스로 반문하기도 하지만, 그가 인식한 삶의 존재론적 양태는 소외된 자아이다. 천형의 한센병을 짊어진 시인에게 있어서 소외된 삶은 필연적 귀결이다. 「고오 스톱」에서는 타자와의 견주기를 하지만, 삶의 방향성을 상실한다. 어디로 가서 어디에 정착해야 할 줄도 모른다. 세상의 모든 사람들은 안식처가 있는데, 시인에겐 삶의 방향 감각을 상실한 채, 정처 없이 헤매고 있다. 여기서 주목할 점은 자기 소외가 사회적 의미의 소외로 확대된다는 점이다. 미셸 푸코는 『성의 역사』, 『광기의 역사』, 『감시와 처벌』, 『담론의 질서』에서 이성의 담론이 스스로의 지배를 강화하기 위하여 성, 광기, 죄수를 배제하는 것에 주목한다. 물론 한하운은 푸코의 그것처럼 소외되고 억압된 의식의 세계를 시로 형상화하고 있지만, 그것은 자신의 의식 범주에 머물러 사회적 문제로 확산시키지는 않는다. 한하운은 실존적 삶에서 배제된 삶의 상황을 주목한다.

더 나아가 시 「三防에서」의 한하운은 자신의 삶 자체를 밀폐된 공간 속에 유폐시킨다. 그 공간은 실존적 삶의 가능성이 부재한 절망의 공간이자, 처절한 절규의 공간이다. 삼방에 스스로를 유폐시킨 시인에게 길은 외길뿐이다. 그것은 바로 죽음이다. 삼면이 막힌 삼방은 삶으로 길을 내어 놓지 않는다. 사람도, 구름도, 바람도 막혀 아무 것도 오지 않는 공간이자, 오직 슬픔의 절규만이 존재하는 공간이 바로 삼방이다.

그러나 한하운은 삶의 의미를 포기하지 않는다. 생명이란 그 형식을 불문하고 소중하고 가치 있다는 것을 자기 부정의 언어로, 자기 고백의 언어로, 역설의 저주로 한하운은 노래하고 있다. 부정의 언어가 강하면 강할수록, 내밀한 삶의 의식은 세계에 대한 사랑의식으로 점점 증대되고 고양되는 것이 아닐까? 그것이 바로 한하운 시의 비밀이다. 스스로를 문둥이로 고백하고 삶을 부정하는 의식에 내재된 것은 삶의 의미를 되새기는 것이 아닐까? 자기 부정의 궁극적인 의미는 존재성 자체의 회복을 의미하는 것은 아닐까? 비극적 생의 형식은 자신의 부정성을 의미하지만, 그 부정성이 긍정성으로 전환되어 비극성 자체를 유미적으로 승화할 때, 한하운 시는 존재 이편과 저편을 매개시킬 수 있는 영혼의 시가 될 가능성을 내포하고 있다. 그것이 바로 한하운 시의 본질이다.

아니올시다
아니올시다
정말로 아니올시다.

사람이 아니올시다
짐승이 아니올시다.

―「나」 일부

나는 문둥이가 아니올시다
나는 정말로 문둥이가 아닌
성한 사람이올시다

―「나는 문둥이가 아니올시다」 일부

위의 시 두 편은 시인 자신의 존재에 대한 부정성이 긍정성으로 역전되는 예에 해당한다. 이때 긍정의 모습은 체념이나 달관의 모습은 아니다. 그것은 어떤 의미에 있어서 '인간폐업'에 관한 선언적 철회 가능성을 내포하고 있다. 시 「나」에서 말하는 '인간 한하운'은 사람도 아니고 짐승도 아니라고 확언했는데, 그것은 어떤 의미인가. 그것은 바로 한센병을 지닌 몸 자체를 천형의 존재로 자인하는 것은 아닌가. 시 「나는 문둥이가 아니올시다」는 그러한 예를 잘 보여준다. 한센병은 하나의 병일 뿐, 시인의 존재성 자체를 부정하지 못한다. 그래서 한하운은 자신을 성한 사람이라고 영혼이 맑은 시인이라고 선언하고 있다.

자기 부정은 자기 긍정으로, 더 나아가 세계 긍정으로 이행되고 승화되어야만 한다. 현 존재의 실존적 한계성을 직접적으로 느낄 때, 자기 부정의 고백적인 언어는 존재 불안에 관한 의식이 된다. 삶이란 의미이다. 그러나 그 의미 자체가 통념의 사슬에 묶여 존재의 의미로 다가오지 않을 때, 화자의 자기 부정은 자기 긍정이다. 그래서 부정의 목소리는 자기 존재성을 증명하는 유일한 방법이자, 실존적 위치를 확인하는 이중성을 띠고 있다. 그것은 시인 한하운의 운명이자, 한하운 시의 운명적 형식에 해당한다.

일련의 자기 부정의 시들은 존재의 의미를 추구하지도, 묻지도 않는 가치 부재의 시대에 존재의 의미나 삶의 의미를 성찰할 수 있는 메타적인 의미를 지니고 있다. 거대담론이 사라진 현 시대에 한하운의 존재론적 회의는 감각화되고, 물질적 전망에 노예가 된 우리들의 의식에 하나의 화두가 될 수 있다. 왜냐하면 현대성은 회의하는 자아가 아니라, 유희하는 자아이고, 향락을 지상의 목표로 삼고 있기 때문이다. 그러므로 한하운의 존재성 자체에 관한 시들은 현대성을 반성할 수 있는 기제로 작용할 수 있다.

3

한하운의 부정성은 엄밀한 의미에 있어서 무한 부정이 아니라 자신의 존재론적 형상에 대한 사랑의 양가감정이다. 그것은 지양 극복되어 고차원의 의식으로 승화되기를 기다리는 영혼의 인식적 계기일 뿐이다. 그러므로 자기 부정은 자기 긍정으로 이행한다. 그러나 부정이 긍정으로 이행하는 데 하나의 계기가 필요한데, 시인이 선택한 긍정적 승화는 동양적 한의 형식을 취한다. 그러나 그 한이나 슬픔은 비극적인 인식이 아니라 모든 비극성을 유미적으로 형상화하여 영혼의 순결한 모습으로 드러난다. 그것은 바로 한이나 슬픔의 유미적인 승화이다. 한하운의 시 중 가장 성공한 작품들이 대부분 이 범주에 속한다고 할 수 있다. 이 승화 과정은 자기 부정성을 침잠시키면서 자신의 존재론적 의미를 예술화하는 행위이다. 그리고 그것은 기성 가치의 부정성을 가로질러 가면서 시인 자신의 환부를 내밀히 바라보지 않고는 불가능하다. 다시 말해서 시인 자신의 부정성과 정면으로 마주서서 그 부정의 시의식을 탈각시키지 않고는 의식의 승화는 불가능하다. 하이데거는 그의 저서 『니이체와 니힐리즘』에서 니이체적 의미의 니힐리즘은 이제까지 인간이 만들어 놓은 의식적 산물인 관념이나 철학을 전복시키는 것을 의미하는 동시에 새로운 가치의 생성이나 정립을 의미한다고 했다. 그러므로 니힐리즘은 단순한 의미의 허무가 아니라, 통념이 지배하는 실존적 장 자체의 전복을 통한 새로운 가치 창조를 의미한다.

한하운의 자기 부정적인 불안과 허무도 엄밀히 따지고 보면, 니이체 의 니힐리즘과 유사한 경향을 띠고 있다. 한하운은 그러한 인식적 전환 의 계기를 무지개에서 찾는다.

> 무지개는 이윽고 사라졌다
> 아쉽게
> 인간의 영혼의 그리움이
> 행복을 손모아 하늘에 비는 아쉬움처럼
> 사라진다 서서히 ……
>
> 만사는
> 무지개가 섰다 사라지듯이
> 아름다운 공허였었다.

―「무지개」 일부

무지개란 인간에게 있어서 어떤 의미인가. 그것은 가장 찬란하고 아 름답고 인간에게 꿈을 주지만, 공허한 아름다움, 즉 가상적 존재에 지 나지 않는다. 어쩌면 인간의 삶도 무지개와 유사한 것이 아닐까. 한하 운은 그 무지개를 통해서 삶의 의미와 존재의 의미 전반에 걸쳐 재구 해낸다. 천지만물이, 인간 만사가 공허와 맞닿아 있다면, 병든 육체성은 이미 아무런 의미도 지니지 않게 된다. 시인이 세상만사를 공허한 무지 개로 비유할 때, 자기 부정의 언어와 자기 고백의 언어는 더 이상 필요 없게 된다. 모든 존재들이 지향하는 아름다운 무지개는 공허하고, 덧없 음이기 때문에, 한하운에게 육체의 형식을 띤 삶의 의미는 더 이상의 비극적 운명으로 인식될 수 없다. 시인에게 중요한 것은 아름다운 언어 의 시, 즉 삶을 시적으로 승화시키는 것이다.

　그러므로 무지개는 한하운의 부정적 인식의 장을 허물어버리고 존재 긍정으로 이행하는 계기이자, 실존의 문제를 본질의 문제로 이행시키는 전복적인 가치를 내포하고 있다고 볼 수 있다. 무지개는 김동인적인 허무적 삶을 상징하는 것이 아니라, 삶이 허무인 것을 깨닫게 만드는 시인만의 알레고리이다. 한하운의 이러한 의식적 전환은 한의 의미를 언어로 표현하는 데로 향한다.

　아름다운 언어의 감각을 인식하고 유미적으로 형상화한 점은 한하운 시의 탁월한 점에 해당한다. 그러나 관점을 뒤집어 생각해보면, 아쉬운 점이 더 많다. 왜냐하면 존재의 부정이나 성찰의식은 새로운 존재의 의미를 세계 속에 펼칠 수 있는 가능성인 동시에 한하운만이 지닐 수 있는 유일한 시세계이다. 만약 한하운이 치열하게 자신의 존재론적 운명의 외줄타기를 하면서 창조적 독창성을 견지했었다면, 한하운의 시는 세계성을 획득할 수 있었을지도 모른다. 그러나 한하운의 시는 소월이나 목월의 시와 같은 계열에 서고 만다. 자기 존재성의 물음과 고백, 그리고 삶의 의미의 형이상학적 탐구에로 향하지 못했기 때문에, 그의 시는 카프카와 같은 자기만의 우주론을 문학세계에 펼치지 못한 아쉬움을 남긴다. 그러나 그러한 아쉬움에도 불구하고, 한하운의 시는 존재론적인 비애와 서정적 율조를 잘 조화시킨 수작에 해당한다.

　　　가도 가도 붉은 황톳길
　　　숨막히는 더위뿐이더라.

　　　낯선 친구 만나면
　　　우리들 문둥이끼리 반갑다.

　　　천안 삼거리를 지나도
　　　쑤세미 같은 해는 서산에 남는데.

가도 가도 붉은 황톳길
숨막히는 더위 속으로 쩔름거리며
가는 길……
신을 벗으면
버드나무 밑으로 지까다비를 벗으면
발가락이 또 한 개 없다.

앞으로 남은 두 개의 발가락이 잘릴 때까지
가도 가도 천리, 먼 전라도길
―「全羅道길―小鹿島로 가는 길에」 전문

이 시는 인생의 의미를 깨닫고, 삶을 반추하게 만드는 여운의 미학이 잠재해 있다. 길이란 모든 존재들이 운명적으로 걸어가는 도정이지만, 한하운에게 있어서 남도로 향하는 이 길은 삶의 열정을 순치시키면서, 삶의 의미를 찾아야 하는 운명의 길인 동시에, 절망의 길이다. 생명의 애착, 실존 가능성을 포기하지 않은 애달픈 의식은 길을 통해서 정화되고, 육체성이 지니는 절망의식은 자기 성찰에 이른다. 황톳빛 남도길은 격리의 공간인 소록도 쪽으로 향하는 길인데, 시인이 형상해낸 시적 어조는 담담하기만 하다. 그런데 묘하게도 일체의 감정노출을 배제한 묘사가 남도길로 향하는 시인의 비극성을 배가시키는 역설이 이 시를 지배하고 있다.

길은 운명이다. 길은 실존이다. 길은 삶이다. 길은 존재의 확인이다. 「전라도길」은 한하운의 운명의 길이지만, 의미를 확대하면 그 길은 우리 모두의 길인 동시에 존재 의미의 길이 된다. 그래서 이 길은 자기 부정의, 절망의 길이 아니라, 운명과 마주선 존재의 길이자 생명의 길이 된다. 분명 슬픔이나 운명적 삶의 비애가 초극된 것처럼 보이는데, 질식할 것 같은 긴장감이 문자 배후에 감돌고 있다. 더위와 썩어 문드러진 발가락 때문인가, 아니면 격리되고 소외된 공간으로 향하는 시인

의 의식 때문인가. 물론 둘 다 때문이겠지만, 보다 근원적으로 작용하
는 것은 담담한 어조의 배후를 관통하는 생의 비극성이 언어적 초극을
슬픔으로 이끌어가고 있다.

> 보리피리 불며
> 봄 언덕
> 고향 그리워
> 피ー르닐니리.
>
> 보리피리 불며
> 꽃 靑山
> 어린 때 그리워
> 피ー르닐니리.
>
> 보리피리 불며
> 人實의 거리
> 人間事 그리워
> 피ー르닐니리.
>
> 보리피리 불며
> 방랑의 幾山河
> 눈물의 언덕을 지나
> 피ー르닐니리.

—「보리피리」 전문

순수 서정의 세계는 원초적 고향에 대한 그리움을 지향하는 세계이
다. 그 세계는 부재하는 공간이거나 추억 속에만 존재하는 공간이다.
그러므로 시인에게 있어서 추억은 과거의 한 지점 속으로 회귀해 들어
가, 방랑과 슬픔으로 점철된 유랑의 삶의 흔적들을 위무하면서 원초적
그리움의 공간으로 향하게 만든다. 순수 서정은 세계와의 대결이 아니
라, 세계와의 합일을 지향한다. 그의 자기 부정의 언어나 절망의 언어

는 세계 속에, 실존적 삶의 장 속에서 자기 존재성의 현현 가능성의 타진과 그것의 불가능성의 확인이었다. 그러나 「보리피리」는 그의 삶의 길에 대한 총체적 회고와 성찰을 통한 승화의식이 내재되어 있다. '고향의 언덕, 어린 시절의 靑山, 人實의 거리'에 대한 그리움을 형상화하여, 삶의 여정에서 느낀 슬픔을 승화시킨다. 실존적 삶 속에서 조응했던 과거의 모든 것들은 그리움의 대상이자, 삶의 가치나 의미를 넘어서서 생의 본질을 직관할 수 있게 만드는 대상들이고, 그것은 보리피리 가락에 실려 시인은 과거의 추억 속으로 회귀해 들어간다. 추억 속의 안온한 몽상과 그리움이 한하운의 영혼을 여유롭게 만든다.

그러나 「보리피리」는 과거 지향적인 의미에서만 그러한 의식이 투영되어 있기 때문에, 엄밀한 의미의 승화의식은 아니다. 다만 주관화된 감정의 세계에서 스스로의 운명적 삶을 회고하는 정한의 유미화일 뿐이다. 그러므로 「보리피리」는 한하운의 가장 아름다운 추억의 한 순간으로 회귀해 들어가 몽상을 일으키고, 그것은 모든 슬픔의 승화로 이행하는 매개 고리 역할도 하고 있다. 왜냐하면 서정적 반추는 현존의 문제로 나아가는 문이자, 자신의 비극성을 비극성 자체로 승인할 수 있게 만드는 동인이기 때문이다. 그러므로 시 「보리피리」는 시인의 아름다운 추억과 현재의 위치를 동시적으로 사유하면서 생의 형식을 유미화시킬 수 있는 의식을 아름답게 노래한 시이자, 한하운 시문학의 중심에 위치할 수 있는 시이다.

햇빛 暖暖
꽃이 爛爛
나비 浪浪

봄이 서울인가
창경원인가.

아가씨 朗朗
세월이 難難
세상이 亂亂

봄이
꽃인가
사람인가.

—「서울의 봄」 전문

시 「서울의 봄」은 시인의 언어적 감각이 잘 드러난 시이다. 사실 한하운이 언어적 위트를 율조 위에 실어 표현한다는 것은 시를 삶으로 가지고 오는 것이 아니라 시를 시로써 살게 만드는 행위이다. 어떤 의미에서 위의 시는 말놀이처럼 비추어지지만, 말놀이의 시적 언어는 시인의 건강한 정신성을 읽어낼 수 있는 징표이다. 이제 한하운에게 있어서 시는 운명의 형식도 아니고 슬픔도 아니다. 시는 노랫가락처럼 흥겹고 정겨운 말의 향연일 뿐이다. 언어놀이로써 시가 시인에게 다가올 때 한하운의 세계에 관한 인식층위는 질적 변이를 이룩하게 된다. 세계와 자아의 관계는 불협화음을 일으키는 대립적 국면이 아니라 상호조응을 이루어 순결한 시의식으로 순치된다. 시인의 세상에 대한 눈길은 부드러워지고 대상과의 서정적 동일시를 이루게 된다. 이때 한하운의 시적 언어는 비극성이 사라진 순백의 언어적 향연만이 남는다.

「보리피리」류의 시들인 「도라지꽃」, 「思鄕」, 「고향」, 「산가시내」, 「白木蓮꽃」 등의 시들은 「서울의 봄」과 마찬가지로 주관화된 감정의 이입으로서의 순수 서정이 아니라, 절제된, 서경화된 시들이다. 일체의 감정의 틈입을 허락하지 않고, 전통적인 율조를 바탕으로 해서 언어의 유미화를 이룩해 내고 있다.

4

    모든 운명은 두 가지 형식으로 존재하는데, 하나는 체념이나 승화의 형식이고, 다른 하나는 운명과 맞서 싸워 운명의 수레바퀴를 자기 쪽으로 돌리는 데 있다. 한하운에게 있어서 운명은 전자의 의미에 가깝다. 그런데 그러한 운명이라는 것도 인간의 마음에 달려 있다. 정해진 운명은 없다. 보는 눈에 따라 대상이 달리 보이듯, 운명도 마음자리가 내어 놓은 여백을 따라 전혀 다른 양상을 펼친다. 과거의 한하운과 현재의 한하운은 동일인이지만, 마음의 자리가 바뀐 순간 인간은 전혀 다른 존재의 양태를 보이게 된다. 『周易』에 陰極은 陽轉하고 陽極은 陰轉한다고 했듯이, 부정은 긍정으로 긍정은 부정으로 인식의 추이를 변화시킨다. 한하운의 시적 계기는 자기 부정을 통한 세계와의 합일이 불가능한 대결이었으나, 삶의 연륜이 쌓이면서 비극적인 인식은 사라지고 모든 물상을, 존재의 의미를 긍정적인 시각에서 바라본다. 그것은 시인의 내적인 성숙에서 기인한 것이기도 하지만, 본질적인 의미에 있어서 삶의 의미와 지혜를 깨달았기 때문이다. 그러한 태도의 변화는 어쩌면 인생의 당연한 과정이겠지만, 한하운의 전기적 삶에 비추어 볼 때, 그러한 인식적 전환은 그리 쉽게 형성된 것은 아니다. 유랑과 방황의 삶을 통해서 소외된 의식을 통해서 형성된 것이기에 아프고 쓰라린 영혼의 흔적을 볼 수 있다.

> 애환이 기쁨에 새로워지며
> 산천초목은 흐흐 느끼는 절통으로
> 찬란하고 또 찬란하다.
> 아 가을길 하늘 끝간 데
> 가고 싶어라 살고 싶어라.
>
> 황톳길 눈물을 뿌리치며

천리 만리 걸식길이라도
국토편력길은 슬기로운 天道길이라.

—「國土遍歷」 일부

닫힌 의식 속에서 자기 부정적인 삶을 살아왔던 시인은 자신의 정체성을 형성하지 못했다. 그러나 공자가 진리를 깨우치고 설파하기 위하여 30년을 철환했듯이, 한하운도 세상을 유랑하면서 천도의 의미를 깨닫게 된다. 유랑의 길은 지혜의 길로 나아갈 수 있는 계기이다. 유랑은 유랑하는 자에게 고난이지만, 그 고난의 길은 죽음의 길 쪽으로 나아가는 것이 아니라, 한하운에게 있어서 생의 길이 열림을 의미한다. 이것은 삶의 전환이자, 세계를 바라보는 인식적 전환이라고 볼 수 있다. 자기 부정도, 비극적 인식도, 슬픔도 그에게 아무런 의미로 다가오지 못한다. 이제 인간 폐업은 인간 복권으로 이행한다. 시인에게 있어서 지혜는 모든 욕망이 승화된 순간 불현듯 나타나는데, 생의 애환은 기쁨으로 변이되고, 절통함과 눈물도 다 사라지게 된다. 국토편력의 길이 비록 유리걸식의 길이지만, 시인은 그 길 한가운데에서 생의 오묘한 진리와 자연의 이법을 깨닫게 된다.

천도의 깨달음은 천지만물과의 조응을 통해서 생명 자체의 의미를 깨달았을 때 비로소 달성된 것이기에, 애환이 기쁨으로 새로워지듯 부정은 긍정으로 새로워진다. 이제 한하운의 운명은 천도의 진리 안에 순치되어 세계와의 합일이 가능하게 된다. 지혜란 소통 불가능한 것을 소통시키고, 대상 자체를 안아 넘는 서정적 합일의 상태를 의미한다. 따라서 시인에 있어서 세계는 타자가 아니라 미메시스적 동일시를 이룰 수 있는 기제이고, 시인의 영혼의 등가물이 된다.

지나간 것도 아름답다
이제 문둥이 삶도 아름답다

또 오히려 문드러짐도 아름답다

모두가
꽃같이 아름답고
…… 꽃같이 서러워라

한세상
한세월
살고 살면서
난 보람
아라리
꿈이라 하오리

—「生命의 노래」 전문

삶이란 보는 눈에 따라서 의미가 다르듯, 한하운의 시선은 미추의 경계를 넘어서서 과거와 현재의 형상 모두를 아름다움으로 승화시킨다. 「생명의 노래」는 한하운 문학이 도달한 의식적 변이의 정점이다. 시인은 존재 부정에서 존재 긍정으로, 밀폐된 공간에서 열린 공간으로 나아가 자신의 의식과 삶의 의미를 개현시킨다. 하이데거가 말하는 '개현된다'는 것은 열어서 드러냄인데, 그것은 대상과의 관계적 국면을 보다 개방적으로 형상하는 것을 의미한다. 그런데 시인의 그 개방적 태도는 타자에게로 향하는 것이 아니라 자신의 분리된 자아와의 화해를 의미한다. 과거 시간은 물론 현재의 삶도 아름답게 승화시키면서 문둥이와 소외된 삶을 아름답지만 서러운 생의 형식으로 이해하게 된다. 이때 서러움은 슬픔이나 자기 연민이 아니라 한 차원 높은 지점에서 생의 의미를 성찰하는 가운데 나타나는 감정이다. 한하운의 자기 긍정의 승화된 언어는 눈 트임을 통한 자기 자신의 존재 개방을 의미한다. 이것은 타자를 대상화하지 않고 대상과의 합일을 지향하는 의식으로 모든 소외 의식이 극복되었다는 것을 의미한다.

한하운의 자기 고백적인 언어나 자기 부정의 언어는 긍정적인 의미에 있어서 자기 승화를 위한 하나의 요청인 동시에 변증법적인 합일 의식을 지향하고 있다. 그래서 문드러지는 살점조차 아름다움으로 승화할 수 있는 그의 의식은 절대 세계로 향해있는 동시에 의식의 트임이나 개현으로 향하고 있다. 그러므로 모든 세속적인 가치나 의식은 그의 영혼을 흔들지 못한다. 자기 소외의 정한이나 슬픔도 모두 극복되어 삶의 의미를 보람으로 가득 채운다. 이제 실존이 본질에 앞서는 것이 아니라, 본질이 실존에 앞서 삶의 의미를 천도의 진리로 수용하기에 이른다. 이러한 태도가 가능하게 된 것은 그가 생명의 의미를, 시간의 의미를 한낮 꿈으로 인식했기 때문이다. 다시 말해서 그가 살아왔던 비극적 삶이라는 것도 엄밀히 따지고 보면 영원 앞의 순간이고 일장춘몽의 꿈에 지나지 않을 뿐이다.

꽃 보러 꽃이 가지요
꽃 볼려고 단 한 분 삶을 봤지요
꽃이 꽃을 기다리지요
피고 질 삶이 기다리지요

꽃이 꽃을 보지요
사람이 꽃이지요
꽃이 사람이지요

꽃을 밟고 사람이 오지요
꽃이 사람을 밟고 돌아가지요

—「昌慶苑」 전문

실존의 의미를 넘어서 삶의 본질을 깨달은 한하운은 자기 고백의 언어가 아니라, 대상친화적인 의식을 시적 언어로 형상화해 내고 있다. 이때 시인의 의식은 관조를 통해서 이룩되는데, 관조는 대상의 생기하

는 모습과 사라짐을 동시에 응시하면서 '오고 감'의 의미를 깨닫게 된
다. 관조의 대상은 의사소통적 관계를 넘어서 주객일치 내지 물아일체
의 경지로까지 고양된다. 그래서 꽃은 한하운의 영혼으로 승화 된다.
세상의 모든 존재적 의미를 아름다움으로 승화시킨 연후에, 생명의 의
미를 깨달은 연후에, 꽃은 한하운 자신의 순수한 영혼의 등가물이 된다.
그러므로 대상은 이제 대상만으로 존재하는 것이 아니라, 합일의 의식
을 드러내는 영혼의 상관물로 존재하게 된다. 사람이 꽃이 되고, 꽃이
사람이 되는 의식의 변용은 분별지에 익숙한 인간들에게, 합리화된 의
식이 지배하는 이 시대의 삶의 방식에 삶의 실질을 회복시켜 준다. 한
하운의 꽃에 관한 소묘는 어쩌면 꽃이고 싶은 삶을 꿈꾸어왔던 지난한
삶을 한 차원 높이 고양시킨 것에 해당한다.

꽃길로
꽃을 밟고
나는 돌아가네.

―「踏花歸」 일부

나병을 짊어진 천형의 육체적 운명성은 그의 인식의 장에서 사라졌
다. 운명처럼 달라붙은 유랑의 길, 방황의 길은 천형의 길이 아니라, 운
명의 길이 아니라, 꽃길이 된다. 한하운의 삶의 노정의 마지막 귀결은
문드러지는 육체성과는 반비례로 순수한 영혼의 견고성을 획득하게 된
다. 한하운의 삶의 길은 꽃으로 와서 꽃으로 가는 길이지 결코 절멸의
길이 아니었음을 위의 시는 증명하고 있다. 그것은 시인에게 시가 있었
기 때문이다. 시는 꽃길로 가는 유일한 문이자 한하운의 영혼을 승화시
키는 계기이다.
순수한 영혼, 긍정적인 인식은 삶의 기쁨을 전하는 길조인 파랑새로
변용이 된다.

나는
나는
죽어서
파랑새 되어

푸른 하늘
푸른 들
날아다니며

푸른 노래
푸른 울음
울어 예으리.
나는
나는
즉어서 파랑새 되리.

-「파랑새」 전문

「파랑새」에 나타난 시인의 의식은 인간의 세계에 기쁨을 전하는 화
신이 되고자 한다. 육체적 한계성을 벗어나 자유와 평화와 기쁨을 전하
는 초월적 의미의 파랑새가 바로 한하운 자신의 영혼이다.

5

운명을 천직으로 알고, 그것을 문학으로 승화시킨 시인을 만난다는
것은 글 쓰는 사람에게는 가장 행복한 일이다. 운명의 깊이는 존재의
무게와 비례하듯이, 존재의 무게가 무거우면 무거울수록 영혼이 아름답
듯이, 한하운의 시는 실존적 존재가 감내하기 어려운 존재성 그 자체와
맞닿아 있는 존재 자체의 언어이다.

한하운 문학의 출발점은 실존의 문제이기 때문에, '실존은 본질에 앞

선다'는 사르트르의 철학적 화두는 자기 승화를 거쳐 '본질은 실존에 앞선다'는 의식으로 고양된다. 이것은 한하운 문학의 비밀이다.

실존도 본질도 의식의 장에서 사라진 이 시대의 무기력한 전망 앞에, 소설이 총체성을 구현하는 정신적 구현물이 아니라, 상품화되고 생산의 논리에 지배를 받는 시대에, 한하운의 시는 영혼의 울림으로 다가온다.

고뇌하는 아름다운 영혼을 만난다는 것이 불가능한 시대에 한하운의 시는 감각화되고, 속물화된 인간의 의식을 정화시키는 메아리로 존재할 수 있다. 에즈라 파운드가 『시를 어떻게 읽을 것인가』에서 고전으로 남을 수 있는 것은 억누르기 어려운 신선미를 지니고 있기 때문이라고 했을 때, 그 신선미는 양식적인 실험이나 감각적인 언어에서 비롯된 것이 아니라, 삶의 의미를, 존재의 의미를, 본질의 의미를 추구하는 영혼의 무한한 울림을 의미하는 것이 아니었을까?

시적 알레고리를 통한 본질의 직관

-정진규론-

1. 현대성을 관통하는 산문성과 알레고리

대가 시인의 시세계 전반을 짧은 글에 담아내기란 그리 쉬운 일은
아니다. 상재된 12권의 작품집 전체를 미시화해서 논한다는 것은 불가
능하고 지면 관계상 특징적 국면의 변곡점을 찾아서 그것의 의미를 드
러내는 것으로 만족해야만 한다. 그러나 그러한 한계성에도 불구하고
정진규 시인의 시적 꼭짓점을 찾아서 페르조나의 변이와 언어적 정체
성을 탐문해 간다면, 그것만으로도 의의가 있지 않나 생각한다. 정진규
시인의 시적 언어의 정체성을 한마디로 축약한다면 그것은 바로 산문
성이다. 시가 산문화된다는 것은 엄밀한 의미에 있어서 시의 죽음을 선
언하는 것과 같다. 본래 시란 언어의 부드러운 결 위에 영혼의 옷을 입
히는 행위이기에 시적 언어는 음악과 늘 동일한 선상에서 논해지곤 하
는데, 시가 산문성을 띤다면, 그것은 시의 본질을 배반하는 행위에 해
당한다.

그런데 시인 정진규는 자신의 시의 본질이 산문성에 있다고 천명한다. 왜 시인은 산문성을 집요하게 고집하면서 그것을 자신의 문학적 본질이라고 주장하는가. 사실 초기시에 해당하는 운문으로 씌어진 시들 특히 신춘문예 당선작인 「나팔 抒情」류의 작품을 읽어보면 그가 낭만적 정신지상주의를 표방하고 있음을 직감적으로 알아차리게 된다. 운문에서 산문으로의 시적 전환은 단순하게 시적 형식만의 변화를 의미하지 않는다. 하이데거가 '언어는 존재의 집'이라고 선언했을 때, 언어는 의미의 단순한 집접체라는 뜻만을 지니고 있는 것이 아니라 언어는 총체적 의미 질량과 아울러 인간의 존재론적 정체성 또한 문제 삼는다는 것을 함의하고 있다. 그러므로 시적 언어의 형식은 그 자체로 시인 자신의 시적 포즈에 해당하는 페르조나는 물론 시인의 궁극적인 지향성을 읽어낼 수 있는 지표에 해당한다. 운문에서 산문에로의 시적 전환은 칸트의 인식론적 전환에 비견될 만큼의 의미를 지닌다. 정진규의 언어 형식의 전환은 시인 자신의 존재론적 전환이 선행되지 않고는 불가능한데, 그것은 두 가지 점에서 고찰이 필요하다. 하나는 문학사적 전망이고 다른 하나는 시대사적 전망이다.

산문시의 계보학적 토대를 주밀하게 살펴보면 3·40년대 임화·백석·정지용이, 6·70년대 미당의 『질마재신화』가, 8·90년대 이후 정진규의 산문시가 위치한다. 임화의 단편서사시는 프롤레타리아의 혁명적 승리를 염원했지만, 그 유토피아 지향적 의식으로 말미암아 일종의 낭만주의적 시적 경향을 띠고, 백석의 산문성은 토속성과 민속적 공간으로 회귀해 들어가고, 정지용의 산문성은 동양정신의 세계로 귀환하고 있다. 미당의 산문성은 질마재라는 고향 공간의 성화를 통해서 신화의 세계를 몽상하고 있다. 엄밀히 따지고 보면 정진규 이전의 산문시는 정신적인 지향성의 다양한 낙차에도 불구하고 그들 모두는 낭만적 경향, 즉 원형적 상징성의 세계를 지향하고 있다. 그러나 정진규의 산문성은 앞선 세대의 그것과는 본질적으로 다르다. 정진규의 산문성은 포스트모던적 사유의 중심 화두인 육체성(물질성)의 지반 위에 상징보다는 알레고리적인 시세계를 지향하고 있다. 시인이 자신의 시적 본질이 산문성이라고 선언했을 때, 산문성은 시의 외연적 한계 범주를 정식화한 것이지만, 정진규의 선언은 이전 세대와 차별화시키면서 현대성을 관통하는 알레고리의 세계를 정초했다는 의미 또한 내포하고 있다. 그것은 앞선 선배 시인들의 산문적 특징과는 본질적으로 다른 정진규류의 산문적 세계관이 자신의 시에 육화되어 있다는 자신감의 표현이기도 하다.

시대사적 전망의 관점에서 정진규의 산문성은 포스트모던적 욕구를 충족시키기에 가장 적합한 소재와 양식을 다루고 있다. 포스트모던시대의 특징은 정신보다는 육체성, 생산보다는 소비, 베버적 축적보다는 바따이유적 소모, 이성보다는 감성, 헤겔적 실체보다는 보드리야르적 가상, 베버적 금욕보다는 들뢰즈적 섹스환상, 운문보다는 산문을 훨씬 지향 선호한다. 정진규의 연작시들은 포스트모던적 징후를 꿰뚫기나 한 듯이 시대를 앞서 미리 문학적 성과를 전취하고 있다. 다시 말해서 80년대 말부터 시작해서 90년대 초반의 정진규의 시적 성과는 90년대 중반 이후에 대유행한 포스트모더니즘의 이론적 모델로 작용한다는 점이다. 그러나 정진규의 시적 언어는 포스트모던적 이념을 전취하고 있기는 하지만, 시의 본질적 국면에 대한 성찰을 놓치지는 않는다. 그것은 현대성의 복판 위를 가로질러 가면서 시를 하나의 예술로 고양시킬 수 있는 방법적 전략에 해당한다. 포스트모던적 현대성의 지표 위에 상징은 시적 기제로 작용할 수 없다. 현대성의 욕망하는 의식은 모든 것을 알레고리화한다. 그런데 정진규의 각각의 시적 알레고리는 주체와 객체, 자아와 대상 간의 괴리를 표현했지만, 그의 시적 언어를 총체적으로 문제 삼을 때, 시의 총합적 의식은 보다 높은 의식의 세계를 지향하고 있다.

폴 드만은 그의 저서 『Blindness and Insight』의 「The Rhetoric of Tem-porality」에서 알레고리의 의미를 상세하게 논하고 있다. 그는 루소, 괴테, 코올릿지로부터 최근의 가다머, 윔샷, 아브라암스에 이르기까지 서구 문학 내에서 상징과 알레고리의 반정립적인 상관관계는 물론 의미의 변천 과정도 고찰하고 있다. 결론적으로 말해서 상징은 과거로부터 현재에 이르기까지 일관된 의미를 지니고 있다. 상징의 용법은 학문의 분과마다 물론 조금 다르게 쓰이기는 하지만, 상징은 실체와 이미지의 일치나 동일시 그리고 통합하는 힘을 가정하는 반면, 알레고리는 실체와 그것의 기원으로부터의 거리두기이며 자아 상실과 같은 부정적 계기로 작용한다. 폴 드만은 그것을 수사학이라고 명명하면서 분석하고 있지만, 기실 상징과 알레고리의 상관관계는 실체와 이미지, 자아와 세계, 주체와 객체의 관계가 어떻게 정립되느냐에 따라 상징이 되고 알레고리가 되는 것은 아닐까. 슐레겔이 상징적인 것을 알레고리로 대체하고, 코올릿지가 알레고리를 애매한 것으로 규정했을 때, 수사학의 용법 내에서 상징과 알레고리의 의미 층위는 무한히 분화되고 새로운 의미를 구축하게 된다. 언어의 층위는 시대성과 상호작용하면서 전혀 새로운 의미를 파생시킬 수 있다.

정진규 시인의 산문시에 나타난 알레고리는 기존의 알레고리 문법과는 본질적으로 다른 의미를 지니고 있다. 시가 산문화된다는 것은 시적 언어를 지배하는 중심 고리가 상징이 아니라 시간성을 띤 사건 위에 시적 언어가 안치된다는 의미를 담고 있다. 사건은 나(시인 자신)와 나를 둘러싼 세계로 향해 있지만, 그 사건은 보편적 함의를 지닐 수 없다. 사건은 지극히 주관화된 주체의 사태이거나 주체에게만 열린 의미이다. 그러므로 시인의 체험은 철저하게 개인화된 알레고리로만 존재할 뿐이고 상징적 보편성을 지향하는 절대적인 그 무엇으로 환원될 수 없다. 물론 이러한 알레고리적 경향은 각각의 시 작품 하나하나를 문제 삼을 때 발생하는 현상이다. 그러나 산문시를 표방한 최초의 작품집『연필로 쓰기』로부터 최근의 작품집인『本色』에 이르는 시적 도정 전체를 문제 삼을 때, 정진규의 개인화된 알레고리는 현대성의 주관화된 사건성으로 침몰하지 않고 보다 근원적인 세계를 지향하고 있다는 것을 알게 된다. 그것은 정진규의 시가 산문이라는 레테르를 달긴 했지만, 그의 문학적 실천이 지향하는 지점은 시라는 외연적 범주 내에서 벌어진 형식의 변용인 관계로, 정진규의 산문성은 보다 심원한 의식의 세계를 문제 삼는 방향으로까지 확장되기에 이른다.

2. 자기 성찰로써의 산문시

정진규 시인에게 있어서 1980년대는 시적 성패와 무관하게 50년 가까운 시적 편력 중에서 가장 중요한 의미를 지니고 있다. 왜냐하면 이 시기는 시인에게 있어서 하나의 전환기이자, 문학적 정체성에 대한 확고한 의식이 형성되어 정진규다움(산문시)이라는 수식어가 뿌리내릴 수 있는 토대가 마련되었기 때문이다. 물론 시인 자신은『연필로 쓰기』의 자서에서 1977년 상재된『들판의 비인 집이로다』에 이미 산문시에 대한 지향성이 내재되어 있었다고 말하지만, 정진규라는 익명의 시인이 문학사적 지평 내에서 확고하게 자리매김할 수 있게 만든 문학적 실험성과 정체성이 동시에 형성된 시기가 바로 80년대이다. 운문성과 산문성 사이에서 배회하던 몸짓이 일거에 해소되고 산문적 알레고리에 운명을 내맡긴 시기가 바로 이때이다. 그러므로 시인에게 있어서 80년대는 상징적 사유와 시적 몽상의 거대한 비의의 터널에서 벗어나 세계 속에 자신의 운명적 삶을 안치시키는 시기에 해당한다. 그러나 이 시기는 낭만적 의식과 산문정신의 이중의 터널 속에서 양자의 지향적 의식이 혼재해 있는 것 또한 사실이다. 시인의 의식은 철저하게 관찰적 이성의 세계로 빨려들어 가지만, 시는 아직도 정신주의적 색채를 거세시키는 못하고 있다. 그것은 마치 문화 지체 현상처럼, 시인의 산문지향적 의식적 패러다임과 시적 실천 사이에 미묘한 틈이 벌어져 있고, 결코 봉합이 불가능한 평행선을 달려가고 있다. 그러한 까닭에 80년대 시들은 상징과 알레고리 사이에 위치하면서 산문성의 도도한 언어의 물결 위에 맑고 투명한 낭만적 의식을 아로새겨 넣고 있다. 80년대의 시들을 한마디로 정의한다면 정신세계의 고결한 의식으로 모든 지향적 의식을 열어 놓고 있다고 해도 과언이 아니다.

80년대의 시적 실천은 철저하게 산문성으로 흐르지만, 정신적 기조음은 70년대의 순수한 청년의 낭만적 기개를 그대로 간직하고 있다. 문제는 80년대의 산문시가 불철저한 산문성으로, 낭만적 산문성으로 비판의 대상이 되어야 하는가 하는 점이다. 정진규 시인의 문학적 본질이 산문성과 알레고리의 절묘한 결합에 있다고 확언할 때, 90년대 이후의 시적 언어가 정진규다움의 백미라고 규정할 때, 80년대의 문학적 행보는 순정한 의식의 산물이기는 하지만, 미숙한 시로 평가를 내릴 수도 있다. 그러나 과연 그렇게 정의적으로 문학을 재단할 때, 그 평가 기준은 객관화될 수 있는 판별 기준을 가지고 있는가. 적어도 80년대의 시들은 90년대 이후의 시들이 가지는 격렬한 문학적 코드는 비록 없을지라도 시의 마음과 순수한 열정을 읽어낼 수 있는 중요한 지표가 된다. 다시 말해서 80년대의 산문시들은 정진규 시인의 시에 관한 초심과 정신성이 고스란히 간직된 순정한 의식의 편린들이다. 비록 70년대 시들이 가지는 운문적 정신성을 산문의 형식으로 풀어 놓았을지라도, 80년대의 시인의 정신성은 2000년대에 상재된 작품집의 정신성으로 도도하게 흘러 왔음을 직감적으로 느낄 수 있다.

여름내
당신께오서 비워두셨던
한 채의 집
군불을 지펴요
어려운 시대의
실로 어려운 불꽃 하나 달고
반짝이는 오, 貧者의 一燈
등불도 하나씩 달아두어요
-「가을 精神」 일부, 『비어있음의 충만함을 위하여』

한 병의 우유만으로도
새 삼시 세끼는 넉넉하였으며
한 장의 朝刊으로도
내 영혼의 가난을 다스릴 수 있었다
-「안개」 일부, 『비어있음의 충만함을 위하여』

짤막하게 인용한 위의 두 시는 1979년 중앙일보와 1980년 현대시학에 발표한 작품인데, 정진규 시인이 어떤 세계를 지향하면서 시를 창작했는지를 명확하게 드러내 보여주고 있다. 「안개」와 「가을 精神」, 이 양자는 세계의 논리 밖에서 자신의 존재론적 의미를 성찰하고 있다. 이러한 의식은 릴케와 초기 김춘수의 문학적 자장 안을 맴돌 뿐 더 이상의 새로운 미적 페르조나를 세계 속에 현현시키지 못했다. 비록 시인의 정신성이 절대적인 그 무엇을 지향하고 있을지라도, 그것이 인륜성의 고결한 의식과 영혼의 문제를 형상화했을지라도, 그 아름다운 의식은 시적 완결성으로 향하지는 못한다. 시인의 의식적 지향성은 융식으로 말해서 시인의 내적 인격의 완성 즉 자기(Self)에로 향하지만, 시인의 자의식이 풍요롭게 시적 언어 속에 활보하면 할수록 시인의 외적 실체 즉 시가 현실화되는 형식적 외적 인격(Persona)은 시인의 의식 속에 철저하게 소거되어 불투명하게 드러난다. 다시 말해서 시의 형식적 완결성은 시인의 지향적 의식 속에 닫혀버린다. 시적 자아인 내격과 시의 형식적 외격이 상호 조화를 이룰 때, 시는 무한히 새로워진다. 정진규 시인에게 있어서 지평의 창조는 산문성의 획득에 있다. 그것은 물론 형식적 지평의 새로움이지만, 그 지평은 본질적으로 시의 정신성의 변화 또한 내재되어 있다. 가다머는 『Wahrheit und Methode』에서 모든 의식적 지평은 영향사적 자장 내에서 전통의 보편적 역사성 내에서 지평의 창조가 이룩된다고 말하지만, 정진규의 시적 형식의 지평 창조는 가다머의 그것과는 어느 정도의 낙차를 두고 있다. 정진규의 창조적 지평의 열림은 보편화된 운문적 시형식 위에서 개현된 것이 아니라, 시적 형식에서 소외된 산문성을 시적 지평 위에 활보하게 만드는 데 있다. 산문성의 시적 실천이 일부 선배 시인들에게서 행해지기는 했지만, 그들은 자신들의 시 전체를 산문성의 운명에 내맡기지는 않았다. 정진규 시인만이 산문성의 문학지평에 온몸을 내맡기며, 그것이 바로 자기 자신이라고 주장하고 있다. 그러므로 정진규의 산문성의 성취와 그것의 성공은 루카치가 『미학서설』에서 말한 특수자로 존재하는 미적 형식을 보편자인 미적 양식으로 고양시킨 것에 해당한다.

> 되도록 처절한 혼자일 것 心象의 깊은 그림자들과 만날 것 단 젖을 것 깊이 젖을 것 비를 내리게 하실 것 꿈보다 더 꿈이실 것 그러나 예의 그 눈물목소리로부터 해방되어 있을 것 사물이나 사태의 이행 변화를 뜨거운 감각으로 수용하되 의미를 버리지 말 것 음악의 풀밭에서 돋아나는 싱그런 상추 한 잎 그걸 어렵게 따물고 하늘로 날아가는 한 마리 새일 것 그런 內緣의 여자 하날 깊이 감추어 둘 것
> —「어느날의 나의 詩法」 전문, 『연필로 쓰기』

시가 산문화된다는 것은 시의 전통적 문법은 물론 시적 보편성과도 결별하는 것을 의미한다. 그것은 엄밀히 말해서 시적 상징 같은 것들을

시적 언어 밖으로 내몰아 존재의 비의를 몽상하지 않는다는 뜻도 함의하고 있다. 그렇다면 이때 시는 어디로 향하는가. 아니 보다 정확하게 말해서 산문시가 지향하는 시적 패러다임은 운문적 억압성을 벗어나 자유로운 세계를 향유한다고 말할 수 있는가. 시인 정진규는 그렇다고 말하고 있다. 운문적 창조성이 표현하는 언어적 조합이 환상과 비의라는 천상의 세계로 고공비행해 들어간다면, 산문시는 철저하게 지상적인 공간으로 내려와 인간이 체험한 삶의 유의미한 사태를 시적 언어 내부에 안치시키게 된다. 이때 시는 개인화된 체험의 자장 밖으로 탈출할 수 없다. 시는 보다 철저하게 세계의 논리 선상을 횡단하면서 개별적 주체와 인륜적 질서 사이에 불협화음을 만든다. 왜냐하면 산문시가 귀환하는 의식의 공간은 상징이 아니라 알레고리이기 때문에, 시는 절대적 가치로 수렴하는 것이 아니라 상대화된 주관화된 의식의 지평 내부에서 머물게 된다. 그러므로 산문적 알레고리는 상호주관적인 합일의 지점 위를 끊임없이 유랑할 수밖에 없다. 알레고리는 의미를 찾아 떠나는 지극히 개인적 체험 속에서 개현된다. 알레고리는 주관성이다.

그러나 80년대의 산문시들은 앞서 말한 시적 알레고리로 형상화된 것이 아니라 정진규 자신의 내면적 의식을 세계의 눈을 통해서 또는 그 역으로 비추어보고 있다. 이때 시는 인간의 의식적 지평을 보편적인 경지로 향하게 만든다. 시 「어느날의 나의 詩法」은 그러한 시인의 의식을 아주 치밀하게 드러내고 있다. 시인 정진규는 시작법이라고 말하지만, 시인이 말하는 시의 담론적 층위는 시를 메타적 자리로부터 끌고 내려와 철저하게 현실 공간 내부 또는 시인의 상상적 지평 속으로 끌고 들어간다. 시적 언어에 대한 담론적 정의는 정진규 시인의 시적 정체성은 물론 시의 존재론적 양태를 천명한 것이다. 그것은 시적 알레고리가 아니라 시 일반의 존재론적 측면를 공시적으로 드러낸 것에 해당한다. 그리고 이러한 시에 관한 교의적 시법은 시적 알레고리의 시법만을 의미하는 것이 아니라 전통적인 시문법에 보다 가깝다. 언어의 양가성을 최대한 살리면서 은유의 집 내부에 은거하면서 보다 근원적인 가치를 시 속에 육화시켜야 한다는 선언에 해당한다. 시에 관한 교의적 시법은 시인 자신의 내면과 정신성을 점검하면서 자기 성찰 쪽으로 모든 의식을 집중하게 된다.

> 사람들은 슬픔과 외로움과 아픔과 어두움 같은 것들을 자신의 쓰레기라 생각한다. 버려야 할 것들이라 생각한다. 그러나 나는 그것들을 줍는 거지 사랑하는 거지 몇해 전 집을 옮길 때만 해도 그들의 짐짝이 제일 많았다. 그대로 아주 조심스레 소중스레 데리고 와선 제자리에 앉혔다 와서 보시면 안다 해묵어 세월 흐르면 반짝이는 별이 되는 보석이 되는 原石들이 바로 그들임을 어이하여 모르실까 나는 그것을 믿고 있다 기다리고 있다 나는 슬픔富者 외로움富者 아픔의 어두움의 富者 살림이 넉넉하다.
>
> —「原石」 전문, 『연필로 쓰기』

시 「原石」은 80년대에 씌어진 산문시의 정체성이 총체적으로 노정되어 있다. 시가 산문화된다는 것은 시가 서사적 사건성 위를 횡단하다가 교훈적 의미나 비판적 성찰에로 귀환하게 된다는 것을 의미한다. 비록 개인화된 체험의 영역 위를 활보하기는 하지만, 그 체험적 알레고리는 생활 세계를 지배하는 암묵적인 규범성을 띠게 된다. 그러나 위의 시는 규범적 또는 통념적 가치의 차원으로부터 철저하게 벗어나 자기 성찰적인 의미를 지니고 있다. 슬픔, 외로움, 아픔 그리고 어두움을 가공되지 않은 원석으로 비유하면서 심원한 의식적 지평의 세계를 삶의 본질이라고 생각하고 있다. 아무도 인정하지 않은 쓰레기 같은 '관념의 날것'들 속에서 생활 세계의 전반에 관한 성찰적 의식을 피력하고 있다. 시인은 세상의 타자들에게 소중한 가치를 고지하고 있다. 가공되지 않

240

은 '생짜의 관념' 속에 칩거하면서 그것들이 세계를 반짝반짝 비추게 될 것이라고 믿고 기다리면서 마음의 보석을 키워가고 있다. 80년대 시의 중심적인 의식은 모든 알레고리적 사태를 성찰 관조하고 있다. 그리고 그러한 태도는 시인의 인식적 지평을 자아의 응시 쪽으로 향하게 만든다.

그러한 까닭에 80년대의 시는 본래적인 의미의 알레고리를 충실하게 재현하지 못하게 된다. 시의 지향적 의식은 자아와 세계 사이의 팽팽한 분열적 의식의 대립을 횡단하지 못한 채, 세속적 원리 저편에 위치하게 된다. 자본주의적 원리를 가로질러 가다가 시적 알레고리는 세계와 시인의 자아 사이에 균열을 감지하게 되지만, 시인은 자신의 자아를 세계 밖에 위치시키거나 자신의 자아 안에 세계의 현실적인 모습을 유폐시킨다. 시는 본질적 상징성을 띤 슐레겔적 알레고리가 된다. 사실 시 「原石」을 지배하는 근본 모티브는 알레고리적 인식으로 무장하고 있지만, 시는 낭만적 자의식의 과잉상태로 끝나고 만다. 물론 시인은 자신의 의식적 지평 내에서 세계 전체를 문제 삼고, 세계와 자아 사이의 팽팽한 긴장관계를 유지하고자 시도하지만, 시가 관조적 기다림과 신념의 체계로 귀환할 때, 시는 유사 알레고리의 범주로 전락하고 만다. 몸, 밥, 알의 물질적 층위의 알레고리(90년대)로 넘어가기 이전의 산문시(80년대)들은 현대성의 한복판 위를 질주하기는 하지만, 그 질주가 귀환하는 지점은 세계와 인간, 시인과 사람 사이의 해소할 수 없는 팽팽한 긴장 관계 속이 아니라, 이 대립적 국면들은 시인의 내면으로 소거 용해되어 정신적 합일의 경지로 고양된다.

아름다운 無名이고 싶다 개똥지빠귀라는 새 이름이나 며느리미씨깨라는 풀 이름이 더 힘 있어 보인다 도둑놈의 지팡이는 어떤가 쇠똥구리는 어떠신가 대낮 고향 산길에서 만났던 쇠똥구리가 없었다 쇠똥만

굴리고 있었다 열심히 한 點 한 點씩 이어 가고 있었다 우리들의 사랑
을 나르고 있었다 우리들의 사랑을 한 짐씩 져다가 부리고 있었다 어
느 댁 곳간이 비어 있으신가 어느 댁 뒤주가 비어 있으신가 어느 댁
쌀독이 비어 있으신가

-「아름다운 無名」 전문, 『뼈에 대하여』

시 「原石」이 내면적 의식지평의 세계를 문제 삼았다면, 시 「아름다운
無名」은 익명화된 존재 쪽으로 시선을 열어 놓는다. 이때 시인 정진규
의 의식 세계는 철저하게 낭만적 사랑과 나눔의 세계로 귀환하게 된다.
인간의 관심의 대상 밖에 존재하는 자연의 생명체를 응시하면서 그들
의 생명적 원리를 사랑의 원리로 고양시키고 있다. 산문성을 타고 도는
사건성은 시인의 의식화 과정 속에서 해소되어 하나의 이념이나 가치
를 대변하는 역할을 하게 된다. 그것은 시적 알레고리를 시인의 이상화
된 가치 기준으로 재단하는 방식이다. 그러므로 80년대의 산문시들은
세계와 자아, 자연과 자아 사이에 놓여 있는 갈등이나 간극을 시인의
자의식 속에 유미적으로 승화시켜 절대 가치나 이념적 지표 속에 용해
시켜버린다. 그것은 아름다운 의식이기는 하지만, 모든 인간들이 지향
하는 가치이기는 하지만, 정진규 시인의 낭만적 사유에 기반한 성찰적
의식의 한계 범주를 결코 벗어나지는 못했다. 그러므로 80년대의 서정
적 산문성은 90년대의 현실의 첨예한 의식을 문제 삼는 연작시에 의해
지양 극복된다.

3. 물질적 상상력을 통한 세계의 알레고리화

사실 상상력이라는 말과 알레고리라는 말은 하나의 의미 지평 내에
서 결합이 불가능한 담론이다. 그것은 서로 이질적 가치를 지향하기 때
문에 상호 충돌하여 생채기를 내는 반정립적 관계를 형성하고 있다. 엄

밀히 말해서 정진규 산문시에 있어서 상상력과 알레고리는 상징과 알레고리의 대리전 양상을 띠고 있다. 알레고리는 훗설이나 하버마스가 말한 생활 세계를 문제 삼으면서 질서적 담론을 규범적 의사소통의 형식으로 세계 전체를 의식화해가는 반면, 상징은 그러한 의식적 층위를 가볍게 뛰어넘어 보다 근원적 세계를 몽상하게 된다. 그렇다면 상징의 자장 내에 작동하는 상상력과 현실성에 기반한 알레고리는 철저하게 반목하면서 상호 배제 관계를 형성하게 될 법도한데, 의외로 정진규의 산문시는 이 대립적 담론 위를 활보하면서 푸코적 담론의 질서를 철저하게 파괴시킨다. 시적 언어 내부에 작동하는 담론적 욕망은 상상력과 알레고리라는 이질적 층위를 상호 대리보충하면서 하나의 시적 담론으로 완결시킨다.

정진규의 산문시는 욕망하는 의식들의 대립적 국면들의 상처를 상처 그 자체로 드러내는 데 있다. 물론 그 상처의 근본 원인은 밥이고, 몸이고, 알이겠지만, 밥, 몸, 알은 알레고리적 사태의 주범이지만, 시인 정진규는 물성을 띤 이 세 객체를 상상력의 지평 내에서 주관화된 체험으로 질적 변이시킨다. 이때 물질성을 띤 세 객체는 개별적 사물이 아니라, 세계 전체를 대변하는 현실적 실체로 전위되어 생활 세계 일반을 지배하는 알레고리적 사태가 된다. 시인은 물성을 띤 세 객체와 그것이 빚어내는 삶의 알레고리적 사태를 상상력으로 매개시킨다. 이때 시는 적층된 사건의 더미 속을 헤매게 된다. 밥이라고 명명된 사건, 몸이라고 정의된 사태, 알이라고 하는 미정형의 실체들 속을 예리하게 응시하다가, 시인의 의식 속에 의미 있다고 생각되는 서사적 국면 위에 자신의 시적 언어를 안치시킨다. 시의 서사성은 철저하게 개인화된 의식의 지평을 횡단하게 된다. 그것은 보편적 가치가 아니라 개연적 사태들일 뿐이다. 일련의 연작시 각각은 개별적인 하나의 사태를 시인의 상상적 지평 내에서 서사화시킨 것이지만, 하나의 알레고리적 사태로 시인이 전유한 것이기는 하지만, 몸, 밥, 알의 각각의 사태들의 총합은 세계 전체를 지칭하는 쪽으로 향하게 된다. 비트겐쉬타인이 『논리철학논고』에서 세계는 사태들의 총합이라고 언명했을 때, 그것은 세계를 의미 규정할 수 있는 것은 진리 그 자체가 아니라, 진리 편에서 세계를 정의내리는 것이 아니라, 알레고리적인 의미를 띤 개연적 사태들의 총합만이 세계의 본질을 해명할 수 있다는 것을 의미한다.

정진규의 연작시들은 서사적 주체인 '나'에 의해 여과 투시된 사태나 사건들의 서술이지만, 그것이 철저하게 알레고리적 의미를 지향하지만, 몸, 밥, 알의 존재론적 의미를 세계와 관계하는 방정식으로 고정화시킬 때, 다음의 방정식이 성립된다. '몸X+밥Y+알Z = 세계 의지 전체 or 알레고리의 총합'이 된다(변항 X, Y, Z는 몸, 밥, 알의 무한한 사태를 지칭한다). 이 방정식은 무한히 열려진 세계의 사태적 국면이고 비트겐쉬타인의 테제를 충실하게 표현한 것이기는 하지만, 세계에 대한 앎에의 의지를 가장 충실하게 도식화시킨 것이기는 하지만, 이 방정식의 의미론적 사태를 되짚어보면 인간이 세계의 의미 전체를 포착하는 것이 절대로 불가능하다는 사태로 역전된다. 왜냐하면 인간의 몸이란 니이체가 『짜라투스트라는 이렇게 말했다』에서 말한 동일자의 영원회귀가 아니라 영원 속에 점으로 존재하기 때문에, 인간은 사태들의 총합을 전유할 수 없게 된다. 그러므로 이 방정식은 하나의 인식적 허구에 지나지 않을지도 모른다. 우리는 다만 세계 속에 생기하는 사태들 속에서 알로, 몸으로 태어나, 밥을 먹고 살다가 다른 세계에 이입되는지도 모른다.

그러나 시인 정진규는 연작시를 통해서 생기하는 모든 사태들의 의미를 몸, 밥, 알의 범주 내에 가둔다. 이때 몸의 세계, 밥의 세계, 알의 세계는 무수한 현상들 속에 다양한 양태로 드러나지만, 몸, 밥, 알은 거의 동일한 지평의 범주 내에서 작동하게 된다. 몸, 밥, 알은 분자 구조와 외적 형태만 다를 뿐, 그 내적 실체는 동일하다. 이러한 동일성을 지닌 몸, 밥, 알은 이중의 장치를 종횡으로 가로지르면서 다양한 존재론적 양태를 세계 속에 현시시킨다. 유물론적 관점에서 볼 때, 물성을 띤 이 세 상징적 개체는 하나의 질료로써 현실성을 매개시키고, 유기체적 관점에서 보면, 몸, 밥, 알은 생명성을 띤 인격화된 실체이다. 시인 정진규는 이 양자의 관점을 몸, 밥, 알에 부여하면서 세계 내부에서 일어나는 사회적 현실 문제의 중심으로 치고 들어간다.

그러나 이 세 상징적 실체들 중에 가장 중심에 위치하는 것은 몸이다. 비록 동일한 의미 지평 내에서 몸, 밥, 알이 의미를 분화시켜 작동하기는 하지만, 시인의 의식 속에 몸은 산문적 알레고리, 삶의 현실성, 존재적 사태들의 중심축으로 작동하게 된다. 왜냐하면 몸이 노동을 하면 밥이 되고, 몸이 다음 세대로 이어지면 알이 되기 때문이다. 몸은 세계의 중심이자 역사의 중심이다. 그러므로 몸은 가시적인 것인 동시에 보이지 않는 것이고, 전체이면서 부분인 존재적 양태를 띠고 있다. 몸은 밥으로 알로 변형될 수 있는 잠재적 가능태이자, 삶의 현실성을 지배하는 현실태이다.

> 처음엔 死者밥인 줄 알았습니다 저승길도 시장하셔서는 자시지 못합니다 이승에서 받으시는 마지막 밥 한상 어머니께 차려올리는 눈물의 밥 그런 걸로 알았습니다 그러나 아니었습니다 그것은 使者밥, 저승길 잘 모시고 가달라고 제 어머님 잘 모시고 가달라고 밥 한 상 잘 차려올렸사오나 노자도 두둑히 드리긴 드렸사오나 어머니, 평생을 나의 밥이셨던 당신, 마지막 밥 한상마저 당신의 것이 아니었습니다
> —「밥詩 8」 전문, 『별들의 바탕은 어둠이 마땅하다』

밥은 외화된 노동의 실체적 결과물이다. 밥은 살아남은 자들을 위한 삶의 진수이다. 앨런 와츠가 『물질과 생명』에서 생명의 존재론적 양태를 에너지의 운동으로 정의했을 때, 밥은 물질과 생명 사이에 위치하면

서 생명의 운동 자체를 역동화시킨다. 밥은 힘의 잠재태이고, 그것이 에너지로 전환될 때 현실화된 힘이 된다. 밥은 먹힘으로써 세계의 주인이 된다. 밥은 생명의 중심이다. 시인은 9편의 「밥詩」 연작을 통해서 인륜적 삶의 다양한 양태를 형상화하고 있다. 비록 그것이 먹고 먹히는 관계 속에서 벌어지는 사태를 형상화하고 있지만, 시인은 그 관계를 인륜적 가치로 고양시킨다. 밥은 희생제의적 속성을 지닌 물질이자, 그 제의를 통해서 신성한 물질로 질적 전환되어 생과 사를 매개시키는 물질이 된다. 「밥詩 8」은 밥의 제의적 속성을 형상화하고 있다. 어머니의 희생적 사랑, 어머니를 밥으로 묘사하면서 밥은 기억과 추억을 자극하는 촉매제 역할을 한다. 돌아가신 어머니의 신위 앞에 메밥과 고봉의 눈물밥을 진설하면서 어머니의 지난한 삶을 떠올리고 있다. 세상에 존재하는 모든 어머니는 자식의 밥이다. 임종의 순간까지도 자식의 밥이 되는 어머니의 사랑, 눈물로 대신할 수밖에 없는 아들의 아픔이 시 속에 형상되어 있다. 더 나아가 시인 정진규는 「밥詩」 연작을 통해서 나와 너의 존재적 사태를 욕망하는 의식으로 치환시킨다. 밥은 생존에 필요한 가장 중요한 원초적 물질이지만, 그 물질은 나와 너를 상생의 구조 속을 활보하게 만드는 것이 아니라, 아와 비아의 계급투쟁의 구조 속으로 달려가게 만든다. 밥은 현존성의 첨예한 갈등의 문제성을 함의하고 있다. 치열한 삶에의 의지를, 현대성의 격렬한 대립적 의식을 밥은 알레고리적으로 비판하고 있다. 단 어머니라는 희생적인 밥을 제외하고 세상의 모든 밥은 나의 것이지 결코 타자의 것이 될 수 없다.

아, 저 빈 자리! 좀 더 하느님 가까이에 있던 저 빈 자리, 軟柿 한알
이 매달려 있던 높이, 그가 땅으로 온 것은 제 무게를 제가 견딜 수
없었던 충만의 끝이었겠지만 하느님 가까이에 있는 몸은 스스로 빈
몸일 수 있을 때 비로소 몸일 수 있다는 걸 그가 깨달았기 때문이라

는 생각이 들었다 그는 비로소 나뭇가지에 열려 있게 되었다는, 몸 하
나 거기 놓아두게 되었다는 생각이 들었다 나는 배가 고파 식당으로
밥을 먹으러 가면서 하늘 높이 날던 새들도 나직나직 땅 가까이로 날
개를 접는 겨울 들판을 생각했다 무게가 나가는 겨울새들을 생각했다
배가 고프면 다만 나는 외롭고 무게가 나가지 않을 뿐인 내 몸을 하
루 종일 생각했다

−「몸詩 75−軟柿」 일부, 『몸詩』

　몸은 존재론적 양태가 아니다. 몸은 존재론적 양태를 가능하게 만드
는 실체이자, 그것의 구체적인 표현이다. 몸은 때론 무의 세계로 기화
하고 때론 하나의 견고한 결정체를 띤 물성을 의미하기도 한다. 그러므
로 몸은 가장 구체성을 띤 실체이면서 세계 전체의 의미를 현실화하는
역동적인 힘이다. 정진규 시인에게 있어서 몸은 이러한 속성을 포괄하
면서 과거에 일어났거나 현재 생기하고 있는 그 무엇인가를 모색 탐험
하는 실체적 움직임으로 형상화하고 있다. 몸은 바바라 크루거가 1989년
도 사진작품에 표현했던 'Your body is a battleground'이다. 포스트모던
시대에 몸은 윌리엄 유잉이 말한 것처럼 성 담론으로 남녀의 타락을 조
장할 뿐만 아니라, 자본적 기호로 화려한 치장을 하게 된다. 그러나 정
진규 시인에게 있어서 몸에 관한 시들은 현대적인 의미의 몸을 포괄하
면서 인간의 육체성에 담긴 존재적 측면을 치밀하게 추적하고 있다. 그
리고 몸은 미시적으로는 개인화된 몸으로 거시적으로는 몸에 관한 거
대 담론적 층위를 포괄하고 있다. 비록 개인화된 서사성의 지반 위에서
구축되기는 했지만, 시적 서사성은 내밀한 몸의 원리로 향하고 있다.
그러므로 몸이라는 담론은 개념적 정의가 불가능한 그 무엇이다. 시인
에게 있어서 몸은 가시성과 불가시성 사이를 왕래할 수 있는 매개체이
다. 그러므로 몸은 시인의 의식이 주소하는 모든 것들을 지칭한다. 몸
은 시인의 의식에 부딪히는 사태 전체를 의미한다.

시 「몸詩 75 – 軟柿」는 보다 근원적 의미의 몸의 실체에 접근하고 있다. 시인 정진규는 매달려 있음과 떨어짐의 역학 구조 속에서 몸이 궁극적으로 주소하는 공간적 의미를 주밀하게 성찰하고 있다. 시인은 충만한 무거움과 가벼운 비어 있음의 상관관계 속에 생명적 몸에 관한 존재론적 의미를 깨닫게 된다. 그러나 그 몸은 원론적 의미에서 그렇고 개인화된 시인의 몸은 삶의 공간 지평 내에서 철저하게 주관화된다. 이때 몸은 생명의 형식으로 밥의 지평 위를 달려가게 된다. 존재의 무게와 신의 자리를 시인은 밥과 배고픔을 통해서 의도적으로 비껴간다. 시인은 몸의 현실성 내부로, 배고픔과 외로움의 감각적 의식으로 존재의 무게를 소거시킨다. 세계의 중심인 몸의 무게 안에 진리의 의미를 가둔다. 이때 몸은 철저하게 알레고리적 현실성을 띤 개연적 사태가 된다. 시인이 몸의 연작을 통해서 형상화하고자 했던 의도는 몸성의 다층화이다. 비록 몸이 사건의 축으로 분기화하지만, 몸은 세계 전체의 의미를 파헤치는 최종심급으로 존재한다. 세계가 몸이고, 몸이 세계이다. 그러므로 몸은 헤르더 식으로 말해서 획일적으로 존재하는 것이 아니라 다원화된 객체이자 의미가 충일한 실존적 주체이다. 각각의 몸은 자존하면서 세계 전체를 길항시키는 실체이다. 몸이 세계의 주인이다. 몸은 알레고리적 사태를 가능케 하는 근본 원인이다.

임신중절을 하고 돌아와 이 봄날 백주 대낮에 혼자 모로 누워 있는 이제는 늙었달 수밖에 없는 아내의 방, 그런데도 아내는 왜 저리 평안한 것일까 아내의 방이 왜 저리 넉넉해졌을까 젊어서도 여러 번 임신중절을 했던 아내, 그때는 긁어낸다고 했지, 그 말이 그렇게 슬펐지 슬픔 가득했던 가난했던 그때의 방과 영판 다르니 어쩐 일일까 이런 식으로 새롭게 태어나는 방도 있기는 있는 것일까 아내는 그의 방을 새로이 믿게 되었다는 것일까 아직도 알을 슬을 수 있는, 담을 수 있는 그래, 그만의 방을 아직도 지니고 있다는 것이겠지 그는 아직도 여

자라는 것이겠지

-「아내의 방-알 31」 전문, 『알詩』

통상적으로 알은 자족적이면서 가장 완벽한 실체로 비유되곤 한다. 엘리아데의 신화학이나 종교학에서 알은 우주 창조의 신화와 그것의 재생 반복을 의미한다. 그러나 정진규 시인에게 있어서 「알詩」 연작은 광대한 신화적 공간 위를 활보하는 것이 아니라, 현실의 내밀한 공간 속에 내재한 어떤 원리로 작용하고 있다. 때론 삶 속에 벌어지는 갈등의 인자로, 때론 모든 것을 보다듬는 사랑의 알로 작용하면서 현실 세계 전체를 포괄하고 있다.

그러나 「알詩」 연작은 「몸詩」 연작과 달리 포태의 원리를 문면에 깔고 있다. 몸의 시적 형상화가 삶의 행위에 집중되어 있다면, 인간의 행위와 그것이 빚어내는 삶의 의미 쪽으로 향하고 있다면, 알은 인간의 삶의 행태 속에 내재한 상생의 의미를 탐문해 들어가고 있다. 시 「아내의 방-알 31」은 생명의 포태 과정을 삶의 아픔으로 육화시키고 있다. 시인은 먼저 가난했던 삶의 한 순간을 떠올리면서 아내의 내밀한 방을 알의 공간과 병치시킨다. 자궁 안에 생명의 씨알을 키워왔지만, 슬픔으로 가득 채워진 가난으로 인해 자궁으로부터 생명의 씨알들을 내몰아야 했던 순간을 회상하면서 시인은 알이 주소하는 공간의 의미를 묻고 있다. 이때 아내의 방은 밀폐된 물리적 공간이 아니라, 여성성을 상징하는 자궁이다. 씨를 받음으로써, 알을 품어낼 수 있는 공간이 바로 아내의 방이다.

이렇듯 알은 공간적 지평이면서 미지의 사태가 발생하는 근본 원인이다. 왜냐하면 생명의 기원은 창조와 진화, 몸과 알이라는 두 축을 중심으로 형성되어 왔지만, 다윈 이후 생명의 형식은 진화하는 알이기 때문에, 알은 모든 사태의 근본 원인이 된다. 그러나 정진규 시인에게 있어서 그러한 알의 존재론적 양태는 양가적 아니 다중적인 의미를 담고 있다. 알은 그 자체로 자족적 완전성을 띤 실체이다. 그러나 그 자족적 완전성은 소통이 불가능한 단절을 의미할 수도 있다. 쇼펜하우어가 『의지와 표상으로의 세계』에서 개체화의 원리를 선언한 이후, 인간의 존재 방식은 철저하게 자기중심적인 주체이거나 부버적 타자성을 배제시킨 개인성이 세계의 중심원리로 작용하고 있다. 정진규 시인에게 있어서 알은 철저하게 관계를 거부하는 단독자의 형상과 유사하다. 더 나아가 알은 자본의 세계를 지배하는 현대성의 벌판 위에 존재하는 가난한 자, 힘없는 자, 소외되고 스스로를 소외시킨 고독한 자의 형상을 대변하기도 한다. 그러므로 알 연작 속에 표현된 각각의 알은 현대인의 소외된 모습을 알의 알레고리적 사건성 위에 형상화하고 있다.

4. 본질 직관으로써의 알레고리

알레고리의 총합이 상징적 본질의 세계로 나아갈 수 있는지는 의문스럽지만, 끊임없이 파편화된 사건성 위를 횡단하는 실체가 알레고리이지만, 그 개연적 사건성 내부를 지배하는 근원적 계기는 인륜적 가치의 정초에 있다. 그것이 시적 몽상 속에서 벌어지는 사태일 때, 그 사태는 일상적 삶으로 침윤되는 것이 아니라, 각각의 알레고리는 하나의 이념, 하나의 가치, 하나의 규범으로 고양된다. 이때 알레고리는 현실과 자아 사이에 벌어진 틈을 지양 극복하게 된다. 상징적 사유가 원천 봉쇄된 현대성의 허허벌판 위를 유랑하다가 첨예한 문제성의 복판 위를 알레고리는 가로질러간다. 이때 알레고리는 이중의 의식 작용으로 무장한다. 한편으로는 불편부당한 객관성을 통해서 현대성과 자아의 미묘한 역학 관계를 진단하고, 다른 한편으로는 비판정신을 통해서 전도된 가치와 파괴된 인륜성의 복원을 우회적으로 시도한다. 이러한 의식 작용을 통해서 알레고리는 질적 변이를 이룩하여 상징 그 자체로까지는 고양되지 않지만, 그것과 유사한 존재론적 양태를 띠게 된다.

이렇게 고양된 알레고리는 메타적 가치 지향성으로 무장하여 상징이 죽은 현대사회 속에서 상징의 자리를 대리 보충하게 된다. 그것은 개인적 체험의 영역이었던 사건성의 범주를 보편적 사건성의 영역으로 일반화하는 것을 의미한다. 다시 말해서 고양된 알레고리는 사건의 서사화가 아니라, 서사적 사건의 의식화를 통해서 사건성 바깥에 자아를 위치시킨다. 이때 시적 자아는 연금술적 사유로 무장하여 본질 직관을 하게 된다. 드러난 사태 속에 침윤된 의식이 아니라 드러난 사태 속에 내재한 상징의 무게를 응시하면서 갈등하는 자아를 평정의 상태로 이끌어간다. 연금술은 욕망에서 비롯한 욕망하는 의식의 거세 작용으로 작동하게 된다. 연금술적 사유는 결과지향적인 의식이 아니라 늘 과정 중에 있는 의식으로 주체와 객체 양자를 차원 변이시킨다. 2000년대 상재된 『도둑이 다녀가셨다』와 『本色』은 연금술적 사유를 통해서 알레고리를 한 차원 고양시킨 작품집이다. 물론 산문시가 가지는 언어의 태생적 범주 내에서 언어가 운용되지만, 그 언어의 무게와 질감은 밥, 몸, 알 연작의 연속선상에 있기는 하지만, 그 언어의 깊이와 넓이는 한 차원 깊어지고 넓어졌다. 그것은 사건성에 시적 주체가 이몰되어 있는 것이 아니라, 사건성 자체의 의미를 비록 무겁기는 하지만 상징의 무게로 가늠했기 때문이다. 정진규 시인의 2000년대 작품집은 지극히 개인적인 사건성을 알레고리로 표현했지만, 그 표현은 한층 고양된 미묘한 역학 관계를 연출하고 있다. 다시 말해서 『도둑이 다녀가셨다』와 『本色』은 하나의 사건이나 사태를 예리하게 정관하면서 그 이면에 내재된 어떤 원리를 묘파하고 있다. 이때 정진규의 시적 알레고리는 슐레겔적 알레고리, 즉 상징을 대리하는 알레고리가 된다.

언제나 상징의 무게가 늘 함께 있다 몸이 깊다 나는 그걸 이 세상
에서도 더 잘 믿게 되었다 이젠 돌이킬 수 없는 일이다 상징은 언제
나 우리를 머뭇거리게 한다 금방 우리를 등돌리지 못하게 어깨를 잡
는 손, 손의 무게를 나는 안다 지는 동백꽃 잎에도 이 손의 무게가 있
다 머뭇거린다 이윽고 져내릴 때는 슬픔의 무게를 제 몸에 더욱 가득
채운다 슬픔이 몸이다 그때 가라, 누가 그에게 허락하신다 어머니도
그렇게 가셨다 내게 손님이 다녀가셨다 순금으로 다녀가셨다

―「純金」 일부, 『도둑이 다녀가셨다』

천 년을 살았다는 것은 천 년을 기다렸다는 것과 다르지 않다 천
년 만에 나도 만났다 속이 탈 수밖에 없었으리 제 몸의 수소와 산소
를 다 바닥낼 수밖에 없었으리 기다림은 그렇게 언제나 목이 마르다
목이 탄다 수소와 산소를 바닥내는 일이다 수소와 산소를 바닥내면
숯이 되어버린다 숨利가 되어버린다 金剛이 되어버린다 다이아몬드는
숯 중의 숯이다 그리움마저 바닥낸 천 년의 사랑을 만나고 싶다 부끄
럽고 부끄럽다 내 그리움의 寂滅寶宮 한 채여, 金剛의 집 한 채여, 내
몸 속 벼락이여

―「金剛經講解」 일부, 『도둑이 다녀가셨다』

위의 두 시는 『本色』으로 가는 과정 중에 있는 시인의 순정한 정신성
을 연금술적 변성 과정을 통해서 형상화하고 있다. 연금술적 사유는 거
추장스러운 사건성의 질곡으로부터 빠져나오는 몸과 마음의 정련 과정
의 실천적 의지와 깨달음이 내재되어 있다. 연금술은 수은이나 납을 금
이나 은으로 만드는 화학적 실험이다. 연금술은 인간의 물질적 욕망의
표상이다. 그러나 연금술은 수은이나 납의 분자 구조를 금의 분자 구조
로 바꾸지는 못했지만, 연금술의 정련 과정 중에 연금술사의 정신의
구조를 변이시킨다. 욕망하는 의식은 순치되고 욕망의 대상인 금은 '현
자의 돌'로, 욕망은 정화하는 의식으로 전환된다. 칼 구스타프 융은
『Alchemical Studies』와 『Psychology and Alchemy』 등의 저서에서 연금
술의 궁극 목적이 온전한 자기의 인식 과정임을 밝히고 있다. 연금술은

애초의 목적과는 달리 인간 내면의 심층심리의 세계로 귀의해 들어가 인간 정신의 구조를 역동화시킨다. 욕망하는 의식과 욕망의 심연으로 들어가 연금술은 온전한 자기를 깨달음의 실체로 받아들이면서 인간의 내면적 실체를 추적하게 된다.

「純金」은 연금술적 상상력을 시 속에 잘 용해시키고 있다. 물욕의 대상인 금과 행운과 장수를 상징하는 금열쇠와 금거북 사이에 도둑과 시인을 위치시키면서 알레고리적 사건 위를 교묘하게 탄주해 들어가고 있다. 이때 금은 욕망과 행운과 장수 사이를 헤집으면서 상징의 지평으로 고양된다. 시인은 금을 매개로 하여 인간의 욕망과 상징의 의미지평을 되짚어 가고 있다. 시의 서사적 의미는 상징의 무게 속으로 침몰하고, 서사적 사건성은 존재 일반의 의미 지평에 관한 무게로 집중하게 된다. 시인 정진규는 상징의 무게 앞에 머뭇거리면서 존재 일반의 존재론적 무게를 가늠하고 있다. 비록 시인이 지향하는 시적 전개는 상징과 슬픔 사이를 왕래하면서 존재의 무게와 슬픔의 무게 쪽의 의미를 탐문해 들어가지만, 시는 훨씬 고양된 의미 지평의 세계로 향하게 된다. 시인 정진규는 자신의 시적 세계를 체험의 세계로 한정하면서 산문적 알레고리를 충실하게 재현하고 있다고 믿겠지만, 상징의 그늘인 몽상과 환상으로부터 벗어났다고 말하지만, 어찌 인간이 상징의 숲과 무게로부터 자유로울 수 있겠는가. 시인은 다만 상징의 무게로 인해 머뭇거리고 형용할 수 없는 미지의 실체를 상징이라고 가정하는 것 같지만, 그리하여 시인의 모든 지향적 의식이 현 존재의 행위와 생활 세계 쪽에서 존재의 무게를 가늠하고 있는 것 같지만, 어찌 존재와 슬픔의 무게의 배후에 상징의 거대한 숲과 무게가 작동하는 것을 모르고 있었겠는가. 산문적 알레고리의 형상은 현대성의 징후를 정확하게 꿰뚫고 있기는 하지만, 그 실체적 형상이 파편화된 현실 세계 속을 부유하는 기호임을 시인은 상징의 거대한 무게 앞에서 직관하고 있다. 시인 정진규는 직감적으로 무거운 상징의 짐을 지고 살아가는 인간의 운명성을 순금의 연금술적 상상력을 통해서 알레고리적 사건성 내부에 에둘러 놓고 있다.

「金剛經講解」의 연금술적 상상력은 보다 직접적으로 시의 문면 앞에 드러나 있다. 시인은 시의 첫머리에서 상상이 조금 끼어들었다고 말했고, 자신의 말이 맞을 것이라고도 이야기했다. 물론 이 말은 위의 시가 시인의 주관적인 해석에 기초하고 있다는 사실을 암묵적으로 드러내고 있다. 그러나 여기서 중요한 것은 바로 '상상'이라는 말이다. 미국의 요세미티 국립공원에 있는 천년 고목의 탄화 과정을 연금술적 상상력으로 응축시켜 기다림과 사랑의 구조 속에 안치시키고 있다. 시는 상상적 지평 속에서 절대적 진리로, 시인의 자의식으로 변주되어 생을 성찰하게 된다. 천년을 산다는 것을 천년의 기다림이라고 가정하면서 등신불처럼 스스로를 끄슬려 숯덩이로 탄화된 것이라고 상상하면서 적멸보궁의 금강의 집 한 채를 시인의 몸 안 어딘가에 자리하게 만든다. 통념적인 의미에 있어서 탄화 과정은 무로 수렴하는 과정이다. 그러나 시인은 그러한 과정을 생성의 과정이나 견고한 변성 과정으로 변이시켜 존재의 무게를 보다 내밀한 세계로 이입시킨다. 산소와 수소를 고갈시켜가면서 스스로를 탄화시켜가는 과정이 삶의 무게라고 시인은 상상하고 있다. 비록 그 과정 사이사이에 시인의 자의식적 부끄러움의 형상을 묘파하기는 했지만, 시인은 자신의 몸 안에 있는 생명의 불꽃으로, 추상 같은 벼락으로 자신의 영혼을 정화시키고 있다. 적멸보궁의 집 한 채를 몸 안에 키우고 있다.

산수유와 앵두꽃 사이 목련이 피고 목련과 넝쿨장미 사이 수수꽃다리가 피어난다 수수꽃다리와 무슨 꽃 사이엔 어떤꽃이 또 피어날까 그래도 그게 우리 집뜨락의 봄 풍경이다 그걸 차례대로 기다리다 보면 또 한세월이다 어느새 푸른 바다로 떠나고 싶다 무엇이나 사이에

있다 당신과 나는 무엇과 무엇 사이에 있는가 무엇과 무엇일 때도 있
고 누구와 누구 사이일 때도 있다 어제는 화엄사 不二門 안과 밖 한
발짝 사이로 있었고 오늘은 한 사람씩을 따로 만나고 있다 한 사람은
젊은 詩人을 한 사람은 마을 대중 슈퍼 朴氏네 막내딸 혼사에 가 있다
더 잘게 쪼갤 수도 있다 그러면 틈이 된다 그리고 水月觀音의 도톰한
맨발이 지나갈 때도 있다 그걸 차례대로 치르며 여기까지 사이 치르
기가 다음 사이를 만들었다 이제 조금 남았다
—「사이가 살림이다」 전문, 『本色』

작품집 『本色』도 다른 산문시들과 마찬가지로 사건성 위에서 탄주되
지만, 시의 창조주인 시인 정진규는 불식간에 시의 오케스트라 전체를
지휘하는 지휘자가 된다. 시인은 클라리넷의 서정성, 바이올린의 긴장
감, 그리고 피아노의 웅장한 음의 변주 사이사이에 오보에, 바순 그리
고 비올라의 조화음을 듣기도 하면서 차이코프스키의 교향곡과 같은
세계의 선율 위를 유유히 흘러내려가고 있다. 때로는 피아니시모로, 때
로는 포르테와 프레스토로 시의 교향악을 연주하면서 시인은 거대한
자연음 사이에 속삭이는 여린 음을 놓치지 않고 시의 교향악 전체를 조
율하고 있다.

시인에게 있어서 가장 문제가 되는 것은 '사이'다. 시인은 사이를 살
림이라고 말한다. 사이는 빈 공간이 아니다. 물론 시인은 계절의 순차
적 질서 속에 생기하는 자연물들의 형상을 사이로 표현했지만, 사이는
인간을 포함한 여타의 생의 형식 전체를 아우를 수 있는 미묘한 생명적
의미를 지니고 있다. 시인에게 있어서 사이는 살림이지만, 그 사이의
의미론적 층위는 존재성 그 자체로 향하고 있다. 즉 사이는 존재다. 사
이는 생명의 인과적 원리가 내재되어 있고, 모든 것을 공존시키는 화육
의 공간이기도 하다. 그런데 사이는 시의 서사 구조 안에서 무한히 변
주되어 때론 삶의 행태로, 때론 틈으로 형상화되고 있다. 시인은 사이
를 틈으로 틈을 거대한 공간으로 변용하면서 세계의 본색을 탐색하고

시적 알레고리를 통한 본질의 직관　**255**

있다. 엄밀히 말해서 정진규의 산문성은 가장 치열하게 본색을 탐문하는 알레고리의 사건성으로 침잠해 들어가지만, 시는 역설적이게도 그러한 사건성의 지평 밖에 존재하게 된다. 본색을 탄로시킨다고 말하기는 했지만, 시집 『本色』에서 본색의 실체를 정확하게 언표한 적은 없다. 그러나 시인은 당당하게 맨 얼굴로, 은유의 탈을 벗은 얼굴로 세계의 본색을 드러내고 있다. 그것은 시인이 알레고리 사이사이에 내재한 살림의 의미를 생명의 의미로 깨달았기 때문은 아닐까.

> 제일 두려워했던 것은 내 시 속에 내 나이가 맨몸으로 들앉아 있지나 않을까 하는 것이었는데, 들키는 건 제일 나중에 하자고 작심해 온 것이었는데, 늙지 않았다는 말을 다행으로 여겨 왔는데 이젠 아니다 正面이다 그간 나는 은유에 속았다 은유가 거추장스럽다 잘 자란 소나무는 片鱗이 얇다 홍안 백발이라는 말이 있지 그말 그대로 너의 문전을 서성대이겠지 박대하지 말라 제대로 늙자 물푸레나무를 오얏나무라고 우기지 말자 다리를 놓고 강을 건너다니지 말자 제 안에 있는 다리들을 다리가 없이 건너다니는 일이 그게 더 황홀하다 그게 제대로 늙는 길이다. 물푸레나무를 물푸레나무라고 말할 수 있을 때까지 잘못 놓인 다리들을 거두어내자 빠를수록 좋다 강 건너 있는 것들이 당초부터 물푸레나무 안에 죄다 들어와 있던 걸 처음 보았던 날 황홀이여, 네가 왔다 나를 늙었다고 당당하게 말해다오 걸어 다닐 줄 모르는 나무들도 죄다 알고 있다
>
> —「詩論」 일부, 『本色』

서정주의 「詩論」과 본질적으로 너무 다른 정진규의 「詩論」은 시의 본색이 아니라 시인의 본색을 문제 삼으면서 세계와 인간의 존재론적 양태를 정갈하게 드러내고 있다. 시인이 지향하는 가치는 즉자성이다. 그것은 대자화된 인공성으로부터 벗어나 세계 전체를 그 자체로 이해하는 방식에 해당한다. 이때 시는 은유의 집을 벗어나게 되고, 시인은 자신의 삶의 가면을 벗어던지게 된다. 『연필로 쓰기』의 「어느날의 나의

「詩法」과는 너무도 다른 시의 담론적 층위를 「詩論」은 투명하게 밝혀내게 되는데, 그것은 시에 관한 시인의 마음이 노회했기 때문만은 아니다. 시인은 은유에 속았다라고 말하고, 또 거추장스럽기까지 하다고 말했다. 이때 이 말의 담론적 진위는 또 다른 페르조나를 시적 언어 위에 덧칠하는 것이 아니라, 즉자적 현존성의 의미를 살림의 경제학적 지평 위에서 시의 본질적 국면으로 승인하는 것에 해당한다.

시인 정진규는 은유의 집에서 알몸으로 빠져 나오고 싶어 한다. 사실 은유는 정면이나 직선이 아니다. 은유의 존재적 실체는 후면이나 우회로에 지나지 않다. 그러나 시인이라는 운명은 결코 그 언어의 함정을 피해갈 수 없다. 만약 이 은유적 위반의 덫을 경유하지 않을 때, 시인은 시인이 아니라 혁명가이거나 선동가가 되어야만 한다. 은유는 물푸레나무를 오얏나무라고 우기기이다. 우기고 속이는 것이 은유의 실체이다. 사실 은유는 인간의 감각을 기만하고, 의식을 현혹시키는 마술이다. 시는 은유에 의한 은유를 위한 은유의 싸움이다. 피터지게 싸우지는 않지만, 수많은 정신적 상흔의 자리를 비집고 은유는 찬란하게 꽃을 피운다. 은유는 자신의 귀를 자른 고흐의 자화상이다. 은유는 상처받고 상처를 내는 자리에 침묵으로 피는 한겨울의 복수초이다. 그런데 시인 정진규는 은유에 속았다고 선언한다. 세상에서 가장 아름다운 기만술에 속았다고 말한다. 물푸레나무를 물푸레나무라고 말해야 한다고, 늙은 맨몸과 맨얼굴을 그대로 드러내겠다고 시인은 선언하고 있다. 이때 시인 정진규의 즉자성은 합의 즉자성이다. 즉자와 대자가 즉자적 대자로 고양된, 감각과 의식이 합일된 즉자이다. 모든 것을 승화시키고 깨달은 이후의 한 차원 높은 즉자, 은유적 비유의 언어적 우회로를 지양 극복한 한층 고양된 맨얼굴의 즉자이다.

시인이라는 직업은 영혼과 생명을 담보로 한 은유의 전쟁터가 아닌가. 그런데 시인은 당당하게 은유의 집을 빠져나와 즉자성의 황홀경에 빠져들고 있다. 세상의 모든 의미를 알아챈 듯한 포즈를 취하면서 시인은 세계를 있는 그대로 바라보고 있다. 「詩論」은 시에 관한 시인의 메타적 의식을 드러냈다기보다 시인 자신에 관한 시론이다. 그러므로 시의 길을 따라가다가 시의 변곡점과 페르조나의 가면 위를 유랑하다가 시인 정진규의 자리가 아니라 자연인 정진규를 역투사하는 성찰적 의식이 「詩論」의 실체이다. 그것은 정진규의 개인만의 문제가 아니라 모든 인간들의 존재론적 양태를 비추는 인간의 거울이다.

생의 감각, 화엄적 소통 그리고 자유

-황동규론-

1

   현재 우리 시단에 횡행하는 시적 담론은 시의 판타지화, 시적 언어의 감각화, 그리고 위트가 넘치는 파롤적인 언어이다. 이때 우리는 그러한 시를 통해서 무엇을 사유할 수 있는가. 시는 존재의 언어이지, 유희의 언어가 아니다. 요즘 유행하는 시들은 '새롭다'는 명분 위에 시의 에스프리를 사장시키고 인간의 존재론적 운명성 또한 문학장 밖으로 내몰아 가고 있는 형국이다. 후기 산업사회에 시가 창작이 되고 존재의 비의를 꿈꾼다는 것은 애초에 불가능한 일일지도 모른다. 현대성의 지표는 모든 가치를 자본의 지표로 환원시키는데, 시가 생의 감각 이편과 저편을 동시에 사유하면서 존재의 의미를 보다 근원적 세계로 이입시킬 때, 그것은 현대성의 모럴과 정면충돌하는 것인가.

   아니다. 결코 아니다. 속물화되고 경박성으로 치닫는 감각화된 현대성에게 시는 잊혀진 양심이다. 아무도 꿈꾸지 않는 꿈을 꾸면서 인간의 의식을 개현시키는 것이 바로 시의 존재성이 아닌가. 황동규의 『꽃의 고요』는 이루 형언할 수 없는 내밀한 의식세계를 다루고 있다. 원래 시가 영매의 언어였듯이, 시인 황동규는 신성불가침의 영역으로 침범해 들어가 시의 에스프리를 꿈꾼다. 그러나 시인이 만난 것은 시의 정신성이 아니라, 존재의 내밀한 의미와 자신의 존재론적 운명성이다. 시인이 체험한 경험들은 개인화된 사건성이지만, 그것이 인간 전체의 운명성을 총체적으로 노래하는 사태로 치환된다면, 시인의 시적 언어는 보편화된 경지에 이른다.

현재 시적 언어가 개인적인 너무도 개인적인 환상 체험으로 치달아 갈 때, 황동규의 시적 언어는 역사 이편이 아니라 역사 저편에 위치할 언어일지도 모른다. 그러나 그의 시적 언어는 보편화를 지향하고 있다. 선형적 시간성을 살아가야만 하는 인간과 존재의 자리를 따스한 시선으로 바라보고 있다. 이때 시는 언어적 한계를 훨씬 초과하여 진리의 자리를 회감하게 된다. 그러나 진리의 형상은 인간의 몸으로는 온전하게 전유할 수 없다. 다만 직관적으로 과거에 체험한 대상들에게서 새로운 의미와 존재론적 의미를 발견하게 되고 그로 인해 신성한 생의 감각을 획득하게 된다. 그것은 눈의 트임이다. 인간이 아무런 편견 없이 한 현상 속으로 내밀히 들어가 현상 세계에 자신을 동화시킬 때 비로소 진리의 실체를 깨닫게 된다. 거기에는 차별이나 억압이 없고 자유만이 존재할 뿐이다.

『꽃의 고요』는 3부로 구성되어 있는데, 그것은 하나의 목적을 향해 치달아 가고 있다. 각 부마다 독특한 시적 문체로 씌어져 있지만, 시인은 육체의 형식을 탈각시킨 절대 자유의 정신을 향유하고 싶어 한다. 그것은 헤겔의 『정신현상학』의 체제와 유사하다. 헤겔은 자신의 저서에서 감각적 확실성, 지각, 오성을 변증법적으로 경유하여 절대 지의 세계에 도달하는데, 절대 지는 절대 자유의 다른 이름이다. 그것은 모든 한계적 인식의 극한치이다. 황동규도 헤겔의 그것처럼 모든 것으로부터 해방되기를 원한다. 이때 해방은 참을 수 없이 뻐딱한 자유이지만, 그 자유는 개체화된 시인만의 자유이자, 세상의 모든 인간들이 지향하는 참자유의 실체인지도 모른다. 왜냐하면 자유의 지향적 가치는 보편성을 함의하지만, 그것이 개인화될 때, 자유의 형상은 천차만별의 양태로 드러날 수 있다. 시인에게 중요한 것은 생의 감각도, 진리도 아니다. 그것은 삶의 과정 중에 존재하는 하나의 존재론적 양태이다. 모든 굴레적 속박으로부터 벗어나 모든 것을 향유할 수 있는 절대 자유의 경지가 시인이 지향하는 궁극적 지점이다. 시인의 눈에 비친 신적인 사랑이나 해탈은 현상계 밖에 존재하는 하나의 도상적인 아이콘이다. 신탁과 스핑크스의 수수께끼를 풀어낸 비극적 운명의 오이디푸스 왕처럼 시인은 삶의 비의의 세계로 침잠해 들어가 비의와 신탁의 세계에 도전하고 있는지도 모른다. 그러나 그러한 도전은 진정한 자유, 절대 자유를 감각적 삶의 형식으로 전유하고픈 시인의 의지이자, 진리를 현실 속에 현존하는 것으로 인식하고자 하는 일이기도 하다.

2

감각은 생을 증명하는 가장 확실한 방식이다. 감각은 헤겔이 말한 것처럼 '바로 지금 여기'의 방식으로 드러난다. 감각은 모든 인간 이해의 원초적 동인이다. 감각은 진리의 토대이다. 그러나 감각은 인간의 오성 능력에 의해서 고양될 필요성이 있다. 감각 자체의 논리는 본능화된 코드이기에 의식으로 고양되기를 기다린다. 그러나 시인 황동규의 감각은 앞서 말한 그러한 감각성을 의미하지 않는다. 시인의 감각은 살아 있음에 관한 감각이다. 그것은 가장 원초적인 자기애적 본능이지만, 늘 타자적 죽음의 형상을 통해서 각인된다. 인간이 아무리 에고이즘적 자기

보존본능에 충실하더라도, 모든 생의 형식은 타나토스로 귀결하게 되어 있다. 그것은 필연이다.

시인의 생의 감각, 즉 살아 있음의 감각은 이중적이다. 그것은 가장 본능적인 현상의 모습을 띠고 있지만, 감각의 심연은 묘하게도 존재론적 운명성으로 향하게 된다. 감각의 원래적인 모습은 즉자적이지만, 그 즉자성은 시인의 의식 속에 대자화된다. 들뢰즈의 『감각의 논리』처럼 황동규는 감각을 역동화하는 힘으로 또는 창조적 의식으로 치환시킨다. 이때 감각은 삶의 의식으로 생명의 존재 방식으로 철저하게 의식화된다. 물론 그 의식은 타나토스나 존재론적 운명성으로 향하지만, 시인의 감각의 논리는 타나토스와 운명성의 알레고리로 승화되고, 그것을 다시 교묘한 대화적 상상력으로 안아 넘어 진리 또는 초월의 형상으로 치환시키기에 이른다.

> 감각들이 온몸에서 썰물처럼 빠질 때
> 네 마지막으로 느끼고 본 게, 참을 수 없을 만큼?
> 동체(胴體) 부듯 욕정이 치밀었다.
>
> —「참을 수 없을 만큼」 일부

> 슈베르트여, 몸 뒤척이지 말라.
> 가만히 둘러보면 인간은 기실
> 간신히 깨지지 않고 존재하는 어떤 것이다.
>
> —「슈베르트를 깨뜨리다」 일부

> 자꾸 줄아든다
> 만리포 천리포 백리포 십리포
> 다음은 그대 한발 앞서 간 영포.
>
> —「영포, 그 다음은?」 일부

> 온갖 현상들이
> 물 맞고 풀어지는 것을 보겠습니다.

사라지기 직전까지만 보겠습니다.
나머지는
평생을 허리 구부리고 보낸 할미꽃 막판에 꼿꼿이 서듯
느낌도 흐느낌도 없이 표표히 서서 망각하겠습니다.
—「2003년 봄 편지」 일부

생에의 감각은 자기보존본능에서 타나토스로 향한다. 그러한 변화 추이는 인간의 가장 자연스러운 변화 과정이다. 그러나 그 자연스러운 과정은 인간의 의식 속에 가장 부자연스러운 모습으로 드러난다. 왜냐하면 거의 대부분의 삶의 과정은 나를 통한 나의 인식으로부터 촉발되는 것이 아니라 타자라는 거울을 통해서 자기를 인식하게 되기 때문이다. 생의 운명적 형식은 타자성의 기반 위에서 자신의 생의 형식을 반성하게 된다. 그것이 죽음일 경우에 더욱 그러하다. 「참을 수 없을 만큼」은 죽은 친구를 문상하면서 느낀 삶의 의미를 형상화한 시이다. 이 시에서 문제가 되는 시어는 감각이다. 감각의 부재 상태, 감각의 빠져나감은 육체성의 기화 또는 생의 감각의 상실을 의미한다. 그것은 곧 죽음이다. 그러나 시인은 그 죽음을 통해서 자신의 생의 감각을 확인하게 된다. 욕정이다. 욕정은 여기서 섹스 자체를 의미할 수도 있다. 죽은 자의 옆에서 참을 수 없을 만큼 치미는 욕정은 나의 살아 있음의 감각이다. 그것은 오시마 나기사 감독의 『감각의 제국』만큼의 희열과 절망을 동시에 준다. 감각은 살아 있음의 전부이다. 그러나 인간은 운명적으로 조금씩 조금씩 그 감각을 자신의 육체 밖으로 내몰거나 뉴런의 연결망을 소모시켜 가면서 자신의 육체를 조금씩 깨트리고 파괴시켜간다.

그러한 삶의 형상은 「슈베르트를 깨뜨리다」에 잘 나타나 있다. 한 세상을 살며 무엇인가를 창조하지만, 창조는 생을 갉아먹는다. 불가역적인 시간, 약해지는 몸, 점점 무디어지는 신경줄, 그리고 언젠가 부서지고 깨어질 몸. 불완전한 2악장으로 생을 꽃피운 『미완성 교향곡』. 불완전한 형식으로 가장 완벽하게 삶의 의미를 노래한 슈베르트. 인간은 그렇게 간신히 생의 줄을 부여잡고 자신의 존재를 증명하지만 그렇고 그렇게 살다가 깨어질 운명을 가진 존재이다. 그러한 생의 감각은 아름다운 몽상이 아니라, 고통의 감각이다. 생의 형식이 욕정으로 표현되든 깨어질 고통으로 표상되든 상관없이 그것은 삶을 채우고 영위하게 만드는 살아 있음에 대한 감각이다. 욕정뿐만 아니라 고통을 느끼고 깨어질 운명을 타고난 인간의 형상은 작아지고 왜소해지고 쪼그라든다. 그것은 인간의 삶에 있어서 필연적 도정이다.

「영포, 그 다음은?」은 깨어지고 작아지는 삶의 형식에 관한 시인의 단상이 잘 드러나 있다. 천에서 백으로 백에서 십으로, 그리고 끝내는 영이나 마이너스로 존재할 수밖에 없는 인간의 운명의 형식을 유머러스한 어조로 시인은 이야기하고 있다. 그러나 재치 넘치는 시적 담론은 언어 배후에 삶의 감각과 존재의 의미를 심어놓는다. 그것은 생득적인 관념이기에 '누가 일러주지 않아도 알 것 같'은 존재, 무 그리고 마이너스의 미묘한 조합적 울림으로 짜여져 있다. 시인은 영 다음에 마이너스가 있음을 수학적으로 상상하지만, 그것은 기실 생의 형식을 엔트로피 법칙화한 것이다. 생을 엔트로피로 이해할 때, 마이너스는 하나의 시적 기지이지만, 마이너스는 생의 의미를 상상하게 만든다. 생은 마이너스인가. 마이너스 다음은 무엇이 존재할까. 생은 그렇게 졸아들고 왜소해지고 모든 것이 탄화된 에너지 고갈 상태를 의미하는 것인가. 그러나 황동규는 「2003년 봄 편지」에서 그러한 물음에 대한 답을 유보시킨다. 영 다음에 마이너스가 있음을 직감하지만, 마이너스 다음은 없다. 시인의 의식 속에 마이너스는 망각이다. 엔트로피화된 삶의 종착점에서 할미꽃 같은 생의 지조랄지 의연함이랄지를 견지하면서 사라짐과 망각을 사유하게 된다. 생의 감각은 느낌과 흐느낌의 감각을 잃음과 동시에 미망의 세계로 돌입하게 된다.

새 부리 곰 발톱 인간 잘살 간발로 피해
하염없이 물줄기 오르는 꿈을 꾸었다.
모래 속에 파고들고 자갈 사이로 재빨리 기고
상처투성이로
폭포 위로 뛰어오르려다 몇 번 떨어지고
숨 고르다 드디어 치고 올라
삶의 처음 시절로 돌아간다면,
청소년 적 갱도(坑道) 막장 같은 짝사랑 새로 하고
십육 년 전 곡성, 차 몰고 논으로 들어가
땡볕 속에 퀭하니 서서 레커차 기다리고
내린 눈 채 녹지 않고 버티는 길에서
두 번이나 넘어지며 회현동 옛집으로 올라가
몸과 마음의 상처 연탄난로로 쪼이며
성에가 그려주는 환한 속삭임 다시 들을 수 있다면,
지금까지 *끄적거려온* 글 가운데
마음 한가운데 뿌리박고 있는 것 더러 뽑아버리고
숨통 좀 트인다면,
끝장 연어처럼 몸 안팎 사이의 막 터지고
속에 있던 녹색 적색 찬란한 색깔들 밖으로 헤집고 나와
삶의 *끄트머리* 한번 겁나게 달궈주지 않을까?
물가에 널브러져 새들에게 속 다 보이고
물속의 맹물이 되기 전.

—「연어 꿈」 전문

시 「연어 꿈」은 두 가지의 회귀를 준비하고 있다. 생의 감각은 허허
롭고 느낌도 흐느낌도 없는 망각의 세계로 돌입할 수밖에 없는 것이기
는 하지만, 시인은 원초적 공간과 시간으로의 회귀를 꿈꾼다. 회귀는
모든 감각이 소진된 삶의 끄트머리에서 자신의 존재론적 운명성을 반
성하는 순간에 일어난다. 회귀의 첫 번째 목적은 생의 처음이었던 순간
으로 되돌아 가 생의 화려한 몸짓을 몽상하는 데 있다. 그 시간은 사랑

과 고통의 순간들이 서로 교차하면서 삶의 씨줄과 날줄을 엮어갔던 순간들이다. 화려하지만 질곡 많은 생의 순간들을 사유하면서 시인 황동규는 존재의 내밀한 시원으로 회귀해 들어가 자신의 삶의 운명을 순결한 물의 형상으로 무화시키기를 희원한다.

시인은 지금 분명 연어 꿈을 꾸고 있다. 이때 연어는 공간적 회귀를, 꿈은 시인의 소망 의식을 표현하고 있다. 그러므로 연어 회귀 모티브는 존재의 시원으로의 회귀를 의미하는 동시에 생의 마지막 질주를 향하는 죽음 본능의 운명적 알레고리를 내포하고 있다. 시인에게 있어서 삶이란 어쩌면 '끝장 연어처럼 몸 안팎 사이의 막 터지'는 사멸의 순간을 준비하는 과정인지도 모른다. 그러나 그러한 회귀의 순간 속에서도 시인은 삶의 안온한 순간을 꿈꾼다. 사멸적 회귀를 가로질러가는 가운데 시인은 소망충족적 회귀 또한 준비하고 있다. 그것은 바로 반성적 몽상이다. 생의 처음이었던 순간, 첫사랑이 움트는 순간, 몸과 마음의 환부를 치유하던 순간을 회상하면서 찬란한 육체성의 기화를 꿈꾼다.

시인에게 있어서 생의 감각은 삶의 길 쪽으로 내어 놓은 것처럼 비추어지지만, 엄밀한 의미에서 볼 때 시인의 길을 점점 생과 사의 운명적 고리를 대승적 화엄적 승화의 길로 향하고 있다. 시간 내부에 존재하는 시간의 길을 추적하면서 시간의 함수를 절대의 함수로 변이시켜가고 있다. 그것은 1부의 생의 감각을 고차원의 정신적 의식의 추이를 통해서 지양 극복해가는 과정이며, 그것이 바로 2부에서 시인이 표현하고자 하는 세계이다.

3

인간이 불변, 초월, 절대라는 관념을 가질 수 있을까. 한쪽의 진리성이 다른 한쪽의 진리성과 상충할 때, 우리는 그것을 진리라고 말할 수 있는가. 전체를 아우를 수 있는 진리란 존재하기는 하는 것인가. 10편으로 구성된 2부는 진리성 또는 절대성에 대한 의미를 묻게 만든다. 이 시편들에서 시인은 대화적 관계에 참여하지 않고, 언표화된 문자 밖에 위치하지만, 문자 밖의 언술 주체인 황동규는 『화엄경』의 선재동자이거나 『우파니샤드』의 나찌게타의 현신으로 비추어진다. 호기심 많고 궁금한 것이 많은 순박한 아이처럼 시인은 진리를 묻고 깨달아간다. 그것은 유마의 세계도 되고, 사랑의 세계도 되고, 코란의 세계여도 무방하다. 그것은 진리 전체를 안아 넘고 싶은 시인의 의지의 표현이다. 도그마화된 언술이나 관념이 아니라 이 세계 전체를 생의 진리로 고양시켜가는 현상적 의식으로 예리하게 표현된 것이 바로 2부의 시적 원리이다.

시인은 플라톤의 대화편의 방식으로 진리를 깨달아간다. 이때 대화를 이끌어가는 언술 주체인 예수와 석가모니는 진리 구현자의 모습이 아니라 하나의 알레고리적 아이콘이다. 시인에게 예수적 상징, 석가모니적 초월은 아무런 의미가 없다. 그에게 중요한 것은 경화된 아이콘의 알레고리적 의미를 대화를 통해서 이 양자의 세계관을 상호 회통시키는 데 있다. 그것은 화엄적인 화광동진(和光同塵)의 세계이다. 성스러움과 속스러움을 이분법적으로 나누어 생각하는 것이 아니라 양자를 안아 넘으면서 세계 전체를 유미적으로 승화시키는 데 있다. 그것은 세계 자체를 원리의 눈으로 보는 것이 아니라, 이편의 진리성을 저편의 진리성으로, 저편의 의미를 이편의 논리로 상호 상쇄시키면서 진리 전체의 모습을 상상하게 만드는 데 있다. 이때 진리는 대화적 관계 내부에 존재한다. 대화의 방식은 부정성과 다름의 토대 위에서 시작하지만, 그 다름과 부정성은 동일성으로 회귀해 들어간다.

「꽃의 고요」에서 「흔들리는 별」에 이르는 9편의 시는 마지막 「보통법신」의 경지로 가기 위한 하나의 과정이다. 그러나 시인 황동규가 도달한 최후 지점에서 볼 때, 진리는 지고의 것이 아니다. 진리는 초월이 아니다. 진리성의 미래는 없다. 진리는 '현재, 바로 지금 여기'를 긍정하는 것이다. 시인은 상호 대립되는 테제 위를 교묘히 가로질러 세계의 의미를 분산 배치시킨다. 그것은 들뢰즈가 『의미의 논리』에서 말한 의미의 존재 방식과 유사하다. 모든 것을 포괄할 수 있는 의미는 없다. 의미는 순간순간마다, 상황 상황마다 바둑판 위의 점과 같이 위치한다. 인간이 포착한 의미와 진리는 세계라는 종축과 인간의 유위적 자리매김의 횡축이 상호 교차하는 지점에 교묘하게 위치하게 된다. 진리는 끊임없이 현재의 지점 위를 유랑할 수밖에 없다. 그것은 진리의 부재 상태나 진리의 상대화를 의미하는 것이 아니라 진리가 존재하는 방식이다. 황동규는 그러한 진리의 존재 방식을 「보통법신」에서 잘 이야기하고 있다.

'요즘 멜 깁슨이라는 자가 만든
그대의 수난 영화가 가히 엽기적이라던데.
지금껏 나는 그대가 고통보다는
환희의 존재라고 생각했지.'
불타가 입을 열자 예수가 말했다.
'이른 봄 복수초가 막 깨어나
눈 속에서 첫 꽃잎 비벼 넣을 때
그건 고통일까 환희일까?'
'막 시리겠지.'

—「고통일까 환희일까?」 전문

2부의 10편의 시에서 예수, 부처, 원효와 같은 인물들은 진리의 구현자이거나 초월적인 실체를 의미하지 않는다. 시인은 특히 예수와 부처의 담론을 대비시키면서 양자가 바라본 현상 세계의 의미를 아무런 채색 없이 즉자적으로 드러내고 있을 뿐이다. 그런데 묘하게도 그러한 즉자적 언어는 현상 세계 너머에 있는 진리를 사유하게 된다. 황동규에게 있어서 진리의 깨달음의 방식은 역지사지의 방식을 취하고 있다. 앞서 이야기 했듯이, 예수와 부처를 하나의 도상적 아이콘으로 이해한다면, 그들은 현상에 대한 자기화된 이해의 대변자 역할을 한다. 이때 시인은 진리를 찾아 떠나는 선재동자나 나찌게타처럼 가치중립적인 태도로 현상을 보고 이해하고자 한다. 그것은 세상에 존재하는 진리 규정에 대한 총체적인 반성을 요구한다. 다시 말해서 시인은 자연 현상 속에서 움터오는 생명의 온기를 그 자체로 이해하고자 한다. 진리란 멀리 있는 것이 아니다. 진리란 순간순간 생기하는 생명적 가치를 올바르게 바라보는 데 있다.

황동규는 「고통일까 환희일까?」에서 고통이라는 담론과 환희라는 이분법적인 담론의 구조를 넘어선 개념 층위를 사유하면서 세계를 열린 구조로 이해하고 있다. 세계와 의미는 무한히 새롭다. 닫힌 진리는 진리가 아니다. 진리는 생의 온기를 무한화시킨다. 시인이 갖 피어난 복수초의 형상을 고통이나 환희로 이해하지 않고 '막 시리겠지'로 이해했을 때, 진리는 고양된 의미가 아니라, 즉자적 존재성의 의미를 환기시키는 데 있다고 본 것은 아닌지. 황동규가 부처와 예수의 담론적 대화를 의도적으로 비껴갈 때, 그것은 도그마화된 진리의 자리를 비판적인 시각으로 보고 있는 것은 아닌지. 더 나아가 시인은 양자의 세계관을 화엄적으로 소통시키고자 하는 것은 아닐까. 양자의 세계를 안아 넘으면서 진리를 현상으로, 현상을 진리로 고양시키는 것은 아닌지.

'그대의 산상 수훈(山上垂訓)과 청정 법신이 무엇이 다른가?'
나무들이 수척해져가는 비로전 앞에서 불타가 묻자
예수가 미소를 띠며 답했다.
'나의 답은 이렇네.
마음이 가난한 자와 청정 법신이 무엇이 다르지 않은가?'
비로자나불이 빙긋 웃고 있는 절집 옆 약수대에

노랑나비 하나가 몇 번 앉으려다 앉으려다 말고 날아 갔다.
불타는 혼잣말인 듯 말했다.
'청정 법신보다
며칠 전 혼자 나에게 와서 뭔가 빌려다
빌려다 한마디 못하고 간 보통 법신 하나가
더 눈에 밟히네.'
무엇인가 물으려다 말고 예수는 혼잣말을 했다.
'저 바다 속 캄캄한 어둠 속에 사는 심해어들은
저마다 자기 불빛을 가지고 있지.'
어디선가 노란 낙엽 한 장이 날아와 공중에서 잠시 떠돌다
한없이 가라앉았다.

-「보통 법신(普通法身)」 전문

　　「보통 법신(普通法身)」은 시인이 인식한 진리의 총체적인 모습이 어떠해야 하는지에 관한 의식이 잘 형상화되어 있다. 황동규의 눈에 진리는 지고의 가치로 비추어지지 않는다. 진리에의 인식은 '다름'에의 인식으로부터 출발하는데, 특히 '다른가'와 '다르지 않은가'라는 서술어는 위의 시를 지배하는 원리이자, 황동규가 유마의 세계에서 깨달은 진리이다. 시인에게 있어서 의문형 서술어는 '산상수훈'과 '청정법신'의 담론적 층위에 대한 의미론적 물음 내지 존재 가치를 묻는 것을 내포하고 있다. 이때 다름에 관한 물음은 진리의 전체성에 관한 물음으로 역전되고, 이질성은 동일성으로 전환된다. 그것은 화엄적 소통으로 가는 길이다. 이질성에 대한 물음은 동일한 세계상 위에 펼쳐진 진리의 한 양상일 뿐이다. 다시 말해서 산상수훈이나 청정법신은 진리나 깨달음의 한 양상이지만 그것의 인식층위는 속인들의 의식 속에 결코 소통이 불가능한 의식으로 변질된다. 이 양자는 대화적 관계를 형성할 수 없을 뿐만 아니라, 대립적인 형상을 하고 있는 것처럼 비추어진다. 이때 다름의 이질성은 무한히 분화되어 개별성으로 미시화된다. 그것은 진리가

무한히 방법화된다는 것을 의미한다. 시인에게 있어서 진리란 개별 주체가 자기 나름의 방식대로 우주율과 호흡하여 자기 구원에 이르는 것이다.

게오르그-한스 가다머가 그의 저서 『진리와 방법』에서 진리는 진리 그 자체를 드러내지 못하고 방법이 진리를 규정한다고 할 때, 그러한 가다머의 진리관은 황동규의 그것과 비슷하다. 언표화된 진리는 언표화된 순간 하나의 방법적 언술 구조 내부에서 경화되어 비탄력적으로 존재하게 된다. 그러므로 진리의 형상은 방법의 형상으로 늘 새롭게 갱신되어야만 한다. 수많은 방법이 진리의 존재 방식이라고 인식되어질 때, 시인은 예수의 말을 통해서 깨달음의 형상을 다음과 같이 이야기한다. 세상에 존재하는 모든 개체들은 '저마다 자기 불빛을 가지고 있'고, 그 불빛은 모든 인간 개체들이 지향하는 자기 구원의 형상이다. 자기 불빛은 개별화된 주체의 깨달음의 방식이다. 만약 이 말이 옳다면, 진리는 두 가지 방식으로 존재할 수밖에 없다. 진리는 깨달음의 주체의 수만큼 무한화되거나 아니면 그 무한적 속성으로 인해 진리 불가지론에 빠지게 된다.

황동규가 모든 개체들이 자기 불빛을 지니고 있다고 천명하고 있을 때, 도상적 아이콘으로 존재하는 예수나 부처에 관한 부정성을 내포하고 있다. 그러한 부정성은 묘하게도 대자적인 인식을 통해서 동일률로 전환이 된다. 다시 말해서 시인은 '어디선가 노란 낙엽 한 장이 날아와 공중에서 잠시 떠돌다 / 한없이 가라앉았다.'라는 즉자적 자연의 현상을 통해서 모든 인식의 범주를 천지 운행의 최초의 계기인 우주율의 법칙의 세계에로 집중하게 만든다. 즉자적 자연 현상은 다름의 이질성을, 모든 주체적 개체(심해어)들의 자기 구원의 형상을, 그리고 부처와 예수의 이질적인 대화를 동일률의 세계로 환원시킨다. 다름에 관한 의미론적 물음은 같음으로 귀결된다. 이때 같음은 화엄적 화광동진의 세계를 지향하고, 그것은 더 나아가 이 세상에 존재하는 개별적 주체나 다름의 형상 그리고 대립적 가치를 한 지점에서 소통시키고 회통시키는 화엄의 원리이다.

4

　시인은 진리의 절대성도 말하지 않고, 진리의 상대성도 이야기하지 않았다. 다만 세계 속에 존재하는 진리라는 형상에 대한 물음과 답변의 내부 속에 진리성을 은폐하고 있다. 이때 진리 전체는 데리다 식으로 말해서 산종을 이루지만, 황동규는 진리 전체의 문제를 자기 자신의 존재성의 문제로 치환시킨다. 그것이 3부를 이루고 있다. 3부는 시인 자신의 존재론적 의미를 메타화하고 있다. 그것은 바로 절대 자유의 문제이다. 그러므로 시집 『꽃의 고요』에 드러난 1부와 2부의 생의 감각이나 화엄적 소통은 감각의 힘이나 대화적 언술을 통해서 초월적 감각의 세계에 도달하기 위한 예비적 단계이다. 다시 말해서 시인은 모든 대상적인 인식으로부터 억압되는 것이 아니라, 대상을 향유하면서 대상을 초월하는 절대 자유의 경지에 도달하기를 원한다. 그리고 절대 자유의 경지에 도달하고 못 하고는 별로 중요하지 않다. 다만 시인의 의식 속에 자유의 본질을 사유하고 그것을 지향한다는 점이 중요하다.
　시인은 그러한 상태를 「허물」에서 '한 차례 온몸으로 / 대허(大虛)하고 소통했다는 감각이.'라고 말한다. 이때 이 감각은 통념적인 의미의 감각은 아니다. 이 감각은 시인이 말하는 육식이나 팔식 또는 아라야식일지도 모른다. 그것은 생의 미망을 벗어난 의식의 절대 자유이거나 고차원의 의식의 경지에 해당한다. 그러한 경지는 육체의 형식을 탈각시키고 정신의 힘으로 우주 전체를 회통시키는 의식일지도 모른다. 저 심연의 의식에 도달할 순간 시인은 자기 자신을 보게 된다. '더 흔들릴 것도

없이 흔들리고 / 끝이랄 것 없는 끝('「다시 몰운대에서」)'의 자리에서 시인
은 자신의 존재론적 자리를 발견하게 된다. 그것은 생의 형식일 수도
있고, 죽음의 형식일 수도 있다. 존재 방식은 아무런 문제가 되지 않는
다. 시인이 말하는 자유는 형식의 문제가 아니라 의식의 문제이다.

> 무명(無明) 속을 외길 내며 걷는 것.
> 어디선가 몸 뒤척이는 추억의 무적(霧笛) 소리,
> 짐승 같은 바위 피해 급히 몸을 돌리자
> 눈썹 바로 앞에서 나무 하나가 몸을 휙 틀어
> 간신히 피해준다.
> 전신 출렁! 내가 나를 비킨다.
> 그만 발길 되돌려?
> 이런, 백자(白磁) 유약 속 길인데!
> 그대로 걷는다. 허방들이 촉각에서 해방된다.
> 안개 속이 훤하다.
>
> —「안개 속으로」 일부

　불교가 궁극적으로 지향하는 세계는 반야(般若)의 세계이다. 반야는
깨달음의 지혜의 경지에 이르러 모든 의식이 적멸의 상태에 이른 절대
의 경지이다. 그러므로 반야는 모든 의식적 무의식적 속박이나 인간적
인 억압으로 벗어난 절대 자유의 경지를 의미한다. 반면 무명은 모든
업의 근원이자, 불행의 씨앗이다. 무명은 불교의 십이연기지설의 근본
원인이자, 세계고(世界苦)가 발원하는 시작점이다. 엄밀한 의미에서 절대
자유는 무명의 굴레로부터 벗어날 때 발생하는데, 시인은 무명의 상태
에 빠진 형국을 안개 속을 걷는 것으로 비유하고 있다. 만약 무명과 같
은 안개 속을 투시할 수 있다면, 그것은 모든 고통의 원인을 투시한 것
인 동시에, 반야의 상태 즉 절대 자유의 경지에 이른 것이다.
　그런데 그러한 무명에서 해방에의 길을 찾는다는 것은 그리 쉽지만

은 않다. 시인은 '도처에 허방이 도사리고 있는 안개 속을 걷'고 있다. 진땀이 나고 아슬아슬하게 곡예를 하듯이 무명(無明), 행(行), 식(識), 명색(名色), 육입(六入), 촉(觸), 수(受), 애(愛), 취(取), 유(有), 생(生), 노사(老死)의 십이연기지설의 도정을 걷고 있다. 그것은 인간이 타고난 운명의 형식이자 허방(함정)의 외길이지만, 시인은 온몸으로 그것을 감내하고 있다. 고난과 시련의 도정 속을, 불투명한 백자 유약 속 같은 길을 묵묵히 걸어가면서 혜안에 이른다. 무명이 만들어 놓은 행위, 의식, 감각, 사랑 등등을 체험하면서 모든 촉각으로부터 해방되기에 이른다. 무명 같은 안개 속이 훤하게 투시된다. 해탈이다. 깨달음이다. 자유이다. 해방이다. 모든 인간적 형식을 초월하게 된다.

그러나 의식 속의 깨달음은 삶 자체로 환원될 수 있을까. 자유와 해방을 깨달은 순간, 인간에게 또 다른 자유라는 개념의 억압이, 해방이라는 억압이 준비되어 있는 것은 아닌지. 다음에 언급할 「델피 신탁(神託)」은 인간의 자유와 해방의 본질을 인간적 한계 상황 내부에서 절묘하게 노래하고 있다.

> 파르나소스 산 델피 입구
> 길이 왼편으로 급히 꺾이는 곳, 앞을 막아선
> 엄청 가파르고 높은 두 바위가 노래한다.
> '신탁은 자유인에게 내린다. 너 자신을 알라.'
>
> 나는 과연 자유인인가?
> 아폴로 신전 폐허 앞에서 잠시 생각에 잠겼다
> 문득 누가 이마 짚는 기척이 있어
> 정신 차리니, 신전에선가 돌기둥 뒤에선가
> 깊은 목소리가 들려온다.
> '조그만 이름 하나 싣고 무겁게 떠돌리라.'

274

꿈꾸듯이 내려다본다.
델피와 저 아래 인간의 항구 사이
30년 가뭄에 거식증에 걸린 수많은 올리브 나무들이
햇빛 아래 고개 숙이고 있다.
얼룩나비 하나 눈앞에 떠돌다 월계수 가지 끝에서 사라진다.
목소리가 들려온다.
'이름은 나비와 같다.'
어디선가 다른 나비 하나 나타나 눈앞에 떠돈다.

—「델피 신탁(神託)」 전문

　시인의 궁극적인 지향점은 자유이다. 시 「카잔차키스의 무덤에서」에서 황동규는 『희랍인 조르바』의 작가인 카잔차키스 묘지의 비문에 적힌 자유인이라는 글발을 바라보고 있다. 시인 황동규는 생각에 잠겨 시인으로써의 자유의 의미뿐만 아니라 존재론적 자유를 사유하게 된다. 카잔차키스의 무덤에서 환청 같은 소리를 듣는다. '참을 수 없이 삐딱한 자유.' 그것은 무엇이며 어떤 의미를 지니고 있는가. '참을 수 없다'라는 것과 '삐딱하다'는 용언은 시인이 도달한 자유인가, 카잔차키스가 도달한 자유인가. 언뜻 보이기에 그 소리는 카잔차키스의 정령이 황동규의 귀에 대고 속삭이는 음성이고 카잔차키스의 자유의 실체인 것처럼 보이지만, 사실 이 '참을 수 없음'과 '삐딱함'은 자유의 본질적 양상들이다. '참을 수 없음'이란 욕망이나 감정의 표출을 함의하는데, 그것은 이성의 검열로부터의 자유를 의미한다. 다시 말해서 프로이트가 『문명과 그의 불만』에서 말한 것처럼 문명적 이성과 이성적인 초자아는 모든 억압의 근원으로 인식되는데, 그것은 모든 의식을 이성의 통제하에 두는 것을 의미한다. 인간은 문명적 발전을 위하여 감성으로 치부되는 것, 즉 자기보존본능과 같은 욕망을 절제하여야만 한다. 그러므로 시인이 자유를 참을 수 없는 것으로 인식할 때, 그러한 자유의 실체는 자신의 본능적 감성의 세계에 몰입하는 것이거나, 그것을 무한히 드러낼

수 있음을 의미한다. 맹자가 「盡心章」에서 말한 예의의 억압적 측면으로
부터 벗어난 세계를 지향하는 것이 '참을 수 없음'의 자유의 실체이다.

'삐딱함'으로써의 자유는 제도나 질서에 대한 억압으로부터의 자유
를 의미한다. 인간은 사회라는 틀을 벗어날 수 없다. 인간은 사회 속에
서 태어나서 사회 속에서 생을 마감한다. 사회는 인간에 있어서 전부라
고해도 과언이 아니다. 그러나 사회는 다층의 구조를 형성하면서 수많
은 질서적 원리를 인간의 의식 속에 각인시킨다. 인간은 질서 속에 편
입해 있다. 만약 인간이 질서나 금기를 위반할 경우 인간은 감시와 처
벌을 받게 된다. 사회는 '삐딱함'을 전복적 의식으로 치부하면서 '삐딱
함'의 담론적 논리를 철저하게 억압한다. 제도나 질서는 지배이데올로
기적 논리의 하수인이다. '삐딱함'은 제도 밖에 위치하는 혁명적 의식
이다. 황동규는 '삐딱함'으로써의 자유를 제도 밖에 위치하는 자유로
인식하면서 카뮈가 말한 반항적 인간으로, 뫼르소적 인간으로 사유하면
서 제도의 저편에 위치하는 삐딱한 반항적 의식이 절대 자유라고 말하
는 것 같다.

제도와 이성은 억압이다. 그것은 길들여짐이다. 그것은 절대 자유에
이르는 장애물이다. 그러므로 시인이 말한 '참을 수 없이 삐딱한 자유'
는 일체 의식으로부터의 자유일 뿐만 아니라 인간이 만들어 놓은 인륜
적 질서 전체로부터의 해방을 의미한다. 모든 것으로부터 해방된 자유
는 어쩌면 화엄이나 장자의 호접몽 속에서 가능한 것인지도 모른다.

시 「델피 신탁(神託)」은 시집 『꽃의 고요』의 마지막에 위치하고 있는
데, 이 시는 장자의 호접몽을 연상시키면서 인간의 운명과 자유를 총체
적으로 사유하고 종결짓는 에필로그에 해당하는 시이다. 자유의 절대적
인 본질은 제도와 이성의 억압으로부터 벗어나는 것이기는 하지만, 인
간이 어찌 인륜적 질서의 공간과 이성적 테제를 무화시키면서 제도와
이성 밖에 위치할 수 있겠는가. 「델피 신탁(神託)」은 인간의 이중적 운명

성을 '자유', '이름', '나비'라는 시어를 통해서 드러내고 있다.

시인은 먼저 델피의 신탁의 글귀를 읽으면서 '나는 과연 자유인인가?'라고 반문한다. 과연 스스로를 자유인이라고 말할 수 있는 자가 이 세상에 존재할 수 있을까. 자유인이 되고 싶은 것은 모든 인간의 바람이지만, 그것은 결코 이루어질 수 없는 소망이다. 육체의 형식으로는 결코 절대 자유에 근접할 수 없다. 인간에게 자유는 없다. 시인은 그 자유를 '이름'이라는 말 안에 유폐시킨다. 아폴로 신전에서 들리는 '조그만 이름 하나 싣고 무겁게 떠돌리라.'라는 음성이 귓전을 맴돌고 있다. 여기서 이름은 공자가 말한 정명(正名) 사상을 의미하지 않는다. 이름은 정해진 이름을 의미하는 정명(定名)이거나 이미 정해진 운명을 의미하는 정명(定命)을 의미한다. 어쩌면 모든 인간은 소크라테스라는 이름, 헤겔이라는 이름, 워즈워드라는 기호적 이름에 갇혀져 있는지도 모른다. 이름이 실체를 대신한다. 실체는 영원의 시간 속에 무화되고 잊혀지지만, 이름은 이름을 소유했던 실체와 무관하게 영원히 남는다. 그렇다면 '조그만 이름 하나 싣고 무겁게 떠돌리라.'라는 테제는 이름을 가지고 살아가는 인간의 숙명적 운명성을, 이름 안에 갇힌 인간의 처절한 형상을 은유적으로 표현한 것이다. 역으로 이 테제는 '이름이 너를 영원히 자유롭게 하리라'로 바꾸어야만 한다. 이름을 싣고 살아 가는 인간은 이름에 갇혀 스스로를 부자유하게 만들지만, 육체성을 탈각시킨 이름은 영원히 세계 속에 남아 세계와 호흡한다.

그런데 갑자기 얼룩나비가 나타난다. 황동규의 나비는 장자의 호접몽의 물아일체의 나비와 어느 정도 유사한 면이 있기는 하지만 꼭 그런 것 같지는 않고, 김기림의 길을 잃고 헤매는 나비는 더더욱 아니다. 환청 같은 목소리가 '이름은 나비와 같다'라고 말하고 있는데, 사실 이 말은 고도의 상징적 장치를 지닌 까닭에 쉽게 이해가 되지 않는다. 특히 황동규의 나비의 실체의 규명은 이 시를 이해하는 길이자, 『꽃의 고요』

전체를 회통시키는 작업이기도 하다.

위의 시를 정식화시키면 다음과 같은데, '신탁 → 자유인 → 자기인식 → 이름 = 나비(화살표는 의미의 이행 과정을 의미한다).'라는 등식이 성립한다. 이때 가장 문제가 되는 것은 나비의 의미이다. 그러나 그 의미는 '신탁'이라는 용어 속에서 이미 해답을 가지고 있다. 신탁은 운명이자 인간에 부여된 최초의 원인이다. 신탁은 인간의 의지가 작용할 수 없는 예언적 성격을 지니고 있다. 신탁은 초월이 인간에게 부과하는 짐이다. 비록 신탁이 자유인에게만 내려질지라도, 그 자유는 신 안에서의 자유이다. 그러한 까닭에 인간의 자기인식도, 이름의 가짐도 신 안에 갇혀버린다. 위의 등식에서 볼 때, 「델피 신탁(神託)」은 신 안에 갇힌 자유를, 이름 안에 갇힌 인간의 운명성을 나비의 형상으로 은유화한 것은 아닐까.

사실 '이름은 나비와 같다.'라는 구절은 어떤 해석적 지표를 훨씬 초과하는 아포리아와 같다. 그것은 모든 인식적 상황을 모두 포용할 수도 있고, 모든 해석적 지표를 벗어날 수도 있다. 황동규의 나비는 인간의 자유와 운명의 알레고리를 동시적으로 사유하면서 자유와 운명성의 내포이자 외연을 나비 속에 중첩시키고 있다. 이때 나비는 어떤 개념 범주로 포착하는 것이 불가능하다. 그럼에도 불구하고 황동규는 나비라는 상징적 알레고리를 통해서 비록 신탁의 형식이기는 하지만, 인간에게 부여된 자유와 자기인식과 이름의 본질적인 문제를 사유하고 있다. 그러한 시적 인식은 건너고 싶지만 건널 수 없는 인간의 운명적 한계성을 드러내는 것이기는 하지만, 그 한계적 표현성은 장자의 철학처럼 인간의 사유 형식으로 도달할 수 있는 최고의 지점이 아닌가 생각된다.

그럼에도 불구하고 '이름은 나비와 같다'는 테제는 모든 비평가의 숨을 멎게 만든다. 시인의 시적 미학적 철학적 자의식을 비평담론이 결코 넘어설 수 없다. '이름은 나비와 같다'라는 시인의 테제 앞에 비평은 절망한다. 말할 수 없다, 침묵해야만 한다, 비평의 담론은.

278

의식과 무의식 : 경계의 시학

-서림론-

1. 시를 쓰는 이유

인간에게 있어서 시는 어떤 의미를 가지고 있는가. 시란 영혼의 정화인가, 세상을 아름답게 몽상하는 마력의 산물인가, 아니면 욕망의 소산인가. 삶의 공간은 절대적인 공간이지만, 그 공간을 살아가는 인간에게 그것은 자신의 오감과 반향하면서 인류적 삶을 실현해 나가는 개연적인 공간일 뿐이다. 그래서 시인들은 때론 자신들이 처한 삶의 환경과 조응하기도 하고 때론 자신의 환경을 일신하기 위하여 저마다의 기준을 가지고 시적 실천을 수행해간다. 세계와의 조응 그리고 언어에의 탐구를 통해서 말할 수 없는 것을 언표하고, 보이지 않는 그 무엇을 유형의 형상물로 구체화시킨다. 그러나 모든 시인의 언어의식이 세계와 만나서 세계 속에 향유되는 것은 아니다. 어떤 창조 행위는 시대를 대표하고 어떤 창조적 지평은 역사의 뒤편으로 그냥 사라져 버린다. 한 번도 읽혀지지 않은 채 폐기처분 명령을 받게 된다. 창조적 행위를 수행하지만 그 모든 시들이 문학사적으로 주목받는 것은 아니다.

　자신의 영혼과 대결하는 시인은 결코 행복한 존재일 수 없다. 불행한 의식의 소유자. 아니 불행을 천형으로 알고 불행을 자신의 살붙이로 인식하는 시인. 때론 절망하면서 통한의 눈물을 흘리다가도 한 줄의 아름다운 시어에 황홀경에 도달하는 시인. 아이러니와 패러독스를 숙명으로 승인하면서 생의 이편과 저편 사이를 배회하는 시인. 그것은 분명 시인이라는 직업이 행복한 미래를 보증하는 장밋빛 인생이 아니라 불안하고 절망하는 잿빛의 혼돈을 감내하여야만 하는 불행한 삶으로부터 벗어날 수 없다. 그러나 그러한 불행한 의식을 소유한 시인은 그 불행의 빛깔 너머에 찬연한 무지개 빛을 준비하고 있다. 태생적으로 불행을 승인하면서 자신의 숨줄을 갉아먹으면서 세계를 행복하고 아름답게 만든다.

　너무나 뻔뻔한 시인들이 많은 시대. 얼굴에 위선과 허위를 덧칠하고도 너무도 잘 돌아가는 세상. 전도된 세계, 희망도 사랑도 점점 희미해져 의식의 심연으로 사라져 버리고 이 세상 어디에도 한 줄기 빛은 존재하지 않는다. 가장 소중하지만 잊혀진 것, 가치나 의미의 척도에서 이미 폐기된 그 무엇을 의미의 장으로 불러오는 시인이 있기에 세상은 어느새 살만한 공간으로 변이된다. 그러나 시인이 꿈꾸는 아름다운 세계는 인간들의 의식 저편에 존재한다. 몽상을 먹고 몽상 속에 사는 시인은 창조적 지평을 무한히 확장시키지만, 그것이 바로 현실을 만들지 못한다. 몽상은 불행한 의식이다. 몽상은 현실에서 도태된 가장 나약한 인간들의 자기 방어 수단이다. 세계를 창조하는 것이 아니라 자신만의 세계 속에 빠져드는 자폐의 공간이다. 그러나 아름답지 아니한가. 자기가 없는 시대에, 타인과의 견주기에 의해서 삶이 결정되는 시대에, 시인이 꿈꾸는 몽상의 깊이는 온전한 자기를 찾아 떠나는 여행이 아닌가.

　서림은 몽상의 시인이다. 통념적인 의미에 있어서 몽상은 인간을 행복하고 아름답게 만들지만 서림의 경우에 몽상은 안온한 만족의 세계가 아니다. 불만족하고 결핍되어 있고, 무엇인가 불안한 징후가 감돌고 있다. 그래서 그의 몽상의 언어는 표면적으로 볼 때, 정제되지 않은 격정의 언어처럼 보인다. 언어와 언어 사이, 세계와 시인 사이, 의식과 무의식 사이에 무엇인가 가로놓여 있다. 그것은 '자기'라는 '막'이다. 너무도 투명하여 의식의 힘으로 걸러낼 수 있을 법도 한데, 서림은 그 투명막에 늘 걸려 넘어진다. 자기 안에 있는 또 다른 자기, 내면의 목소리, 인간 최승호를 시인 서림으로 만든 알 수 없는 천형의 소리가 시인의 삶을 옥죄고 있다. 서림의 시적 출발은 초자아의 사전 검열로 억압된 무의식의 세계를 현실의 공간으로 불러내는 것이다. 그러한 까닭에 시인의 자아는 경계의 지점에 위치해 있다. 의식과 무의식의 경계에 서서 시적 정체성을 탐문하고 있다.

서림에게 있어서 시를 쓴다는 것은 내적 자아를 찾아 떠나는 여행과 같다. 그 여행은 시인 자신에게로 열려진 길이다. 미지의 알 수 없는 존재론적 정체성과 의미를 찾아 무의식의 문을 두드리면서 그것을 의식의 출구에 이르게 만든다. 그렇다고 서림의 시가 1930년대를 대표하는 이상의 초현실주의적 경향에만 머문 것은 아니다. 시인은 자신에게로 내어 놓은 무의식의 길을 따라가다가 눈을 세상 쪽으로 돌린다. 내면의 좁은 골목길을 돌고 돌아 그는 세상이라는 넓은 길 위에 서서 세상의 모든 아픔을 자기 아픔으로 수렴시키면서 세상에 존재하는 모든 대상을 유미화시킨다. 시의 혀가 닿을 수 있는 모든 것들을 찾아서 세계의 환부를 어루만지고 세상을 위무하고 있다. 상재된 세 권의 시집은 이러한 서림의 정신적 변화 추이를 극명하게 드러내고 있고, 그가 앞으로 새로운 시세계를 형성하리라는 예상을 가능케 한다.

2. 의식에 이르는 문

의식과 무의식의 경계를 설정하기란 그리 쉽지 않다. 아니 그것은 애초에 불가능한 일일지도 모른다. 그러나 그러한 어려움에도 불구하고 작품 『이서국으로 들어가다』 연작은 무의식과 의식의 경계를 명확히 하지 않을 경우 서림 시문학 전체의 의미 해석의 혼동을 초래할 수 있다. 청도와 이서국은 신화적 공간만을 의미하지 않는다. 그 공간은 인류적 신화적 삶을 가능하게 만드는 보다 포괄적인 의미의 근원적인 공간이다. 그것은 줄리아 크리스테바가 『시적 언어의 혁명』에서 말한 무의식의 용기인 '코라'의 역할을 하고 있다. 청도와 이서국은 인간 무의식의 저장고이자, 인간의 모든 사유가 발생하는 근원적인 공간이다. 서림에게 있어서 청도와 이서국은 의식의 심연으로부터 가라앉은 억압된 무의식이다. 아니 그 공간은 초월적 실재이거나 가장 현재적인 삶을 견인하는 시인만의 내면 공간이다. 그래서 그 공간은 이 세계의 현상적 논리적인 사유로는 포섭이 불가능하다. 의식의 이편과 저편의 경계, 상징과 현실의 경계 지점이 바로 청도와 이서국이다. 엄밀히 말해서 그 공간은 언표되어지기를 기다리면서 언표되는 것을 거부하는 착종된 세계이다.

의식의 문 앞에 서 있는 전의식처럼 그 공간은 투명하게 의식으로 포착될 수 있는 세계처럼 보이지만, 그러나 시인은 그 공간의 의미가 논리적 사유와 언어의 틀을 비껴감을 감지하게 된다. 시인 서림은 시지푸스왕처럼 천형을 짊어지고 논리를 무화시키는 전의식의 언어를 의식의 문에 이르도록 이끌어간다. 시인의 태도는 때론 단호하게 때론 격렬하게 청도와 이서국을 현전의 장으로 이끌어낸다. 천형과 맞서 싸우는 키에르케고르처럼 천형을 숙명으로 알고 시적 실천을 감행한다. 얼핏 보기에 서림의 시는 정제되어 있지 않은 투박성을 드러내고 있다. 아니 그것은 언어적 포장을 거부하는 시인의 의지처럼 보인다. 왜 그렇까. 그 이유는 시인의 시작 노트에 명백하게 드러나 있다.

나는 내 속에서 나는 소리를 받아적기 좋아한다. 내 속에서 우글거리는 야수소리로부터 언젠가는 벗어나고 싶다. 그렇다고 80년대-감격시대의 그 북소리, 그 함성도 이젠 받아적기 좀은 뭣하다. 나는 새로운 소리, 새로운 인간적 주체의 소리, 새로운 중심이 될 수 있는 인간적 목소리를 듣고 싶다. 그러나 당분간은 내 속에서 계속 야수가 날뛸 것 같다.

시인의 시적 실천은 내면의 소리를 포장하는 것이 아니라 내면의 소리를 소리 그 자체로 받아 적는 데 있다. 이때 서림은 시인이 아니라 무의식이나 전의식의 대리자이다. 신의 계시를 받아 방언을 하는 사람처럼 그는 대서할 뿐이다. 서림 시의 정제되지 않은 듯한 격렬함은 여기에서 파생된다. 만약 내면의 소리를 절묘한 은유와 정제된 언어로 치환시켰을 때, 더 정확하게 기성의 시문법에 맞추어 정련했다면, 시인은 시인 내부에 자리 잡은 우글거리는 야수소리의 본질을 직시하지 못했을지도 모른다. 그러므로 서림의 투박한 시적 언어는 의식의 문 앞에 도달한 무의식의 언어이자 시인 자신과 정면으로 맞서는 내면의 언어이다. 아우성치는 내면의 목소리를 들으면서 인간과 세계의 본질을 응시하고 인간의 존재론적 의미를 찾아 떠난다. 그것은 진정한 삶의 가치를 실천하고 싶은 시인의 시적 출발점이자 서림을 서림답게 만드는 시적 페르조나이기도 하다.

청도 사람에게 이서국은 세상을 보는 거울이다.
이 세상이 이서국의 안이고 밖이다.

―「청도장」 일부

—「청도 그리고 伊西國」 일부

위의 두 시는 청도와 이서국이라는 동일한 공간을 무시간적으로 소묘하고 있다. 청도는 현재의 공간이고, 이서국은 역사적인 공간이다. 그런데 시인은 이 두 구절에서 칸트가 『순수이성비판』에서 말한 인과율을 철저하게 위반하고 있다. 세상에 존재하는 모든 것들은 시간과 공간의 법칙을 배제할 수 없다. 그런데 서림은 물리적인 시간과 공간의 개념뿐만 아니라 사물 세계의 존재 방식 또한 착종시키고 있다. 시인은 그것을 클라인씨병이라고 명명하고 있다. 청도와 이서국은 안과 밖, 처음과 끝이 구별되지 않는 수학적으로 고안된 공간이라고 인식하면서 그 공간 자체를 현실을 넘어선 공간이거나 비공간으로 만들어 버린다. 더 나아가 시인은 이서국을 세상을 보는 거울이라고 인식하고 있다. 과거의 신화적 공간을 통해서 현재의 삶을 응시한다는 것은 인간 내면 깊숙한 곳에 자리 잡은 집단무의식의 존재를 승인하는 것이다. 다시 말해서 청도와 이서국은 인간의 의식 내부에 작동하는 집단무의식의 실체이자, 의식의 저장고이다.

시작과 끝이 없으면서 입구이고 끝인 공간, 현재와 과거를 동일시하는 공간, 이서국과 청도와 이 세상을 나란히 병치시키면서 통념적인 개념과 논리를 전도시켜버린다. 의식의 힘으로는 도저히 인식이 불가능한 공간, 상상 속에서만 존재할 수 있는 공간, 인간의 의식의 심연에 가라앉자 인간의 삶과 꿈과 이상을 관장하는 그 공간이 바로 무의식의 세계에 해당한다. 그것은 서림의 자아(Self)이다. 칼 구스타프 융식으로 말해서 서림의 시적 공간인 자아는 온전한 자기가 존재하는 공간인 동시에 불가능한 것을 가능하게 만드는 초월적인 힘을 가지고 있다. 합리성에 길들여진 인간에게 서림이 지향하는 상상과 무의식의 공간은 하나의 판타지로 비추어질 수 있다. 그러나 서림의 공간은 인간이 인간으로 존재할 수 있는 최종심급이자, 인간의 창조적 역동성이 실현될 수 있는 원초적 공간이다.

—「이서국으로 들어가다 5-감나무」 전문

루이스 캐럴의 『이상한 나라의 앨리스』와 같은 동화에나 나올 법한 진기한 풍경이 펼쳐지고 있다. 위의 시는 서림의 작품 중 가장 어렵고 해독이 불가능한 시이다. 통념적인 개념이나 의식으로는 도저히 이해할 수 없는 불가능한 현상이 벌어지는 감나무가 서 있는 이서국의 어떤 집. 그 집은 단순하지만은 않은 의미를 지니고 있다. 가스통 바슐라르에게 집은 안온한 몽상이 촉발되는 평화롭고 행복한 공간이지만, 서림에게 집은 신화적인 의미의 우주의 중심도, 생과 사가 공존하는 인류적 공간도 아니다. 그 공간은 무의식의 공간이다. 모든 것이 가능한 공간, 논리와 비논리를 아우르면서 인간의 삶을 지배하고 통어하는 무의식의 코라이다. 집은 가능태이자 현실의 논리에 의해서 유예되고 폐기된 의식의 저장고이다.

현실을 지배하는 초자아의 질서와 규범의 외연적 범주는 인간의 편리에 의해 만들어진 장치다. 그것은 미셸 푸코가 말한 것처럼 모든 것을 포용하는 상생의 논리가 아니라 담론적 권력이 작용하는 배제의 논리가 지배하고 있다. 그런데 서림은 위의 시에서 초자아의 질서의 문법을 파괴시킨다. 모든 것이 가능한 세계, 세계를 평등하게 바라보는 의식, 통념적인 논리의 부정성이 존재하는 공간이 바로 '어떤 집'이다. 여기서 '어떤'이라는 관형어는 많은 의미를 담고 있다. '어떤'은 불특정 대상을 지시하는 관형어이다. 그것은 미확정이고 정확한 지시연관을 가지고 있지 않다. 다시 말해서 '어떤'은 모든 것이 가능한 개연성을 암시하면서 '거꾸로는 옆으로이고 옆으로는 바로이고 바로는 거꾸로'라는 비논리의 논리의 순환논법을 성립시킨다. 비논리의 논리는 그 자체로 모순어법이다. 그 모순어법을 더욱 강화시켜 시인은 마지막 행에서 '이상 모든 것은 오늘 청도에서도 그러하다.'라고 천명하고 있다. 이것은 어떤 의미인가. 이서국과 청도는 시간만 다른 동일 공간이다. 다시 말해서 천년 이상의 시차를 두는 공간적 질서의 동일시는 인간의 존재론적 규정이 통시적 선형성에 지배받지 않는다는 것을 의미하고 있다. 그것은 더 나아가 통념적인 시간 의식을 파괴하고 있다. 그것은 우리가 생존하는 현실의 논리가 너무 많은 것을 잃고 있음을 증명하고 있다. 더 나아가 현실은 초자아의 논리만으로 설명할 수 없는 무수한 현상들이 발생한다는 사실 또한 승인하게 만든다. 그러므로 감나무가 있는 이서국의 어떤 집은 논리와 비논리가 공존하는 초월체이거나 무의식 어느 한 지점을 상징하고 있다. 다음의 시는 그러한 서림의 의식을 보다 명백하게 드러내고 있다.

상수리나무 소나무 우거진 숲에 둘러싸인
박물관으로 들어갔다
그 시대 여느 박물관에서나 마찬가지로
그곳엔 인공위성 우리별1호 모형, 팩시, 컴퓨터, 서태지와 아이들
콤팩트 디스크, 각종 신용카트, 방독면, 일회용 기저귀, 콘돔, 헬스기
구, 다이어트용 야채효소 등이 진열되어 있었다.
―「이서국으로 들어가다 8―고인돌」 일부

감나무가 있는 어떤 집이 무의식의 코라라면 박물관은 그 무의식을 채우고 있는 구체적 내용물이다. 위의 시의 제목은 그러한 측면을 명백하게 드러내고 있다. 고인돌의 통념적인 상징적 의미는 견고와 영원성이지만, 위의 시의 경우는 다른 용법으로 쓰이고 있다. 고인돌은 무의식으로 들어가는 문이다. 이서국이라는 거대한 무의식의 공간과 현실의 공간 사이에서 양자의 공간을 넘나들 수 있는 매개체이자 입구가 바로 고인돌이다. 시인은 고대 이서국으로 들어가고 있다. 그런데 이서국을 채우고 있는 무의식 저장고인 박물관의 내용물들은 찬란한 가야 문명의 부장품들이 아니라 초현대적인 산물들만이 즐비하게 진열되어 있다. 무의식의 공간은 태고와 최신이 공존하는 공간이다. 시인은 무의식의 박물관으로 잠행해 들어가 태고의 신비적 사실을 집단무의식의 원형적 실체를 발견하고 싶어 하지만, 그가 발견한 것은 현대의 신화이다. 융은 그의 저서 『현대의 신화』에서 UFO를 과거 집단무의식의 현대적 재현이라고 인식하고 있다. 서림도 융의 그것과 마찬가지로 청도 사람들에게 내재한 집단무의식의 실체인 이서국을 통해서 현대의 신화적 산물들을 현전시킨다. 박물관에 진열된 사물들은 단순한 사물이 아니라 서림이 생존하는 현실의 신화이거나 무의식을 채우고 있는 구체적인 사례들이다. 이서국 고인들은 비바람을 견디어 온 천년 역사의 정령이 스민 산 증거이자 현대의 기호가 파생되는 무의식의 입구이다.

이서국은 언제나
말에 사로잡히기 거부하며
그의 입 밖에서 버둥댔다
그러나 결단코, 이서국은
그가 토해낸 말의 집 속에 들어와
얌전히 숨을 쉰다
그의 말이 그의 호흡 속에

한몸이 되는 순간,
그가 세운 말의 집은 갑자기 날개를 달고
새가 되었다
가볍게 날아가서 말의 벽을 뚫어내는
말의 집이여!
그의 말을 잡아 눕혀 배를 갈라보면
촘촘한 모세혈관으로 덮여진
둥굴고 푸른 방이 들어 있다
그 속에서 이서국은 그의 식대로
밥 먹고 자고 섹스도 한다.

―「푸른방」 전문

　무의식을 인간이 자유자재로 관장하는 것이 가능할까. 프로이트 심리학, 융학파, 아들러의 개인심리학을 통해 볼 때, 그리 쉽지만은 않다는 사실이 증명되었다. 의식이 무의식을 통어하고 지배할 것 같지만, 결코 무의식은 의식의 힘으로 규정되지 않는다. 의식은 로고스이고, 로고스는 말(언어)이다. 말은 인간의 이성의 총화이다. 말은 개념 규정 능력이다. 말은 논리성으로 무장하고 있다. 말은 세상에 존재하는 모든 것들을 총체적으로 표현할 수 있는 힘을 가지고 있다. 말은 좌절을 모르는 자기방어능력을 또한 가지고 있다. 그러나 교묘한 말을 단번에 좌절시킬 수 있는 유일한 방법이 있다. 그것은 말의 내면이다. 다시 말해서 말은 말 자체의 개념 능력과 논리성으로 무장하지만, 말하는 주체의 내면세계는 논리와 비논리가 공존하면서 상호 충돌하고 있다. 발화된 말(이성의 언어)은 비논리(무의식)를 비존재로 인식하면서 끊임없이 내면의 비논리인 무의식에게 이성의 논리를 강요한다. 그러나 말의 욕망은 언제나 무의식을 자신의 입 문턱까지는 끌어오지만 말은 이서국(무의식)을 표현하지 못한다.

　침묵한 채 얌전히 숨만 쉬는 무의식은 인간이 세운 논리에 아무런 반응도 하지 않는다. 아니 초자아의 논리와 규범적 질서를 무의식은 자신의 방식대로 마음대로 재단한다. 그러면 그러한 무의식에 반발하여 말(의식)은 끊임없이 말의 집(무의식)을 억압하고 현존의 공간에서 배제시킨다. 그럼에도 불구하고 말의 집은 깊고 넓어서 무수한 억압과 시련에도 일언반구하지 않는다. 지친 말이 스스로에게 묻기 시작한다. 세상에 포섭되지 않는 존재가 있는가라고……. 말은 자신이 최종심급이 될 수 없다는 사실을 자인하게 된다. 말에 사로잡히지 않으면서 아무 말도 하지 않고 말을 지배하는 이서국의 푸른 방, 그것은 말의 무의식이 존재하는 공간이자, 말이 생성되는 말의 집이다. 말의 집은 논리적 사유로 무장한 언어의 방식이 아니라 집(무의식의 코라)의 방식대로 삶을 영위한다.

엄밀히 말해서 승화된 말과 승화를 거부하는 말의 집은 한 주체 안의 두 양상이다. 인간의 내부에는 언제나 두 개의 '나'가 존재한다. 개념으로 포섭되는 '나(승화된 말)'와 그 개념을 어지럽히고 혼돈시키면서 개념의 논리를 무의미한 것으로 만드는 '나(승화를 거부하는 말의 집)'가 존재한다. 말(의식)과 말의 집(무의식)이 일치된 삶을 살면 가장 행복한 삶이지만, 그것은 의식이 없는 동물로 전락하게 되고, 반면에 양자의 골이 너무 깊어지면 인간은 정신분열에 이르게 된다. 서림은 말의 힘으로 무의식의 문턱에 다가가 의식과 무의식의 경계에 서 있다. 그는 의식의 입구에서 시적 언어(말, 의식, 이성)로 푸른 방, 집, 박물관, 이서국의 실체를 응시하고 있다. 그러나 그는 그것을 현전의 장으로 불러내는 데는 한계가 있음을 자인하게 된다. 아니 더 정확하게 말해서 사전 검열에 걸러질 수 있는 무의식의 내용만이 말(시)로 승화될 수 있다는 사실을 깨닫게 된다. 그 길이 비록 온전한 자기를 찾는 길이지만, 그 길은 자기 안에 존재하는 내면의 목소리이거나 또 다른 자기(Self)이기에 영원히 해결될 수 없는, 그렇지만 추구해야만 하는 미해결의 과제임을 깨닫게 된다.

마음에 겨눈 적을 잃어버린,
겨눌 적조차 잃어버린,
꿈을, 휴식을 잃어버린,
마음을 모을 수 없는,
우울증에 빠진 남자, 그의 몸 속에는
쏟아진 불덩이가 이리저리 치달린다.
넘친 강물이 천방지축으로 흐른다.
물과 불에 갇힌, 물과 불이 만든
투명한 막에 갇힌 남자,
막 속에서 혼자
막 뚫어낼 궁리하느라 점점
막 속으로 갇혀 들어가는 남자,
쉬지 않고 자기를 갉아먹는 남자,
먹어도 먹어도 힘 없는 남자,
언젠가 저 막 돌파해내고자
더욱더욱 밥 많이 먹는 남자,
먹는 재미로 사는 남자,

—「밥을 많이 먹는 남자」 전문

　자기를 찾아 떠나는 여행은 온전한 자기에게로 향하는 길이기에 도달하기가 너무 힘들다. 더 나아가 그것은 인간 완성의 길이기에 절망을 예고하고 있다. 의식과 무의식의 경계에서 시인은 절망에 이른다. 사실 의식의 힘으로 무의식의 세계를 본다는 것은 애초부터 불가능에 가깝다. 가슴 한가운데 이는 불같은 열정으로 무의식의 경계에 도달했지만, 그 경계는 경계일 뿐 어떠한 진실도 말하지 않는다. 이글거리는 야수의 소리가 시인의 발걸음을 더 내딛지 못하게 만든다. 시인은 투명한 막에 가로막힌다. 시 「현실감각」에서 그는 '그래 난 지렁이야, 거머리야'라고 외친 것도 엄밀히 따지면 의식의 힘으로 무의식의 세계를 돌파할 수 없다는 사실을 직감했기 때문이다. 가슴에 이는 불덩이와 현실 사이에서 시인은 점점 왜소해지고 작아져 마음의 지향점을 잃게 된다.

위의 시에서 '적'의 의미를 해명하는 것은 중요하다. 그것은 일반적인 의미의 단순한 적이 아니다. 적은 자기 내부에 존재하는 미규정의 실체이다. 희망도 꿈도 잃어버리고 시인은 불안에 휩싸인다. 도저히 알 수 없는, 그리하여 모든 말(언어, 의식, 이성)을 피해가는 무의식의 집을 향해 더 이상 할 수 있는 말이 없다. 마음엔 심화의 불이 타오르고 해일이 몰아닥치고 있다. 불과 물의 투명한 막에 갇힌 시인은 혼신의 힘을 다해 투명한 막을 뚫어낼 궁리를 하지만 매양 끊어내고 갉아먹는 것은 자신의 영혼과 육체뿐이다.

소크라테스의 '너 자신을 알라'라는 명제는 애초부터 기만일지도 모른다. 왜냐하면 인간이 자기를 안다는 것은 육체의 형식을 통해서는 결코 이룩될 수 없고 영혼의 형식을 통해서만 가능하기 때문이다. 자기를 탐험하면서 자신의 내부로 떠나는 여정은 천형이다. 그것은 어쩌면 시인이면 가지는 양심이자 자기 검열이지만, 그 무의식 공간(코라, 집, 이서국)을 묻고 해명하는 것은 금단의 영역을 침범하는 것에 해당한다. 아무도 묻지 않는 길, 아무도 시도하지 않는 길을 떠나는 시인의 길은 전인미답의 길이지만, 그것은 예정된 절망의 길로 향하게 된다. 무기력증과 우울증에 빠지게 되는 시인은 그 아포리아(미궁)의 길을 빠져 나올 해결책을 밥에서 찾는다. 밥은 생명을 생명으로 이어주는 힘이자 자신의 내부에 존재하는 욕구 불만을 해소시키는 기능을 담지하고 있다. 지금은 비록 문제를 해결하지 못하고 무력하게 남아 있지만, 언젠가 의식과 무의식 사이에 가로 놓인 '막'을 돌파하기 위해 힘을 비축한다.

　　리듬으로 살아가는 남자
　　리듬만 들면 즉시 즐거워지는,
　　아무 생각 없이 사는 남자

커튼이 쳐진 방바닥에 엎드려
세상 힘들 게 없다고 생각하는 남자
세상 모든 게 힘에 벅차다고 생각하는 남자
난초에 물 주고 난초잎 닦는 재미로
딴 생각은 할 줄 모르는,
약간씩 입 헤 벌리고 잘 웃으면서도
자신이 웃는지도 잘 모르는 남자
그러면서도 불안을 겁내하면서
가끔씩 약을 줄여 보는,
세상 살아내기 하면서도 이따금
세상 살아가기를 꿈꾸는 남자

—「즐거운 인생」 일부

　금단의 세계에 발을 들여 놓는 행위는 그만큼의 대가가 따르게 마련이다. 의식의 힘으로 무의식의 경계에 선다는 것은 그 자체로 불안을 향하는 삶의 길을 스스로 선택하는 것에 해당한다. 너무 많은 길을 왔기에 처음으로 되돌아간다는 것은 이미 너무 늦었다. 시인은 내친김에 의식과 무의식의 경계선상으로 한 발을 내딛는다. 불안과 공포가 야수처럼 으르렁거린다. 시인은 태양을 동경하는 밀랍으로 만든 이카로스인지도 모른다. 강렬한 태양을 향해 갈수록 황홀한 자신의 욕망을 충족시키지만 몸이 녹아져 내리는 슬픈 운명의 이카로스처럼 시인은 무의식의 중압감에 휘말려 정신을 황폐화시키고 육신을 갉아먹는다. 정신은 몽롱하다. 전신에 피로가 엄습한다. 맨 정신으로 삶을 살아갈 용기가 없다. 반복되는 불안과 마음의 동요로 인해 한시도 편할 날이 없다.

　시 「즐거운 인생」은 미묘한 역설이 지배하고 있다. 융이나 프로이트 심리학은 자기 안에 있는 진실한 자기를 찾아 온전한 자기를 실현하는 것을 목적으로 하며, 그것이 가능하다고 주장하고 있다. 그런데 그것이 과연 가능할까. 특히 융의 자기(Self) 개념은 신적인 의미를 함의하고 있다. 다시 말해서 역사를 통해 온전한 자기를 실현한 존재는 소크라테스, 부처, 예수, 공자 등 극소수에 불과하다. 그러므로 자기 안에 진실한 자기를 보고 인식한다는 것은 자신에 속한 모든 것을 버릴 때에만 가능하다. 진정한 즐거움은 자신의 부와 명예, 필요하다면 자신의 목숨까지 기꺼이 내놓아야만 한다. 여기에 이 시의 비밀이 존재한다. 즐거운 인생은 불행한 인생, 아니 불안한 인생으로 역전된다. 무엇엔가 의존하지 않으면 뜻 모를 불안이 밀어닥친다. 자기 안에 존재하는 또 다른 자기를 찾아가는 길은 행복하고 즐거운 삶을 향해가는 길이지만, 그 길은 거대한 시련과 공포를 경유해야만 성취되는 길이기에 누구도 감행하지 못하는 불안한 길이다.

뒷골목, 이 바에 들어오면 대낮에도
축축이 고여 흐르는 푸른빛과 만난다
부딪힌 삶의 모서리에서 삐져 나온 어둠들이
알코올로 적당히 절여지면
어둠은 멍든 삶의 빛을 내며 승화된다
때론 멍든 삶이 아름답다
푸른빛을 좇아 멍든 삶들이 향일성 벌레처럼
모여든다
재즈 음을 타고 흐느적 거리는 깊고 푸른 강물은
나를 떠밀고 따라오던, 빌딩과 빌딩 사이
긴장된 햇빛을 門前에서 밀어낸다
햇빛이 더 이상 수색할 수 없는 소도, 주점 블루에
날마다 바다가 떠오른다
대낮에 술을 마시고
푸른빛의 흐느적임을 따라
알코올은 몸 구석구석으로 흘러 들어간다
알코올이 온몸에 불을 지르면
몸은 바다로 떠오른다

빌딩이 사라진, 바람만 부는 모래바다
벌거벗고 술 마시는
꿈틀거리는 사막, 이곳에서 사람들은
푸른빛을 마신다

─「주점 '블루', 그리고 사막」 전문

상처받은 영혼, 그 어디에도 안주하지 못하는 불안한 삶은 점점 현실의 뒤켠으로 밀려나기 마련이다. 천형을 짊어진다는 것은 그 자체로 가장 불행한 삶이다. 멍들고 치진 도시인들은 네온사인 휘황한 이 도시의 입간판 지하 밑으로 자신의 삶을 스스로 유폐시킨다. 시인은 자기 자신으로부터 도피한다. 술을 마신다. 몽롱하다. 세상이 아름답다. 존재고, 가치고, 의미고 다 필요 없다. 혈관을 타고 도는 알코올에 적당히 취기가 돌면 삶은 그렇고 그런 것이이라는 인식에 도달하게 된다. 멍들고 지친 삶이 희미한 전등불 밑에 다 덮어진다. 흐느적거림. 적당한 유희. 자포자기 상태. 그런데 갑자기 어둠이 어둠을 감싸 안아 시인을 위무한다. 자신의 영혼을 휘몰아치던 도시의 허위의 껍질들, 도덕들, 질서들을 벗어던진다. 알몸이다. 자신을 옥죄던 답답한 사슬이 벗겨진다. 마음이 후련하다. 알코올이 점점 더 빨리 혈관을 타고 돌아다닌다. 뇌의 어느 지점을 집중 공략한다.

가슴 안에 있던 울분, 뜻 모를 미지의 기호가 현시된다. 환영이다. 절망과 자포자기의 극한적 상태 속에서 시인은 빛을 본다. 멍든 삶을 승화시킨다. 이제까지의 모든 존재론적 물음과 회의를 한 줄기 빛으로 위로받는다. 수상하다. 빨간 네온사인 빛을 헤집는 푸른 빛. 빌딩과 빌딩 사이를 가로 질러 흐르는 푸른 강물. 분명 그것은 환영이고 환시고 착시현상이다. 알코올이 시인의 몸에 불을 지핀다. 몸은 탄화되고, 기화되었다가 어느새 새로운 몸으로 탄생한다. 몸은 가볍게 하늘을 날아올라 동해의 푸른 파도 위를 표류하고 있다. 귓가에 흐르는 재즈 음은 바람

소리로 바뀐다. 갑자기 광풍이 몰아닥치더니, 시인은 원초적 삶이 실현
되는 사하라 사막 어느 한 지점에 서 있다. 푸른 기운이 시인의 몸을
감싸고 있다. 서림은 분명 환영을 보고 있다. 다양하게 변용 현시되는
환영은 시인의 무의식 안에 유폐되고 가라앉은 소망이다. 푸른 빛과 강,
바다와 사막은 시인이 지향하는 가치의 세계를 상징한다. 화려한 도시
의 불빛 아래 가려진 무의식이다. 원초적인 근원적 자기를 본다는 것은
맨 정신으로는 불가능하다. 시인은 술의 힘을 빌려 자신의 내면의 목소
리를 정면으로 응시하고 있다.

　　사춘기, 어린 늑골 사이로 늘 강물이 깊었고 물새가 하얗게 울었
　다 햇빛을 잡아먹고 강은 푸르게 내장을 뒤척였다 얼굴 없는 푸른
　빛 속에서 자맥질 하다 잠들고…… 어느 날 햇빛 아가리 속으로 뱉아
　져……

　　묵계리까지 여행은, 낯 익 어 아 름 다 운 안개 속에 먼저 가 숨어
　있는 나에게로 가는 길이었다.
—「푸른 빛으로 돌아오다—노예 4」 일부

　삶의 본질을 자맥질한다는 것은 신에게 도전하는 행위일지도 모른다.
왜냐하면 본질은 세상에 존재했고 현재 존재하는 인간들에게 한 번도
현시된 적이 없기 때문에 육체의 형식으로는 알 수 없다. 만약 인간이
그 빛을 보고 목소리를 듣는다면, 인간은 눈이 멀고 귀가 먼다. 그러나
시인은 자기를 찾으려는 여행을 떠난다. 시인이 떠나는 여행은 무의식
의 세계와 자신의 본질을 의식의 문에 이르게 하는 것이다. 모든 길은
자기에게로부터 출발하여 자기에게로 돌아간다. 여행을 떠난다는 것은
낯익은 '내' 안에 낯설은 '나'를 낯익게 만드는 것이다. 숨어 있는 자기
자신에게 가는 길이다.

3. 메타 언어로써의 시

자신을 탐험하고 난 후에 서림은 시에 관한 시를 쓰기 시작한다. 유토피아가 사라진 시대에 시가 유토피아를 대신할 수 있을까. 시인은 결코 그럴 수 없다는 사실을 직감하게 된다. 시인은 더 나아가 유토피아의 부재를 선언하면서 이 세계를 견디어 내는 시에 관한 시를 쓴다. 시에 관한 시, 즉 메타시를 쓰면서 시인은 끊임없이 자신의 시적 정체성을 심문한다. 그것은 더 나아가 현대의 시 쓰기가 유효한가에 대한 질문에 해당한다. 시란 무엇인가. 도대체 시가 무엇이기에 인간으로 하여금 시를 쓰게 하는가. 더 나아가 시는 어떠한 심성으로 씌어져야 하는가. 시가 인간에게 어떤 의미를 가지고 있는가에 대하여 서림은 집요하게 성찰하게 된다. 꿈과 희망이 존재했던 시대에 시적 몽상은 그 자체로 행복이지만, 꿈도 사랑도 자본의 구조에 편입된 냉혹한 시대에 시를 몽상한다는 것은 불온한 의식이자, 지배 이데올로기에 배반하는 행위이다.

자본주의 시대에 시를 쓴다는 것은 실현 불가능한 꿈을 꾸는 돈키호테다. 자본과 꿈은 결코 양립할 수 없고, 자본은 이상과 꿈을 물질적 욕망 속에 용해시켜버린다. 물질로 환원되지 않는 정신적인 것은 자본의 구조로부터 철저하게 소외시켜야 한다. 시에 관한 시를 쓴다는 것은 서림의 시에 관한 양심이자 결벽성이지만, 그 양심으로 인해 시인 서림 자신뿐만 아니라 서림의 시까지도 불온성을 의심받게 된다. 아니 그러한 의식은 불온한 것은 아니지만 자본이 욕망하는 기호의 비위를 거슬리게 된다. 자본은 자신의 부유하는 기호적 가치를 불신하는 모든 것들을 억압한다. 휠라이트의 '잘 빚어진 항아리'처럼 시인들은 시의 틀에 주물을 넣듯 시를 만들어 자본의 시장 구조 속에 유통 소비되면 그만인데, 서림은 시 자체의 의미를 끊임없이 묻고 정의 내린다. 생활 세계를 문제 삼으면서 인간과 세계의 의미를 묻고 그것을 시의 존재론적 의미로 확장시킨다. 그러한 서림의 시는 서림 자신을 괴롭힐 뿐만 아니라, 매너리즘에 빠지고 관습에 길들여진 세상의 모든 시인들에게 가시 같은 존재처럼 인식되어진다. 시는 자본의 상품처럼 만들어지는 것이지 시가 꿈꾸고 지향하는 가치란 애초부터 존재하지 않는다. 그런데 서림은 그것을 끊임없이 묻고 또 묻는다. 그러한 일련의 행위는 시인의 자기 검열이다. 시의 꿈을 꿈꾸면서 몽상의 나래를 펴는 서림의 시적 언어는 전투적이다. 그렇기 때문에 시인의 성찰적인 행위는 거시적인 관점에서 두 방향으로 나아간다. 하나는 세계 쪽으로 다른 하나는 자기 자신 쪽으로 시의 길을 내어 놓는다. 이 두 방향이 서림의 경계의 시학이자, 인간 서림이 위치하는 지점이다.

시에 관한 시, 즉 메타시는 성찰하는 의식이다. 시가 어떻게 씌어져야 하고, 시가 다루어야만 하는 본질적인 영역이 무엇인지를 끊임없이 회의하면서 하나의 시적 우주를 창조하는 과정 중에 생성된 시가 바로 메타시에 해당한다. 그 성찰의 영역은 무한대이다. 삶의 체취가 풍겨져 나오는 곳, 상상력을 촉발시키는 사물, 세상을 떠도는 무수한 기호, 잃어버린 신화와 고향 등등……. 시인은 자신의 오감에 부딪치는 유무형의 대상들에게 예민한 촉수를 드러낸다. 그리고 온 신경을 집중시켜 대상과 대화를 시도한다. 시인은 문득 깨닫게 된다. 시가 될 수 있는 언어와 시가 될 수 없는 언어의 한계가 존재하지 않는 사실을, 시말이란 시인의 의식 속에 어떻게 용해되는가에 달려있다는 사실을, 세상에 존재하는 모든 것들을 시말의 영역으로 승화시킬 수 있다는 사실을 선험적으로 직관하게 된다. 그래서 메타시의 시적 언어는 격렬하다. 아름다운 시말과 비시적 언어를 공존시키면서 양자의 언어를 팽팽하게 긴장시킨다. 비시적 언어는 시적 언어와 갈등하면서 미묘한 시적 조화를 형성하게 된다. 서림은 시적 언어의 경계를 허물어트린다. 그것은 세상에 존재하는 모든 존재 양태를 시적 언어로 승화할 수 있다는 사실을 깨달았기 때문이다. 이러한 시적 면모는 서림만이 가지는 독이적인 특성이다. 금기의 언어를 시의 언어로 용해시켜 시 내부에 수용할 수 있는 언어의 구사 능력은 서림이 대가 시인으로 성장할 수 있는 자질 중에 하나이다.

성찰의 시적 태도 또한 독특하다. 현대의 기호와 상품 내부에 도사린 기만적 술책을 교묘히 드러내면서 그 기호와 물질이 야기하는 미묘한 아우라를 시의 온기로 아우르면서 시적 형상화를 실현시킨다. 그러므로 서림의 메타시는 시의 죽음을 선언한 현대성의 모럴에 정면으로 맞서면서 현대성을 자신의 시적 이념으로 포용하고 있다. 시인은 분명 현대의 기호가 가지는 허위적 측면을 갈파하지만 그의 시선은 시의 존재론적 의미로 향해있다. 그것은 현대의 자본의 극한적 논리 속에도 시는 인간의 영혼을 구원할 수 있는 최종심급이라는 정언명법을 성립시키는 행위에 해당한다.

더 이상 내 詩가 꿈꿀
고향은 없다. 자연조차 없다.
「내셔널 지오그라픽」 속에서만 존재한다.
더 이상 내 詩에 성스런 힘 실어줄,
자본의 가속도에 브레이크 걸어줄 민중도 없다.
오랫동안 물을 갈지 않아 썩어가는
우울한 이 수족관 도시,
빠져나갈 껀수도 길도 없다.
오존주의보가 내려도
폐에 구멍이 뚫려도
남극 뻥 뚫린 오존층 구멍이
내 머리 위까지 덮친들,
땡볕에 드러난 지렁이처럼
말라 비틀어지며 기어갈 수밖에 없다.
황폐해진 여름날, 가로수 없는

달구어진 콘크리트 바닥을
내 詩는 그렇게 기어가야 한다.
아황산가스 오존을 마시며 삭여내며
모질게 독하게 싹 틔워야 한다.
지구가 돌아가는 데까지
사는 데까지 살아봐야 한다. 내 詩는

―「오존주의보가 내려도」 전문

　메타시의 출발은 시대의 진단 즉 현대성이 만들어 놓은 문명적 현상을 관찰하는 데서 비롯한다. 헤겔이 『법철학』에서 '현실적인 것은 이성적이고 이성적인 것은 현실적이다'라고 말하지 않았던가. 물론 이 말은 헤겔 철학 내에서 이성왕국을 건설하기 위한 테제인 동시에 현대 자본주의 논리를 가능하게 만든 이념적 테제이다. 과연 근대국가의 이념을 정초한 헤겔의 이 테제는 현재 이 사회에도 유효한가. 단언컨대 결코 유효하지 않다. 후기 산업사회를 지탱하는 힘은 이성이 아니다. 사회를 이끄는 최종심급은 자본이다. 마력과 주술로 무장한 자본(돈)이 이성과 감성을 지배하면서 세계의 질서를 재편하고 있다. 이러한 현상이 벌어지는 시대에 서림은 메타시를 꿈꾼다. 현실을 감성의 눈으로 보는 것이 아니라 이성의 눈으로 철저하게 해부하면서 현대성의 허와 실을 명백하게 드러내고 있다. 시가 꿈꿀 고향과 자연이 더 이상 존재하지 않는다는 사실을 직감하게 된 시인은 도시화된 현대 문명과 오염, 그리고 첨예한 자본주의적 경향을 목도하게 된다. 이념이 사라진 시대에 물질이 하나의 이데올로기로 등장하게 된다. 시인은 자본의 마력이 만들어 놓은 황량한 거리 한복판에 서 있다. 썩어 문드러지고 메케한 오염만 퍼 올리는 도시의 공간, 복사열 이글거리는 아스팔트, 생기를 잃어버린 파리한 가로수를 응시하면서 시인은 자신의 시에 관한 의식을 피력하고 있다.

시의 꿈은 무엇이고 시가 꿈꿀 수 있는 것은 도대체 무엇인가. 그리고 시를 꿈꾼다는 것이 이 시대에 가능하기는 한 것인가. 자본주의가 지배하는 현대성의 모럴의 측면에서 볼 때, 이 질문에 대한 해답은 불가능이다. 브레이크를 상실한 자본의 질주 앞에 시적인 몽상과 꿈은 있으나마나한 악세사리 정도에 지나지 않다. 그런데 서림은 집요하게 자신의 시에 관한 이야기를 시적으로 승화시킨다. 아황산가스와 썩은 물이 가득 찬 도회의 공간 속에서, 물과 공기의 물질적 상상력이 거세된 공간 속에서 시의 가녀린 몽상과 꿈의 아우라를 간신히 이끌어 내고 있다. 격렬한 자본의 기획과 사그러드는 시의 위의 사이에서 시인은 시의 끈을 힘들지만 결연한 태도로 부여잡고 있다. 그것은 바로 시의 꿈이다.

시가 꿈을 꾼다는 것은 대상과의 대화적 관계를 형성하는 것이다. 도구적 이성이 횡행하는 시대에 모든 관계가 이용 가능성으로 수렴하는 시대에 시의 꿈은, 꿈의 시는 대상을 감싸 안으면서 대상의 가능성과 소망 의식을 현재의 공간 속에 현전시키는 것이다. 그러나 그러한 시인의 시에 관한 꿈은 가능한가. 아마 서림은 불가능하다고 인식하고 있는 듯하다. 왜냐하면 현재 이 사회가 지향하는 가치는 몽상이 아니라 가시적인 물질적 욕망이기 때문이다. 그래서 시인은 납작 엎드린다. 이 도시를, 메마른 거리를 지렁이처럼 포복하면서 시적 실천을 감행한다. 그것은 일종의 무모한 모험이다. 아무도 꿈꾸지 않는 천형의 길을 가겠다는 시인의 의지 표현이다. 그가 의식과 무의식의 경계에 선 것도 현대성의 벌판 위에서 시의 꿈을 꾸는 것도 그리 편안한 시의 길이 아님을 서림은 직감적으로 알아채고 있다. 그럼에도 불구하고 서림은 다음과 같이 선언한다. 지구가 운행을 멈추지 않는 한, 시인은 자신과 시의 정체성을 심문하면서 시의 아름다운 꿈과 아우라를 묻고 실현시키겠다고 다짐하고 있다.

한 다발 3천원짜리 장미여,
한 탕에 3만원 오팔팔의 장미여,
바람에 날려가지도 않고 버티고 있는
청량리 로터리의 오존가스여,

내 말의 손가락이
너의 차가운 가시를
그 근방이라도 더듬을 수 있다면,
내 말의 입술이
너의 굳은 입술에
그 그림자에라도 부빌 수 있다면,
내 말의 혀가
너의 쪼글쪼글한 꿈에
그 가장자리라도 핥을 수 있다면,
내 말의 꿈이
너의 독한 꿈에
그 철책 울타리에라도
어른거릴 수 있다면,

―「말의 혀 2」 전문

시의 말이 도달하는 최후의 정박지는 어디인가. 아무리 화려하고 아름다운 언어로 치장하더라도 시의 말이 영혼과 영혼의 환부로 침투해 들어가 상처를 위로하고 어루만지지 못한다면, 그것은 말에 의한 말을 위한 말의 언어일 뿐이다. 그것은 단지 말장난일 뿐이다. 위의 인용 시는 시의 존재론적 의미에 대한 서림의 지향적 의식을 첨예하게 드러낸 양심의 언어이다. 시의 말은 최소한의 꿈을 꾸지만 그 꿈은 인류 전체를 지탱하는 힘이다, 인류성이다, 사랑이다, 인간의 구원이다. 육체와 정신이 멍들고 자본의 기호 앞에 갈기갈기 찢긴 상처받은 영혼의 환부를 핥아주어 피고름을 말끔히 씻어주는 기호가 시의 말이다. 시의 말은 사그러드는 꿈, 창녀, 절망하는 자에게로 다가가 힘이 되고 위로가 될 수 있기를 서림은 기원한다.

그러나 시인의 시적 태도는 소극적이다. 가정법은 현재 사실의 반대이다. 시의 말, 시의 입술, 시의 혀, 그리고 시의 꿈이 지향하는 본래적인 가치는 세상의 모든 것을 감싸 안으면서 상생의 삶으로 이끄는 것이다. 그러나 시인은 적극적으로 그것을 실천하지 못한다. 그것은 서림이 지향하는 시적 이데아가 후기 산업사회의 현실에서는 불가능하다는 사실을 직감하고 있기 때문이다. '―할 수 있다면'이라는 가정법 미래는 불가능한 소망이나 희망의 사실을 표현하는 어법이다. 역으로 생각하면 그러한 시인의 메타 지향적인 시적 희망은 현대시가 꿈꾸지 않는 꿈을 꾸면서 그 꿈이 미래의 어느 시점에 이루어지기를 희원하는 것이기도 하다. 시말의 혀가 존재한다면 세상의 환부를 핥아주면서 세상을 살만한 공간으로, 공감대가 이루어지는 상생의 공간으로 만들 수 있다는 선언이기도 하다.

그러나 시인의 시적 태도는 조심스럽다. 꿈이 부재하고 고향을 잃어버린 현대인들에게 타자에 관한 미메시스적 동화는 애초부터 불가능할지도 모른다고 서림은 염려하고 있다. 그러한 걱정은 현대의 기호가 만들어낸 허상일 뿐이다. 시인은 현대사회가 생성해낸 삶의 현장 속으로 깊이 들어가 생활 세계의 현상들을 목격하고 그들의 아픔을 치유할 수 있는 방책을 마련하려고 시도한다. 시의 아우라를 메타적으로 사유하는 「말의 혀 2」는 아름답다. 시의 꿈에 관한 시의 말이 지향해야만 하는 의미를 명확하게 언표한 메타시가 바로 「말의 혀 2」이다. 널브러지고 상처받은 영혼, 찌든 삶의 가장자리를 시의 손가락, 입술, 혀, 그리고 꿈으로 의인화시켜 위무하고 싶어 한다.

이데올로기적으로 잘 먹고 잘 싸도
그의 삶 자꾸 말라져가네,

그의 詩 자꾸 뚱뚱해져가네,
뚱뚱한 詩로 뚱뚱한 意識
우울하게 달래보네,

이 시대 더 이상
병들지 않으려면 죽지 않으려면
늦으나마 당구를 배워야 하네,
고스톱을 배워야 하네,
바람을 피워야 하네,
매달려야 하네,
무엇보다 정신이 먼저
죽어야 하네,

사랑하기 위해 그 인생
학대해야 하네,

—「內科的 행복만으로도」 일부

시적 삶과 생활로써의 삶은 공존할 수 있는가. 이 시대에 시인으로 산다는 것은 실존적 삶을 황폐화시키는가. 진정 시란 생활인을 죽일 때야만 가능하다. 1950~60년대 시인 김관식은 시인은 밭을 갈고 일을 해야만 한다고 역설했다. 시적 삶과 현실적 삶의 일치야 말로 시인이 지향해야만 하는 가치라고 그는 천명했다. 그러나 서림은 김관식의 그것과는 정반대의 견해를 피력하고 있다. 시와 삶은 반비례의 관계이다. 잘 먹고 잘 사는 일상의 삶은 물질적인 풍요를 향유하는 삶이기에 올곧은 시의 정신을 죽인다고 생각하고 있다. 풍요로움은 시의 삶을 무미건조하게 만든다. 자꾸 말라져가는 삶이라는 시어는 물질적 풍요와 역비례로 정신적 삶이 고갈되어져 가는 나태한 시인의 의식을 의미한다. 물질의 풍요로움 속에 시가 뚱뚱해지고 의식도 뚱뚱해진다. 뚱뚱한 의식은 현대를 잘 살아나가는 시인을 상징한다. 정신과 의식을 죽이고 세상의 논리를 배우며 백치가 될 때야만 비로소 행복한 현실을 살 수 있다고 서림은 말하고 있다. 과연 여기서 시인의 의도는 물질적 행복이 진정한 행복의 실체라고 생각하는가. 아니다. 위의 시는 자신의 시적 삶에 있어서 경계해야 할 점을 언명한 것이다. 안일함과 방만함을 경계하면서 정신을 곧추세울 때 진정한 시가 창조될 수 있음을, 그러한 삶이 진정한 삶임을 역설적으로 선언하고 있다.

시적 삶이 생활로써의 삶으로 환원될 수 있다면 그것은 가장 행복한 시인이다. 그러나 시적 삶과 생활로써의 삶이 일치한다는 것은 거의 불가능에 가깝다. 승려나 사제가 신을 위해 봉사하는 직업이듯이 시인도 점점 메말라가는 인간의 영혼을 풍요롭게 만드는 직업이다. 그러나 이 시대에 시인으로 산다는 것은 현실적 삶을 황폐화시킨다. 키에르케고르가 말한 것처럼 시인이라는 직업은 저주받은 운명을 아름다운 천상의 소리로 노래하기에 현실과 생활을 만들지 못한다. 그럼에도 불구하고 서림은 시인의 운명을 승인하면서 시의 삶을 살겠다고 역설적으로 표현하고 있다. 점점 뚱뚱해지는 시와 의식을 고백하면서 시의 원시림을 찾아 뮤즈를 몽상하겠다는 의지를 역설적으로 표현한 시가 바로 위의 작품의 실체이다.

> 이 도시에
> 그녀에게 詩는
> 푸른 숲이다. 이슬방울 맺히는
> 새벽 물푸레나뭇잎이다.
> 그녀에게 詩는 둥글고 부드러운 빵이다.
> 폭신폭신한 이불이다.
> 발기한 남근이다.
> 무기이다. 약이다. 술이다.
> 그녀는 詩로 숨을 쉰다.

詩의 푸른 숲에서
물푸레나무 잎사귀 속에서
헉헉거리며 산소를 마신다.
한밤중 詩의 살을 뜯어먹는다.
머리통부터 발바닥까지
부스러기 남김없이 아작아작 씹어
배를 채운다. 먹어도 먹어도
금세 허기지는 배를 달랜다. 속인다.
詩로 덮고 잔다.

―「독한 꽃」 일부

시는 보는 눈에 따라 다양한 모습을 보여준다. 한편의 시가 천차만별로 해석될 수 있는 이유는 시의 마음이 세상의 모든 것을 수용할 수 있는 용기(그릇)이기 때문이다. 마음의 결의 움직임에 따라 시의 결은 변화무쌍하게 자신의 양태를 탈바꿈시킨다. 시란 그 자체로 인간의 내면에 존재하는 무의식의 코라이다. 더 나아가 시는 개연적 실체이다. 통념적인 의미에 있어서 시는 상상하는 의식이 조어해낸 가공의 언어적 산물이라고 생각한다. 그것은 시가 삶으로 환원되지 않는다는 의미이기도 하다. 그러나 서림은 위의 시에서 전통적인 의미의 시에 대한 의식을 전복시킨다. '시'라는 명사는 추상명사가 아니라 하나의 구체적인 사물이나 사실을 포함하는 군집명사이다. 자본의 도시 속에 시는 추상의 화법으로 생존할 수 없다. 시는 아리스토텔레스가 말한 정신적 카타르시스이지만, 그 카타르시스는 개연적 사실 위에 구체적 지시적 언표 위에서 행해져야만 한다고 시인은 생각하고 있다. 시란 아름다운 언어 위에 언어가 겹쳐진 존재라는 생각은 고루하고 진부하다. 시적 언어는 구체적 사실의 토대 위에 피어난 돌연변이이다. 변이의 강도가 강하면 강할수록 시는 새로운 가능성을 현실 속에 시현시킨다. 그것은 시적 관계, 즉 은유의 무한한 확대를 가능하게 만든다.

　분명 현대의 도시 공간은 자본의 가속도가 지배하는 황폐한 공간이지만, 도시문명이 만들어 놓은 삶의 한 가운데서 서림은 새로운 시적 실천이 가능함을 발견하게 된다. 시는 푸른숲, 물푸레나뭇잎, 빵, 이불, 남근, 약, 술 등등이다. 시는 세상에 존재할 수 있는 모든 것이다. 서림이 지구가 도는 날까지 자신의 시가 살아남아야만 한다고 천명한 것도 다 이와 같은 이유 때문이다. 서림은 시의 혁명을 꿈꾼다. 강렬한 자본의 기호가 횡행할수록 그의 시적 언어는 자본의 배후를 가로질러 새로운 은유를, 현대적인 시적 언어를 과감하게 시에 수용한다. 그래서 서림에게 시란 느슨하고 진부한 전통적 은유가 아니라 새롭고 혁신적이다. 서림의 시는 말과 말들이 상처를 내는 치열한 말들의 집합체이자, 아직 태어나지 않은 사물과 사실의 저장고이다. 그것은 현대의 후기산업사회가 만들어놓은 광경이자 스스로의 존재론적 양태를 변이시키는 시의 존재론적 결단이자, 시적 언어의 혁명이다.

> 피가 돌고 눈물이 도는 진짜시
> 한 편 써내기
> 이렇게도 어려운 이유—
> 바로 내 간 같은 공기 같은 아내
> 사랑하기 어려움이다.
> 창자라도 콩팥이라도 끄집어내어 줄 듯하다가도
> 금방 혓바닥으로 활활 갈라지는 화염 내어뿜고 마는,
> 마음 깊숙이서 식칼로
> 빈 도마 정신없이 두들기고 마는
> 별볼일 없는 내가, 또한
> 별볼일 없는 내 아내 한번 안아주기 어려움이다.
> 아닌 밤중에 뒤통수 맞듯 정리해고 당한 아내를,
> 중풍 든 친정엄마, 세 살짜리 딸아이에 치여
> 정신마저 해고되어버린 아내를 몰라주는,

그 맛없는 반찬을 맛있게 멋있게 먹어주지 못하는
네 속의 탐욕스런 짐승 때문이다.
내 몸의 체액을 다 빨아먹어버리는
질기디질긴 벌레 때문이다.
눈물이 삭아서 피가 되어버리는 한편의 진짜시.
뼈에 살이 올라붙기도 하고
때로는 뼈가 아려오기도 하는
그런 서정시 한 편 쓰기 어려운 이유
내가 나에게 자꾸 물러서기 때문,
아직까지는, 끝까지는 달아날 수 없다
자꾸 버팅기기 때문, 그렇게 애써
뻐겨보기 때문,

나의 패배를 아직은 아끼기 때문.

―「서정의 고통 1」

　그럼에도 불구하고 진짜 좋은 시는 무엇인가. 정을 펴기 어려운 시대에 시가 진정으로 어떻게 창조되어져야만 하는지를 서림은 고민하고 있다. 시와 대결하지만 늘 비껴가는 뮤즈. 진정 '피가 돌고 눈물이 도는 진짜시'와 '눈물이 삭아서 피가 되어버리는 한편의 진짜시'가 진짜 존재하기는 하는 걸까. 사실 이 말은 시를 쓰는 사람이라면 누구나 지향하는 욕망일 것이다. 세상에 존재하는 언어는 일단 지시 관계가 성립하게 되면 언어적 한계를 자인하지 않을 수 없다. 아무리 완벽하게 씌어진 시라도 그것이 뮤즈 자체가 아닌 한, 언어적 범주 안에서 시적 의식은 불완전하게 형상화되게 마련이다. 시의 제목처럼 시인은 시의 정을 편다는 것이 얼마나 어려운가를 암묵적으로 드러내고 있다. 시란 편안하게 씌어지는 것이 아니라 정신과 육체의 고통을 경유할 때야만 비로소 참된 시가 씌어진다는 사실을, 나태한 시를 쓰지 않겠다는 자신의 결의를 표면화시키고 있다. 언어의 장인이 만든 판에 박힌 정교한 세공품의 시가 아니라 뮤즈가 참여한 참된 진짜시를 쓸 때야만 진짜 시인이라고 생각하고 있다.

그러나 시인은 고백하고 있다. 진짜 좋은 시를 창작하고 싶은 의지와 그것의 어려움을 사랑하는 아내의 유비를 통해서 드러내고 있는 데, 그것은 적절한 비유이다. 소중하고 사랑하는 사람이지만, 공기 같고 간같이 너무 가까이 있기에 고마움을 모르는 아내처럼 진짜 좋은 시도 시인의 내부나 곁에 존재하지만 그것이 어디에 있는지 모른다고 착각하고 있는지 모른다. 아무튼 모든 것을 충족시키는 진짜 시는 서림의 의식의 저장고 한편에 자리 잡고 있을지도 모른다. 만약 시인이 그 시를 써내면 더 이상의 시를 쓸 수 없다. 서정주가 「시론」이란 시에서 말한 것처럼 가장 크고 소중한 시의 전복을 너무 일찍 따버리게 되면 시인은 시를 쓰기를 멈추게 된다. 허무에 도달하게 된다. 그래서 시인은 좋은 시 쓰기 어려운 이유를 다음과 같이 말하고 있다. '내가 나에게 자꾸 물러서기 때문, / 아직까지는, 끝까지는 달아날 수 없다 / 자꾸 버팅기기 때문, 그렇게 애써 / 뻐겨보기 때문, // 나의 패배를 아직은 아끼기 때문.' 이라고 이유를 달고 있다. 그것은 영원히 죽는 날까지 시를 향한 마음을 견지하면서 진정한 시인이 되고 싶은 서림의 의지를 표현한 것이다. 진정 좋은 시란 한결같은 마음으로 뮤즈를 사유하면서 시의 언어와 대결하는 것이라는 사실을 서림은 알아채고 있는 것 같다. 그것은 삶과 시에 대한 욕망하는 의식을 벗어던지고, 명징한 의식만 남을 때, 가능한 것이 아닐까. 시를 시라고 의식하지 않으면서 시를 쓸 때, 시는 시로써의 삶을 영원히 지속시키는 것은 아닐까.

> 내 삶은
> 내 시는 언제쯤 훌훌
> 옷 다 벗어버릴 수 있을까
>
> —「겨울숲」 일부

4. 타자의 인식과 실존의 의미

시인이 '나'의 존재성에 대한 물음에서 '타자' 쪽으로 시선을 옮길 때, 시인의 의식적 존재론적 양태는 구심적 의식에서 원심적 의식으로 차원 변이를 이룩하게 된다. 원심적 사유는 평등 의식이다. 그것은 세계와의 관계적 국면을 권력 지향적 위계질서로 보는 것이 아니라 상호 공존할 수 있는 미학을 성립시키는 행위이자, 유토피아를 지향하는 것이기도 하다. 서림은 집요하게 자신과 자신의 존재 사태에 대한 의미와 시에 관한 의식을 피력하면서도 세계 속에 존재하는 타자와 현실 세계를 따스한 시선으로 응시하고 있다. 나를 둘러싼 모든 대상이 타자이다. 타자는 나의 존재의 기반이다. 타자는 우주다. 타자로부터 나의 나에 관한 의식이 생성된다. 물론 이 말은 인간이 관계라는 국면 속에서 자신의 정체성을 형성한다는 뜻을 함의하고 있다. 그런데 서림의 타자성에 대한 의식은 통념적인 의미의 그것과는 다르다. 관계 지향적이기보다 관찰자적인 태도를 취하고 있다. 감성에 치우치지 않으면서 인간 세계의 삶의 행태를 예리하게 포착하여 그러한 삶의 모습을 시적 언어로 승화시키고 있다. 「노예」 연작, 「이 세상의 방 한 칸」 연작, 「유토피아 없이 사는 법」 연작들은 예외 없이 객관화된 시인의 시선을 견지하면서 힘없고 약한 자들의 형상을 자신의 아픔으로 수렴시키는 동시에 타자의 존재론적 의미 또한 성찰하고 있다. 시인은 타자 속에 자신을 위치시키기보다는 타자에게로 다가가 타자를 관찰하고 그들과 서정적 정감적 동일시를 체험하게 된다. 그러나 시적 서술의 태도는 지극히 이성적이다. 현상을 현상 자체로, 사태를 사태 자체로 기술할 뿐이다. 그런데 그러한 시적 태도는 묘하게도 자본의 구조적 모순을 적나라하게 드러낸다. 분명 시인은 현실을 고발하지 않고 단지 소묘할 뿐인데 현대 자본의 비극성은 도드라져 보인다. 타자의 존재 사태에서 벌어지는 현상을 즉자적으로 형상화하지만 시를 통어하는 시인의 배후의 의식은 사랑과 연민이라는 사실을 직감하게 된다.

타자의 존재 방식은 현실 인식으로 확장된다. 왜냐하면 일련의 연작들은 자본주의 사회에 존재하는 인간 군상들의 삶의 행태를 리얼하게 그려내고 있기 때문이다. 시인의 타자에 대한 시선엔 안타까움과 애잔함이 깃들어 있다. 세상에 존재하는 힘없는 자들, 국외자, 열패자가 시적 대상으로 부각된다. 그러나 시인은 그들의 삶 속에서 빛을 보게 된다. 유토피아란 자본이 생성해내는 것이 아니라 힘들고 지친 삶의 현장 속에서 서로가 서로를 감싸 안을 수 있는 마음에서 비롯한다는 것을 감지하게 된다. 분명 이 사회가 유토피아를 꿈꾸지도 않고 몽상하지도 않는다는 사실을 선언했음에도 불구하고 서림은 서정적 미메시스의 태도로 유토피아적 비전을 재건하고 있다. 그러한 아름다운 의식에도 불구하고 서림의 타자에의 응시는 체제나 자본주의 생산 양식에 대한 총체적 비판으로까지는 나아가지 않는다. 그는 약자의 삶을 관조하면서 그들의 삶을 시로 예인하고 있다. 시인에게 소시민적인 타자라는 시적 소재는 미묘한 마력을 불러일으킨다. 자본주의라는 삶의 공간 속을 가녀린 호흡으로 견디어내야만 하는 소시민의 운명적 삶은 미메시스적 동화라는 서정시의 새로운 문법을 파생시킨다. 소시민의 삶을 시 속에 투영시키면서 절대 불변의 마법적 힘을 행사하는 자본(돈)의 위용을 철저하게 해체시키고 있다.

타자는 대상이다. 그것은 후설적인 의미의 지향 대상이거나 하나의 사태일 뿐이다. 자본의 구조 속에 그것은 분석 대상이거나 이용 대상일 뿐, 그 이상의 의미를 지니지 않는다. 그런데 시인은 소시민적 대상이 벌이는 사건성 자체의 내부로 침투해 들어가 사건 전체를 하나의 얼개로 개관하면서 타자의 정신세계와 현실성을 관통하면서 타자와의 정신적 동일시를 체험하게 된다. 그러한 까닭에 서림이 형상화해 낸 현실은 그 소재가 지니는 격렬함에도 불구하고 리얼리즘의 이념시로 빠지지 않으면서 공감대가 형성되는 서정성을 견지하게 된다. 더 나아가 서림의 미메시스적 서정성은 실존의 의미 또한 내포하고 있다. '바로, 지금, 여기'를 살아가는, '지금, 여기'를 살아내야만 하는 삶의 형상들을 통해서 본질이 앞선다는 헤겔의 테제를 무화시킨다. '실존은 신성하고, 본질에 앞선다'는 의식을 시적 언어 내부에 포진시키고 있다.

> 햇살이 쫓기듯 꼬리를 감추고 있다.
> 서리에 데쳐진 배춧잎 얼굴, 노파는
> 버썩 마른 빵 부스러기를
> 쪼듯 뜯어먹고 있다.
> 시래기, 호박나물, 다 팔아도
> 만원어치도 안 될 것들을 벌여놓고
> 이리 흘끔 저리 흘끔, 거리고 있다.
> 아내도 나도 결단코 돌아갈 수 없는
> 헐벗은 풍경.
> 낯선 정물로만 앉아 있는 노파.
> 붕어빵 한 봉지를 건네며 아내가
> 풍경 안쪽을 안쓰럽게 들여다보고 있다.
> 한 편의 詩를 건지기 위해, 나는
> 노파 주위를 눈치껏 맴돈다.
> 낯설은 풍경을 만들어내며
> 쓸쓸히 뒷걸음질칠 뿐인
>
> —「박수근 1」 전문

　시인이 세상을 보고 관찰하는 태도는 한 폭의 그림에서 시작한다. 시 「박수근」 연작은 화가 박수근의 화폭을 감상하면서 그 화폭 내부에 시인의 상상력을 포개놓는다. 시인은 대명동 시장 좌판의 풍경을 세밀하게 소묘하고 있다. 가장 낮은 자리에서 신성한 생명적 삶을 영위해 가는 시장 사람들의 모습을 스냅사진 찍듯 정교하게 한 편의 시로 형상화하고 있다. 세파에 시달린 노파의 얼굴을 안쓰럽게 바라보면서 서림은 세상에 돋친 가시를 쓰다듬는다. 가시 돋친 질곡 많은 삶, 단돈 만 원도 되지 않는 나물을 들고 나와 좌판을 펼치는 외할머니 같은 노인의 모습, 헐벗고 빛바랜 풍경이 시인의 뇌리를 스친다. 시인은 아마 지난한 삶을 견디어 왔던 어린 시절의 청도 어디쯤을 회상하고 있는지 모른다. 「박수근 6」에서는 힘든 시절의 누이를 회상하기도 한다. 박수근은 고유명사가 아니라 하나의 도상적인 아이콘에 지나지 않다. 박수근은 현재와 과거를 매개시키는 하나의 교량이다. 시간의 이편과 저편을, 아스라한 삶의 초상을 여린 호흡으로 몽상하게 만드는 매개체가 바로 박수근이다. 낯설지만 친근한 풍경, 그 풍경 사이를 헤집으면서 시장의 풍물과 인간 군상들의 모습을 하나의 시의 화폭으로 입체화시킨다. 그 화폭과 도상적 아이콘 사이에 삶과 존재의 비밀이 숨겨져 있음을 발견하게 된다. 살아야 하고 살아내야만 하는 인간의 숙명적 존재성을 박수근의 그림에서 투시해내고 있다. 그것은 현대사회가 안고 있는 적나라한 모습의 실체이자 세상을 향한 소시민의 돋친 가시, 아픔의 참모습이다.

왜소한 그놈 주머니엔
언제나 면도칼이 서너 개 있었다.
밤 이슥하면 후미진 골목에서
승용차에다 칼금을 긋곤하였다.

분노로 키우고 길들어던 그놈,
10년 고시공부하다 낙오된 그놈,
세상 잔혹한 물살 속에
허술한 돌멩이집 짓고 있는 그놈,
마흔 넘어서도 여전히
물살 한 모퉁이에다 세월에다

칼금을 긋고 있는 그놈,

「노예」 연작은 현대사회가 안고 있는 문제점을 예리하게 포착 형상화한 작품이다. 그러나 서림의 노예는 헤겔이 『정신현상학』에서 말한 주인과 노예의 변증법의 역학 관계를 묻지 않는다. 헤겔적인 의미에서 볼 때, 노예는 주인을 섬기지만, 노동을 통해 힘을 키워 자기의식을 생성시킨다. 자기의식은 현실을 비판할 수 있는 능력을 키우고 힘은 권력에의 의지를 배양시킨다. 이태리 남부의 농노였던 스팔타카스처럼 체제를 전복하고 새로운 세계를 창조하기 위해 혁명을 꿈꾸는 노예와는 본질적으로 다르다. 서림의 노예는 자신이 처한 현실을 팔자 탓으로 돌리거나(진광옹기 2) 지렁이가 꿈틀거리는 정도의 저항만을 할 뿐이다. 그저 주어진 체제 내부에 하나의 부품으로 존재하는 노예들, 자본과 권력의 구조에서 소외된 존재들, 권태와 무력감에 길들여진 일상들이 서림이 말하는 노예의 실체들이다. 비록 권력과 자본의 마력을 소유하고 싶어하지만, 그것은 금단의 열매임을 인식하는 노예들이다. 투쟁하여 쟁취하는 혁명의 투사가 아니라 자신의 내면과 삶에 상처를 내는 무력한 노예들이다. 사실 시인이 소묘해 내는 이러한 노예들의 형상은 현대적 삶의 비극성을 부각시킨다. 구조적 모순을 팔자 탓으로 돌리는 무지한 소시민들은 현대판 노예의 참모습이다.

시 「고시생 서씨」와 「김병권」은 그러한 현대사회의 삶을 살아내야만 하는 이 사회의 슬픈 자화상을 첨예하게 드러내고 있다. 그들의 삶의 모습은 끝내는 죽음으로 내몰릴 수밖에 없는 검투 노예처럼 현대의 공간을 구성하는 낮은 계층이다. 인도 카스트의 최하위 계층인 불가촉천민처럼 거대한 빌딩 숲 사이를 배회하면서 삶의 자리를 구걸하고 있다. 질서와 체제와 순응하면서 꿈도 이상도 미래도 현실의 질곡 앞에 차압당한다. 가슴에 돋친 가시로 칼금을 그으면서 세상에 존재하는 모든 것들에 분노하면서 점점 왜소해진다. 노예에게 산다는 것은 단지 주어진 목숨을 부지하기 위하여 현실을 견디어내기이다. 밥줄 끊기지 않기 위해 굴욕을 참아가며 처절하게 버티어내는 일이다. 세상의 판은 이미 짜여져 있다. 노력으로 헌신한 수많은 시간. 그러나 삶은 예정된 수순을 밟는다. 그저 가슴 안에 분노를 키우면서 이슥한 밤 백미러를 부러뜨리고 승용차에 칼금을 그을 뿐이다. 그것은 세상을 향한 분노이지만, 겨냥한 분노는 부메랑처럼 자기 자신에게로 되돌아온다. 노예는 자신의 가슴에 칼금을 긋는다.

「노예」 연작의 주인공들은 세상을 향한 권력적 욕망의 성취가 불가능하다는 사실을 선험적으로 인식하고 있는지도 모른다. 왜냐하면 자본이 자본을 낳고, 권력이 권력을 양산하고, 명예가 명예를 생성시키는 자본주의의 마력적 힘이 이 사회를 지배하고 지탱하고 있는 한, 사회의 본질적인 문제는 해결될 수 없기 때문이다. 아마 이러한 문제의 원인은 비탄력적이고 경화된 자본주의 체제 때문이라고 서림은 생각하고 있는지도 모른다. 그러나 서림의 시 어디에도 자본주의 체제에 대한 비판적 견해는 드러나 있지 않다. 다만 힘없고 나약하고 삶의 터전에서 밀려나는 현대판 노예의 형상들을 세밀하게 묘사하고 그려낼 뿐이다. 그런데 묘하게도 일체의 비판을 배제한 「노예」 연작의 리얼한 묘사적 힘은 그 어떤 비판적 리얼리즘의 시보다 더 이 사회의 근본적인 문제를 총체적으로 비판하고 있는 것 같다. 시인의 지성적 태도는 일체의 현상에 대하여 판단 중지를 하고 현상을 현상으로 독자에게 던질 때, 노예의 비극적 삶은, 현실의 모순은 더욱 크게 부각된다.

틀어박혀
숨쉴 골방조차 빼앗겨버리다

손아귀 강약 리듬을
生의 원근법을 잃어버린

경계에서 왔다갔다하는

저쪽 세상의 눈빛인 듯

푸르딩딩 젊은 얼굴 하나
삭은 맹장처럼
지하철에 매달려 간다

어디에다 몸뚱어리 부려야 할지
그만 딴 세상으로 넘겨버리고 싶은지

—「생쥐」 일부

마포 내 방.
하루 종일 햇볕도 들지 않는
방범창으로 둘러쳐진 감옥 같은 내 방.
피를 어지럽게 돌리고
살과 영혼이 팅팅 부어오르게 만드는
이 도시의 소음,
콘크리트 벽으로 스티로폼으로도 이중창으로도
막아낼 수 없는 소음,
소음 위에 이리저리
개밥풀처럼 떠다니는 내 방.

—「소음 위에 떠 있는」 일부

위의 두 시는 도시의 허름한 공간을 살아가는 사람과 그 공간의 존재론적 양태를 갈파하고 있다. 생의 원근법을 잃어버린 사람, 그저 골방에 유폐된 삶, 아니 이젠 그 골방마저 빼앗겨 어디에서도 생존할 수 없는 생쥐 같은 운명, 점점 세상 밖으로 내몰리는 사람, 이 세상의 방한 칸 없는 그리하여 절망을 밥 먹듯이 배우고 익힌 처절한 삶, 그리고 그러한 절망의 공간 속에서도 꿈과 희망을 잃지 않고 살아가는 시인의 공간을 이 세상의 방 한 칸에서 세밀하게 묘파하고 있다. 「생쥐」에서 시인은 그러한 삶이 발생하는 익명의 공간으로 시선을 집중시킨다. 엄밀한 의미에 있어서 공간 즉 집(방)은 안온한 몽상과 꿈과 희망이 샘솟는 아늑한 공간이다. 그러나 서림이 말하는 공간은 힘없고 삶이 뿌리뽑힌 영혼이 거주하는 이 세상의 초라하고 작은 방이다. 방은 꿈을 유폐시키고 절망에 길들여지는 공간이다. 미래는 없다. 그저 불안한 경계선 위에 서서 이쪽저쪽 어디에도 안주할 수 없다. 세상 밖으로, 딴 세상으로 내몰려 생의 감각을 잃는다. 푸르딩딩한 얼굴로 타인의 의지에 매달려가는 삶, 한 번도 생의 주체였던 적이 없는 삶, 도심과 지하철을 배회하는 삶을 시인은 예리하게 포착하고 있다. 그러나 시인은 그러한 공간의 실체적 문제성에 대한 물음을 던지지 않는다. 다만 제대로 된 이 세상의 작은 방 한 칸 없는 무력한 존재들의 삶을 묘사하고 있을 뿐이다. 「이 세상의 방 한 칸」 연작들에 형상화된 것은 생쥐처럼 내몰리는 소시민의 슬픈 공간의 형상이지만, 그 공간 역시 삶이 숨 쉬고 사람이 사람을 사랑하는 공감임을 시인은 증명하고 싶었을지도 모른다. 아우슈비츠의 독가스실에서도 생명이 생명을 잉태했듯이, 서림은 초라한 공간을 몽상의 공간으로 변이시키려고 시도한다. 「소음 위에 떠 있는」은 그러한 시인의 의식을 도드라지게 보여준 사례이다.

이 시는 시인이 기거하는 공간의 모습을 세밀하게 묘사하고 있다. 햇빛이 들지 않고 소음이 그득한 소란한 방의 내부로 들어가 시인은 안온한 몽상의 세계를 펼친다. 피를 어지럽게 돌리고, 살과 영혼을 부어오르게 만드는 소음이 그득한, 소음 위에 떠 있는 방에 소박하지만 향기 그윽한 국화 화분을 가져다 놓는다. 국화는 방을 새롭게 몽상하게 만드는 매체이다. 소음 그득한 공간에 소음은 사라지고 국화향이 아름다운 몽상을 일으킨다. '국화에 길 잃은 벌 한 마리 / 내려와 앉는다. / 홍옥처럼 작 익은 하늘의 속살 한 점 / 끌고 들어와' 허술한 시인의 방은 가을의 푸른 하늘 위로 떠오르게 된다. 국화 화분의 향기가 초라한 시인의 방을 몽상의 공간으로 승화시킨다.

이러한 일련의 연작들은 시인의 세상보기이다. 도시의 화려한 빌딩과 불빛에 가려진 세상에 돋친 가시를 세밀한 투시경으로 내밀히 관찰하면서 시인은 때론 세상의 아픔을 보다듬기도 하고 때론 허름한 공간을 몽상의 힘으로 아름답게 승화시킨다. 시인이 바라본 이 세상의 방 한 칸은 소박하지만 힘든 이 세상의 작은 유토피아를 상징한다. 유토피아 없이 유토피아를 건설할 수 있는 공간이 이 세상의 허름한 방 한 칸의 의미인 것 같다.

> 마포 신수동 너저분한 골목,
> 5.16 이후 국졸에 고향 떠난,
> 이 도시에서 밀리다 밀리다
> 낡은 빌라 맨 윗층에 세들어 사는 김씨,
> 오토바이 겨우 비집고 들어갈 수 있는
> 좁은 골목길에 오종종
> 서른 개 넘는 화분 늘어놓고 있다.
> 오이, 호박, 고추, 가지, 토란
> 부츠를 기르고 있다.
> 고향흙 뿌리고 있다.
> 이 흐린 도시에 뿌리 내리고
> 살아내기 위해,
> 이 박토의 도시 한 귀퉁이에
> 서른 개 넘는 화분에
> 유토피아를 기르고 있다.
>
> ―「이 도시에서 살아내기 위해」일부

삶의 저편으로 떠밀리는 사람에게 유토피아가 존재할 수 있는가. 시인은 현대를 산다는 것 자체가 유토피아를 꿈꾸어서는 안 된다고 생각하고 있다. 아스팔트와 시멘트길, 생명이 뿌리를 내리지 못하는 도심의 공간, 도심을 벗어난 변두리 지저분한 뒷골목 옥탑방으로 밀려나는 삶. 그래도 유토피아는 존재하는가. 시인은 생명을 키우지 못하는 도심의 공간 속에서 작은 유토피아를 건설하고 싶어 한다. 고향의 흙으로 작은 화원을 만들어 오이, 호박, 고추를 기르며 생명의 의식을 고양시키는 것이 유토피아라고 생각하고 있다.

시인이 「노예」 연작, 「이 세상의 방 한 칸」 연작을 통해서 우리 사회 내부에 엄존하는 구조적 모순을 비판적으로 형상화하지 않은 이유는 바로 위의 시에 있지 않나 생각된다. 비록 우리 사회가 모순을 안고 있지만, 우리가 사는 그리고 살아가야만 하는 현재의 삶의 공간에 대한 희망의 끈을 부여잡고 있었기 때문은 아닐까. 아무리 힘들고 초라한 공간이라도, 삶이 영위되는 현재의 이 순간, 그 공간은 소중하고 귀하다는 것을 승인하고 있었기 때문은 아닐까. 유토피아란 보는 눈에 따라 천양지차를 보이는 것은 아닐까. 때론 분노와 증오를 때론 사랑과 희망을 부여안고 사는 것이 우리네 삶의 실체가 아니가. 분노, 증오, 몽상, 사랑, 미움, 유토피아적 의식을 한데 가지고 살아가는 것이 인간의 참모습이 아닐까. 산다는 것의 의미를 묻기보다는 주어진 생의 시간을 어떻게 사는 것이 중요한가를 서림은 분명히 인식하고 있는 것 같다.

5. 결론을 대신해서

시인이 지향하는 가치는 공감대가 형성되는 사회이다. 자기 자신에 관한 의식과 시에 관한 끊임없는 성찰도 자신이 존재하는 세계를 유미화하고 싶은 마음에서 비롯한 것이다. 사랑의 마음으로 현재 우리가 생

존하는 공간을 상생의 공간으로 만들고 싶어 한다. 시란 유토피아가 없
는 시대에, 세상 쪽으로 돋친 가시를 어루만지면서 서로가 서로를 위로
하고 보다듬는 영혼의 아름다움이다. 시의 마음은 무릎 맞대고 붉은 홍
옥의 달콤한 과육을 나누어 먹는 지난한 정이다, 공감대이다, 기다림이
다, 사랑이다.

    사. 랑. 한. 다
    토해내지 못한 늑골 속 불덩이
    단단하게 속심으로 박혀 있는

    홍옥을 같이 먹고 싶은 사람은
    마음으로 난 사잇길로도 돌아오지 않아야 할
    지구 뒷동네에 살고 있다.
ー「홍옥을 같이 먹고 싶은 사람은」 일부

마음의 자리에 화해의 길 내기

-윤은경론-

　　윤은경의 처녀 작품집『벙어리 구름』중에「거울 속의 나비」는 두 가지 상징체계를 관통해가면서 지고한 정신세계를 지향하고 있다. 나비는 세계 속에 처한 시인의 자아를 상징하고, 거울은 시인의 존재론적 성찰을 매개시키는 하나의 도구이다. 그러나 거울은 루이스 캐롤의 소설『이상한 나라의 앨리스』처럼 새로운 세계, 즉 우리가 생각하는 차원과는 전혀 다른 층위의 의식세계로 이끄는 중요한 기제이다. 시인은 그 거울을 통해서 세계의 이편과 저편, 존재와 비존재를 동시에 사유하고 성찰하면서 자신의 세계를 절대적인 그 무엇으로 승화시키려고 한다.

　　시인이 거울을 들여다 볼 때, 그 거울은 그리 단순하지만은 않다. 거울은 통념적인 의미의 거울이 아니라, 세계로 열려진 거울이다. 그것은 훗설이 말한 사물 자체(zu Sache)로 향하는 세계의 거울이다. 시인은 세계의 거울 앞에 끊임없이 자신의 자아를 투영시켜, 존재론적 운명성의 한계적 지평을 생기하는 세계의 의미 지평으로 전환시킨다. 그런 의미에서 볼 때, 시인이 말하는 나비는 이 꽃 저 꽃 사이를 헤매는 운명적

320

자아가 아니라, 장자의 나비처럼 인생의 의미를 깨닫게 만드는 나비이자, 세계 속에 존재하는 사물의 체계를 근본적으로 성찰하는 하나의 상징체이다. 『벙어리 구름』은 거울을 통해서 존재의 이편과 저편을 통시적으로 사유하고 있다. 이때 존재의 이편은 우리가 사는 세계를 존재의 저편은 신화나 시인의 의식적 지평을 의미한다.

윤은경의 작품집 『벙어리 구름』은 인간학적인 한계와 그 한계 선상에서 자아를 성찰하고 세계를 성찰하면서 세계 자체를 통어할 수 있는 근원적 사유를 지향하고 있다. 그리고 그것은 불교적인 의미의 지고한 화엄의 끝자락에 맞닿아 있거나 신화적 의식 또는 시인의 내적 의식 속에 내재해 있다.

1. 삶, 마음의 자리로 적멸하기

시인이 본질적으로 고민하는 것은 늘 언어인 것처럼 보인다. 윤은경 시인의 시에도 그러한 흔적이 여기저기에 산재해 있다. 만약 시인의 마음의 자리가 언어라면, 시인의 직분은 우리말 큰사전 어디쯤엔가 안치되어 있는 말들을 찾아 유랑하는 발견자의 범주에 머물지도 모른다. 절묘한 시적 언어가 창조해낸 말들의 유희, 말로부터 파생되는 그로테스크한 희열, 기표 위에 또 다른 기표가 얹혀지는 기표의 연쇄, 의미를 의식 저 밑으로 가라앉혀두기, 이 모든 시적 현상은 현대시가 지향하는 궁극적 기표놀이의 범주이다. 세상의 주인은 언어이고, 언어로 포괄되지 않는 지식은 아무 것도 아니다. 그것은 시의 경우에도 적확하게 대응된다고 비평가나 시인들은 생각하고 있다.

하이데거가 '언어는 존재의 집이다'라고 천명한 이후 존재의 자리에 언어가 위치하게 된다. 사실 하이데거의 이러한 의식은 칸트 이후 세계를 바라보는 인식론적인 신기원을 이룩한 것에 해당한다. 세계를 지배하는 원리는 대상이나 의식이 아니라, 세계의 주인은 언어 그 자체이다. 언어가 주인의 자리를 차지한 순간 세계는 하나의 실체가 아니라, 하나의 가상으로 존재하게 된다. 해석학적 루트만 제공된다면 언어는 세계를 하나의 개념 규정으로 포괄해버리고 만다.

윤은경의 시적 의식은 현대시가 감당하는 언어에 대한 인식으로부터 詩作이 형성된 것으로 비추어질 수 있다. 그의 시적 언어는 어떤 의식을 언어적 장치로 풀어내려고 하는 언어에의 의지가 암묵적으로 승인된 가운데 자신의 시세계를 펼쳐가지만, 그의 언어는 늘 그 자신의 의지와는 상반되게 존재의 내밀한 의식과 자의식으로 무장하게 된다. 그러한 까닭에 그의 시는 때론 서로 다른 이념을 지향하는 가치들이 충돌하여 시 자체를 혼동에 빠지게 만들기도 한다. 물론 이것은 그의 작품 일부에서 그런 것이지만, 그 충돌의 원인을 윤은경 시인은 자각하고 있다. 그의 시적 지향점은 새로운 시적 언어 위에 존재와 형이상학적 마음의 자리를 각인시키는 것이기에, 데뷔 초기의 작품들은 시인 자신의 자의식과 생경한 시적 언어가 서로 충돌하면서 시적 정체가 모호한 느낌이 들게도 만든다.

아주 예민한 감각과 영민한 시적 지혜를 갖춘 시인은 언어와 의식 사이를 배회하다가 빨리 시의 본질을 직관하고 만다. 시의 본질은 마음이나 존재 자체이지 언어에 있지 않다는 사실을 알아차린 후, 그는 자신의 존재론적 삶의 층위와 언어 사이에서 절묘하게 외줄 타는 법을 터득하고 만다. 그러나 여전히 그에게 있어서 삶과 존재론적 고민은 하나의 화두이자 풀어야 할 과제로 남아 있다. 바로 그때 그가 문제 삼는 것은 바로 마음의 자리이다.

해안 바위에서 푸른 인광을 빛내는 물방울들
빈 마음자리로 막무가내 몰려든다

귀향이란
쓸려 가는 물결처럼 밀려올 듯 밀려가고
비로소 떠나온 자는 피안과 대안의 경계를 지운다
마음의 변산이 중심에 들어앉을 때
뜻 모를 울분이 자꾸 해안에 부딪친다.

─「마음의 변산」 일부

시인이 세계를 인식할 때 가장 유념해 두는 것은 만물을 자기 방식으로 이해하면서 대상을 자기편으로 끌어들이기도 하고 때론 대상 편으로 다가가 대상이 발하는 현상적 가치를 언어적 가치로 치환시킨다. 이때 치환을 시키는 촉매제는 인간의 촉수에 부딪치는 현상적 감각적인 그 무엇이 아니라, 바로 마음이다. 시인이 '마음자리'를 문제 삼을 때, 그것은 시인이 부여받은 천품 자체에 대한 자아의 인식론적 층위가 강하지만, 사실 마음의 자리는 피안과 차안의 경계를 허물면서 대상을 만나는 방식 그 자체이다.

그래서 마음의 자리는 볼 수 없는 것을 보게 만들고, 느낄 수 없는 것을 느끼게 만드는 불교적인 의미의 육식이나 팔식 저 밑으로 내려간 그 어디쯤에 위치해 있는지도 모른다. 사실 인간이 만물의 척도가 아니라, 마음의 자리가 세상을 인식하고 구획 짓는 척도라고 보아도 무방하다. 시인이 마음으로 세상을 노래할 때, 그가 노래하고 싶은 것은 변산도 아니고 물결도 아니다. 명명적인 공간성은 그에게 아무런 의미를 지니지 못한다. 공간은 삶을 형성하는 인류적인 장이기는 하지만, 삶의 실체를 이루어가는 가장 중요한 인식의 요체처럼 보이지만, 그 모든 것을 가능하게 만든 것은 바로 마음이다. 마음은 시공을 초월한 지점에 위치하면서 인간을 절대 무변의 세계로 비약시킬 수 있는 힘을 가지고 있다. 의식의 힘으로 세계의 현전과 부재, 차안과 피안, 울분과 평정의 상태를 동시에 인식하게 만드는 것은 마음의 자리가 시인의 내부에 작동하기 때문이다. 마음을 문제 삼는다는 것은 그가 시의 본질을 직관적으로 인식했다는 것을 의미하는 동시에, 시가 어떻게 씌어져야만 하는지에 대한 자신의 철학을 정초한 것이기도 하다. 그러나 그것만으로 아름다운 시세계를 형성할 수 없다고 시인은 인식하고 있다. 보다 중요한 것은 마음이 편히 쉴 수 있는 상상력의 공간 내부에 평화와 안온한 꿈을 각인시키는 것이다. 그러나 그가 인식한 시적 인식의 층위와는 상반되게 현재 처한 시인의 '마음자리'는 안정된 포즈를 취하지 못하고 다만 울분으로 가득 차 있을 뿐이다. '마음자리'는 보았으되, 마음이 진정으로 거처하는 자리는 평정의 상태에 이르지는 못한 바로 그 자리가 시인의 현재의 초상이고, 그가 시를 창작하여만 하는 이유가 된다. 절망과 울분, 그리고 이름 모를 억압을 시의 언어로 극복해야만 하는 것이 시의 명제이자 시인 자신의 당위 명제이다.

그렇다면 그에게 가장 문제가 되는 공간은 '마음'이 아니라 바로 '자리'다. 인간은 오욕칠정의 세계를 배회하면서 자신의 존재론적 정체성을 형성해가지만, 외물에 의해서 형성된 인간의 자아는 늘 흔들리는 자아일 수밖에 없다. 흔들리고 깨지고 지친 영혼은 가슴 한편에 쌓여 있다가 시인 자신도 인식하지 못한 부지불식간에 세계의 영혼을 위무할 수 있는 공간을 설정하기에 이른다. 마음으로 세상의 모든 울분과 치미는 설움을 견디어 내면서 시인은 자신의 삶을 뒤돌아본다. 그러면 마음은 세상의 모든 현상들 속을 자유롭게 소요하면서 사물이 발하는 생명의 온기를 따스한 시선으로 목도하게 된다. 시인의 마음자리는 생의 이편과 저편, 혼돈과 평정, 삶과 죽음을 동시에 끌어안으면서 자신의 존재론적 정체성을 형성해가는 의식의 자리를 절대의 층위로 한없이 끌어 올린다.

謹弔라고 쓰여 있는 흰 리본에 묶여 국화는 죽음을 여는 문이다
　　사람들은 흰 국화를 꽂는다 망자의 옛 기록이 열린다 피워놓은 향
의 연기가 여물 소리 더불어 산 자와 망자의 기억 사이를 떠돈다 낯
설다
　　그가 떠났다 가슴의 칼금, 오랫동안 만져본다 화들짝 국화꽃이 피
어난다 흰 리본이 가슴을 옥죈다 내 몸에서 무엇인가 뭉클 빠져나와
허공을 떠돈다
　　친구여! 미어지게 정처 없다.

―「문상」

　죽음은 혼(魂)이 오르고 백(魄)이 내리는 과정이다. 그렇기 때문에 인
간화된 죽음은 항상 영혼을 문제 삼기에 단순한 육체성의 소멸을 의미
하지 않는다. 시인은 친구의 죽음 앞에 조문하면서 삶의 형식에 대한
본질적인 물음이 무엇인지 물으면서 존재성 자체를 회의하기에 이른다.
시 「문상」은 삶과 죽음을 바라보는 시인의 시선이 극명하게 잘 드러나
있다. 침울하고 음침한 분위기 속에서 친구를 추억하면서 삶의 이편과
저편, 망자와 산자의 초상을 진솔하게 그려내고 있다. 친구의 죽음은
시인의 삶 속에 역투사된다. 그의 호흡은 가빠지면서 가슴 속에 남아
있던 친구라는 이름을 불러본다. 대답이 없다. 그리곤 허공을 떠도는
그 무엇인가가, 구천을 떠도는 친구의 정령이 그의 가슴을 옥죄어온다.
　죽음의 문을 여는 흰 국화, 허공을 떠도는 영혼, 수직으로 오르지 못
하는 향불 연기 그리고 謹弔라는 팻말이 시인의 가슴 속에 칼금을 긋는
다. 시인의 영혼에 상처가 난다. 쓰리고 아프다. 세상 어디에도 쉴 곳은
없다. 생과 사의 오묘한 기운들이 삶의 공간을 지배하고, 그 덫에 빠져
인간들이 헤매고 있다. 사실 삶으로 이어진 그 모든 길이 죽음이 놓아
둔 미궁이란 사실을 시 「문상」에서 시인은 깨달았던 것 같다. 그래서
그가 선택한 최종의 목적은 육체적인 한계를 넘어서는 적멸의 상태에
도달하는 것이다. 육체성을 극한으로 부정하여 삶이라는 현실의 원리를

초월의 원리로 승화시키는 '적멸'은 시인의 시적 지향점이자, 진정성이
구현되는 삶의 원리이다.

> 이 벌레는 지금 명상중이다
>
> 묵묘 근처, 이 풀잎에서
> 저 풀잎으로 건너가다 말고
> 햇살도 바람도 아랑곳없이
> 온 몸의 피도 감각도 모두 잠근 채
> 몸 마르는
>
> 벌레는 이제 풀잎이 되어 가는 중일까.

—「적멸」

시 「적멸」에 소묘된 벌레는 시인 자신을 지칭한다. 마음의 자리를 문
제 삼으면서 삶과 죽음의 본질적인 물음 쪽으로 자신의 의식의 길을 열
어 놓았을 때, 시인이 진정 지향하는 마음은 적멸의 상태이다. 그러나
그것은 죽음과 맞닿아 있다. 그렇기 때문에 시인의 명상은 인간화된 감
각의 층위를 의식의 힘으로 지우고 없애버린 저 지고한 해탈의 세계이
다. 시인이 스스로의 자아를 벌레로 변신시켰을 때, 그것은 카프카적인
의미의 고독하고 소외된 자아를 의미하지 않는다. 스스로를 미물로 치
부하면서 그가 궁극적으로 도달하려는 의식의 층위는 불교적 화엄의
심오한 팔식의 세계인지도 모른다. 성과 속이 별개로 나뉜 세계가 아니
라, 성과 속을 의식의 힘으로 무화시키면서 무명의 번뇌를 소멸해 가는
과정이 시 「적멸」에 잘 소묘되어 있다. 간결하게 형상화되어 있지만, 시
적 언어의 내부에 생명의 형식이 지향하여야만 하는 가치론적 층위를
절묘하게 안치시키고 있다.

뼈와 살이 느끼는 감각적 현실성의 세계와 그 세계 내부에 발생하는

햇살과 바람에도 시인의 자아는 흔들리지 않는다. 아니 그는 마음의 길을 찾아 떠나는 선재동자처럼 감각적 확실성의 세계를 깨달음의 세계로 변환시킨다. 윤회를 꿈꾸고 새로운 환생을 상기시키면서 벌레가 풀이 되고, 풀이 다시 벌레가 되는 불교적 분별지를 거부한다. 그저 길 위에 놓여있는 그 많은 의미의 기호를 찾아 그는 세상 쪽으로 길을 놓는다. 그러나 그 길은 시인에게 언제나 미궁이고 아포리아일 수밖에 없다. 사실 깨달음과 적멸의 상태는 마음으로 세상의 모든 가치론적 층위를 무가치한 것으로 전환시키는 것이기에, 그는 다시금 마음의 행방에 관하여 스스로에게 묻는다.

시인이 적멸에 이르는 명상의 길은 침묵이다. 매순간마다 인간에게 현상하는 사물들은 본질과의 대면을 불가능하게 만든다. 아니 사물은 인간의 의식을 가로막는 하나의 장애물이자, 인간의 의식을 물화시키고 경화시키는 기제로 작용한다. 그렇기 때문에 시인에게 있어서 사물은 하나의 혼돈 상태를 의미하고 인간의 의식을 미혹시키는 존재로 인식된다. 현상들은 언제나 시인의 의식과 대립 중이다. 도드라져 보이지 않는 현상은 인간의 주변에 의미의 기호로 해독을 요구하지만, 그러나 그것은 인간의 의식에 포착되지 않는다. 시인은 명상에 몰입한다. 시인은 침묵의 언어에게 말을 건넨다. 침묵 옆에 산재해 있는 대상들의 의미를 정돈하기 위하여, 아니 더 정확하게 대상이 가해오는 근대적 억압으로부터 견디어 내기 위하여 시인은 자신의 존재론적 의미를 침묵의 층위로 질적 변이시킨다. 이제 역으로 명상에 몰입하자, 침묵이 시인에게 말을 건넨다. 평정의 상태에 이른다. 평정의 말은 하나의 기호도, 그렇다고 존재 일반에 관한 인식도 아니다. 의식 그 자체가 의식으로 투영되는 가장 맑은 영혼의 기호이다.

침묵이 존재를 태고의 신비로 이끌어 갈 때, 그가 깨달은 것은 진리의 형상이지만 그 형상은 이내 담백하지만 진솔한 언어의 빛깔로 채색이 된다. 시인의 말은 정갈하다 못해 투명하다. 존재의 근원으로 침투해 들어가는 명상과 침묵은 이내 시인의 존재론적 길을 세상의 길로 이행시킨다. 그래서 시인은 세상의 바람과 사물 속에 깃들인 마음의 길을 찾아 세상을 유랑하는 방랑자가 된다. 그에게 길은 하나의 천형이자, 시의 진리를 열어가는 인식의 도구가 된다. 명상과 침묵 사이에 그의 시가 위치하게 되고 시의 언어는 사물과 세계의 침묵을 포착하는 가장 고결한 정신성을 담지하게 된다.

> 밤 하산 길, 한껏 비 쏟은 뒤 바람 맑아져 빈 가지마다 기척 내고 지나갑니다. 동학 선방의 작설 한 잔, 아직 남은 향기에 기대어 나도 마음의 행방을 묻습니다 들여다보면 나는 없고 또 나는 어두운 산길 걷고 있습니다
>
> —「마음의 행방을 묻다」 일부

마음은 곧 길이다. 세상에 존재하는 침묵의 기호를 찾아 떠나는 마음의 길은 언제나 말의 길이고 진리의 길일 수밖에 없다. 시인이 마음의 행방을 찾고 물을 때, 그가 인식한 것은 부재의식뿐이다. 아니 그 부재의 기호들은 진리로써 현현되기를 기다리는 침묵의 언어일지도 모른다. 그래서 시인은 어두컴컴한 길을 떠나면서 맑은 바람결에서도 의미를 읽어낸다. 세상의 모든 길로 향하는 시인의 길이 어둠에 어둠으로 향할 때, 시인은 아마 가장 아름다운 진리의 길로 향하고 있다고 착각하게 된다. 그러나 그것은 착시 현상만은 아니고, 어둠은 시인 자신의 자아를 성찰하고 마음의 길을 되묻게 만들면서 어둠이 열어준 길 위에 시인의 길을 병치시킨다.

이제 시인에게 놓여진 길은 존재의 길이 아니라, 마음으로 세상을 보는 길 위에 놓인 메타적인 길이자 가장 현실적인 의미의 길이 된다. 그 길은 시인에게 있어서 천형의 길이지만, 그 길은 가지 않으면 안 되는 가

장 불행한 길이다. 가장 아름다운 자신만의 '꽃'을 찾아 유랑하면서 시인은 스스로에게 다음과 같이 묻는다. "오래 가슴 아프던 불과 물의 뒤섞임, 일생을 걸고 피워야 할 내 꽃, / 다시 행방을 묻습니다." 그러나 시인이 인식한 시적 언어는 상호 대극을 이루는 혼돈과 모순 속에서도 자신의 찬연한 불꽃을 피워야 한다는 사실을 직감하고 있을 뿐이다. 그것은 아프고 쓰린 상처와 같지만, 영과 육, 초월과 현상, 이곳과 저곳, 성과 속을 동시에 사유할 수밖에 없는 인간의 운명에서 비롯한다는 사실을 시인은 직감하고 있다. 상호 대립적인 가치가 세계를 구성한다는 현상적 사실과 그것을 상호 회통시켜 시간과 공간 자체를 의식의 힘으로 무화시키는 것이 진정한 삶의 가치라는 것을 시인은 예리하게 포착하고 있다.

사실 시인의 이러한 인식은 가장 시적이면서 가장 시적인 초상을 배반하는 자기모순에 빠진 결과로 비추어질 수 있다. 왜 시인은 그러한 시적 인식의 길을 걸어야만 하는가. 그것은 그가 믿고 의지하는 세계가 그리 바람직한 방향으로 전개되지 않는다는 사실에서 기인할지도 모른다. 세계는 수많은 길을 내어놓고 삶의 의미를 그 길 위에서 건져내려고 노력하지만, 기실 그것은 동어반복인 한계지평의 연속에 지나지 않다. 그래서 시인은 길을 걷고 또 길을 만들어가면서 자신의 마음의 자리를 문제 삼는다. 행방이 묘연한 마음을 찾아 그는 세계의 길을 열어 놓는다.

2. 길, 존재론적 성찰

마음의 행방을 찾기 위해서 마음 자체로부터 그 해답을 묻는 행위는 가장 어리석은 일이다. 마음은 세상을 의식의 힘으로 여는 문이자, 시인의 인식이 출발하는 지점이다. 그러나 시인에게 있어서 마음은 언제나 애달픈 영혼의 자리이기에, 시인은 마음 안에서 길을 열고 산행을 떠난다. 존재의 길을 찾아, 의미의 길을 찾아 시인이 세계 쪽으로 길을 낸 순간, 그는 자신이 보고 느낀 세상에 대하여 자신의 가치판단을 유보시키는 현상학적 판단 중지 상태에 이른다. 그는 보고 또 보고 세상의 모든 현상적 가치를 온몸으로 감득해낸 후에, 사물이나 사태 자체에로 자신의 의식을 환원시킨다. 그러나 그러한 의식은 현상학적 환원을 통한 절대 진리에 도달하고 싶은 욕망을 피력한 것을 의미하지 않는다. 다만 그는 판단을 유보한 채 길 위에 나선다. 길은 생명과 의미와 가치들로 가득 차 있고, 길 위에 선 모든 만물이 시인에게 말을 건넨다.

시인의 길은 세상 모든 길 쪽으로 향해 나아가지만, 그의 길은 미묘하게도 시인 자신에게로 향하는 길이 된다. 설령 그것이 죽음으로 향하는 길일지라도, 시인은 자신이 서 있는 길에 대하여 추호의 의심도 하지 않는다. 길 위의 나날은 마음의 나날이고, 마음의 나날은 언젠가 도래할 영원의 나날로 승화된다. 그러나 시인의 길은 그가 그러한 길을 가고 있다는 사실조차 인식하지 못한 채 길 위에 서 있다. 그냥 그는 떠난다. 떠나고 또 떠나서 자신 안에 있는 그 무엇인가를 지우고 다 덜어낸 후에도 의식의 구석에 남아 있는 마음의 본체를 잡기를 갈망한다.

그렇다고 그의 길이 구도의 길 일리는 더군다나 없다. 거기에 그의 시의 비밀이 있다. 그가 마음을 문제 삼고 세상의 모든 것을 문제 삼을 때, 그것은 지극히 개인적인 차원에서 비롯한 것이다. 그러나 묘하게도 그의 길은 인류 전체의 길로 향하고 있다. 자기에게로 열어 놓은 성찰의 길이 가장 보편적인 성찰의 길로 승화된다는 사실을 시인은 알고 있었을까. 아마 그는 자신의 문제에 급급한 나머지 자신의 존재성 자체를 걸고 길 위에 서 있다. 그러나 따지고 보면, 개인의 길은 모든 인간의 운명의 길이 아니겠는가.

메마른 내 마음이
다시 긴 겨울 속을 걷고 있는 중이다.

둘러보면 마른 풀, 마른 나무, 마른 공기들
바람 찬 골짜기
내 살던 마을에선 이미 개나리 벚꽃이 만발했겠지만
여기선 산수유 가지에 겨우 푸른 물이 들어 있을 뿐
그런, 세상 쪽으로 내려가는
가느다란 물줄기가 보인다
꾸역꾸역 여긴 물줄기 흘러
아래로
아래로
넓어지고
깊어져
어딘가, 꽃 피고 밥짓는 소리로 떠들썩할
마을에 섞일 테지만
쬐끄만 멧새 한 마리 포르릉 가지를 차고 날아가는 소리에
화들짝 마음 또 흔들려
나는 왜 세간이 궁금해지나, 저 물줄기
저놈의 물줄기 따라 내가 자꾸 흐르고 싶어진다
이 길엔 봄이 아직 멀고.

—「금대 계곡에서」

그는 한 지점에 서서 세상을 관조 중이다. 세상의 이편과 저편 사이에서 무엇인가를 응시하면서 그는 의식의 어디쯤엔가로 흘러가고 있다. 그는 분명 산수유와 개나리와 벚꽃을 본 것처럼 보이지만, 그가 의식의 힘으로 성찰한 것은 세상의 이편과 저편의 차이만을 인식했을 뿐이다. 여기서 차이를 바라보는 시선이 시 「금대 계곡에서」를 이해는 열쇠인 동시에, 시인 윤은경의 시 의식을 해명하는 초점이 된다. 모든 차이는 불평등의 기원이자, 불행의 원인이다. 그런데 시인은 그러한 차이를 통해서 세계가 어떻게 어우러져 하나의 삶의 공간으로 승화되는지를 목도하고 있다. 차이를 차이로써 인정할 때, 세계는 그 자체로 조화의 공간이고 상생의 공간이 된다. 시인의 의식은 점점 '아래로 / 아래로 / 넓

어지고 / 깊어져'만 간다. 설령 그것이 긴 겨울의 메마른 마음속을 걷고 있는 중이더라도, 그는 그 마음속에서 예쁘게 푸른 물이 오른 산수유의 가지 끝을 상상한다.

마음의 길 위에서 세상의 길이 겹쳐진다. 가느다란 물줄기를 따라 거대한 대해를 꿈꾼다. 물줄기 위에 다시 마음이 더해져 자신의 삶의 길을 심오한 의식의 길로 승화시킨다. 분명 시인이 본 것은 맑은 물이 흐르는 금대 계곡 어디쯤이지만, 그가 진정으로 본 것은 세상의 전경과 후경에 위치할 삶의 모습이다. 시인은 멈추어 선 채로 삼매에 돌입하여, 물줄기가 굽이쳐 닿는 이 마을 저 마을을 상상한다. 소란스럽고 떠들썩한 마을일 테지만, 시인은 그 세계에 부대끼면서 서로 섞이면서 사는 것이 마음의 칠식이나 팔식쯤으로 생각하는 것 같다. 진정한 깨달음은 멀리 있지 않다. 이 길 저 길, 이 마을 저 마을 세상 도처에 산재한 그 모든 것이 깨달음의 대상임을 시인은 알아차린 것이 아니겠는가.

그러나 시인은 자신이 찾고 떠나는 길이 아직도 멀고 길다는 것을 직감하고 있다. '이 길엔 봄이 아직 멀고'라고 말한 시구가 암시하듯이, 시인 윤은경은 그가 보고 체험해야 할 세계가 너무 많고 넓음을 인식하고 있다. 아직도 그가 걸어가야 할, 걷지 않으면 안 되는 길이 많음을 감지하고 있다.

잘 닦인 놋그릇처럼
허름한 驛숨의 서쪽 벽이 빛난다

기차는 이미 지나갔는데
참 오래 끌어온 레일이 긴 이야기 밀며
뒤늦게 달려간다
붉은 녹 입은 옛사랑도
침목 사이 고개 내민 앉은뱅이 들꽃의

위험한 生도

긴 추억의 길일 것이다
걸어가 만날 고뇌의 정점일 것이다
가슴깊이 묻어둔 죄악마저도

다 용서될 것 같은
네 신열의 이마
환하다

—「기찻길」

흔히 기찻길은 인생과 종종 비유된다. 그러나 시인 윤은경에게 있어서 기찻길은 통념적인 의미의 비유와는 상당한 낙차를 두고 있다. 시인은 생이 됐거나 되지 못한 세상의 존재물들과 그것에 내재한 의미를 시 「기찻길」에서 찾고, 그 의미를 되새기면서 추억하고 있다. 시 「기찻길」은 시인의 세상에 관한 시선이 잘 육화된 시이다. 이미 지나버린 시간의 저편을 추억하고 이야기하면서 그는 생의 이편 쪽에서 그저 가녀린 호흡으로 삶을 지탱하는 위험하고 위태로운 생의 흔적들을 가슴 속에 꼭 부여안고 있다. 그러나 그것이 시인의 의식을 기쁘게 만들지는 않는다. 다만 고뇌와 죄악의 흔적으로 치부되어 시인의 영혼을 뒤흔든다. 생의 앞면이 아니라, 뒷면을 성찰하면서 생명의 길이 만든 그 모든 의미를 용서의 길로 전환시킨다. 생의 뒷면에 너저분하게 흐트러져 있던 '긴 추억'을 적멸하면서 시인은 미래의 길을 상상하고 있는지도 모른다.

물론 시인이 추억하는 길은 생의 후일담이거나 과거 지향적인 방향으로 열려져 있지만, 옛사랑과 추억과 이미 지나버린 생의 흔적을 통해서 현재와 미래의 시간을 길항시켜 나아가고 있다. 그것은 길이 지닌 문제적 속성 때문에 과거 회귀적인 길이 과거로만 향하지 않고, 현재와 미래로 향하는 이유가 된다. 사실 이 시가 주목받아야 하는 이유는 '용서'라는 말에 있다. 무엇을 용서하고 누구를 용서한다는 말인가. 물론 그것은 '추억의 길'이라는 말에 집중되어 있다. 과거를 용서한다는 것은 현재와 미래를 긍정적으로 승인한다는 말과 같다. 이미 지나버린 시간의 저편과 화해하고 용서하면서 자신의 의미의 항을 현재와 미래에 두는 것이다.

그렇기 때문에 길 위에 선 시인의 삶은 애절하지만, 스스로의 삶을 깨달아가는 선재동자와 유사하다. 길 위에 삶은 반성하는 삶이고, 의미의 앞면과 뒷면을 동시에 사유하면서 적멸하지 못한 육체의 길 위에 마음의 길을 포개는 행위이다. 비록 이마에 신열이 나고 온몸에 열꽃이 퍼져 시인이 용서하는 마음을 찾아 떠나는 길은, 과거와의 화해의 길은 아름다운 영혼의 길이다.

> 산이 높다
> 서른 넘도록 나는 산 하나와 싸워왔다
> 내 안에 우둑한 거기서 길을 잃었다 그런, 슬픔이 또 무성한 넝쿨을 이루었다 어떤 생도 아프게 산 넘는다 가늘고 긴 팔로 나무의 목을 휘어 감는다 지친 어깨에 등꽃 아. 괴롭게 활짝 피어서는…… 등짝을 짓누른다 버릴 것 못 버린 죄가 무겁다
> 해는 이미 중천을 넘고 산 밑 마을에선 개가 긴 하품을 한다 사발 팔방에서 불볕을 달구던 뻐꾸기 소리, 산 속으로 늙어간다
>
> 뻐꾸기 대신 쏙독새가 우는 밤, 산은 어느새 저만치 물러나 또 팔 벌린다 마른침을 삼키며 나는 헐거워진 신발 끈을 다시 조인다
> —「칡」

산은 세계의 중심이자 근원 신화가 숨 쉬는 원형의 공간이다. 산은 모든 생명이 탄생하는 공간이자, 생명의 형식을 주재하는 오묘한 힘을 지닌 장소이다. 그렇기 때문에 모든 민족에게 있어서 산은 세계의 중심이고 성스러운 공간으로 제의적 속성을 지니고 있다. 그런데 시인은 자

신의 전 생애를 '산 하나와 싸워왔다'라고 말한다. 생의 아름다움을 키우면서 죽음의 슬픈 초상까지도 감싸주는 산을 하나의 싸움의 대상으로 인식하는 시인의 의식 속에 그것은 통념적 신화적인 산이 아니다. 산은 그가 넘어야 할 벽이자 자신의 마음의 장애이거나 아니면 존재성 자체의 한계적 지평인지도 모른다.

시인에 있어서 산은 제우스를 속인 죄로 굴러 떨어져 바위를 머리에 이고 산 위로 올리면 다시 굴러 떨어지고 이를 다시 올리는 일을 무한 반복 하여야만 하는 형벌을 받는 시지프스와 유사한 상징성을 지니고 있다. 길 위에 삶은 평탄한 인생길이 아니다. 수많은 의미와 만나기 위해 시인이 자초한 길이기에, 시인은 생 일반에 관한 삶의 아픔과 자신의 아픔을 동일시한다. 엄밀한 의미에 있어서 시인의 길은 자신의 삶을 역투사한 것에 지나지 않다. 인생의 한 고비를 넘기면 또 다른 시련이 준비되어 있듯이, 시인은 슬픈 운명을 태생적으로 이고 살아갈 수밖에 없다. 그래서 시인은 그것을 '버릴 것 못 버린 죄'라고 생각하고 있고, 늘 길을 잃고 헤매는 삶을 살아가고 있다고 인식하고 있다.

길 위에서 만난 산은 넘어야만 하는 하나의 운명과 같은 것이기에, 시인은 또 다시 신발 끈을 조인다. 길이 보일 것 같지 않은 어두운 산 속에서 시인은 자신의 인생길을, 마음의 길을 조망하고 되짚어 보면서, 삶의 길을 존재론적 성찰의 길로 승화시키고 있다. 물론 그 길은 투명하게 시인의 의식을 맑게 만들기 위한 길이지만, 분명 시인의 길은 초역사성을 띤 절대적 경지로 비상하고 있을지도 모른다. 아마 그것은 성과 속이 결코 둘이 아닌 화엄이 아니겠는가.

3. 화해, 세상 끌어안기

산업혁명 이후 자본주의는 가장 강력한 힘을 발휘하는 경제사회체제로 성장해왔다. 사실 포스트모던이라는 의식 체계도 따지고 보면 근대성의 범주에서 벗어난 의식 체계라고 할 수 없다. 모던이건 포스트모던이건 상관없이, 세계사적 전망은 자본의 물신적 마력과 보조를 맞추어서 전개된다. 자본은 정치는 물론 인문학적 가치 또한 자기 휘하에 두고 마음대로 요리하면서, 세상의 모든 관계를 자본에 의한, 자본을 위한 자본의 관계로 환원시킨다. 세계를 지배하는 근대적 자아는 갈등하는 자아이고 끊임없이 자신의 의식을 문제 삼으면서 세계 속에 자신의 존재론적 정체성을 정위시켜야만 하는 슬픈 운명을 타고난 삶을 살아야만 한다.

현대의 초상은 영원성이나 불변성이 아니라, 변화와 변화에의 적응력이다. 사회는 신기한 사회적 파생물들이 넘쳐나고, 그 산물로 인해 인간의 영혼은 어디에도 정착하지 못한다. 부유하는 기표, 그 기표 위에 또 다른 기표가 의미로써 표출되는 시대에 시인은 끊임없이 영혼과 마음에 관하여 묻고 자신의 존재론적 정체성을 정위시켜야만 한다. 그렇지만 시인이 행하는 일체의 세계와의 만남은 근대의 초상 저편에 위치해 있다. 수많은 의미의 길을 배회하고 회의하면서 그가 만난 세계의 의미의 층위는 저 지고한 깨달음의 세계이지만, 그 깨달음의 도정은 가장 단순한 곳에서 발견된다.

자연이 스스로 내놓은 길 위를 걸으면서 시인은 스스로 선재동자의 앎에의 의지를 실현시킨다. 스스로를 버려진 몸으로 비유하고 자신의 존재론적 정체성을 벌레로 형상화하면서, 그가 궁극적으로 도달한 인식의 층위는 세상의 모든 것과 화해하는 것이다. 시인은 자기 자신의 존재론적 문제를 집요하게 추궁해 들어갈 때, 그가 의식적으로 지향했던 자신의 초상은 자기 연민이자 자기애에 가까웠지만, 그가 이내 깨달은 것은 자신의 초상 밖에 세계의 본질과 마음이 존재한다는 사실이다. 갈등의 본질적인 문제가 세계 속에 있지 않고, 자신의 내부에 작동하는 욕망이라는 사실을 직시했을 때, 시인이 선택한 세계와 자신에 관한 포즈는 단호하다. 그것은 바로 의식의 힘으로 스스로의 자아를 성찰하면서 세상의 모든 것을 용서하고 화해하는 것이다.

화해와 용서가 불가능한 시대에 그것을 꿈꾸고 실천하는 시인의 영혼은 가장 궁극적인 세계를 지향한 것이고, 세계라는 인륜적 공간 자체를 사랑의 기호로 각인시키는 작업이기도 하다. 그것은 시인의 초상이 모든 가치론적 층위로부터 가장 안정된 포즈를 취할 때, 시인이 도달할 수 있는 최고의 목표 지점이다.

> 내가 나를 용서할 수 있을까 떠올리면
> 가슴 밑바닥을 에이는 풍경
> 벽에 걸린 내 무덤을 들여다본다
>
> 쓴 향기를 흘리며 죽어서도 나는
> 꽃처럼 불쑥 피어있고
> 내 갈망의 길을 건너 날아오르는 나비 한 마리
>
> 쓰디쓴 향기라도
> 꽃은
> 떨어지고 다시 피워 올리는 것
>
> 내 무덤 빈자리
> 입술을 열어주마
> 돌아와 고요히 내 몸을 열어다오.

—「거울 속의 나비」

용서와 화해가 마음으로부터 일어나기 위해서는 먼저 선행되어야만 하는 것이 있다. 그것은 바로 스스로를 반성하는 의식의 변증법적 복귀 과정이다. 시인에게 있어서 가장 문제적이었던 것은 마음도 의식도 아닌 삶의 '자리' 그 자체이다. 지혜로운 물의 길을 찾아 떠나보기도 하고, 어짊의 산의 길 위에 의식의 길을 내어 놓지만, 그가 세계를 온몸으로 예찬하는 서정적 미메시스의 세계에 도달하게 되는 궁극적 시인의 길은 자기 자신으로 복귀하여 자기 자신과 정면으로 마주서는 것이다.

시 「거울 속의 나비」는 시인의 인식론적 전환에 해당하는 시이다. 세계로 나있는 길 위에서 자신의 의식의 길과 존재성 전체를 반성하는 계기는 길을 잃고 헤매는 한 마리 '나비'를 발견한 순간에 비롯된다. 시인 윤은경은 나비와 자신을 동일시하면서 인간의 슬픈 운명을 예감하고, 삶과 죽음을 동시에 사유한다. 시인에게 나비는 하나의 환각인지도 모른다. 거울 앞에 선 자신의 모습을 찢어진 날갯죽지로 퍼덕이는 나비로 착각하면서 그는 삶의 이편과 저편의 의미를 가슴 저 밑바닥에서 되새기고 있다. 장자의 '호접몽'과 양생편의 '포정의 소 잡는 도'에서처럼, 시인은 그냥 스쳐 지나칠 수 있는 작은 사실에서 인과필연의 세계의 본질을 직관하게 된다.

반성은 지고한 의식이 아니다. 반성은 자신과 자신이 속한 세계와 대면하는 관계 속에서 시인의 삶의 정도를 찾는 행위이자, 모든 의미의 길을 자기 내부에서 자기 원인으로 승인하는 아름다운 의식의 소산이다. 그렇기 때문에 시인이 일으킨 환각은 단순한 의미의 환각이 아니다. 그것은 의식의 힘으로 세계를 온전하게 전유하는 가장 힘들지만, 감내해야만 하는 운명 같은 하나의 실재적 현상이다.

그럼에도 불구하고 시인은 아직도 갈망의 길 위에 서 있는 자신의 초상을 직감하고 있다. 죽음의 자리인 무덤에서도 다시 피어오를 꽃을 상상하고, 주검이 생명으로 환치되는 순간을 위하여 자신의 빈 자리를 내어주기를 원한다. 이 얼마나 지고한 정신성의 승리인가. 비록 온전한 화해와 용서의 길이 멀고 험할지라도, 시인은 거울 앞에 돌아와 반성적 의식의 힘으로 치열한 생과 사의 운명성을 성찰하고 있다. 그러나 그 길은 아직도 시인 자신의 내부에서 흔들리고 볶이는 처절한 자아의 몸짓에 지나지 않다. 그럼에도 불구하고 그러한 시인의 몸짓은 가장 고결한 세계에 도달하기 위한 순정한 정신성의 표현이기도 하다.

> 모든 더러운 것들이
> 그 아래
> 따뜻이 용서 받는데
>
> 발바닥에 붙은 삶이여
> 내 너를 용서 하겠다
> 그러니 내 희망의 치정도 용서해 다오.
>
> ―「눈 밭」

눈 내린 벌판 위에 서면 세계는 순백의 영혼으로 물들어, 스스로 영혼이 정화됨을 느끼게 한다. 눈 위의 세계와 눈 아래 세계가 구분이 없는 눈 내린 세상, 사람들은 평화로움과 아름다운 초상을 마음으로 그린다. 그러나 시인은 아름다움의 이면의 세계로 치고 들어가 삶의 흔적들을 반추한다. 시 「눈 밭」은 시인이 바라본 세계에 관한 초상이 적나라하게 드러나 있다. 용서하는 주체와 용서받는 객체 사이에 서 있는 그, 그리고 자신을 용서받은 객체로 생각하는 시인, 용서란 어디서 오는 것인가. 간결하고 짧은 시이지만, 용서의 의미를 밝히기는 그렇게 쉽지만은 않다.

무엇을 용서하고 무엇이 용서 받아야만 하는가. 도대체 용서의 본질은 무엇이고, 왜 인간은 용서를 받고 또 용서를 하여야만 하는지에 대한 탐구가 시인의 용서 의식을 해명하는 길이자, 시인의 시 의식을 관통하는 중요한 키포인트다. 유가철학에서 말하는 용서의 恕(서)는 자기를 미루어 남을 이해하고 자기와 같이 남을 위하는 마음의 자세를 의미한다. 그러므로 용서는 단순한 의미의 용서가 아니다. 역지사지의 관념을 내포하고, 인륜적 삶의 공간 자체를 전폭적으로 긍정하면서 세상의 허물을 자기 허물로 인식하는 것이 서(恕)의 본질이다. 내리는 눈발 속에서 세상에 가장 더러운 오욕칠정의 세계를 다 덮어주고 포용하면서 자신의 삶을 발바닥에 붙은 삶으로 인정하는 것, 그것이 바로 세상의 모든 오욕의 세계를 시인 자신의 허물로 변이시켜 자신과 동일시하는 것이다. 더 나아가 시인은 자신 안에 있는 한 줄기 희망의 가닥도 하나의 치정으로 치부하고 대승적 차원에서 용서를 구하고 있다.

정확하게 말해서 시인은 근대적 대결 의식을 내포하고 있는 '나'와 '너'의 관계를 '우리'의 관계로 승화시키고자 하는 의지 또한 피력하고 있다. 근대적인 자아관에 비추어서 '내'가 '너'를 부를 때, 나의 자아는 타자의 자아와 언제나 대극점에 위치하면서 상생이 아니라 상살의 이미지로 표방된다. 그러므로 나와 너의 관계는 갈등하는 관계이고, '우리'라는 관계 자체를 성립시킬 수 없다. 그런데 시인 윤은경은 나의 과오와 너라고 불리는 세상의 모든 더러운 것들이 서로 용서받는 세상을 꿈꾼다. 그것은 바로 시인의 인생으로 대변되는 '발바닥에 붙은 삶'과 대면하는 방식에서 비롯한다.

간결하지만 아름답게 세상을 승화시키고 싶은 시인의 화해의 포즈는 자기 자신에게로 열려진 용서이고 그것은 삶과 인간이 머무는 공간을 유미화하는 것이다. 그런 의미에서 볼 때, 눈은 내리는 눈이 아니라 시인이 바라본 세계의 눈이자, 마음을 여는 문에 해당하는 눈이다. 그러한 인식이 가능하게 된 것은 바로 다음의 시 「용서」 때문이 아닌가 한다.

오래, 용서라는 말을 배웠다

그러나 나는 한 번도,
제대로 써 보질 못했다

　　어떻게 쓰는 건지
　　여태 그 많은 연습과 실습 속에서도
　　쉽게 익혀지질 않았다

　　오늘도 나는 백지 한 장을 앞에 두고
　　열심히 쓰고 또 지운다
　　용서라는 말,
　　내뱉으면 바로 산산이 부서져
　　바람 속에 흩어지는 말을.

—「용서」 전문

　시인의 의식 속에서 용서라는 말은 세상을 전폭적으로 수용하는 의미의 승화된 인식 체계가 아니라, 하나의 말로 존재했을 뿐이다. 그가 배운 용서는 하나의 사물로써의 말이고, 새로운 세계를 인식하기 위한 깨달음의 경지인 무루심(無漏心)은 아니다. 사실 용서는 배움의 대상이 아니라, 깨달음의 대상이다. 그런데 시인은 용서를 오랜 세월 배우고 익히는 시간을 가졌지만, 한 번도 제대로 써보지 못했다고 시인하면서 지금 현재도 용서라는 말을 배우고 익힌다고 고백하고 있다. 그리고 용서라는 말을 내뱉은 순간 바로 산산이 부서진다고 말하고 있는데, 그 이유는 무엇인가. 그가 무던히도 용서라는 말에 강조점을 두었을 때, 그것은 시인의 삶의 층위와 필연적으로 연결된 그 무엇인가가 있을 것이다. 그것은 그 자신의 굴곡 많은 개인적인 삶에서 비롯한 것이겠지만, 그것만으로 그의 시를 이해하는 데는 한계가 있다.

　시인에게 '용서'라는 화두는 세상과의 화해의 포즈를 내포하고 있지만, 그보다 더 중요한 것은 자신의 삶과 의식 속에 남아 있던 삶의 군더더기를 덜어내는 행위가 아닌가 생각된다. 자신을 비우고 용서한 자리에서 그는 세상의 모든 것을 승인하고 더 나아가 용서하는 주체가 아니라 용서받는 객체로 존재하고 싶은 시인의 마음의 자리일지도 모른

다. 즉 궁극적으로 시인이 도달하고픈 의식의 층위이지만, 시인이 감당
하여야만 하는 삶의 자리가 그에게 용서를 배우게 강요한 것이라고 보
여진다. 아니 삶의 무게는 그의 영혼의 자리를 갉아먹고, 그를 힘들게
하지만, 그 삶의 무게를 견디게 만든 것이 바로 용서의 자리에 해당한
다고 할 수 있다.

그런 의미에서 볼 때, 시인이 의식한 용서의 층위는 미완의 길이다.
가야만 하는 길이고, 끝내는 의식의 힘으로 용서하고 용서받는 주체와
객체를 안아 넘으면서 흔들림이 없는 적멸의 경지로 들어서는 것, 그것
이 바로 시인이 말하는 용서의 자리이다.

마음의 길과 세상으로 나있는 수많은 길 사이를 배회하고 방황하면
서 그가 도달하고자 하는 깨달음의 경지는 사랑과 그리움이 아닐까 한
다. 왜 시인은 혹독하게 자신의 자아를 성찰하는가. 왜 사랑과 그리움이
라는 가장 본질적인 화두를 가슴속 저 깊은 곳에서 추구하고 찾는가.

흙 묻은 사랑으로 사람들은
서로의 흙에 흙을 섞으며
사랑한다 사랑한다 하고
만남은 만날수록 모자란다고
그리움은 그리울수록 그립다고

—「사랑의 초상」 일부

시 「사랑의 초상」은 용서 이후의 시인의 심경을 잘 대변하고 있다.
세상의 풍경은 늘 일회적이고, 순간적인 감흥에 휩싸인 유혹하는 자아
가 현실을 지배하고 있다. 시인의 사랑에 관한 메시지는 현재 우리들의
초상 저편에 위치에 있다. 변하지 않으면 퇴보되는 시대, 원초적 유대
가 불가능하다고 인식하는 사람들, 상품 위에 새로운 상품이 겹쳐지는
시대, 그것이 바로 우리가 살아가는 현대의 공간이다. 인간과 사물, 인

간과 인간, 인간과 자연의 존재 방식이 영속성을 바탕으로 한 인륜성의 토대로 존재하는 것이 아니라, 모든 것은 상대화된 상황으로 대치된다. 절대는 없고 믿을만한 가치 같은 것도 없다. 그저 모든 관계를 소모적인 관계로 환원시키면서 변화를 필연적 기호로 인식한다. 불변성은 하나의 허구이다. 그것은 현재를 만드는 삶이 아니라 과거의 기호이다. 그래서 현대인들은 필연성으로 인식된 변화라는 미래의 기호를 끌어안고 살아간다.

진정한 의미의 '자기'라는 자아가 존재할 수 없는 사회, '내'가 '너'를 부르고 그로 인하여 '우리'를 만들 수 있는 인식의 토대가 부재한 현대성의 기호는 가장 냉철한 이성의 기호이지만, 그것은 현실성의 공간을 인륜성의 공간으로 만들지 못한다. 그러한 까닭에 시인은 '사랑'이라는 메타적인 기호와 '그리움'이라는 실존적 기호를 자기 시에 안치시킨다. 살가운 정을 나눌 수 있는 사랑과 그리움은 세상을 떠받치는 하나의 구원의 기호로 고양된다. 사실 시인이 사랑과 그리움을 이야기한다는 것은 현대성의 기호와는 배치되는 발상이다. 그러나 시인이 '흙 묻은 사랑'을 이야기할 때, 그것은 현재의 삶의 공간을 인륜성의 극한으로 만들고 싶은 시인의 욕망이 잠재해 있다. 시인이 말하는 사랑에의 소망이란 조건 없이 고통을 덜어주고 기쁨을 나누어 줄 수 있는 아가페적인 사랑이 아니었겠는가. 사랑만이 인류를 구원할 수 있는 최종심급이라고 생각한 것은 아닌가.

삶이란 궁극적으로 저편의 차원에서 승인할 때 '현재 바로 지금 여기'를 살아갈 수 있지만, 시인이 '서로 흙에 흙을 섞는' 삶과 부족함을 부족함 그 자체로 승인하는 삶을 선택했을 때, 시인의 삶은 그 자체로 저편의 차원으로 승화된 것이 아닐까. 시인이 궁극적으로 지향하는 세계는 화엄의 화광동진(和光同塵)이 아니었을까. 진정한 깨달음은 가장 더러운 물에서 피어난 한 떨기 연꽃처럼 세상의 이욕과 오욕을 승인하고 그곳에 임재한 성스러움을 온몸으로 느끼는 것이 아닌가. 화엄의 본질은 세계를 전폭적으로 긍정하는 세상의 모든 것을 사랑의 힘으로 안아넘는 것이 아니겠는가.

시인이 화암을 가보았으되 화암을 보지 못했다고 고백한 것은 그가 화엄의 저 지고한 경지를 의식 밑에 임재한 만법의 뿌리이자 근원인 아라야식의 실체를 감지했기 때문이다. 그러한 인식의 총화는 「보원사 옛터를 지나다」라는 시의 한 구절의 시구에 잘 드러나 있다. 세상의 번뇌로부터 벗어나, 자신의 육신과 정신을 새롭게 갱신시키는 것, 그것이 바로 시의 삶이고 시인의 삶이라고 시인은 생각하고 있는 것 같다. 더불어, 그러한 의식이 세계와 세계에 존재하는 모든 생명의 형식에 관한 시인의 애정이자, 시인이 세계에 존재하여야만 하는 이유가 된다. 이제 모든 것은 시인의 의식 속에 새롭게 태어난다.

세상의 번뇌를 벗어나 세상의 모든 것을 사랑하는 것, 그것이 바로 마음의 자리에 화해의 길을 내는 것이자, 진정한 삶의 의미이며 새로운 신생을 가능케 하는 것이 아니겠는가.

바람이 맨몸의 신생을 쓸며 지나간다.

4. 신화, 또 다른 양식으로 화해하기

거울은 세계의 형식을 그대로 반영한다. 이것은 이미지들을 표면의 세계로 드러낸다는 속성에서 기인하는 것이어서 반영과 동시에 성찰의 도구라는 일차적인 상징성을 갖고 있으며 또 한편, 표면의 심층에 있는 것을 불러내는 마술의 속성도 가지고 있다. 시가 시인이 인식한 세계의 형식을 드러내는 거울이라면 '신화는 세계를 전망하는 한 방법이며 인식의 틀이자 인간의 유일한 능력인 상징성의 원리를 모태로 한다'는 카시러의 말을 빌지 않더라도 윤은경의 거울에 비친 세계는 많은 부분 신화적 상상에 기대고 있음을 보여준다. 이는 시인의 세계에 대한 시의 응전 방식이 비유와 상징 기법을 바탕으로 하기 때문이다. 세계와의 관계 속에서 불협화음을 내고 있는 시인은 현실에서가 아니라 마음과 신화적 상상력을 통해 세계와 화해하려 한다. 물질문명의 거대한 늪에서 허우적거리는 현대인은 이미 인간과 우주가 조화를 이루는 총체성이 담보된 낙원의 세계에서 축출되었다. 자연과 우주와 인간의 의식과 상상이 공존하는 원시 시대, 순환하는 천지운행의 우주적 질서 속에서 원시 언어 그대로 인식하는 세계야말로 파편화된 세계를 살고 있는 현대인이 되돌아가야 할 귀소이며 꿈꿀 수밖에 없는 구경이 아니겠는가.

시인에게 있어서 화해의 몸짓은 마음의 자리에서 신화의 자리로 이행하는 가운데 나타나게 된다. 이때 신화는 하나의 소재적인 차원이 아니라 마음의 길이 최종적으로 도달하는 지점이다. 신화는 인간의 원형적 의식이 거주하는 원초적 공간이고, 그 공간은 모든 것을 포용하고 화해시킬 수 있는 내밀한 공간이다. 그러므로 시인이 꿈꾸는 신화의 자리는 협화음의 음조로 세계를 아름답게 몽상하며 불협화음의 세계를 사랑의 언어로 순화시키는 데 있다. 존재의 시원으로 거슬러 올라가 시간의 이편과 저편을 마구 가로질러 가면서 시인은 가장 근원적인 존재의 비밀을 탐문하고 있다. 이때 탐문의 결과는 시인 자신의 영혼을 흔들고 현재의 삶의 자리를 길항시키는 의식으로 고양된다. 신화는 소통이다. 신화는 역사 이편과 저편을 가로질러 마음의 자리로 가는 지름길이다. 신화는 분열된 세계를 하나로 통합하여 우주 전체를 사유하게 만드는 본원적 기제이다.

들어봐, 밤비 부슬부슬 내리고 솔숲 떠도는 발자국소리
보이지 않는 곳에서 뻗어와

내 가슴에 손가락 거는 솔숲의 광풍으로도
사랑을 다 말하지 못했지, 나의 왕이여
곁에 누운 당신의 거친 잠을 아직 다 어루만져주지 못했지

이러히, 뒤틀리고 꼬이는 괴로움으로도 그대 상처에 가닿지 못한다
면 천만 번 죽어 다다른 초록의 저 싱싱함을 의심해야지, 불을 켜지
않아도 훤히 보이는 나의 부재여, 내 사랑은 수천의 해와 달이 뜨고
지고 뜨고 지고, 갈라진 목피마다 푸른곰팡이 녹스는 세월, 수만 그루
솔방울 짚어가는 흐린 눈썹

천년을 두고 몸을 바꿔도 울울창창한 이 괴로움, 그대 한숨이 훑고
지나면 한데 묶은 수천의 종소리 울리듯 사방에서 뼈마디 부딪는소리
―「장화 歎」 전문

『삼국유사 권2』의 「홍덕왕조, 앵무」 편에 기댄 이 시는 신라 홍덕왕
의 부인 장화의 탄식에 빌어 "수천의 해와 달이 뜨고 지고 뜨고 지고,
갈라진 목피마다 푸른곰팡이 녹스는 세월"을 건너뛴다. 시공을 초월한
귀신의 입장에서 홍덕왕의 고독과 괴로움을 먼저 죽은 그의 부인인 장
화의 영혼이 비애에 잠겨 노래하고 있다. 장화부인의 괴로움과 홍덕왕
의 괴로움은 시인의 괴로움과 동일시된다. 이때 문제가 되는 것은 괴로
움과 고독 쪽으로 모든 시선을 집중하게 된다는 점이다. 그런데 시인은
천년 전의 홍덕왕과 장화의 사랑을 현재화시켜 자신의 사랑의 자리를
점검하고 있다. 윤은경은 분명 사랑의 알레고리를 역사 또는 신화적 사
실 위에 겹쳐 놓고 있지만, 그 알레고리는 원형적 운명적 사랑의 형식
으로 질적 비약을 이룩한다.

시인 윤은경이 말하는 사랑은 사랑의 알레고리적 의미가 아니다. 사
랑의 역사와 인간의 운명적 함수를 홍덕왕과 장화를 통해서 시인은 예
리하게 고찰하고 있다. 시인이 사랑을 괴로움과 부재의식으로 표출하고
있지만, 그것은 인간의 원형적 사랑의 상징성을 띠고 있다. 과거 신화

346

적 사랑의 형상을 현재의 공간으로 불러와 시인은 사랑의 원형심상을 재현하고 있다. 사랑의 본질은 시간을 타고 흐르는 가변적 사태가 아니라, 영원히 현재적인 사태임을 시인은 말하고 있다. 그렇다면 사랑이 만들어내는 고독과 괴로움은 사랑의 현상적 인간적 존재론적 사태이면서 사랑의 또 다른 얼굴은 아니겠는가. 시인이 사랑을 괴로움과 고독으로 인식하고 있을 때, 인간화된 사랑의 실체는 기쁨과 환희라는 얼굴 옆에 늘 고독과 괴로움을 드리우고 있다고 말하는 것은 아니겠는지.

>   헤아릴 수 없는 밤들이 지나갔다
>   몇백 년이나 몇천 년쯤은 기억 속에 없다
>
>   솔가리 수북한 이른 봄 근처
>   무엇을 잃어버린 사람의 발걸음은
>   푸석한 봄날의 흙먼지를 세고 있던 것인데,
>   그 많은 밤과 낮의 괴로움이 사람의 길만은 아닌 것
>   그 긴 기다림
>   해발 348미터 정상까지 오르는
>   산자고 흰 꽃잎
>
>   봄산 골짜기가 갑자기 환해진다
>
>   앞서 간 발자국 겹쳐 밟으며 내는 것이 길이라면
>   저 간절한 흰 빛 따라가 몸 내어 주리라
>
>   바라보기도 눈부신
>   우주의
>   한 길
>
>   ―「산자고」 전문

영원과 순간의 차이는 존재하는 것인가. 우리 인간은 순간을 통해서

영원에 이르는 것은 아닐까. 과연 영원은 무엇이고 우주는 무엇인가. 인간은 지고의 세계에 도달할 수 있는가. 사실 이러한 의식을 시에서 문제 삼으면서 존재론적 비의를 시인이 탐문해 갈 때, 그것은 금기의 세계를 침범한 것은 아닌지. 만약 시인이 그러한 의식을 시로 형상화한 순간 시인은 세계 전체를 지배하는 우주의 이법을 깨달았다고 말할 수는 없는가.

시 「산자고」는 몇백 년이나 몇천 년쯤은 안중에도 없고 "사람의 길만은 아닌" 우주의 길을 꿈꾼다. 이때 우주로 통하는 길은 거대한 그 무엇이 아니다. 시인은 가녀린 작은 풀에게서 거대한 우주의 길로 통하는 문을 발견하게 된다. 눈부신 흰 빛으로 피어난 자그마한 풀꽃의 피고 지는 원리 속에 생명의 원리는 찬연히 빛나는 것은 아닐까 하고 시인은 반문하고 있다. 생의 형식은 작은 풀꽃의 가녀린 몸과 결코 다르지 않다. 인간이 높고 여타의 다른 생명체들은 저열하거나 인간을 위해 존재하는 것은 아니다. 시인 윤은경은 작은 식물을 통해서 우주적 순환의 이법을 직관하게 된다. 그 우주적 순환은 바로 끊임없는 생명의 법칙이요 영원으로 통하는 길이기도 하다. 소우주는 대우주로 통하는 길이다.

그러나 우주적 순환 원리는 수많은 생의 형식들의 무한반복 속에서 이루어진다. 이때 각각의 생명적 존재들은 개체 전체로써의 소우주가 아니라, 단지 개체로써의 소우주로 존재한다. 종이나 유의 개념으로 생명의 원리를 탐구할 때, 우리는 우주론적 생명의 원리를 직관할 수 있다. 그러나 우리는 개별자로 존재한다. 개별자는 자신의 존재론적 이해와 존재 전체로 환원될 수 없다. 그것은 인간의 한계적 속성이지만, 윤은경은 그 한계지평을 훨씬 넘어선 지점을 사유하고 있다. 찬연히 빛나는 봄의 생명력을 수천 년 이전으로 거슬러 올라가 생명이 발원하는 태초의 계기를 사유하고 있다. 그것은 바로 '우주의 한길'이다. 우주의 다

른 길이 아니라 꼭 그 길인 생명의 길을 사유하면서 시인은 존재의 시
원과 현재의 생명성을 통시적으로 성찰하고 있다. 그리고 그러한 시각
을 예각화하여 선형적인 생명의 자리를 채우고 있는 생명의 흔적들을,
우리들의 삶을 시적 언어 내부에 숨겨놓고 있다.

    그믐이 가까워 달은 칼날이 되었다

    달이 어떻게 몸 바꿔 푸른 물주머니를 만들었는지, 툭 치면 촤르르
쏟아질 물주머니를 수천 개나 달았던 당산나무, 흙과 뒤섞여 뿌리는
이미 돌부리처럼 단단해졌다 잎사귀 다스려 고요로 인도하던 마른 수
로, 귀 기울이며 당신, 하고 불러본다

    이 가슴은 오래 전에 비워졌다 무심이다 심장이 있던 자리, 대침 같
은 가시 하나 날카롭게 돋아 있다 무엇이 나든 흔적, 빗장 지른 문비
앞에서 눈 감는다 어두워지는 수피 쓰다듬으며 당신, 하고 불러본다

    언젠가 이 나무도 번뜩이는 칼을 쥐고 늙은 사제를 겨누었다
    밑둥치 아래 무릎 꿇는다
    조각구름 사이로 쏴아아 달빛 한 줄기
    목 부위로 쏟아진다

    여기 금줄을 거는 것이 좋겠다

―「달과 왕버들」 전문

    시 「신두리 사구」에서는 '갯메꽃, 갯그령, 좀보리사초, 통보리사초,
갯완두, 해당화'와 같은 식물 이미지와 '모래의 옷과 모래의 밥과 모래
의 꿈'의 광물 이미지를 통해서 인간의 욕망이 묵시적 이미지로 드러나
있다. 이 묵시적 이미지의 형식은 시인의 종교적 제의의 성향을 드러냈
다기보다는 인간의 욕망을 투사하고, 그것을 통해서 생명의 신성한 의

미를 탐색하고 있다. 그것은 인간의 생의 형식을 '갯'이라는 접두사나 하잘것없는 사초류의 풀들, '모래'로 변형 표상된 것이다. 그러나 시인은 그러한 표상들은 '삼보일배'의 경건한 제의적 행위를 통해서 신성한 존재의 의미를 깨달아가고 있다.

이러한 식물적 이미지는 시 「고목」을 통해서 더욱 강화되는데, 시인은 천년 고목쯤 되는 나무를 바라보면서 생의 형식 전체를 개관하고 있다. 산다는 것은 목마름의 연속이다. 그것은 시련이고 견디어 내야만 하는 존재의 필연이다. 그런데 시인은 고목을 의인화하여 '그'라는 3인칭 대명사를 사용하고 있다. 시인이 고목을 '그'라고 지칭했을 때, 그와 시인과 사이에 엄청난 거리가 있음을 의미한다. 그런데, 내밀히 시를 읽다보면 그와 시인 윤은경과의 거리는 존재하지 않는다. 그 이유는 무엇인가. 시 「고목」을 이끌어 가는 기제는 물이다. 물은 신화적 상상력의 층위에서 볼 때, 생명의 원리와 탄생의 비의가 숨겨져 있다. 시인은 엄밀한 의미에 있어서 그를 관찰하는 존재이다. 그러나 고목인 그의 시련과 고통은 이내 서정적 동일시를 통해서 시인 윤은경의 생명의 원리를 드러내게 된다.

시 「달과 왕버들」은 앞서 언급한 작품들의 신화적 상상력을 완결 짓는 작품에 해당한다.

달 이미지는 신화적 상상력의 관점에서 볼 때, 재생과 부활의 상징성을 내포하고 있는 동시에 여성의 원리 또한 함의하고 있다. 달은 이 시를 지배하는 원리이자, 시인의 의식을 지배하는 원리이기도 하다. 불변성의 원리를 상징하는 태양과 다르게 달은 모든 변화를 수용하는 원리가 지배하고 있다. 시인은 달을 통해서 제의적 죽음과 부활을 동시에 꿈꾸고 있다. 왕버들은 제의적 죽임이 일어나는 장소이자, 금기의 공간을 의미한다. 신화의 세계에서 당산나무는 제의를 올리는 신성한 나무이자, 우주목이다. 그것은 세계의 축으로 초월적인 힘과 소통할 수 있는 성소와 같은 역할을 한다. 특히 칼 구스타프 융은 나무이미지를 다양하게 해석하면서 인간의 집단무의식을 연구했는데, 왕버들은 융적인 의미의 집단무의식이 발현되는 상징성을 의미하고 있다.

첫 연에서 달은 칼날에 비유되고 있는데, 그것은 달이 지니고 있는 죽음 상징에서 비롯한다. 그러나 섬뜩한 그 칼날은 무엇인가를 죽이는 도구인 동시에 부활을 위한 제의용 칼임을 직감하게 된다. 두 번째 연에서 달은 자신의 형상을 바꾸어 물주머니를 만든다. 물은 생명성을, 주머니는 여성의 자궁을 상징한다. 달 이미지는 물 이미지로 전환되어 건조한 대지를 흠뻑 적시는 생명의 비를 상징하고 주머니는 생명의 포태의 원리가 된다. 그러나 지금 대지는 목말라 하고 있다. 인간이 금기를 위반했기 때문인지, 아니면 인간의 정성이 부족했기 때문인지 잘 모르지만, 대지는 점점 타들어가고 있다. 하늘은 고난과 목마름의 시간을 통해서 인간 세계의 모든 것들에게 시련을 가하고 있다.

세 번째 연은 제의적 죽음을 준비하는 과정이다. 인도의 승려이자 사제인 수피는 죽음을 기다리고 있다. 수피는 정갈한 무욕의 마음으로 무념무상의 경지로 도달하고 있다. 그러나 수피의 마음의 세계와는 달리 지상의 공간은 어떤 불안의식이 내재해 있는 듯하다. 사제의 청정한 마음과 메말라 갈라터진 대지의 모습은 상호 대조를 이루면서 제의적 사제 살해의 필연성을 획득해간다. 대지에 젊은 사제의 피가 흩뿌려진 순간, 대지는 풍요의 공간으로, 생명이 움트는 공간으로 새롭게 태어난다.

네 번째 연은 달과 당산나무가 공모하여 제의적 살해가 일어나는 장면을 아름답게 표현하고 있다. 달빛 한 줄기가 사제의 목을 겨냥하고 당산나무도 번뜩이는 칼을 쥐고 젊은 사제의 희생제의를 흠향하고 있다. 희생제의를 통해서 이제 현실 공간은 다시 풍요로워지는 것은 물론 정화되어 평화의 공간이 된다. 그리고 제의의 공간은 성스러운 공간이 되어 금줄이 쳐지게 된다.

시 「달과 왕버들」의 일련의 서사 행위는 시인만의 미묘한 알레고리를 내포하고 있다. 신화적 사건성을 시로 형상화할 때, 시인 윤은경의 마음의 자리는 화해의 포즈를 취하게 된다. 신화는 현재적 사건이 아니라, 인간의 의식 속에 잠재된 어떤 소망 의식과 같다. 그러므로 신화적 사건성이 시의 내적 논리를 형성하는 원리로 사용되었을 때, 시인의 의식의 층위는 절대적 가치의 세계를 지향하게 된다. 인간의 자리는 신성한 자리로 고양되고 성과 속의 경계는 허물어지게 된다. 윤은경 시인에 있어서 신화적 포즈는 시인의 정신적 모럴이 아니라, 하나의 소재이다. 그러나 그 소재는 시인의 내적 의식 속에서 이 세계 전체를 보다 고양된 의식으로 통합시키는 기제로 작용하고 있다. 이때 시인의 화해의 포즈는 개인화된 체험이 아니라, 인류 전체의 문명사적 과업을 실현하는 것에 해당한다.

5. 글을 마치며

한 권의 작품집이 나오기까지 시인은 수많은 연민과 고뇌의 도정을 겪지 않으면 안 된다. 시인이 시인된다는 것은 우연적이면서 운명적인 힘을 받아들일 때 비로소 가능한 일이다. 그래서 시인의 삶이란 어쩌면 접신적 경지에 들어선 영매와 유사할지도 모른다. 거부하고 싶지만 거부할 수 없는, 그래서 자신의 온몸을 영혼의 기표로 채우는 삶이 시인의 본래적인 면모가 아닐까. 분명 윤은경 시인의 시는 어떤 절대 경지에 도달하고 싶은 욕망이 내재되어 있다. 그것이 불교적인 색채를 띠건, 일상성에 이몰된 자아이건 상관없이 그는 자신의 영혼을 담보로 해서 시적 언어를 예인하고 있다. 설령 그것이 현실적 삶의 부정성을 함의하고 있더라도, 그는 자신의 영혼을 시에 건다. 그것으로 인하여 그의 시세계는 무한히 확장될 수 있는 가능성을 발견하게 되지만, 그는 절대 고독과 허무의 극한으로 치닫게 되고 자신의 영혼과 육체를 황폐화시킨다. 바로 그 순간 시인의 의식 속에 시는 찬연히 아름다운 연꽃을 피워낸 작품집이 『벙어리 구름』이고, 그것이 바로 윤은경 시인의 시가 아닌가 생각된다.

시인의 삶을 내밀히 바라다본다는 것이 시의 본질을 이해할 수 있는 직접적인 통로이기는 하지만, 그것만을 통해서 윤은경 시인의 시의 다층적인 측면을 이해하기는 참으로 어려운 일이다. 시인에게 있어서 시는 참으로 가혹한 시련을 안겨주는 미지의 유혹자이자 괴물과 같은 형상을 하고 있다. 분명 윤은경 시인에게 있어서 그의 시적인 삶은 그 운명적 굴레를 승인하고 그것과 대결하는 시지프스와 같은 것인지도 모른다. 그가 시의 삶을 선택하고 시 속에 자신의 영혼의 빛깔을 채색할 때, 그는 행복하지만 가장 불행한 현실의 초상을 예감하고 있다. 아니 더 정확하게 말해서 그의 시는 불행의 나락으로 떨어질 수밖에 없는 운명을 승인하면서 온몸의 생채기를 부여안고 자신의 환부를 치유해 가는 과정의 아름다운 산물에 해당한다고 할 수 있다.

그렇다면 과연 시를 쓴다는 것은 무엇일까. 어떤 절망적인 상황이 시인으로 하여금 자신의 영혼을 기투하게 만드는가. 알 수 없다. 아포리아다. 시는 반란하는 꿈인가. 사람이 삶을 살아간다는 것은 보이지 않는 숨은 신의 오묘한 힘들에 지배받는 것이 아닌가. 지금 여기를 산다는 것은 순간순간 생기하는 생명의 온기와 호흡을 맞추면서 자신의 존재성을 지우는 것이 아닐까. 화해하면서 용서하면서 세상의 모든 생명의 형식과 더불어 사는 것이 인간의 운명이 아닐까.

시인 윤은경은 자신의 존재론적 운명성에 대하여 저 심오한 층위까지 내려가 자신의 의미의 층위를 깨달아가고 있다. 시인에게 있어서 가장 중요한 것은 길이다. 길은 이편과 저편을 매개하는 하나의 상징적인 의미를 지니고 있고, 그 길은 인간이라면 누구나 가야만 하는 운명의 길이다. 그러나 그 길은 항상 타자의 의미 기호의 해독으로 향하고 있다. 세상의 모든 의미를 시적 기호로 포착하고 싶은 시인의 의식은 그러나 묘하게도 자신의 존재론적 성찰로 향하고 있다. 윤은경의 시적 언어는 묘한 지점에 서 있다. 그의 시적 언어가 치열하면 치열할수록 언어의 층위는 기묘하게도 존재론적 허위나 절망적 의식으로 향한다.

그가 본 세상의 의미의 층위는 그로 하여금은 절망과 친숙하게 만드는 선험적 공간이다. 삶의 굴레가 그의 영혼을 헤집고 아프게 만들어도 그는 자신의 주어진 삶의 시간을 의미의 시간으로 환치시킨다. 절망. 죽음보다 더 깊은 사랑. 그리고 그것에의 용서와 화해의 포즈. 이 모든 것이 그의 시 속에 육화되어 있다. 그의 시는 그의 삶이다. 그래서 그의 시는 언어가 주는 결보다는 진정한 삶의 의미를 탐색하는 과정이다.

그의 삶은 시적이다. 아니 그의 삶은 시적이다 못해 시적인 삶을, 저주받은 삶을 스스로 선택하고 그 모든 삶의 도정을 감내한다. 물론 이 말은 그의 모든 시가 그렇다는 것은 아니다. 아니 더 정확하게 말해서 그의 시적 언어는 그러한 삶의 모습을 간접화하고 싶어 한다. 되도록이면 시의 언어 속에 자신의 적나라한 모습을 숨기고 싶어 하지만, 시인의 직분은 언어와 대결하는 외줄 타는 광대라고 생각하지만, 그의 시적 언어는 표 나게 쓸쓸한 심경을 드러내고 있다. 사실 윤은경 시인의 시 세계를 규명하는 데 있어서 가장 중요한 것은 그가 인식한 쓸쓸한 풍경에 대한 이유를 드러내는 것이 아닌가 한다.

시인은 아름다운 영혼을 담보로 언어와 씨름하는 가장 어리석은 부류의 인간형이다. 그것이 비록 천형의 삶일지라도 그 삶은 가장 고결하고 아름답다. 시인 윤은경은 분명 그러한 시인의 시인다움, 즉 시인의 임무에 투철한 의식으로 무장해 있지만, 그 치열한 의식으로 인해 시의 결을 다치게 하는 경향이 있다. 그것은 처녀 작품집의 한계이지만, 그가 얼마나 시인의 삶을 소중하게 생각하는지에 대한 마음의 결을 읽을 수 있는 단초이기도 하다.

언어의 형식과 영혼의 형식을 동시에 문제 삼으면서 자신의 언어가 영혼으로 승화되기를 기원하는 구도자로써의 시는 시대에 가장 돋보이는 시적 언어이자, 현재 시단의 이단적 경향이기도 하다. 그러나 그것은 시의 본질임을 너무도 잘 알고 있기에 그는 결코 자신의 문학적 행보에 대하여 애련에 들지 않는다. 시가 저기에 있기에 시를 찾아 길을 떠나고, 시의 영혼이 세상 어느 구석빼기에 안치되어 있기에, 그는 세상을 유랑한다.

그의 삶의 중심은 삶 자체에 있지 않다. 무거운 존재성 자체를 펄럭이는 언어의 향연으로 환원시키지는 않았지만, 시인은 존재 자체의 무거움을 시의 경쾌한 영혼으로 환치시킨다. 그렇다고 그의 시가 가볍다는 것을 의미하지 않는다. 존재라는 덫과 삶의 부조리를 언어의 힘으로 무화시키는 시인의 의식은 시의 절대성의 범주로 고양된다. 그는 시의 삶을 살면서 무거운 삶의 존재성을 가볍게 만들고 삶의 주인을 시로 만들어버린다. 그것이 바로 작품집 『벙어리 구름』이 펼쳐내는 시적인 형상이다.

그리곤 세계의 신생을 꿈꾸고 자신의 신생을 꿈꾼다. 꿈의 언어이자 존재의 언어인 윤은경의 시, 찬연히 피어 인간의 영혼을 아름답게 만든다. 새로운 新生을 위하여…….

저자 **김석준**

고려대학교 철학과 졸업
서울대학교 국문과 석사, 박사
현재 서울산업대 강사
1999년 <시와 시학> 시부문 신인상 수상
2001년 <시안> 평론부문 신인상 수상
비평집『비평의 예술적 지평』(포엠토피아, 2003)
시집『기침소리』(우리글, 2007)

역락비평신서 13

현대성과 시

저자 김석준

인쇄 2008년 3월 5일
발행 2008년 3월 14일

펴낸곳 도서출판 역락
등록 1999년 4월 19일 제303-2002-000014호
펴낸이 이대현
편   집 양지숙 권분옥
표   지 안유미

주소 서울시 서초구 반포4동 577-25 문창빌딩 2층
전화 02-3409-2058, 2060
팩시밀리 02-3409-2059
e-mail youkrack@hanmail.net

값 18,000원
ISBN 978-89-5556-600-0 03810

역락비평신서

서경석 · 정호웅 · 유성호 · 김경수